▶ 周瑜，一個被世人所誤解、被歷史小說曲解的時代英雄。現在，《三國第一謀將周瑜》為他形塑清新的面貌。

▲ **周瑜拜將：**曹操得荊州之後，勢將揮兵南下，周瑜向孫權分析和、戰的利弊得失之後，孫權作出了歷史性決策，封周瑜為左都督、程普為右都督、魯肅為贊軍校尉，決計抗戰到底。

▲ **周瑜火燒赤壁：**為了以寡擊眾，周瑜想出火攻曹軍之計，先讓龐統至曹營獻「連環計」，誘騙曹操將所有戰船以鐵環鎖住，再與黃蓋上演「苦肉計」詐降，並趁東南風起時點火狂燒。猝不及防的曹操只得狼狽敗逃。

▲ **蔣幹盜書：**曹操派謀士蔣幹前往說服周瑜降曹，周瑜便利用此機會行反間計，偽造一封曹操水軍都督蔡瑁、張允的書信，讓同榻而眠的蔣幹發現盜走，呈與曹操。結果曹操一時不分真假，竟將蔡、張二人斬首。

▲ **周瑜打黃蓋：**《三國志》裡，東吳老將在赤壁之戰前詐降曹操，《三國演義》據此加以演繹，由周瑜與黃蓋自導自演一段苦肉計，黃蓋挨打之後，一氣之下投降了曹操，使詐降更為合情合理。這是小說家的神來之筆。

▲ **荊州得失：**基於不同的戰略考量，魯肅主張借荊州給劉備，周瑜反對。後來周瑜建議孫權招劉備為妹婿，逼其歸還荊州，此事演變成「吳國太佛寺看新郎」，賠了夫人又折兵；又後來，孫權遣呂蒙計襲荊州，殺關羽父子。

▲ **孔明用計激周瑜**：在《三國演義》中，孔明為了堅定周瑜的鬥志，故意刺激周瑜說，只要把江東二喬送給曹操，曹操一定退兵，周瑜大怒，宣稱「吾與老賊誓不兩立」，此即孔明用計激周瑜。

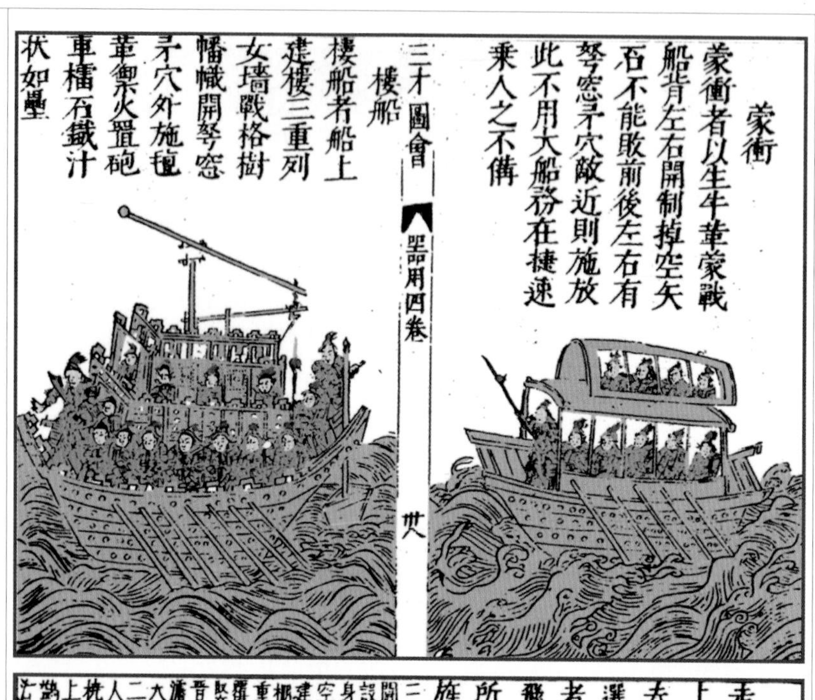

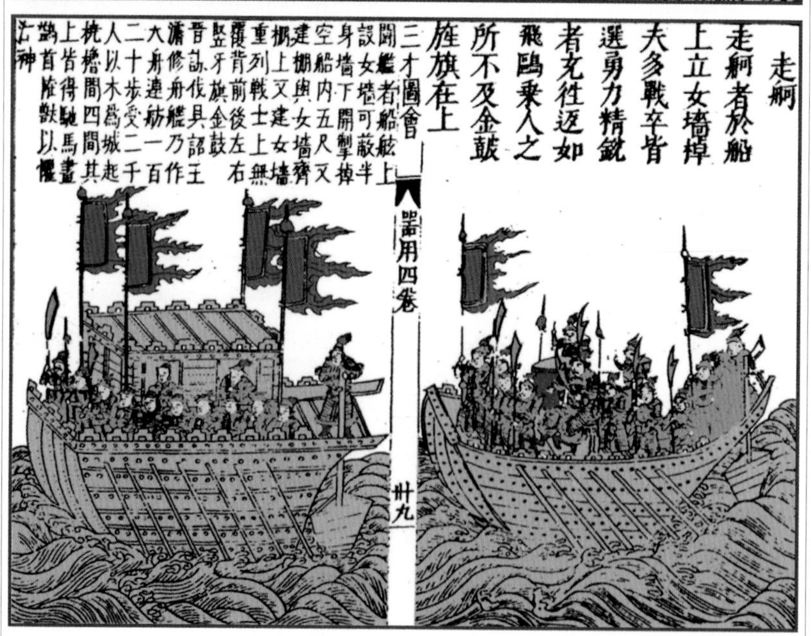

▲**三國船艦：**明代王圻《三才圖會》所想像、刻畫的戰船，其中「蒙衝」即為赤壁之戰的主力戰艦。

赤壁大英雄

周瑜

譚景泉 著

出版緣起

王榮文

・歷史就是大個案

《實用歷史叢書》的基本概念，就是想把人類歷史當做一個（或無數個）大個案來看待。

本來，「個案研究方法」的精神，正是因爲相信「智慧不可歸納條陳」，所以要學習者親自接近事實，自行尋找「經驗的教訓」。

經驗到底是教訓還是限制？歷史究竟是啓蒙還是成見？——或者說，歷史經驗有什麼用？可不可用？——一直也就是聚訟紛紜的大疑問，但在我們的「個案」概念下，叢書名稱中的「歷史」，與蘭克（Ranke）名言「歷史學家除了描寫事實『一如其發生之情況』外，再無其他目標」中所指的史學研究活動，大抵是不相涉的。在這裡，我們更接近於把歷史當做人間社會情境體悟的材料，或者說，我們把歷史（或某一組歷史陳述）當做「媒介」。

・從過去了解現在

爲什麼要這樣做？因爲我們對一切歷史情境（milieu）感到好奇，我們想浸淫在某個時代的思考環境來體會另一個人的限制與突破，因而對現時世界有一種新的想像。

通過了解歷史人物的處境與方案，我們找到了另一種智力上的樂趣，也許化做通俗的例子我們可以問：「如果拿破崙擔任遠東百貨公司總經理，他會怎麼做？」或「如果諸葛亮主持自立報系，他會和兩大報紙持哪一種和與戰的關係？」

從過去了解現在，我們並不眞正尋找「重複的歷史」，我們也不尋找絕對的或相對的情境近似性。「歷史個案」的概念，比較接近情境的演練，因爲一個成熟的思考者預先暴露在衆多的「經驗」裡，自行發展出一組對應的策略，因而就有了「教育」的功能。

・從現在了解過去

就像費夫爾（L. Febvre）說的，歷史其實是根據活人的需要向死人索求答案，在歷史理解中，現在與過去一向是糾纏不清的。

在這一個圍城之日，史家陳寅恪在倉皇逃死之際，取一巾箱坊本《建炎以來繫年要錄》，抱持誦讀，讀到汴京圍困屈降諸卷，淪城之日，謠言與烽火同時流竄；陳氏取當日身歷目睹之事與史實印證，不覺汗流浹背，覺得生平讀史從無如此親切有味之快感。

觀察並分析我們「現在的景觀」，正是提供我們一種了解過去的視野。歷史做爲一種智性活動，也在這裡得到新的可能和活力。

如果我們在新的現時經驗中，取得新的了解過去的基礎，像一位作家寫《商用廿五史》，用企業組織的經驗，重新理解每一個朝代「經營組織」（即朝廷）的任務、使命、環境與對策，竟然就呈現一個新的景觀，證明這條路另有強大的生命力。

我們刻意選擇了《實用歷史叢書》的路，正是因爲我們感覺到它的潛力。我們知道，標新並不見得有力量，然而立異卻不見得沒收穫；刻意塑造一個「求異」之路，就是想移動認知的軸心，給我們自己一些異端的空間，因而使歷史閱讀活動增添了親切的、活潑的、趣味的、致用的「新歷史之旅」。

你是一個歷史的嗜讀者或思索者嗎？你是一位專業的或業餘的歷史家嗎？你願意給自己一個偏離正軌的樂趣嗎？請走入這個叢書開放的大門。

故壘西邊　三國周郎赤壁

林馨琴

每隔一陣子，文化界便會燃起一股三國熱潮，出版界重新再版《三國演義》，或針對每一個三國英雄撰寫其攻防謀略、管理模式、軼文軼事；電視、電影界也不遑多讓，不斷重拍三國故事；電玩遊戲公司更喜歡為三國群雄設計各種新型武器和闖關遊戲。

三國人物之中，一般人最熟悉的可算是諸葛亮，大家最朗朗上口的也是「既生瑜，何生亮」的「瑜亮情結」。可惜這些傳說都因為周瑜早逝，留存的資料又少，連周瑜破曹操大軍於赤壁之下的功勞也被諸葛亮搶去一大半。

其實，從唐朝起，文人雅士就很愛歌頌周瑜的成就，大詩仙李白的〈赤壁歌送別〉就說到「二龍爭戰決雌雄，赤壁樓船掃地空。烈火張天照雲海，周瑜於此破曹公」；唐朝的胡曾也在〈赤壁〉中提到「烈火西焚魏帝旗，周郎開國虎爭時。交兵不假揮長劍，已挫英雄百萬師。」大家最熟悉的北宋大文豪蘇東坡也很喜歡周瑜，好幾次遊赤壁，他想的都是「故壘西邊，人道是，三國周郎赤壁，遙想公瑾當年，小喬初嫁了，雄姿英發羽扇綸巾，談笑間，強檣灰飛煙滅」。

周瑜另一個讓人津津樂道，欣羨不已的則是他娶到了絕色美女小喬，唐代詩人杜牧在〈赤壁〉提到「東風不與周郎便，銅雀春深鎖二喬。」說明周瑜這個英雄如何保護美人。范大成也曾評價周瑜爲「世間豪傑英雄士、江左風流美丈夫」。周瑜對音律的研究更是三國武夫所不能及；江東盛傳「曲有誤，周郎顧」。周瑜風流倜儻，儀態翩翩，難怪能贏得美人芳心。有關小喬嫁給周公瑾的故事更是元明戲曲喜愛編寫的題材。

可惜天妒英才，周瑜在西征巴蜀途中不幸病發身亡，那年他只有三十六歲（漢憲帝建安十五年，西元二一〇年）。他在寫給孫權的絕命疏中說到「瑜以凡才，昔受討逆殊特之遇，委以腹心，統御兵馬，遂荷榮任……人生有死，修短命矣，誠不足惜，但恨微志未展，不復奉教命耳。方今曹公在北，疆埸未靜，劉備寄寓，有似養虎，天下之事，未知終始……」可見他死前對天下三分的局勢已有預感。

其實，周瑜雖然英年早逝，他所主導的「赤壁之戰」卻成爲中國歷史上以寡擊衆最的著名的戰役之，從此奠定三國鼎立的新局勢。清朝大史學家趙翼在他的〈赤壁〉就提到「依然形勝扼荊襄，赤壁山前故壘長。烏鵲南飛無魏地，大將東去有周郎。千秋人物三分國，一片山河百戰場。今日經過已陳跡，月明漁父唱滄浪。」這也是爲什麼距離今天已有一千八百多年，大家對這位千古風流人物仍然傳頌不已。

為了讓讀者對三國周郎有更多的了解，本書除了邀請譚景泉以小說的筆法描寫周公瑾的一生，也在附錄中增加《三國志．吳書》周瑜傳，及歷朝歷代有關周瑜的赤壁詩文選，並以〈畫說周瑜〉圖文並茂的方式來介紹周瑜的故事，增加其可讀性。書後並增加赤壁之戰示意圖、三軍戰鬥人物序列及特別報導，以饗讀者。

周瑜的另一面

羅吉甫

不少三國迷為周瑜叫屈，在歷史裡，周瑜得不到孫權充分的信賴，未獲得應有的榮耀，例如《三國奇談》（遠流出版）作者陳華勝，即舉出《三國演義》寫周瑜的職位是東吳水軍大都督，其實周瑜從未做過都督，孫權不曾把傾國兵力交給周瑜，赤壁之戰時孫權讓周瑜和程普分別指揮，而程普和周瑜是死對頭；周瑜和孫策情同手足，能征善戰，但面對「性多嫌忌」的孫權時，極盡人臣禮節，不像張昭耍一下脾氣，倚老賣老，相反的周瑜還必須刻意表態擁戴孫權，以免招忌。周郎這麼憋，就像正史裡趙子龍在劉備陣營的待遇，不免令周瑜迷感到遺憾、不平。然而再怎麼說，趙子龍在《三國演義》風風光光，飄逸瀟灑英勇無敵，小說還他一個公道，甚至以若干虛構情節來美化他。相對於趙雲，在《三國演義》裡，周瑜更受屈辱。為了凸顯諸葛亮，被稱為「一時瑜亮」的周瑜，不但被反比成氣度狹小、亟欲構陷孔明的反派角色，而且明明是赤壁之戰的主角，卻在諸葛亮事事洞燭機先，以及借東風、借箭等等超人演出，而顯得愚昧無能，最後氣死自己，成為瑜亮情節的受害者，失敗者，更淪爲《三國演義》教材的負面教材。周瑜的美好形象就這樣遭到扭曲。「曲有誤，周郎顧」的瀟灑風流不見了；「談笑間，強虜灰飛煙滅」的萬丈光芒不見了；「性度恢廓」、得人心的領袖氣質不見了；「如飲醇醪，不飲自醉」的迷人形象不見了。這樣安排，三國讀者未必樂見，至少譚景泉先生不會同意，從他《赤壁大英雄：周瑜》的書名，即可想見對周瑜之推崇。但是《赤壁大英雄：周瑜》不以翻案爲書寫主軸，也不單單著重於描繪周瑜的豐功偉業，而是穿越於虛構與紀實之間，以小說家的想像力，和史學者的判斷力，建構史書、演義、傳記都闕如的世界。所謂闕如的世界，這部小說著力最深、成績最好的，莫過於周瑜的生涯規畫這一部分。周瑜十二歲拜師，研讀儒家經典，立誓成爲儒家知識份子，後來的所見所聞，卻讓他心生懷疑，想法動搖，於是透過思索、觀察、查訪、研判，發現在亂世中唯有兵學可以救國救民，儒學只能在盛世教化萬民。十四歲那年，周瑜決定棄儒學、習兵法，不惜拋開一切，和老師及父親決絕。他以孤臣孽子的心情，尋求明主，此後跟隨孫堅，結交孫策，輔佐孫權，一步步實踐理想。譚景泉先生充分運用歷史小說的自由形式，試著進入周瑜的內心世界，替他著想，爲他代言，描寫他的雄心抱負，抒發他的理念企圖。同時運用小說筆法，透過故事鋪陳，把周瑜由儒生變成儒將、進而成爲謀將的過程，描述得栩栩如生；把周瑜內心的掙扎衝突，以及努力向上，力求蛻變的決心，描述得絲絲入扣。對於日後周瑜進取天下的謀略規畫，赤壁敗曹操時的兵略武功，和孔明亦敵亦友的情結，作者更是發揮生花妙筆，讓周瑜的形象躍然紙上。

【推薦者簡介】羅吉甫，一九五九年生，台灣新竹人，東吳大學中文系畢業，曾任教師、編輯，目前為專業作家。作品有《商戰孫子》、《諸葛亮領導兵法》、《謀略三國》、《奇來有智》、《日本帝國在台灣》等多種，並主持「歷史智囊電子報」、「三國大本營」等網站。

《自序》

亂世英雄的選擇

亂世是血腥和殘酷的，也是最迷人的，因爲它是英雄的搖籃。而在人的精神生活中，英雄是一面永不飄落的旗幟，指引著人們前進的方向。縱觀中國歷史，三國當屬最迷人的時代。在三國的英雄中，周瑜是最著名的一位，但羅貫中爲了襯托諸葛亮才德卓越，智慧非凡，就把周瑜寫成一個心胸狹窄，嫉妒心很強的人。其實，歷史中眞實的周瑜「性度恢廓，大率得人」，「雄烈，膽略過人」，「建獨斷之明，出衆人之表，實奇才也」。在其它三國的史料中，也沒有任何有關周瑜「量窄」的記載。司馬光在《資治通鑒》中對周瑜給予了極高的評價。赤壁之戰，指揮者是周瑜，而不是諸葛亮。諸葛亮在「隆中對」中，有取西川的計劃，但卻被周瑜搶在了前面，只是天妒英才，周瑜病死在伐蜀的路上，並非被諸葛亮氣死。按眞實的歷史推斷，如果周瑜和諸葛亮的壽命相同，周瑜的成就超過諸葛亮的可能性相當高。如果周瑜不死，很可能會打敗劉璋和張魯，那就會和曹操形成南北對峙的局面，三國的歷史亦將改寫。這本《赤壁大英雄：周瑜》正以此爲出發點，希望藉史書的描繪與記載，來賦予主人公有別於野史的形象。一切歷史都是當代史。隨著時代的推移，社會現象千變萬化，但現象背後的規律和原則是不會變的，人性所面臨的挑戰和困惑也是不變的。今天，經濟領域正處於一個亂世，群雄四起，一個個傳統模式下的產業如東漢皇朝一樣，搖搖欲墜，新思想主宰下的企業主如曹操、劉備、孫權一般，迅速崛起，也湧現出了如諸葛亮、周瑜、魯肅、呂蒙、陸遜等超級經理人，他們審時度勢，找到了最合適的舞台，名利權勢兼收，同樣也名垂千古。也有袁紹、袁術、劉璋、劉表、呂布等企業領導人，只風光一時，就被市場無情地淘汰了，更有沮授、田豐、審配、許攸等經營人才，錯誤地選擇了企業，滿腹智慧和辛勤的汗水，卻撞個頭破血流。這是中國人都知道的事實。現代社會的政府和企業界，都流傳「打天下，讀三國；守天下，讀紅樓」的說法。三國時代的人和事，是創業者的智慧寶庫和精神力量，而《紅樓夢》裡的管理思想，對今天企業的管理者們仍然有借鑒價值。美國人在研究《三國演義》，日本人在研究《孫子兵法》，周瑜出身世家，天資聰穎，少年時就才名遠播，素有「江淮之傑」的美稱。周家世受皇恩，周瑜算是漢皇朝的既得利益者，如果按照正常的成長軌跡，他應該是保皇派，即使不淪爲漢皇朝的殉葬品，待亂局已定省悟過來時，也已經錯過了創業的大好時機，注定一生難有作爲。然而，少年時的周瑜通過對學長們的追蹤調查，敏銳地感到一個亂世即將到來和儒學在亂世中的軟弱無力。在和魯肅周遊的途中，他又目睹了民間的苦難和血腥，最後毅然背叛了家族，背叛了師門，放棄看似一片光明的大好前程，中止對儒學的鑽研，一面行萬里路，一面廣讀兵書戰策，如鐵如石地等待預想中的亂世。果然，天下大亂，周瑜從一個被主流社會所不屑的浪子，迅速崛起，指導孫策和孫權平定江東，成就一方霸業，又在「赤壁之戰」中，擊潰不可一世的曹操，一舉奠定三分天下的格局。從主流社會的驕子到一個被迫遊蕩天下的浪子，再到奠定一個時代的名將，周瑜的成長經歷，值得許多現代人去深思和領悟。看清社會和時勢發展的方向，是十分重要的。許多人並不是沒有才幹，也不是不努力，所以一事無成，甚至身敗名裂，原因就在於此。如果周瑜不是果斷地離開淮江精舍，棄儒從兵，即使他的才華再高，在亂世中至多是一名普通的文臣，甚至是漢皇朝的陪葬品。亂世是對有權有勢的人的巨大考驗，是一無所有的人翻身的大好良機。只要是亂世，就有許多相通之處。比如，在亂世之中，魚龍混雜，聰明的人也很容易被眼前的假象所迷惑，看不清事物未來發展的方向，導致敗亡的結局。這種現象在古今社會裡都很突出，值得創業者們高度重視，懂得用發展變化的眼光看待事物，強弱生死的轉換，往往出人意料。在亂世之中，跟對人，比什麼都重要。周瑜當初如果選擇了袁術，不身敗名裂，也會被湮沒在歷史的長河中，他如果選擇了曹操，也很難有所作爲。因爲曹操太出色了，會掩蓋周瑜的許多光芒。黃巾軍起事創造了一個三國時代，周瑜就是這個亂世中的大贏家。今天的全球經濟也正處於所謂的「三國時代」，古今社會的許多規律都是相通的，原則也是不變的，周瑜在亂世中雄起，他的成功經驗和思想歷程，或可作爲今日創業者的借鏡。

目錄

楔子

【楔子】

周瑜坐在「順安客店」門口，望著眼前的一棵大樹，目光像是被沾住了。

那是一棵將枯的樹，比周圍的樹都要高大，枝節很多，一處枝頭上有一個鳥窩，母雀正在給幾隻雛雀餵食。牠們沐浴著溫暖的陽光，仰著脖，張著嘴，一邊吃，一邊愉快地叫著。母雀餵完食，抖了抖翅膀，又飛走了。

客店老闆將煮好的茶水端上來：

「周公子在精舍裡閉門讀書，看到小鳥餵食，很稀奇吧！」

「我不是稀奇，而是領悟出了一個驚人的道理。」

「什麼道理？」老闆很胖，堆著笑臉。

「三言兩語說了，你也不會明白，還是顧好你的店吧。」周瑜想說，又咽了回去。

這一年，周瑜十四歲，是合肥城內的「淮江精舍」（東漢時代，學者講授之地多稱精舍）最年少的學生，才學名滿江淮。比他大十幾歲的同窗們對他都十分恭敬，甚至連父執輩的讀書人，都以「學弟」相稱，不敢視他爲晚生，都稱他是「江淮之傑」。

周家住在廬江郡的舒縣（今安徽廬江），累代爲官，其中不乏朝廷重臣，是江淮一帶的名門望族。父輩們喜歡結交賓客，出入都有百餘輛馬車相隨。

周瑜目光離開那鳥窩，看著短街的盡頭，喃喃似地說：

「商谷怎麼還不來？」說完，他又忍不住看那鳥窩。

他在淮江精舍以苦讀勤學著稱，外面只有一個朋友，就是商谷。

商谷是合肥城的一個小吏，主管全城客店的稅收，雖然有點小油水，但因不是朝廷命官，連太守都見不到，更不被自命清高的淮江才子們放在眼裡。很多人奇怪，惜時如金的周瑜怎麼會和商谷交上朋友。

周瑜小時候背誦孔子的「有朋自遠方來，不亦樂乎？」，就問時任洛陽令的父親周異：

「看到遠方的朋友來了，為什麼會高興呢？」

父親摸著他的小腦袋說：

「遠方的朋友，很久都沒見面了，當然會高興。」

周瑜覺得父親的解答沒錯，但他又認為孔聖人這句被廣為傳頌的名言，其真諦不會這麼簡單。有一天，任太尉的堂伯父周忠來了，他又問了這個問題，得到的答案完全不同。

「遠方的朋友能帶來新的消息。天下很大，而且相互影響。遠方發生的事情，對我們很重要。比如揚州發生水災，洛陽就會有許多人挨餓。如果你事先知道這件事，每頓省一點米，或是事先收購，就不會挨餓了。」

周瑜聽了，心裡頓時大亮，認定這才是眞意所在：伯父能當上太尉，而父親只是個縣令，差別就在這裡。那時，周瑜才七歲。

進了淮江精舍，別人一心只讀聖賢書，他在讀書之餘，還千方百計想知道遠方發生的事情。如何才能知道呢？他想到了途經合肥的各地客商。他們到了合肥城，首先要住客店。客店老闆和客商打交道最方便。但客店老闆太多，周瑜不可能一一結交，他就想到了主管客店稅收的小吏商谷，和他成了好朋友。

商人走南闖北，見聞最多。在亂世中，政情左右商情，商人對政情的關心並不亞於政界人士。就這樣，客商蒐集各地情報，傳給客店老闆，客店老闆傳給商谷，由商谷傳給周瑜。不出書房，便知許多天下事，是周瑜的得意之處。

有一次，周忠問周瑜：

「瑜兒，你說天地人間，什麼最大？」

周瑜想了想，向上一指：

「當然是天最大了。」

「不對。」

「是地。」

「不對。瑜兒，你回去好好想吧！我下次再問你。」

一個月後，周忠又來了。他的問題把周瑜折磨得坐臥不安，比天還大的，是什麼東西呢？

「伯父，我實在想不出來，您告訴我答案吧！」周瑜垂頭喪氣。

「是人的心。」

「是人的心？」周瑜一時還理解不了。

周忠摸著他的後腦勺：

「人的心能把天地都包容下。瑜兒，你要記住，你要有這樣一顆心。」

這個答案，周瑜用了好幾年才完全理解，且體會越來越深刻。有了這件事，對於一時不懂的名士高人的言論，周瑜都銘記在心，慢慢領悟，忽然一天，心靈的迷霧消散，陽光普照，這些都成爲自己的智慧。

商谷滿頭大汗地跑來了，見周瑜竟然沒覺察，就順著他的目光看過去。

「鳥窩到處都有，公子爲何看得這麼出神？」

「我看的除了鳥窩，還有那棵樹。」

一棵要枯死的樹有什麼好看的？也許是周公子書讀得好，能在這樹和鳥窩之間看出什麼道理。商谷這樣想，卻沒再問下去。

「我請你辦的事，怎麼樣了？」

「現在往來的客商越來越少了。一是民亂蜂起，土匪到處出沒，二是各地農業和手工業正遭受嚴重破壞，能買賣的東西越來越少。但公子交代的事兒，我就是不睡覺不吃飯也要辦好。」商谷將一冊厚厚的竹簡交給周瑜：「你想知道的事情都在這上面了。」

原來，在這三年，從淮江精舍畢業的學生有六十七人，其中四十八人的經歷和下落，周瑜在淮江精舍打聽到了，另外十九人沒有消息。他就請商谷去查。商谷結識許多路經合肥城的富商巨賈，這些客商來自四面八方，都想在合肥城結交幾個可靠有用的朋友。沒過半年，這十九個人的下落就查出來了，他們或是在各地講學，或是在富貴人家當私人老師，或是任某地小吏，或是閑賦在家；有七人生於官宦之家，得以出任朝廷命官，但都非要職。

「這段日子，各地又發生了什麼事情？」

商谷又將一張密密麻麻寫滿字的帛書遞給周瑜，周瑜迫不及待地接過手來讀：

「一、益州綿竹民亂再起，為首者馬相和趙祇，自稱黃巾軍，殺刺史郤儉，十餘日，即破三郡，亂兵增至數萬人。益州從事賈龍率兵討伐，方息。

二、這一年，靈帝出賣官爵，關內侯值五百萬錢。

三、黃巾軍殘部郭大等人起兵於河西白波谷，攻太原、河東兩郡。

四、匈奴屠各部落進入幷州，殺刺史張懿。

五、長沙人區星起事，議郎孫堅奉詔討伐，功成，為長沙太守，被封為烏程侯。

六、皇帝讓鉤盾令宋典在南宮修建玉堂殿，並讓掖庭令畢嵐鑄造四個銅人、再鑄四口銅鐘，容量為兩千斛，又鑄造一種名為『天祿』的銅獸及吐水的銅蛤蟆，放在平門外的橋東，水從蛤蟆口中吐出，流入皇宮……

七、江夏郡趙慈聚眾造反，殺南陽郡太守秦頡。

八、濟北國發生旱災，朝廷無糧可派，百姓易子而食，餓死數萬人。」

周瑜看完，眉頭緊皺，好半天不發一言。

商谷不敢打擾他，就叫胖老闆親自下廚，炒幾個好菜。周瑜揮手表示不要，並掏出兩百錢，塞給商谷。商谷推託不過，就收下了。商谷很想和周瑜像以前那樣聊天，但周瑜今日沒那份心情。

周瑜走到那棵大樹下，又看了那個鳥窩幾眼。

我多麼像這個鳥窩裡的一隻小鳥啊！

這晚，周瑜在窗前一直坐到天黑，聽著窗外的蟬鳴，看著暮色漸濃。沒有月色，只有一點星光閃耀在遙遠的北方。聽說這顆星無比的大且明亮，只是太遠，才經常被人們忽視。

看著星光，他又想起了那顆枯樹上的鳥窩，還有那幾隻雛雀……

【第一章】少年神童

1

顏衡在顛簸沉悶的車裡挺起身子，掠開厚車簾，眺望著前方一座城牆的輪廓。凜冽的北風掠過華北平原，一部分受阻於大別山，折回淮南大地。車裡被清冷的空氣洗滌了一遍，他頓時清醒許多。

淮江精舍是天下讀書人心中的一塊聖地。由顏衡和盧植兩人創辦，得到名滿天下的儒士如鄭玄、喬玄、何顒、許劭等的大力相助，至今二十餘年，三千餘弟子皆成爲德才兼備的社會棟樑，成名成就於天下者，有百餘人之多。十年前，盧植進京爲官，成爲「清流」的領袖，更是征討黃巾賊的名將，顏衡則獨自支撐著淮江精舍。

顏衡是合肥人，師承於經學大師馬融，三十歲時仿效孔子遊學四方。他學識淵博，見解精深，連皇帝（漢靈帝劉宏）都知道了他的才學，招他入朝，他無意於仕途，只想興辦私學，將仁義禮智信傳播給每個人，讓天下百姓都能溫良恭儉讓。皇帝鼓勵讀書人，授予顏衡祕書監之職，食皇家俸祿，不派實務，仍然一心辦學，以表彰他興學教民之功。

「子翼，快到舒縣了，你能找到公瑾的家嗎？」

牽著馬轠的子翼躬了一下身子：

「稟告夫子，周家在舒縣名聲顯赫，一問便知，而且，我也來過。」

子翼姓蔣名幹，九江郡人，是顏衡的學生。他和周瑜友情深厚，放假時，他兩次到周瑜家中做客，和周瑜同案夜讀，同床而眠。

「進城之後，先找家客店住下，明天一早再去周家。」顏衡兩鬢的白髮在風中顫抖著，眼角的皺紋洗煉而又深長：「君子首當律己，止於繁儀。」

「弟子聆聽教誨，記在心間。」

顏衡垂下手，讓車簾再次把冷風擋住，被車窗過濾了的陽光像混濁的黃河水淹沒了他，他感覺心口不暢，渾身不適，彷彿某種禍端的前兆向他襲來。

「公瑾這孩子不會出事吧！」

顏衡年過半百，心力不濟，已經萌生退意，回首一生，他心意滿足，想一想百年身後事，他只祈求淮江精舍能代代相傳，並爲此費盡心機。就在半年前，他總結了近四年的篩選，決定讓周瑜來繼承他的衣缽。

「公瑾會不會病了？」顏衡的心一路上都是懸著的：「他回家兩個月有餘，一點音訊都沒有，若是病了，其家人也會來告知啊！」

「公瑾先天生得弱小，但他這兩年發育得極好，且每日聞鷄舞劍，從未聽他生過病。」

●

兩年前一個清新的早晨，春雨剛剛掃過淮江精舍的石牆，周瑜孤身來到淮江精舍，這一次的到訪，被方圓百里的讀書人傳爲佳話。

門僕看著比自己矮一頭的周瑜，驚奇地問：

「誰家的小孩兒，到別處玩去！」

「我要見顏夫子。」

周瑜揚著頭，胸膛挺得高高，臉色溫和中帶著令人不敢小覷的威嚴。

「來這裡求學的人，都要有人推薦，你有嗎？」

「沒有。」

「來這裡的少年都是由長輩送來的，你的長輩呢？」

「我是一個人來的。」

「夫子知道你來嗎？」

「還不知道。」

「那你知道這是什麼地方嗎？」那門僕又好氣又好笑。

周瑜用洪亮清朗的嗓音朗朗答道：

「淮江精舍創立於（漢桓帝）延熹七年（西元一六四年），至今已歷二十二年。精舍占地八十一畝，另有一百四十六畝的田產供其開支。淮江精舍迄今培養了學子三千，顯達於天下者近百人，昔日的豫州刺史蔣華、廬江太守紀守、太常卿唐仁、太子太保衛元、侍中魏傑、大鴻臚吳致、御史中丞賈宜都是淮江精舍的學生，共有三十多人成爲國之棟樑；現在的太子太傅姜軍、光祿勳章憲、幽州刺史葉龍、廬江郡主簿黃代、荊州書佐文和等二十多人，都已經在各地顯露鋒芒，擔當重任；還有更多淮江精舍的弟子無意於仕途，遊歷天下，四處講學，成爲各地德高望重的名士，最顯著者乃是江南才子史豐和錢英，就連皇上都親筆爲精舍提字——『君子之德風』，還有當朝……」

那門僕越聽越驚奇，沒想到一個少年竟然有如此廣博的見識和記憶力。

「你今年多大了？」

「十二歲。」

「我們這裡最小的學生也比你大四歲。」

「有志不在年高，無志空活百歲。烏龜能活百年，但牠只知道慢慢地爬行；狗熊魁梧有力，但牠吃飽了就只知道睡覺。甘羅十二歲出使趙國，使秦國不費一兵一卒開疆拓土，官拜上卿。」

那門僕折服了，迫切地想把這個非凡少年領到夫子的面前。

「要見夫子的人太多，夫子既講學，又要撰書，太忙了，他會見你嗎？」

「泰山不讓細壤，故能成其大；河海不擇細流，故能就其深；王者不卻眾庶，故能明其德；師者不輕少者，方能成其就。求學之人年齡越小，越有培養之必要。」周瑜出口成章，信心十足：「顏夫子乃是天下名師，深諳此中道理。你把我的話說給他聽，他會見我的。」

那門僕拍了拍周瑜的肩，親切地說：

「小兄弟，你等著，我會替你說好話的。」

不一會，他就滿面笑容地跑出來：

「夫子答應見你了，這可是前所未有。」

「夫子不但會見我，還會收下我。」周瑜再一次展現自信。

淮江精舍鼎盛時期有近千位學生，最大的三十六歲，最小的十六歲，皆品德優良、資質過人。他們或是門第顯赫的世家子弟，或是富甲一方的社會新貴，少數寒門之士憑著天賦和苦學，也在這裡如魚得水。他們從踏入精舍的那天起，已經是一腳踢開了富貴門和功名窗。

學子們初入淮江精舍，沐浴在思想知識的聖潔光輝下，如同面對神靈一般虔誠，連呼吸都怕驚擾老師和學長們。只有周瑜例外。他邁進淮江精舍的門檻，那自然灑脫的行走姿態頓時吸引了許多異樣的目光，再看他那坦然自若的神情，更覺驚訝了。

「這個不知天高地厚、乳臭未乾的孩子，他走路太不謙遜，頭不夠低，表情不夠恭讓，這是目無師長。夫子最討厭這種人，絕不會收他。」

「有才華有什麼了不起？淮江精舍的人誰沒有才華呢？看著吧，夫子和他說不了幾句話就會把他趕走。」

「凡是被淮江精舍趕出去的人，他的前程就毀了。」

有幾個人故意徘徊在顏衡的居所——「文澤園」門前，想看周瑜被趕出來的狼狽相。

沒過多久，周瑜果然就出來了，不過，他的頭還是揚著，腳步更輕快，而且腿抬得比進來時還要高了。顏夫子的書僮帶他向食堂走去，一看就知是吃早飯去了。

早飯一過，顏衡一臉喜氣地向大家宣佈：收周瑜為淮江精舍的正式學生。

啊！這可不得了了！學子們無不千分驚奇，萬分不解，奔走相告，相互詢問，都想從別人的口中得到答案。

淮江精舍雖是私學，但比許多的公學更具盛名。自漢武帝劉徹以來，就把公學——官辦學校的系統齊備了，分太學（國子學）、府學、州學、縣學和鄉學等五個級別，分佈全國。私學只是公學的一個延伸，不能和公學相提並論。顏衡能把淮江精舍經營得如此興盛，連貴族世家子弟都以入讀淮江精舍為榮，這實在是一個異數。

在顏衡心中，傳道、授業、解惑是最神聖、最崇高的事業，任何人都不能褻瀆，對學生各方面的要求嚴格得出奇。

他的好友喬玄，才學廣博，剛斷明識，廉潔奉公，曾任太尉，乃是一代名臣，對淮江精舍支持頗多，本人也常來淮江精舍講學。十四年前，喬玄受顏衡邀請來講學時，帶來一個少年，姓曹名操，字孟德，乃是大司農曹嵩之子，其祖父是東漢皇朝極有名的大宦官曹騰，曾迎立漢桓帝，在宮掌權達三十年之久。曹嵩是曹騰收養的兒子。曹操從小聰明過人，遇事機警，少年時放蕩不羈，負氣仗義。喬玄很喜歡曹操，覺得他將來可以擔當國家之重任，就想把他送到淮江精舍寄讀。

顏衡看曹操雖然聰明機警，卻放蕩不羈，品格不夠誠實，言行不夠端正，任喬玄說破了嘴皮，他就是不肯收，使喬玄在曹嵩面前丟盡了臉。從那以後，喬玄再也沒踏進過淮江精舍。

年僅十二歲的周瑜憑什麼呢？沒有名士推薦，沒有家長領著。

答案在哪裡？淮江精舍的學子們都無心讀書了。

爲了讓學生們安心讀書，顏衡就講了一個發生在三年前的故事。

那天早晨，空氣也很清新，顏衡去淮江精舍南面的竹林中散步，見到一個衣衫不整，充滿稚氣的小男孩向他跑來，快到他面前時，被小石塊絆倒了。

顏衡把他扶起來，聽他用清脆稚嫩的聲音說：

「您就是顏夫子吧？」

「你怎麼知道我啊！」顏衡笑著很親切。他只有在學生面前才擺出一副威嚴的樣子。

「我姓周名瑜，廬江郡舒縣人，聽說顏夫子學識淵博，授業嚴謹，特來拜師。」

顏衡從未聽過這麼小的孩子說這麼文雅工整的語言。

「你多大了。」

「回夫子的話，我九歲了。」

「這麼小，你家的長輩呢？」

「我是一個人偷偷跑出來的。」

顏衡驚呆了。從舒縣到合肥有百餘里的路程，一個九歲的孩子是如何走完的，太難想像了。

「我在淮江精舍門外等了五天，門僕都不讓我進去。聽說夫子有時會到這裡散步，就來這兒等了。」

顏衡把周瑜抱起來，從未如此感動過，他心疼地說：

「孩子，這五天你是怎麼過來的，萬一再等不到我呢？」

「夫子，早在半年前，我就獨自一人來找你，但在中途迷了路，被幾個好心人送回家。這次我請一個客商把我帶來，我就住在他的一個朋友家裡。」

這孩子才九歲，求學求知之心如此堅決，不達目的絕不肯罷休，看他前額飽滿，眼睛雪亮，雙眉很長，鼻子高挺，典型的大智大慧、意志堅強之人。只是，淮江精舍學風嚴謹，權勢不能滲雜進來，人情也不能。

顏衡把小周瑜領到淮江精舍，洗漱一新，想著派人把他送回家。第二天，周家的大管家周生就帶著兩個家丁找來了。

從他口中，顏衡瞭解周瑜的身世：周家是廬江郡的世家大族，其父周異曾任洛陽縣令，如今是廬江太守陸康的軍師。周瑜的堂祖父周景、和他兒子周忠都做過太尉，顯赫一時。伯父周尚現任丹陽太守，手握重兵，是丹陽郡的實權人物。

周瑜見到周生，執意不肯回去，顏衡只好擺出師長的威嚴，用不容商量的語氣說：

「三年之後，我才能收你，想成爲淮江精舍的弟子，首先要聽師長的話。」

周瑜不吱聲了，低著頭。

「好，夫子，我三年之後再來，您一定不能再趕我走了。」

「這三年，你還要用心讀書才行，否則就是再等十年，也進不了淮江精舍。」

周瑜使勁兒地點點頭，含淚走了。

隨著光陰飛逝，顏衡於忙碌中漸漸地淡忘了這件事。他承諾的三年之期，只是隨口說的。人的熱血來之不易，相比之下，要有韌勁和耐性還要難上十倍。一個九歲的小孩子的熱血一過，就會把這個承諾淡忘的。

想不到三年之後的同一天，十二歲的周瑜又來了，並用自己的行動證明，在過去一千多個日日夜夜裡，他一刻也未忘記顏衡的教誨，顏衡送給他的儒家經典，他都能倒背如流。

2

舒縣有人口數萬餘戶，是廬江郡最富庶的小城，戰亂中偏安一隅。四年前，黃巾軍將領張曼成殺到舒縣時，右中郎將朱儁和騎都尉曹操的大軍也趕到，張曼成知難而退。

周家的宅院座落在城中心，分南北兩大院落，南院和縣衙只隔一條街。附近都是一座座深宅大院，業主非富即貴，三條最繁華的商業大街夾在它們中間。

周家大院最引人注目的是紅色的圍牆，顯示著高貴和輝煌，那沉厚結實的大門也是暗紅色的，透露著威嚴和莊重。兩座大院裡面共有百餘間房屋，舞榭歌臺，短亭長廊，點綴其間，富麗豪華中不失幽靜。

蔣幹陪著夫子顏衡來到周家大院。

周異聽說顏衡來訪，十分意外。自從周瑜被顏衡收為弟子，周異每年都要去兩次淮江精舍，送一些昂貴的特產或是精美的手工藝品，答謝師恩。

周異天庭飽滿，面部輪廓十分柔和，皮肉細膩，一看就知是個修養極好的人，但他兩邊的嘴角微微下沉，雙眉之間短蹙，又透露出威嚴和固執的一面。半年前，他身體多病，盧江太守陸康不忍心再讓他操勞，把他送回舒縣靜養。

顏衡開門見山地說：

「我來看公瑾（周瑜字公瑾）。」

周異怔了一下，似乎沒有聽明白：

「您是來找瑜兒的？」

「公瑾回家已經兩個多月了，一點消息也沒有，我很擔心。」

周異驚呆住了，臉上的表情驟然凝固：

「夫子是說，瑜兒離開淮江精舍兩個月了？」

「這兩個月，公瑾沒有回家來嗎？」

「沒有啊，我們連他的影子都沒見到。」

這回輪到顏衡臉上的表情凝固了。

二人面面相覷，心被巨大的震驚緊緊抓住了，好一會兒都說不出話。

周瑜到哪裡去了呢？他在幹什麼？爲何不回淮江精舍，也不回家？

在淮江精舍，周瑜年紀最小，同窗們開始都用懷疑和不屑的眼光看他，但很快就刮目相看了。午飯時，周瑜只吃一點點，有人問其原因，他說是爲了抵抗午間的睏倦，人只有處於半饑餓狀態，心思才最活躍，同窗們覺得深有道理，就紛紛仿效。

不到一個月，同窗們無不承認周瑜聰慧過人，聞一知十，觸類旁通，思想之深刻，聯想之豐富，一點也不像少年。只是有點清高和自負，以江山之才自許，古之聖賢，今之名士，無幾人能在他眼裡。

淮江精舍的藏書有幾萬册之多。來拜訪的人都要參觀書室，如果顏衡不在或是太忙，大都由周瑜陪同，進行介紹和講解。他對書室裡的書最熟悉，往往一聽書名，就能信手拈來。很多個夜晚，周瑜就在書室過夜，以書當枕。

對學業如此執著和勤奮的周瑜，怎麼會無緣無故地曠學兩個月呢？

周瑜的母親紀氏出來拜見顏夫子，聽說兒子失踪了，急得直落淚：

「這孩子經常會幹出誰也想不到的事情，總叫我擔心。」

「公瑾一定是有難言的苦衷，我們先不要責怪他。」顏衡仍然這樣想。

「夫子，小兒在臨別之前，可有什麼異樣？」

顏衡想了片刻，不得要領，就問蔣幹：

「公瑾學習刻苦自發，他不來問我，我從不管他。子翼，你和公瑾最親近，細細想想？」

「夫子，你還記不記得臨淮人魯肅魯子敬？」

「可是那個一年前想進淮江精舍求學的魯子敬？」

蔣幹點了點頭：

「在公瑾離開的前一天，聽說和他在一家小酒館裡飲酒。」

「這個魯子敬是誰？」周異禁不住問。

「是臨淮郡東城（今安徽定遠縣東南）人，學識不錯，人也十分聰明，曾經到淮江精舍請求入學，但他自幼父母雙亡，和祖母相依爲命，疏於管教，行爲放蕩不羈，我就沒有收他。他和公瑾談得十分投緣，公瑾還替他求過我。」

「莫非是瑜兒誤交了歹人？」

「魯肅倒也不是歹人。我沒收他，但不禁止他出入精舍，更沒有不許公瑾和他交往。魯肅家境富裕，喜歡四處遊蕩，路過合肥找公瑾敘舊，這也很平常。」顏衡連忙勸慰。

周異想了好久，也想不出周瑜的藏身之所，只好派人先送顏衡回合肥，再去臨淮郡東城縣的魯肅家找找看。

3

周瑜出生於漢靈帝熹平四年（公元一七五年），降生的那一刻是陽光最燦爛的正當午時。尋常嬰兒十月分娩，周瑜卻只在母親的肚子裡待了七個月。降生於人世的剎那間，他連一個啼聲都沒有，小得像一隻貓，而且沒有手指甲和腳指甲，連頭髮和眉毛都沒有。

有經驗的產婆斷言：這孩子活不了。然而，周瑜卻頑強地活了下來，身體瘦小卻極少生病，就像一根堅韌纖細的小草，柔弱中隱含著極強的生命力，任憑風雨吹打，雪霜欺壓，也無法滅絕他。小草挨過漫長的冬天，等到春風一吹，又長滿了大地。

周家是充滿書香的官宦大族，家風嚴正而不失寬容、公平和慈愛，三代以來未出一個紈絝子弟。周瑜的父親和幾個叔伯都是漢皇朝的良臣，權重而不失謙恭，位高而守身正直。他們聚在一起，談詩文論史哲，縱觀天下大事，從不涉足聲色犬馬。周家最考究的地方不是客廳，不是臥房，而是藏書閣。

周異十分嚴肅，但很少管教周瑜，一是周瑜先天就很弱小，不忍責罰他；二是周瑜自幼天資聰穎，又勤奮好學，過目不忘。

周瑜四歲的時候，周異給兩個周家的子姪講解《論語》之〈子路從而後〉。周瑜坐在一邊，神情十分專注，彷彿眞能聽懂幾分。這令周異大驚大喜，不住地撫其首稱讚。紀夫人聞知此事，特意在院中擺案燒香，感激上蒼的恩賜。

從那時起，周異夫婦全心全力地撫育周瑜，希望將來他能光大周家的門庭。

周瑜六歲時，就能有板有眼地閱讀文章了，還能從父親所作的〈洛陽賦〉中挑出幾處小毛病。文人墨客來拜訪，周異總是讓周瑜在座，與之對答幾句，不經意似地炫耀一番。

周瑜幾次跟隨父親和叔伯們，到都城洛陽參加大型的私人聚會。聚會上，官宦大族子弟雲集，華衣美食，吟詩誦文，爭鳴論辯。那時那刻的周瑜最風光，思如潮湧，出口成章，是少輩中最閃亮的人物，年長的才俊們對他是又嫉妒又敬佩。

周異喜歡給周瑜講故事，幾乎全是歷代賢臣名將的人物傳記，有治水的大禹、伐紂的姜子牙、變法的商鞅、輔佐齊桓公的管仲、伐齊的樂毅、吳國的賢相伍子胥、偉大詩人屈原、秦相范雎，更有開創大漢基業的蕭何、張良、韓信，中興漢室的功臣周勃、周亞夫，展現大漢天威的衛青、霍去病、班超等人。每次，周瑜都聽得很入迷，只聽一遍，就從不忘記。

周瑜最崇拜霍去病。那十八歲的青春少年，殺入敵陣，以八百騎士殺敵兩千餘，何等威風；二十二歲的霍去病，擊退匈奴千餘里，面對漢武帝的厚賞，大呼：「匈奴未滅，何以家爲也。」二十四歲再大破匈奴數千里，出現了有史以來第一次的「漠北無王庭」。

周瑜還對音樂有極高的天賦。在紀夫人和幾個樂師指點下，周瑜精通鍾律，絲竹八音，無所不能，撫琴時指法靈活得如行雲流水，琴聲優揚流暢時如淙淙溪泉，高亢急促時如萬兵湧動。

周家的好友中，就有天下最著名的雅樂大師杜夔，他到周家作客，偶爾聽到周瑜的琴聲，不由得爲之駐足側耳，欣然在旁指點。周瑜讀書累了，就自彈自詠，既解除了疲倦，又怡性情。

周瑜童年時身體弱小無力，與小夥伴玩耍，發生衝突時，動手打架幾無勝算，又不甘心總是吃虧，一向都是智取。七歲時，堂叔周景的兒子周昭經常到周瑜家玩。兄弟倆剛見面時，摟脖子抱腰，十分親熱，玩一會兒就會爭執起來。周昭自恃身高體壯，而周瑜從小驕寵任性，誰也不肯相讓，結果扭打起來，最後總是周瑜招架不住。

事不過三，周瑜被打了兩次，決心不再和周昭硬拚。周家大院裡有一條供人步行和遊憩的狹長曲廊，周瑜將一條細繩繫在貼著離地面一手掌高的欄杆上，然後去向周昭挑釁，猛地推他一把就跑。周昭無緣無故地被打，當然不肯罷休，在後面緊追，周瑜跳過了那道繩索，周昭卻被重重地絆倒，手和膝蓋都磕出血來。

周瑜自尊心極強，和大人們下圍棋，輸了就不甘心，還纏著對方非要再來一盤，若是對方不答應，他更是不肯擺手。周異告訴他，棋不是拗贏的，想贏棋必須要提高棋藝。於是，周瑜就將棋盤一擺，或是自己和自己下棋，或是研究棋譜，不分晝夜，棋藝果然增進神速，終於一一擊敗對手。

「勝利，是一件多麼快樂的享受，失敗則令人難以忍受。」周瑜每勝一盤，內心就有這樣的感受，人生豈不就像一盤棋。

在入讀淮江精舍以前，身體弱小的周瑜和許多世家孩童在一起時，居然建立起自己的權威，而且還能發號施令。

原來，周瑜自知打架是他的弱項，而讀史誦詩才是他的強項，於是就揚長避短，每當小夥伴們聚在一起，周瑜就把話題巧妙地轉移到讀書學習上來，他很快就成了中心人物。他們回到家，把周瑜的話照葫蘆畫瓢似地學一遍，就能得到長輩們的讚賞，後來才知道這都向周瑜學的。於是，「小神童」的美名就在舒縣傳開了。

「這孩子，年紀這麼小就如此苦讀，長大了一定有出息。」廬江太守陸康這樣說。

「讀書苦嗎？我覺得讀書很有趣，思考很有趣啊！天下沒有什麼事情比這更有意思了！」周瑜卻說。

陸康驚呆了，從此逢人就誇周瑜。

周異聽了，飄飄然如坐雲端。周瑜的才學增進越快，他對周瑜就越寬容，何況周瑜做什麼事都有他的道理，父子發生分歧，爭論的結果往往是周異理虧，他輸給自己兒子，還覺得十分光榮和欣慰。

周瑜入讀淮江精舍，成了顏衡最得意的弟子，周家人人全引以爲榮，臉上都沾了一層紅紅的喜氣，周瑜的一句話往往和父親同樣有權威。

周瑜哥哥周僙比他大兩歲，品性忠實仁厚，讀書刻苦，字秀文美，但和周瑜相比就遜色許多。他雖然是周家的長子，但事事都聽周瑜的。

然而，周瑜也有其難敎的一面。

有好多次，小周瑜想到後花園的水池邊玩水，紀夫人覺得天氣太冷，怕他感冒，不讓他去，他就躺在地上抗議。如果在他身邊的不是紀夫人，而是侍女，那她們就會被他折騰得死去活來，最後只能乖乖地服從他。

周瑜十歲那年，寫了一篇文章抨擊朝廷宦官專政，皇帝昏庸，還對幾個小夥伴宣講。周異知道後，嚇出一身冷汗，嚴厲地告誡周瑜。周瑜非但不聽，還滔滔不絕地辯解，氣得周異用竹條打他。

「你知錯了沒有？」

「我沒錯。」

「兒啊，快說，錯了沒有。說聲錯了，你爹就不打你了。」紀夫人在一邊急得要哭。

「我說的沒錯。」

周瑜死不認錯，令周異下不了台，又多打了他幾下。周瑜咬緊牙，就是不肯認錯，也不喊疼。

「好了，別打了，瑜兒知道錯了，瑜兒知道錯了。」紀夫人索性抱住周瑜。

周異實在不忍心再打了，只好騙人騙己，就把周瑜的沉默當成了認錯。

周瑜要入讀淮江精舍，周異很支持，但覺得他還太小，要過三年五載才行，但周瑜想幹的事，一天也不等。他不辭而別，獨自離家，摸索通達合肥的路。結果他迷了路，被好心人送回來時，已經蓬頭垢面，衣衫不整，像個流浪的野孩子。周異氣得狠狠地打了他一頓，還罰跪一夜，由於紀夫人苦苦哀求，罰跪才不了了之。

想不到周瑜癡心不改，越挫越奮，他暗中找到往返舒縣到合肥的客商，再次遠征合肥，終於見到了夢想中的顏夫子，雖然一時尚未能入讀淮江精舍，但也成功了一半。

這十四年，周瑜是幸福而又快樂的，無論在何處，都有許多人疼愛他，讚揚他。

【第二章】叛離師門

1

周家的僕人果然在魯肅家找到了周瑜。

當時，周瑜和魯肅等百餘名少年正在一個大操場上舞劍。他們都是魯肅召集來的，供給衣食，率領他們到南山一帶打獵，暗中則以兵法指揮。族中長輩對此十分疑懼，以爲魯氏家族衰落了，才生下這麼一個狂生。

周瑜面部輪廓非常明顯，那半鎖的眉、帶著濃濃憂鬱而明亮清澈的眼神，充滿了英氣，特別能打動人。

魯肅比周瑜大三歲，體貌魁偉，儀表堂堂，血氣方剛又韌性十足。他出生不久父母就死了，跟著祖母生活，家裡富有錢財，生性喜歡扶危濟困，結交英雄豪傑。

魯肅到淮江精舍求學不成，卻和周瑜成了朋友。有兩次路過合肥，他都和周瑜小聚。

魯肅在祖母的溺愛中長大，又喜歡四處雲遊，他的教育一半來自於書本，一半來自於實際的社會生活。他的許多見解和想問題的方式看起來很不正規，卻經常十分管用，給周瑜極大的啓發。相比之下，周瑜書生氣很濃，遇事不知變通，更不懂得委曲求全。但他出身於世家大族，從小博覽群書，受名師的嚴格指導，學識之淵博，見解之精深也常令魯肅自歎不如。二人促膝長談，經常在不知不覺中迎來了新一天的曙光。

兩個月前，魯肅到陳留國（今河南開封附近）探望一個同族長輩，途經合肥，見周瑜十分苦悶、彷徨，就邀請他一起去雲遊散心。周瑜對淮江精舍已經產生了懷疑和厭倦，急於想看一看外面的世界，是否和聖賢書上所說的一樣，就欣然答應，向顏衡撒了第一個謊。

二人從合肥途經揚州、壽春（今安徽壽縣）、譙郡（今安徽、河南間蒙城、亳縣、鹿邑等地一帶）和梁國（今河南商丘附近），於四日前才返回臨淮東城。

這是周瑜第一次遠遊，品嘗到了行萬里路的滋味。

魯肅在揚州有一個朋友叫杜甯，以販賣牛馬致富，兩年前，他在東城縣受到一夥地痞的刁難，被打成重傷，是魯肅救了他。所以，當周瑜和魯肅來到揚州時，就住在他家，被奉為上賓。

周瑜跟著魯肅穿梭於大街小巷，混跡市井之中，感覺十分新鮮有趣。但新鮮感一過，種種社會現實又令他觸目驚心。

到了晚上，周瑜剛剛躺下，就聞到一股幽香，一個亭亭玉立的少女走了進來。

周瑜雖然未親近過女色，但畢竟十四歲了，知道她要幹什麼，臉頓時紅了，說話也結結巴巴。

「我……要……睡覺了，妳出去……吧！」

「杜大爺叫我來，就是侍候公子睡覺的。」這少女一襲白衣，清秀可人，透出一股書卷之氣，不似煙花之女。

周瑜倒真有幾分喜愛，只是在強烈道德觀的約束之下，他堅決不肯讓她脫衣，情急之下，用力推了她一把。

她摔倒在地，淚水漣漣：

「公子不喜歡我，能不能讓我在你的房裡待上一個時辰。明天杜大爺問你，你就替我說兩句。」

憐香惜玉之心，周瑜還是有的，就同意了。

周瑜見她儀態端莊，儼然是書香門第的大家閨秀，怎麼就成妓女了？

原來，她姓羅名薇，其祖父曾官居三品，顯赫一時，後被奸臣陷害，病死於獄中。父親羅成是揚州才子，無意仕途，不喜武略，不屑商賈，就任教於國立的州學，所得俸祿尚足以養家活口，衣食無愁。

然而，揚州的州學從靈帝中平元年（西元一八四年）開始走下坡路。那一年，鉅鹿人張角的黃巾軍舉事，天下大亂，雖然第二年黃巾軍的主力被擊潰，但天下再也不太平了。由於州庫空虛，學生越來越少，刺史決定緊縮州學開支，首當其衝的是削減州學老師，羅成就在被遣散之列。於是羅成興辦私學，以養家糊口，但學生卻寥寥無幾，家境日益窘迫，從此一病不起，無錢醫治，在貧窮和淒涼中死去。羅薇為了葬父，便把自己賣入青樓。

杜甯知道周瑜是滿腹經綸的才子，應該喜歡讀過書的女人，就選中了羅薇。

周瑜聽完羅薇悲淒的身世，同情之餘，禁不住想：她家為什麼會有如此遭遇呢？

這一夜，周瑜見夜色很濃，風很急，沒讓楚楚可憐的羅薇回去，讓她睡在床上，自己睡地上。

周瑜想幫羅薇贖身，魯肅認為就是贖了身，又不能帶她走，一個孤身女子在亂世中如何託身呢？不過，在周瑜堅持下，魯肅還是替她贖了身。

周瑜第一次感受到人世的無奈。

•

周瑜和魯肅到了壽春境內，在一片樹林裡乘涼歇息時，遇到一個上吊的樵夫。

他被救下來時，已經不省人事了。醒來後大哭，還要上吊，拉也拉不住。

周瑜氣得一巴掌摑了過去：

「好男兒頂天立地，生當人傑，死亦鬼雄，我還第一次遇到像你這麼沒出息的人。連死都不怕，還怕什麼呢？」

那樵夫被周瑜打醒了，不再想上吊，卻低頭哭泣：

「我是最沒出息，最沒志氣……」

他姓田名單，大字不識幾個，憑著祖上留下的幾畝薄田和勤勞的雙手，溫飽有餘，娶妻張氏，是千千萬萬普通百姓中的一個。

張氏頗有幾分姿色，結婚一年多，二人守著貧賤之家，倒也相安無事，但在三個月前，她和村裡的一個叫王大元的暴發戶鬼混在一起，醜事敗露後，她索性住進了王家。田單上門尋妻，張氏執意不回去，還叫人把他趕了出來，他一時想不開就來上吊。

田單家就在前面的村莊，是周瑜和魯肅的必經之地。

「田小哥，我們走累了，今晚想在你們村裡歇宿，能不能住你家啊？」

「當然可以，只是我家太窮，怕招待不好二位公子。」

「只要有住的地方就行，」周瑜拍了拍他的肩頭：「我們還要幫你討回張氏。」他年少氣盛，俠氣十足，出身世族之家，一點不把暴發戶放在眼裡。

聽田單說，王大元一年前還窮得三餐不繼，到外面幾個月，不知幹什麼發了財，在村裡又蓋房子又買地，還娶幾房小妾，張氏只是其中一個。

「王家有十幾個家奴，一位公子……」

「這位周公子的家人都是大官，只要他出面，十個王大元也頂不住。」魯肅笑著說。

王大元胖得像隻熊，相貌醜陋，但他很識相，一見到周瑜，就知道是世家大族的公子，萬萬惹不得。

「周公子誤會了，張家妹子心甘情願到我家來，無人強迫她。在這個村裡，我從不搶女人。」

聽他的語氣，是張氏主動上門的，而且在這個村裡，這樣的女人很多，他都懶得要，根本不用去搶。

周瑜把張氏找來問，果然，她寧死也不肯回田家。

天下竟有這樣不知羞恥的女人！周瑜氣得直跺腳。

女人怎麼會變得這麼無恥？自高祖開創基業以來，不斷提倡禮教，孝武帝時更獨尊儒術，究其原因：其中有對理想君主和仁政的美好設計，故而帝王支持；有對個人修養與人生境界的理想評估，故而士人願意遵守；有對社會結構和倫理關係的合理規劃，有對平民生活和痛疾苦惱的熱情關懷，百姓也願意遵守。各階層的人有了一個統一的認知，天下才長治久安數百年。如今是怎麼了？就連最底層的百姓都離經叛道起來？

魯肅見周瑜第二天還在煩惱，就說：

「公瑾，你以前接觸的都是名流和顯貴，對下層社會太陌生了。像田家這類的事層出不窮，誰能管得過來？」

一路上，周瑜一直在思考這個問題。

到了譙郡境內，周瑜望著血色黃昏，一群飛鳥鳴叫著向太陽飛去，大腦忽地靈光一閃。

太平盛世時，百姓們生活穩定，都願意遵守儒家的規範，或者是不敢超越這個規範，否則就會被社會所不容。亂世中，人人自危，誰也不知道明天會發生什麼事，對未來沒有把握，及時行樂的思想就盛行了，人的種種欲望猶如脫韁野馬，失去了束縛。人人都自危，誰還會去管別人的事情？人人都不管身外之事，儒家的思想規範就失去了約束力。

沒錯，儒學只能守天下，不能打天下！

孔子一生七十三個春秋，經常帶著弟子們周遊列國，也想封侯拜相，將自己的思想主張付諸實施，卻四處碰壁，甚至差點餓死，形同喪家之犬，在孤獨落寞中完結了一生。以前我以爲是各諸侯有眼無珠，其實不然，是孔子的思想在亂世裡行不通。

周瑜大腦激盪，又想起了羅薇的悲慘遭遇。

州學裡的學生爲何減少？爲何羅成的私學無人問津？原因就是時局動盪，儒學正在失去他的社會約束力，誰還會學它？亂世之中，哪一門學問最有用武之地呢？

當然是兵家之學！對，要想在亂世之中立身，只有投筆從戎。

「啊——」周瑜仰望天空，突然大叫一聲，把魯肅嚇了一跳。

先我而畢業的學長們，都不得志。我只有棄儒學，習兵法，才可能在亂世中光宗耀祖，流芳百世。否則，學長們的今天，就是我的明天，羅成的遭遇，豈不等於我的一面鏡子？

棄儒學，習兵法，非要離開淮江精舍！

周瑜被這個念頭嚇了一跳。

這麼做，夫子和父母絕不會答應，我非要離開，一定會背上叛逆的惡名，那會怎麼樣呢？被逐出師門和家門，師徒成仇，父子反目，身敗名裂，多年功名毀於一旦。

如果不離開淮江精舍呢？

那後果豈不更可怕，一生最寶貴的光陰消耗在於無用之學上，這是萬萬不智的。有的學識是力量，有的則是束縛。我在淮江精舍的日子越久，思想觀念被儒學捆綁得越緊，就越不能適應亂世。在淮江精舍多待一天，受的「毒害」就深一分，這豈不是慢性自殺！

他一會兒這樣想，一會兒又那樣想，接連幾天都心不在焉，和魯肅的話都說得少了。

2

抵達譙縣，周瑜猛地想起一個人——曹操。

十多年前，曹操由喬玄推薦，想入讀淮江精舍，被顏衡拒絕了，此事傳得很廣。以前，周瑜覺得曹操沒能入讀淮江精舍，是個「不入流」的人物，如今卻不這樣看。

曹氏是譙縣的大姓，曹操在譙縣無人不曉。

他二十歲時，被推舉為孝廉，作了郎官，出任洛陽北部尉。在任期間，將「五色棒」掛於尉門左右，遇到犯禁之人，不管是誰一概棒殺。靈帝最寵信的小黃門蹇碩的叔叔夜行，被曹操逮住，亦隨即棒殺，頓時京城震動，無人再敢觸犯。靈帝的近臣們都對他恨之入骨，卻又懼服。

後來，曹操被推薦為頓丘縣令，不久又被召回任議郎。在此期間，曹操大膽上書，指出朝廷奸佞當道，良臣受擠，亟需改革，可惜不被靈帝採納。

黃巾軍起事，曹操被任命爲騎都尉，征討潁川（今河南中南部一帶）的黃巾軍，大獲全勝，升任濟南相。濟南轄有十幾個縣，縣中長官大多巴結依附權貴外戚，貪污受賄，名聲狼籍，於是曹操上奏朝廷，罷免了許多人，禁閉濫設的祠屋，犯法作亂者逃跑他鄉，轄內秩序井然。

周瑜聽了這些故事，對曹操更是刮目相看，心嚮往之。

他和魯肅到譙縣時，正趕上曹操也在。朝廷任命曹操爲東郡太守，他拒不就任，回到家鄉，在城外建築房屋，春夏研讀史書經籍，秋冬外出打獵。

這才是在亂世中，有所作爲的人物啊！

「我想拜訪曹操。」周瑜對魯肅說。

「聽說曹操很喜歡結交俊才，我們倆一定會受到禮遇的。」魯肅很有信心地說。

到了曹府，周瑜遞上一張名帖，上寫「淮江精舍弟子周瑜拜見」。

淮江精舍名動天下，到哪裡都是一塊很好的敲門磚。想不到曹操看了這個名帖，竟然不見，令周瑜十分失望。

「想見曹操，我有辦法。他畢竟是我們的前輩，多拜見幾次不丟臉。讀萬卷書不如行萬里路，行萬里路不如閱萬個人。」

魯肅在城外有個朋友叫周雍，其叔周旋，和曹操是故交，請他寫信推薦，曹操一定會接見。

二人找到了周雍叔姪，順利地拿到了推薦信，再去曹府，想不到曹操還是不見。

「曹操爲何不見我們呢？」魯肅問周旋。

「第一次不見你們，是因爲他瞧不起淮江精舍的人，不屑一見。」

這深深刺激了周瑜：原來淮江精舍的弟子在某些人眼裡，竟然一文不值，而這種人在亂世之中，卻最可能成就霸業。

「那第二次呢？」

周旋微笑不語，似乎知道其中緣故，卻不肯說。

數年之後，周瑜和魯肅才知道曹操第二次不見他們的原因。

曹操不肯就任東郡太守，原因是朝廷宦官專制，外戚橫行，他恐怕長此下去會帶來殺身滅族之禍，便稱病告歸故鄉。

就在周瑜和魯肅求見曹操這段日子，冀州刺史王芬、南陽人許攸和周旋等策劃廢除靈帝，立合肥侯爲帝，原因是認爲如此方能革新除弊。曹操當然是他們想拉攏的第一人選。

曹操卻覺得，廢立帝王是天下最不祥之事，古人權衡成敗而做得好的，要數商代伊尹和前朝霍光。伊尹是開國功臣，據宰相之勢，處群臣之上，所以計從事立。霍光受託國之任，藉宗臣之位，內靠皇太后秉政的威重，外依群臣同欲之勢，方才成功。如今王芬、許攸和周旋等人結衆連黨，力量和孝景帝時的七國難以相比。合肥侯之貴又比不上吳王劉濞。吳、楚七國之亂都被迅速撲滅了，王芬一干人怎麼可能成功？

那段日子，曹操拒見周旋，何況是他推薦來的人。

曹操頗有先見之明，王芬等人果然沒有成功，招致殺身之災。

這一路上，周瑜和魯肅看見很多村莊人丁稀少，甚至空空如也，村裡人或是被抓去當兵，或是服苦役，或是去逃荒，或是躲匪亂，一派衰亡景象。

最令周瑜心驚肉跳的是發生在梁國境內的一次經歷：他和魯肅來到一座山坡下的村莊，只見村裡空無一人。二人實在餓了，想隨便找點吃的。他們走進一戶人家的廚房，掀開鍋蓋，都大叫一聲，差點暈了過去。

原來，鍋裡是一個死嬰，身上的肉都不見了，只剩下頭和一具纖小的骨架。

村口又有兩具開始腐爛的屍體。他們看上去是逃荒的，只是剛走出村門口，就支撐不住了。更有甚者，南逃的北方百姓越來越多，聽他們說，中原更亂，各方豪強擁兵自重，相互征伐，各地的農民舉事此起彼伏，朝廷的政令越來越無力了。

如今這種形勢，若由我周瑜來任一方長官，以儒家學說治理，大概很快就會被其它豪強吞掉。天下大亂，不可避免。亂世出英雄，看看春秋戰國吧！湧現出多少流傳千古的人物。一個充滿機遇的亂世已經降臨了，我要有足夠的勇氣和意志迎接它才行。然而，亂世必然是血腥的，要靠赤裸裸的殺戮和征伐，所以想在亂世中幹一番大業，必須靠兵家謀略。

這種認識越清晰，周瑜越有緊迫感。

3

在周家的僕人未到時，周瑜的決心已定：離開淮江精舍。用一時的身敗名裂，賭一個光明的前程。

淮江精舍是讀書人心中的聖地，我背叛了它，就等於和天下的讀書人翻臉。但天下還有許多像曹操和魯肅這樣的人，不愁沒有我立足之地。背叛淮江精舍，被逐出家門，至多不過流浪四方。行萬里路，勝過讀萬卷書，這恰恰是我想做的。

還是，再過兩年，我完成了全部課程，名正言順地離開淮江精舍，再做其他事……。但是，明知再待下去非但無益，反而有害，就因爲害怕淮江精舍的勢力壓迫，便不敢尋求眞理，這種心態一旦主宰了我，以後還怎麼做大事業呢？

庸碌無爲地過一生，活著就沒有任何意義了，那還不如在家睡大覺，連淮江精舍都不用進了。這麼多年，我埋頭苦讀，放棄許多常人的安逸和樂趣，爲了什麼？不是爲能一生舒服地活著，而是爲了夢想、榮譽和尊嚴。

夫子一生尊崇孔子，鑽研和傳播儒術，無比執著，儒學思想在他的意識裡根深蒂固，他絕不可能改變信仰。看來，只有我背叛師門了。

在亂世中，強秦平定六國，項羽推翻強秦，高祖建立漢朝，靠的都不是儒家學說。淮江精舍的學識只能守天下，不能平天下。如今宦官專政，國家腐敗到極點，朝廷失控，賣官鬻爵，乃是敗亡之兆，各地豪強擁兵自重，天下大亂已經定勢。儒家之士將淡出，兵家之傑將主宰天下。

周瑜又想起了順安客店門外的那棵枯樹上的鳥窩：那棵樹雖然很高大，但已經枯萎了，或是被風雨吹倒，或是被人砍倒。但雀鳥還把窩築在上面，自以爲高高在上，風光無限，大禍臨頭尚且不知。漢皇朝就是那棵樹，周家和淮江精舍就是那個鳥窩，我就是鳥窩裡的小鳥。小鳥不可能讓枯樹逢春，只有在枯樹倒下之前，自己飛走。

淮江精舍的學長們，一定也會有人贊同我的想法，但他們沒有勇氣。自春秋戰國至今，草莽之人往往比飽學之士更能成就霸業，憑的是什麼？唯勇氣與睿智。讀書的最終目的不是增強自身力量，而是改變自己的命運。

亂世中的機遇最多。像王大元，他無權無勢，又無學識，卻能一夜暴富，改變自己的命運。我們有權有勢有學問，若也能抓住機遇，前途之大不是我們現在所能想像的。

盛世有盛世的競爭法則，亂世有亂世的生存竅門。亂世來了，許多人還在沿用盛世法則，不懂權變，所以招致衰敗，羅成就是這種人。許多在盛世中過得不好的人，沒有思想包袱，往往能很快接受亂世洗禮，王大元就是這種人。啊！兩個小人物的命運蘊藏著發人深省的道理。

我的學長們都是最優秀的才俊，在太平盛世，都是天下棟樑，然而遭遇亂世，若不能及時轉舵，必會壯志不得酬，在苦悶彷徨中過一生。

多麼可惜啊！他們若能從我的背叛中清醒過來，也走出這艱難的一步，那我的背叛就有意義了。長痛不如短痛，快刀斬亂麻，向夫子言明一切，我就不信天會塌下來。

周瑜向魯肅辭行，魯肅親自相送十餘里。他知道周瑜年少氣盛，性格太過剛烈，臨別時再三叮囑，要他見了顏衡之後，言辭千萬不要過激。

•

師徒二人相見，顏衡看著周瑜，有說不出的陌生感。

「公瑾，你有什麼話要對我說。」

「夫子，我不想再待在淮江精舍了！」周瑜下了無數次決心，才當顏衡的面說出這句話。遲早都要說的話，宜早不宜遲，在心裡憋著，太難受了。

「爲什麼呢？」顏衡不敢相信自己的耳朵。

周瑜欲言又止，低頭不語。

「你說，這是爲什麼？難道我不配當你的師長？」顏衡臉上的慈善漸漸消退。

「夫子，我覺得……淮江精舍教授的學業已經不合時宜了……」

「什麼，你說什麼！」顏衡的聲音在發抖。

「夫子，我說的是事實啊！這三年，從淮江精舍畢業的學生有六十七人，我將他們的經歷和處境探查得很清楚了，無一不是步履艱難，壯志難酬，有的甚至落魄到給商賈之家當簿記……夫子，事實勝於雄辯……」

「什麼事實！你……你……」顏衡一生傳道授業，幾曾聽過這樣的話，氣得他臉色發白，渾身發抖：「難道只有求得功名利祿才算成功嗎？難道淮江精舍的弟子都是有學無用之人？」

「淮江精舍曾經人才濟濟，然而，時代已經變了……」周瑜據理力爭。

守在一邊的蔣幹使勁兒地給他打眼色，周瑜只當沒看見。

「時代怎麼變了？」

話已至此，周瑜完全豁出去：

「夫子，盛世變亂世，禮崩樂壞，倫常、道德、社會、價值觀都已急遽地改變，儒學已經不合時宜了。」

「難道我是在誤人子弟？」

周瑜還想說什麼，見顏衡氣得雙眼冒火，渾身顫抖，又咽了回去。

這似乎是種默認。

顏衡氣得眼前一陣陣發黑，恨不能一巴掌摑過去。這是他有生以來第一次有想打人的衝動。對於一個師者，再也沒有比「誤人子弟」這四個字更具污辱感了。

「夫子請勿動氣，公瑾年輕氣盛，說話難免莽撞。」蔣幹忙打圓場，轉頭對周瑜說：「公瑾，天下大亂的話萬萬不能再說了，這要掉腦袋的。」

「夫子，春秋戰國時代，百家爭鳴，才產生那麼多偉大的思想家，把人們從愚頑和蒙昧中解放出來。強秦殘暴，焚書坑儒，不許人們把心裡的話講出來，十五年便覆滅了。淮江精舍若想長盛不衰，必須要廣開言路，吸收各種有用的學識，因應時事變化。」

「你是想和我辯論了？」直到此時，顏衡才發現周瑜驕狂自負的一面：「你說，你說。」

周瑜眞的朗聲說：

「『仁』和『禮』是孔子眼中兩個最重要的德行，且是賢者的行爲標準。然而在亂世之中，賊匪橫行，兵亂四起，我們只講『仁』和『禮』，或是把『仁』和『禮』放在首位，連自己都保護不了，如何保護百姓呢？學而不能用，爲何還要學呢？」

若在平時，顏衡可能會對周瑜的話進行反思，可如今他已經怒火沖天了，一個字也沒聽進去。尊重師長，維護長輩的權威，是顏衡最堅持的禮節和修養，連此都不具備者，與畜牲無異。

「公瑾，你快住口。」蔣幹急忙又阻止他。

「我怎麼會教出你這種大逆不道的學生?」

周瑜想起那個鍋裡的死嬰和村口的死屍，情緒也激動起來，聲音提高：

「到底什麼是大逆不道?朝廷腐敗，民不聊生，這是爲什麼呢?從合肥到陳留國的路上，到處可見綱紀崩裂的景象，寇賊橫暴的痕跡。活生生、血淋淋，誰看了都會觸目驚心。夫子，您應該走出書齋，去看一看現實世界。」

「朝廷確有過失，但這主要是黃巾賊的罪過。若非他們叛亂，百姓怎麼會遭殃？」顏衡一揮手，不容周瑜再辯解下去：「我當初怎麼會收你，還想把淮江精舍交給你，我眞是有眼無珠啊……」他禁不住老淚縱橫，說不下去了。

「夫子……」周瑜眼睛一紅，正想上前勸慰顏衡，卻被喝止住了。

「別再叫我夫子!從今以後，我們師生情誼一刀兩斷。」

「夫子，公瑾年紀太小，被寵壞了，書讀得太多，人有點傻乎乎的，說話太直，您就寬恕他吧!」蔣幹按著周瑜：「公瑾，快跪下給夫子賠禮。」

顏衡坐著沒動，顯然是想給周瑜一個機會。

周瑜站著也沒動，腦海中浮現的是那個鍋裡的死嬰，耳邊彷彿迴響著死嬰的啼聲。

我沒有錯。夫子不也教導我們，君王和讀書人都要以民爲重，社稷次之嗎?夫子和皇帝一樣，體驗不到百姓的疾苦，我這是在替天下窮苦百姓申辯吶喊，何罪之有?何錯之有?

這樣一想，他感覺很悲壯，很崇高：我爲窮苦百姓吶喊，上天會保佑我。

「公瑾……」蔣幹急得直跺腳。

「不要說了，還當我求這個畜牲不成？」顏衡拍案而起，臉上肌肉不住地抽搐著，神情可怕到極點：「快把他給我趕出去！」

「夫子，就讓歷史來證明這件事吧！」對這種結果，周瑜並不感到意外。他走出淮江精舍時，蔣幹追了出來，連連歎息。

「公瑾啊！你太年輕了，涉世太淺，不知天高地厚。你的話有道理，但要換一種方式說，換一種場合說。如今形勢怎樣收拾呢？」

周瑜一字字地說：「我——沒——有——錯。」

●

天地這麼大，亂世剛剛開始，有無數的機遇在等著我。即使夫子和父親不趕我，我也不會待在家裡。

周瑜這樣想著，就昂首挺胸走進家門，反倒有幾分不畏強暴的英雄氣概。

周異聽了兒子的所作所爲，幾乎要暈過去，捶胸頓足，連稱家門不幸，對不起祖宗。

「我這麼做，也是要光宗耀祖。天下大亂之時……」

「住口，你這逆子！」周異厲聲打斷了兒子的話：「你再說這種話，我就割下你的舌頭。」

周瑜長這麼大，還從未聽過父親說如此重的話，後面的話又咽了回去。

「兒啊！周家世代蒙受皇恩，將來你是要入朝伴君的。你是顏衡夫子最得意的門生，就憑這一點，到洛陽不難平步青雲，對於來路不明的人，少來往才好。」紀夫人抓住周瑜的手，哀求般地說：「我和你爹，還有你的叔伯們，都把你前途安排好了。兩年後，等你從淮江精舍畢業，便送你入朝任祕書郎。品位雖不高，但所接觸的都是天下最有學問的儒家大師，和他們在一起，你會受益極深，還有許多親近皇帝的機會。那時候，你也不過十六歲啊！」

「母親，按妳說的，看似平步青雲，實際是走進一個腐朽皇朝的墳墓，做一件殉葬品。」

「你對朝廷不滿，又不屑於儒學，難道你想學黃巾賊造反？」周異越想越害怕：「周家世代忠良，你想當逆賊，家法定不能容，第一個要殺你的就是我。」

「如今想造反的人這麼多，您能殺幾個呢？」事到如今，周瑜心一橫。

最後，周異擺出家長的威嚴：

「君叫臣死，臣不得不死，父叫子亡，子不得不亡。今天，你即刻去向顏夫子負荊請罪！」

「爹，要成大事，首先要看清天下大勢，再來選擇自己的學業，這是順水行舟。如果兩耳不聞窗外事，抱著書死讀一通，漠視時局之變化，那就是逆水行船，會被風浪打翻覆滅。」

「回，還是不回？我不想聽任何理由。」周異根本不許周瑜辯解。

「我不回去。」周瑜寧死不屈。

「你走吧！就當我沒生你這個兒子。」周異徹底絕望了，揮揮手，有氣無力地說。

「兒啊，快給你爹認錯。」紀夫人急得直跺腳。

「我沒有錯。」

周瑜走出家門，雖然感覺一片茫然，但身心卻十分暢快，似乎掙脫了兩條沉重的鐵鏈束縛。今後天寬地廣，任他馳騁。

一個血腥殘酷而又充滿機遇的英雄時代到來了，等待我的將是一種全新的局面！

4

被趕出家門的當夜，周瑜在清冷的長街上徘徊，讓冰涼的夜風吹他。他需要這種刺激來激發內心深處的熱血與吶喊：我一定要用行動來證明。

第二天一早，紀夫人的侍女湘兒背著兩個大包裹找到了周瑜。

紀夫人讓周瑜暫且在客店住下，等周異的氣消了，再搬回家。周瑜也想和母親相聚幾日，再去找魯肅。

周瑜是舒縣最年少的名流，人人都認得他。所以現在他走到哪，都會被異樣的目光包圍，彷彿成了過街老鼠。昔日的朋友，都是世家子弟，如今視他如洪水猛獸，遠遠避之，周瑜對此並不在乎：天下大亂，盜匪橫行，統兵勝敵的人才最有用武之地。他們不理睬我沒有關係，我去從軍，先在軍中做文書工作，然後再學習用兵之法。

說從軍就從軍，紀夫人無可奈何，也只有支持他。

在舒縣至合肥的途中，有一座小城，城外有一座大兵營，隨時待命應付合肥一帶突發的叛亂。周瑜來到兵營門口，像一個虔誠的教徒找到了可以皈依的神靈，就連大門口的小石塊在他眼裡，都閃著奪目的光輝。如今兵荒馬亂，誰家男兒不努力逃避兵役，自願上門的極少，他的出現，頗引人注目。

這座兵營的主帥姓朱名儁，在和黃巾軍的戰爭中立下了赫赫戰功。如果沒有他，舒縣就會被黃巾軍洗劫一空。

周瑜早就聽說過朱儁的威名，剛一從軍就能在他麾下，眞是太幸運了。更想不到的是，朱儁一聽是舒縣的周瑜，竟然親自接見。周瑜又驚又喜，認爲是朱儁聽說過他的「神童」美名，要委以重任。想不到，由於盧植的引見，朱儁和顏衡成了好友。朱儁對朝廷忠心耿耿，且十分佩服顏衡的氣節和才學。他聽說周瑜背叛師門，顏衡因此一病不起，準備親自接見周瑜，想替顏衡出氣。

朱儁以長輩的口氣和言辭訓斥周瑜。周瑜年少氣盛，不甘示弱地和朱儁辯論。朱儁說一句，他能說三句，一點也不理虧，竟然把朱儁辯得難以招架。

朱儁話鋒一轉，指責起周瑜來：

「你離經叛道，拂逆夫子，天地所不容！」

「夫子所傳之道，不能解我心中之惑，道不能解惑即非道，哪來叛逆？」

「你根淺惑深，心虛志傲，當然不解夫子之道！」

「我習書十年，儒學經典無一不通，已經讀透夫子之道，」周瑜大言不慚：「亂世不是用儒之地，治亂世只需一兵一法。」

「你這是妖言惑衆！」朱儁怒道：「如果人人尊師重道，這天下豈會這麼亂？」

「爲政者無道，夫子失道，如何天下不亂？」

「放肆！」朱儁厲聲道：「夫子失道，還不是你輩造成的！」

「夫子之道若可行，將軍何須手握重兵，坐鎭於此？難道將軍只爲了鎭壓滿口妖言的儒士？」

「這……」朱儁一時語塞，沉吟道：「你可以背棄儒學，但你不能拂逆夫子啊！」

「儒學是盛世的法寶，亂世的廢物，早已不合時宜。我不想再被儒學所誤，及早離開，免陷夫子於不義！」

「背叛師門就是不義！」朱儁老羞成怒。

「為一個腐敗的朝廷盡心盡力才是不義！」周瑜不甘示弱。

有好心的將官向周瑜使眼色，周瑜只當沒看見。

朱儁一氣之下，下令把他亂棍打出。

棍棒落在周瑜身上，是鑽心的痛，但周瑜沒有逃跑，而是大步走出去的。

其實，朱儁相當善良，雖然和周瑜立場不同，但他覺得周瑜人才難得，又十分喜歡他不畏權威的倔強性格，才只以棒打了事。否則，就憑周瑜那麼大逆不道，大可將他斬首。

第一次從軍，周瑜連營區裡的方向還沒分清，就差點沒命了。

那幾個兵卒下手很重，周瑜的後背、臀部、大腿和小腿都大塊紅腫，痛徹入骨，但他咬緊牙，哼都沒哼一聲，淚珠在眼眶裡打滾，就是沒掉下來。不過，這令他足足休養了半個月。

●

紀夫人對兒子還不死心，請來一個說客，就是周瑜的音樂老師之一杜夔。

杜夔曾在朝中任太樂丞一職，性格耿直，看不慣宦官專權和外戚結黨營私，唯恐一時不慎，惹禍上身，就辭官而去。他堪稱天下第一樂曲大師，到哪裡都有附庸風雅的世家大族熱情招待，故而見多識廣。他和周家算是故交，這次途經舒縣，特意來周家拜訪。周異夫婦覺得周瑜和杜夔還算投緣，就請他來勸周瑜。

杜夔將周異夫婦的話重複了一遍，就像背書。

周瑜當然不會動搖。杜夔親昵地拍拍他肩頭，就不再相勸了。原來，杜夔竟同意周瑜的主張，只是受周異夫婦之託，要忠人之事。

二人頓時親近起來，談得很熱烈。

「我遇到一個人，他很像你，但比你大很多。」

「誰啊？」

「他姓劉名備，字玄德，涿郡涿縣人，據說是孝景帝之子中山靖王劉勝的後代。他是淮江精舍創始人之一的名儒盧植的門生。牽強地說，還你的學長呢！」

周瑜來了興趣。

「劉備身在名師門下，卻不喜讀書，中途輟學，甘願放棄大好前程。這點和你很像，但他性格外圓內方，能全身而退，和盧植關係仍然融洽。他少年喪父，家境清寒，爲此，學了一手編草席和草鞋的好手藝，走到哪裡，賣到哪裡，竟然行了萬里路。」杜夔說到這，頓一頓：「盧植還有一個門生叫公孫瓚，是劉備的學長，在幽州任校尉。我和公孫瓚相識，路過幽州時去看他，正好遇到劉備，一席長談，我才發現劉備讀書不多，但見識不凡，極具英雄器量。」

「這全是雲遊天下之故。」周瑜無限嚮往地說。

於是，他又覺得雲遊天下是急務，從軍次之。

紀夫人覺得周瑜年齡太小，社會經驗又少，而且年少偏激，太容易與人起衝突而受到傷害，死活不依。周瑜面對母親的眼淚，行期一天天地往後拖。

然而，從淮江精舍傳來一個消息，使周瑜的行期無法再延後。

——顏衡病逝了。

●

周瑜和顏衡的決裂以及出走，在淮江精舍引起軒然大波，雖然無人敢步周瑜的後塵，但「學」心大亂，學生們私下對「儒學在亂世中的前途」議論紛紛。爲此，顏衡一病不起，不久就吐血而亡。

罪魁禍首無疑是周瑜。

這個消息震驚天下讀書人。

紀夫人嚇壞了：氣死自己的業師，人神共憤，淮江精舍學生一定會來興師問罪，老爺爲了周家榮譽和平息天下讀書人的怨憤，很可能會把瑜兒打死。要讓他出去躲一躲，就到臨淮郡魯肅家去好了，過兩年再回來。

於是，周瑜被母親悄悄地送出城。

出城時，天還未亮，城門還沒開。紀夫人用三千錢買通城門尉。她爲避人耳目，沒有送周瑜太遠，肚子裡的千叮萬囑，一個字也說不出來，全化作如雨而下的淚水。

周瑜也是感慨萬千：

母親是不願意很多人看到我，不願意讓我受更多的歧視和污辱。唉！想不到我一個遠近聞名的「神童」，這麼快就變成一個離經叛道，人人喊打的「逆子」。爹、娘、大哥，還有每一個周家的人，爲了你們，我一定幹出一番轟轟烈烈的大業，光耀門庭，讓你們感到驕傲。我要讓每一個舒縣人和每一個淮江精舍的人都看到——我沒有錯，將來發生的大事將證明，我沒有錯。

我不是有意氣死夫子的，我和夫子爭論，是爲了天下百姓！上天給我這樣的才智，就是要我拯救天下百姓，而要救天下百姓，必須先放棄儒學，探索生路。我亡命天涯，就是要探索出一條救國救民之道。

凡是成就大業的人，無一不是受盡委屈和磨難。越王勾踐負亡國喪家之痛，臥薪嘗膽，十年生聚教訓，十年強兵富國，終於滅吳復仇。他爲了復國大業，能以一國之尊替夫差牽馬，相比之下，我這點委屈根本就不算什麼。

當太陽升起時，周瑜的抑鬱一掃而光，亢奮地對著晨曦，挺起胸膛。

「故天降大任於斯人也，必先苦其心志，勞其筋骨，餓其體膚，空乏其身，行弗亂其所爲，所以動心忍性，增益其所不能。」上蒼是偏愛我，覺得我能承受得起，才讓我受這些磨難，將來好做一番驚天動地的大業。和天下相比，淮江精舍太小了。天下才是人的最高學府。我離開淮江精舍，就入讀於「天下」，這可是升了一大步，祕書郎府衙的那個小鳥籠豈能與之相比？

這樣想著，周瑜渾身充滿了使不完的勁兒，面對初升的太陽長笑兩聲，大呼：

「天下者，吾輩之天下，國家者，吾輩之國家，吾輩不與孰與乎？天下興亡，吾之興亡。」

5

想起顏衡的死，周瑜很悲痛，覺得這似乎是上天有意安排，來堅定他的意志。

夫子因我而死，我只有成就一番大業，他的死才有價值。有朝一日，我功成名就，還要到淮江精舍拜祭夫子，重續師生之情。

紀夫人最怕淮江精舍的人找到周瑜，淮江精舍的人也以爲他會千方百計地躲起來，他們萬萬沒想到，周瑜竟敢主動送上門。

周瑜抵達合肥城，找到商谷，探聽到顏衡的墓地所在。

在一個清新的早晨，他帶著香燭、香爐、紙錢、杜香和一條掃把，來到顏衡墓前，先把墳墓周圍的枯草和塵土掃走，將香爐和香燭擺好，拜了三拜，然後將杜香點上。

「夫子，在我心中，您永遠都是我的師長。此心此情，天可明鑒。」

想起往日師生之情，周瑜禁不住淚水漣漣。

他將一張張紙錢慢慢地投入火堆，直到將近晌午，才把紙錢燒完，剛一站起來竟差點跌倒。原來雙腿跪得時間太長，都麻木了。

周瑜忽然聽到身後傳來一陣紛雜的腳步聲，知是淮江精舍的學長們趕來了。

他坦然地面對他們。

「周瑜，你還敢來這裡……」

「周瑜，你還有臉活在這個世上……」

「是你害死了夫子，天下讀書人都不會原諒你的……」

……

指責聲和辱罵聲幾乎把周瑜淹沒了，不斷有手指在他的鼻子上點來點去，說到激昂處，甚至有人將一口唾沫吐到周瑜臉上。

周瑜一動不動地站著。

「你說話啊，你不是總有道理可講嗎？」

「我當然是有道理，但，」周瑜臉上平和，語氣鏗鏘：「我與你們的識見、眼界、和所認知的外面世界，南轅北轍，你們目光只及於眼前三寸，而我已預見未來數年，如何與你們講理？毋庸多言，未來即將開展的變局，會證明這一切！」

「夸夸其談！」

「國之將亡，必有妖孽！」

「這麼說，你還是堅持自己沒有錯？」

「不是『沒有錯』，是絕對正當，是明智之舉。」

周瑜這話一出，又是一陣來勢洶洶的討伐聲。

周瑜置身其中，宛如狂風駭浪中的礁石，任憑風浪多大都不動搖。

眾學長罵累之後，就將周瑜趕走了，不准他再到顏衡的墓前來祭拜。幸好他們都是斯文讀書人，只是動口不動手。

周瑜走出眾學長們的視線，才平靜地抹去臉上唾沫，像是什麼事都沒發生似的，絲毫沒有憤怒和怨恨之意。

•

「公瑾。」

是蔣幹在叫他。

「子翼，我知道你一定會來找我。」周瑜轉過身，微笑著說。

「公瑾，你眞的不怪學長們？」蔣幹見周瑜還能笑得出來，十分驚奇。

「沒把我送到官府，可見他們心中還有一點同門之情，我一點都不怪他們。」

「走，我們去喝兩杯。」蔣幹拍拍他的肩。

「子翼在此時還敢請我喝酒，此情此義，我終生不忘。」

「夫子的死並不全是你的責任。這幾年，他老人家就是諸病纏身。」

二人爲了避人耳目，就到一家極偏僻的酒館，蔣幹要幾個簡單的菜和一壺醇酒，低聲說：

「許多學長都覺得你可能是對的。」

「天下萬物，唯道獨尊，權爲輕，威次之。」周瑜高興地說。

「公瑾，許多人在徘徊、觀望，包括我，你卻先行一步，你成功了，是替我們殺出一條血路；失敗了，則給我們提供借鑒。無論是成是敗，我都替要淮江精舍的學長學弟們敬你。」蔣幹舉起杯。

周瑜聽得心頭大震，幾分悲壯，幾分豪邁，全化作一股激情，將杯中酒一口乾盡：

「人生數十年，笑看天下英雄豪傑，能有幾盞春秋……」

周瑜在合肥城住一晚，翌日淸晨，蔣幹悄悄地將他送出城外，並以一匹白馬相贈。周瑜感激不已，與蔣幹依依話別。

他朝著太陽升起的地方，打馬而去。

師門和家族容不得他了，過去擁有的一切都不再保護他，甚至成了他的敵人。天無涯，地無角，山高路長，人海茫茫。

大漢朝垂而不死，帝威猶在，豪強擁兵自重，百姓聚衆揭竿而起……而周瑜只有一匹白馬，一把長劍，還有一箱書。

【第三章】小　喬

1

周瑜離家這兩年，東漢皇朝更加風雨飄搖。

宗室太常劉焉見國家已亂，就別有用心地向靈帝建議：「各地叛亂不止，乃因刺史位輕權小，無法威鎮一方，令行禁止。應該改置威重位高的州牧，選用有清廉名聲的重臣擔任。」

靈帝胸無韜略，只能聽從。自此，中央更弱，地方更強。

中平六年（西元一八九年），靈帝病重，欲廢太子劉辯，立幼子劉協為帝。宦官蹇碩進言，欲立劉協，要先殺劉辯的舅舅——手握重兵的大將軍何進。何進的朋友潘隱聽到風聲，通風報信，何進才逃脫此難，並率軍進入各郡國在京城的官邸——百郡邸，聲稱有病，不肯進宮。

不久，靈帝駕崩，劉辯即位，是為少帝，何太后臨朝，何進掌握了朝政大權，先把蹇碩下獄，並計劃將一干宦官一網打盡。但他畏懼宦官勢力根深蒂固，大事不成，就聽從司隸校尉袁紹的建議，招喚各地猛將，率重兵來洛陽助勢。

并州牧董卓就接到了這個邀請。

蹇碩大懼，就和同黨的中常侍張讓、趙忠、宋典等人密謀，假傳何太后旨意，將何進騙進宮，由尚方監渠穆將他殺死於嘉德殿前。

袁紹聞知，便和他的堂弟虎賁中郎將袁術等殺進皇宮，見宦官就砍。結果宦官勢力也遭到毀滅性的打擊，從此一蹶不振。

董卓率大軍趁機進京，把持朝政，引起大臣們極度不滿，各州郡太守更是不服。

•

舒縣偏安一隅，像是驚濤駭浪中平靜的孤島。舒縣人日出而作，日落而息，過著悠閒平靜又安穩的生活，彷彿天下大事和他們不相干。對周瑜，他們漸漸淡忘了，偶爾談及也是一語帶過，頂多認為他是個瘋子罷了。

在一個陽光明媚的晌午，一個少年騎著白馬飛馳而來，到城門口猛地一勒韁繩。那馬一聲長嘶，前蹄高舉，他在馬上卻坐得穩穩的。他凝視著城門的一草一木，過了好一會兒才打馬進城。

「這不是周家二公子周瑜嗎？」

兩年未見，周瑜由一個書生變成了遊俠，騎著快馬，背著長劍，臉上掛滿風塵，疲倦滄桑中透露出前所未有的堅毅，眼裡閃動著野性的目光，看誰一眼，彷彿就有一隻無形的手抓住對方的心。在他的馬後還有一個大書箱，沉甸甸的，陳舊，卻纖塵不染。

這兩年，他有一半日子是在馬上度過的，不經意地練就了一身好騎術。

在最初的遊歷期間，天天看到的都是陌生的景色和面孔，令他十分思念故鄉和親人。兩個月之後，思念由濃轉薄，心中充滿胸懷天下的豪情壯志。

天下即家，家即天下。天當被，地為床，何等的胸襟和氣魄。

周家的南北大院粉飾一新，門前掛著大紅燈籠，洋溢著喜氣，兩個笑容可掬的僕人站在門前，招呼著客人。

望著此景，周瑜恍如隔世，彷彿光陰已經流逝百年。

從裡面出來一個頗有威儀的老者，周異隨後跟了出來。

「喬公慢走，恕不遠送，過後再到府上答謝。」

「令郎年少有爲，周家祖上有德啊。」

周異目送貴客離去，剛要轉身，就看見了周瑜。周瑜想跪拜，但見父親的表情十分複雜，彷彿不想相認，也就站著沒動。

「從後門進去吧，家裡來了好幾個客人。」周異歎了口氣，柔聲說。

周瑜轉身就走，連家裡有什麼喜事都忘了問。

——我是周家的恥辱，不便見客人。

紀夫人聽說周瑜回來了，急急地趕過來拉住他，捧著他的臉，泣不成聲。但她哭聲很低，怕客廳裡的貴賓們聽到，破壞了喜慶氣氛。

「兒啊，你大哥承蒙太守陸康推薦，被華縣令任用爲城門尉，這幾天來賀喜的人絡繹不絕。陸大人答應再過兩年，就把他調到郡城去當差。」

舒縣縣令華不實出身草寇，黃巾軍聚衆起兵時，東漢皇朝國庫空虛，兵力匱乏，只能鼓勵地方武裝去退敵。華不實抓住了這個機遇，受朝廷招安，立了些戰功，因此弄到個縣令當。

周瑜一聽，卻流露出一絲憂慮，欲言又止。

等客人全走了，周異才把周瑜叫到大廳裡。

「回來也好，一家人就團圓了。這兩年，家裡發生許多事，要對你說一下，」周異一副有話要說又覺得說不出口的神態：「你走以後，爲了周家的聲望，我宣佈將你逐出家門。你對外不能再稱是周家的子弟了，我死後，你也不能繼承周家的一磚一瓦。」

紀夫人怕周瑜受不了，忙說：

「這只是給外人看的。」

「你別怪爹心狠，爹也是爲了周家的前途。」

周儇在母親的示意下說：

「二弟，只要沒有客人來，我們還是和以前一樣。」

言下之意是：有客人來，周瑜就要迴避，不能進客廳，不能陪客人吃飯。

第二天，紀夫人怕周瑜一氣之下又離家出走，就熬了一鍋鷄湯早早地送來，卻看見周瑜正在奮筆疾書。

兩年的遊歷生涯，周瑜記錄了太多東西，並裝滿一書箱。這次回家，他的首要任務便是要將這些雜亂的筆記整理出來。

這些筆記分三部分：一是他所見所聞及感悟；二是他的讀書筆記：每到一個山明水秀之地，他就放馬慢行，在馬上讀書，以兵法和春秋戰國史爲最多；三是各地山川形勢和社會狀況。

「剛回來，也不好好休息幾天。」紀夫人心疼地說。

「娘，時不待我啊！舒縣人偏安太久，不知居安思危。」周瑜看出母親的心思，笑著說：「我不會把一家一縣的小事放在心上。」

周儇也來看周瑜。

當紀夫人出去，屋裡只剩下兄弟二人時，周瑜說：

「大哥，這個城門尉你不能當啊！更不要去廬江郡城。大漢朝廷早已名存實亡了，各地豪強都處心積慮地想擺脫朝廷的控制。你當了這個官，將來殺的人多，要殺你的人更多，注定會做劉家的殉葬品。」他又想起那棵枯樹上的鳥窩：「劉家就像一棵參天枯木，根已經爛了，隨時會倒。」

「那該怎麼做呢？」

「應該讀書練劍，韜光養晦，伺機而動；再者，亂世中跟對人，爲第一要務，廬江郡偏安一隅，沒有經過大風大浪，還不知道誰是英雄。我在山野集市中，看到或聽到許多學識過人的隱士拒不出仕，原因就是看請他的人成不了大事，敗亡之後必會殃及自己，別說功名富貴，就連性命都保不住，甚至會累及全族。」

「可是，爹他……」

周儂覺得周瑜的話有幾分道理，但他沒有勇氣反抗父命。

「如今，對朝廷忠心耿耿的，只有無兵無權的文臣和讀書人，那些世受皇恩的，只要手裡有兵有糧，無不想割據一方，甚至是取劉家而代之。」

「眞的嗎？」

「我周遊天下，結交許多有識之士，心知肚明。像袁紹、袁術和曹操等人，祖上三代都是朝廷重臣，但他們手裡有了兵，便在暗中壯大實力。如果他們齊心事主，忠貞不貳，天下會這麼亂嗎？」

周瑜不敢將這樣的話對父親說，只能乾著急。

兄弟二人的思想觀念相差太遠。周瑜覺得哥哥是井底之蛙，只看到碗口大的天，他的許多話，周儂都聽不懂。周儂的所言所行，與時局發展完全脫節，讓他絲毫不感興趣。

親兄弟尙且如此，何況外人。親情鄉情熱潮一過，周瑜在舒縣就越待越難受了。

舒縣人保守、閉塞、愚昧、不思進取，只貪圖眼前這種太平安樂的日子。舒縣名流仍然熱衷於附庸風雅，帶著一種自以爲是的優越感，吟風弄月，淸談慢飲；或是聚在一起引經據典，比拚誰讀的書多。

周瑜眞想一腳把門踢開，闖進去狠狠地譏諷他們一番，或是一拳把他們打醒。

讀書的目的是什麼？獲得學識，好像沒錯，其實卻錯了。讀書的目的是爲了提高分析事理和解決事情的能力，來改造國家。書上的任何學識都是對過去的總結，都是死的；而過去不能代表將來，將來總會有許多新問題出現，書本是無法解決的，這就需要讀書人深入現實，具體分析，用創新的手段去解決。所以，一個人讀多少書並不重要，重要的是學以經世，識以致用。

他和舒縣人格格不入，但舒縣人的習氣還是籠罩著他，慢慢地侵蝕他的理想和激情。周瑜害怕自己待久了會變得遲鈍，激情會漸漸熄滅。在外面周遊時，每天天剛亮，周瑜一定能持書沐浴在晨光下，回到舒縣沒幾天，天亮時他還在夢中。

周瑜在原野上遇到一個牧羊人。他目不識丁，卻講了一個很有哲理的故事：母鷹搬家的時候，搬了一窩蛋在空中飛翔，不小心讓其中一顆從空中掉了下來，落到一個農夫的雞窩裡，結果被母雞孵化出來。母雞帶著小鷹和小雞一起生活。小鷹慢慢長大了。終於有一天被母鷹發現，將牠叼到懸崖上的鷹巢中，告訴牠，你是鷹，是能夠飛上天的。但是，小鷹卻怎麼也飛不起來。

這太危險了！沒有環境的逼迫，沒有英雄人物的影響，沒有對手的存在，理想就失去動力，我不能再在家待下去了。

2

這天，周瑜在書房裡整理行裝，想著如何向母親開口。忽然，一股清香飄了進來，好醉人，是少女特有的香氣，隨後是輕碎的腳步聲，竟然在他書房門口停住了。

周瑜深知「欲擒故縱」的妙用，就抑住強烈的回頭欲望，靜觀其變。

站在門口的少女果然中了他的計，先開口：

「你是周瑜嗎？」

周瑜這才回頭，剛想說話就怔住了。

在他眼前的這位少女肌膚勝雪，一襲紅衫鮮艷極了，裹著她婀娜多姿的身體，並把她的臉映得嬌媚無比。她的眼睛神采飛揚，眼神就像水波流轉，更動人的是一雙黑黑濃濃的眉，女孩子的眉很少有這般英氣勃勃的，看起來好不威風。她的鼻挺而秀氣，在直直的鼻樑襯托下，鼻頭到鼻翼的曲線十分別致美觀。

美貌少女，周瑜見過不少，但眼前這位少女美得那麼純淨、清雅、細膩，幾乎毫無瑕疵。他驚呆了，想說什麼話都忘了。

周瑜還覺得她的美很親切，沒有絲毫陌生與距離感，彷彿兩人相識許久，甚至覺得她是他親人。

怎麼會有這種感覺呢？事後，周瑜一遍遍地問自己？

原來，在他內心深處，早就隱藏著一個女孩，朦朧的，時隱時現，連他自己都忽略了。在他夢裡，這個女孩的音容笑貌就會浮現出來，在他意識裡越潛越深，儼然成爲夢中情人。當他看到這個紅衣少女時，一下子就激活了那個夢中情人，二者很快地重合在一起。這就是所謂的一見鍾情吧！

「我是喬玄的女兒，你叫我小喬吧。」那少女落落大方。

周瑜離家兩年，一時弄不清喬玄是誰。

「我娘和你娘正在客廳裡說話呢。」她看著周瑜，低聲說：「我覺得你是個英雄，特意來拜訪你。」

她的表情一本正經，還一抱拳，半點也不似開玩笑。

「妳的見識卓爾不群！」周瑜自嘲地說：「舒縣人誰不把我當成一個敗家子？」

「他們都是有眼無珠。」小喬不用請，自己走進來：「我說的可是眞的。」

舒縣還有人把我當成英雄，而且是個絕色少女，周瑜有點受寵若驚。

「你一定知道聽說過袁紹和曹操吧，他們都是當世豪傑，把我爹當成尊敬的長輩。有一次他們在我家談起淮江精舍，說那裡的學生在天下太平時，是國家的棟樑，在亂世之中都不會有所作爲。天下大亂時，淮江精舍就是誤人子弟。我爹把曹操推薦給淮江精舍，顏夫子沒收他，曹操當時很失望，現在卻說自己是因禍得福了。」

周瑜聽得心花怒放。這是他回家以來第一次感覺到快樂。

「近年來，黃巾賊的餘部四處作亂，朝廷無力鎮壓。各地勢力乘機坐大，爲非作歹，和黃巾賊差不多。中原已無一塊樂土，就連我爹都無力自保，只能南遷，何況尋常百姓？百姓活不下去，就會造反。我爹和顏夫子思想差不多，尚且如此，剛從淮江精舍畢業的學生就可想而知了。如今大顯身手的英雄豪傑，無一出自淮江精舍，所以我覺得你大有前途。」

她這一席話，令周瑜如沐春風，整個身體感覺飄飄欲飛，如果不是因爲男女之防，他會過去和她熱情相擁。

朋友縱多，知己難求，何況又是一個絕色的紅顏知己。

「我聽說了你的事，就想看你是個什麼樣的人。今日一看，果然氣宇非凡。」小喬活潑純眞，幾乎沒有女兒家的羞澀。

周瑜看她見識不凡，對當前政局與天下大事也有幾分認識，特地把她引到書房一側的牆邊，讓她看看他精心繪製的一張地圖。

小喬立刻眼睛一亮，如獲至寶似地緊盯著那一幅星羅棋布般的地圖，連連驚嘆不已。

「這是我遊歷天下的一點紀錄。妳剛才提到的曹操、袁紹，在圖中的這兩個點上。」周瑜手指著地圖向小喬解說：「還有袁術、董卓、公孫瓚、張繡、孫堅、劉繇……，天下英雄豪傑，正在風起雲湧，一個嶄新的局面正逐步形成。」

小喬嘖嘖稱奇，她有生以來第一次見到輿圖，第一次認識天下地理形勢。更令她稱奇的是，圖上有如天上繁星那般複雜的人物與地名。仔細一看，江東地區畫得密密麻麻，有朱儁、劉勳、陸康、孫堅這些她耳聞的名字；有合肥、舒縣、壽春、盧江郡的地理位置標示；有從富春、鹽瀆、下邳、官渡、長安一路連線相接的記號；還有幾團像火形狀的圖形分散幾個地方，其中一團火旁寫著「黃巾」二字，她猜那應該是「黃巾之亂」的範圍。

天下大勢盡在此圖中，她越看越感到神奇，周瑜是怎麼辦到的？又是怎麼看待這樣的變局？他自己會是圖上的哪一點？這樣想時，小喬突然覺得眼前的周瑜絕非她耳聞、以及眼前所見的風流倜儻少年而已，將會是一個叱吒風雲的英雄！

小喬那麼專注於地圖，讓周瑜頓生一種相知相惜的感覺，忍不住向小喬透露他心中逐漸醞釀形成的那個秘密：

「小喬，從這幅輿圖來看，天下分裂的大勢已經形成，」周瑜意氣風發，充滿自信：「我綜觀局勢，制定經營方針，歸結而言就是：整體謀劃、局部經略、立足江東、進取中原。」

小喬的眼睛又是一亮，像是無意中撞見了一樁曠世機密、參與了一件重大決策，她看到一個即將改寫歷史的英雄，如此貼近地站在她眼前，他的眉宇之間仍有幾分未脫的稚氣，眼神卻綻放出過人的睿智、堅毅與自信，讓她驚羨不已，心想天下英雄就應改以周瑜爲標準。

正在這時，一道呼喚的聲音穿入周瑜的書房：

「小喬！妳又跑哪裡去了？」

「不好，我娘在喊我了，我要回去了。」

「小喬，妳什麼時候還來？」周瑜不知哪裡來的膽量，竟然抓住她的手。

「不知道，我家裡人把我看得很緊。」

周瑜放開她的手，像被尖針猛刺了一下。

小喬卻不在意，笑得很純真：

「我剛到舒縣，也沒有朋友，何況舒縣人太土氣、太保守、太閉塞，我只想找你這樣的人玩。」

周瑜心頭一顫，內心泛起了一層從未有過的漣漪，彷彿是被一陣醉人的春風吹過。

「小喬，妳不是說到花園裡去玩嗎？怎麼來周公子的書房了？」

小喬母親秦氏是個風韻猶存的中年美婦，原是喬玄愛妾，如今已被扶爲正室。

周瑜急忙替小喬解圍：

「她本在花園裡，是我請她進來看書的。」

「小喬，別打擾周公子了。妳讀的那點書在周公子面前是班門弄斧。」秦夫人滿臉笑容，語氣溫柔，但從眼神中不難看出她的顧忌和冷淡。

「小喬是我見過的最有才華、最有膽識的女孩。」周瑜又情不自禁地替小喬辯解。

「周公子，她從小被寵壞了，她的話你一句也不要信。」

周瑜還想再替小喬辯解，秦夫人已經把小喬拉走。小喬還回過頭，向周瑜俏皮地擠一下眼睛，動人極了。

周瑜愣愣站在那，像失了魂似地。

紀夫人看在眼裡，憂在心頭：小喬太美了，又那麼純真可愛，哪個少年見到都會喜歡。以前周瑜是江淮之傑，周家可以光明正大地上門提親，可是現在，以他身分和名聲，喬家絕不會同意，甚至還會覺得受了污辱。

小喬走後，周瑜就被內心一種莫名的躁動折磨得魂不守舍，像是有一隻溫柔的手親昵地撓著他的心，癢癢的，他有點爲此煩惱，又捨不得擺脫。

這一年，周瑜十六歲。

「娘，小喬住在哪裡？」周瑜憋了半天，還是忍不住問。

最擔心的事情眞的發生了，紀夫人臉色大變。

「兒啊，喬家絕不會答應這門親事的。因爲你的糾纏，會使周、喬兩家友誼受損，你爹非氣死不可。太守陸大人是喬公門生，你若得罪喬公，整個廬江郡都沒你立足之地了。而且我聽說，小喬早已許配給別人。」

周瑜一聽後面這句話，心像被尖針猛地刺了一下，一陣緊縮似的痛：

「是誰？」

「曹操的長子曹昂。曹家是一方諸侯，擁有甲兵數萬。曹昂又文武雙全，你怎麼和他爭啊！」

周瑜心裡大不服氣，脫口而出，說

「曹昂不過是有個好父親！我這兩年周遊天下，增長的見識比在淮江精舍多出幾倍，將來成就豈是區區曹昂所能及？」

「唉——」聽到這樣的話，紀夫人只能搖頭嘆氣。

●

喬玄任太尉期間，廬江太守陸康從太學畢業。喬玄見他一表人才，正氣凜然，便把他推薦給大司農曹嵩，做了一名典農功曹，由此在仕途上步步登高。

陸康剛正不阿，作風強悍，在朝廷權威日益衰微之際，正希望這種官員來整肅地方豪強。因此在一年多前，中央派陸康到廬江郡任太守，希望他能替朝廷控制住該區。

陸康不負衆望，用極少的部隊震懾住以劉勳爲首的地方勢力，每年向朝廷呈繳大量錢糧。

喬玄舉家南遷至廬江，陸康不忘舊恩，將其安置於最幽靜富庶的舒縣。喬玄在城北一處風景優美、環境幽靜的水川湖畔買了一座別墅，取名「水川居」。家裡有十幾個壯丁，每天夜裡，還有四個兵卒在喬家周圍巡邏。

周瑜向一個樵夫打聽到喬家住址，就離開書房，夢遊似地來到水川居。這可是他從未有過的舉動，甚至還自己替自己找藉口：

我太累了，思路不清晰，總結不出深刻的規律和道理，分析出來的若是悖論和糟粕，恐將誤入歧途。放鬆一下，靈感一來，筆下就會如有神助；弓拉得太緊，反而會斷的。

周瑜只和小喬見過一面，又想起母親的話，沒敢上前請門僕通報，只好在附近走來走去，裝作散步，希望小喬正好出來，就像偶遇。然而，他從晌午等到夕陽西下，再等到夜色朦朧，依然芳踪杳杳。

雖然見不到小喬，畢竟離她只有一牆之隔。周瑜這麼一想，彷彿小喬就在他的身邊，頓時不覺得累，也不感到餓了。

他正在神魂顚倒之際，有人從背後推了他一下，回頭看，是四個兵卒，氣勢洶洶地打量著他。

「你在這裡轉好久，想幹什麼？喬老爺是太守陸大人的恩師，若敢打他家的主意，那就是老壽星上吊——活得不耐煩了。」

周瑜這才發現自己不知不覺地站在喬家的門口，太顯眼了。

就在此時，喬家出來一個人，正是小喬。她換過一件白裙，宛如下凡仙女。

「小喬！」周瑜這一聲叫得十分膽怯，毫無往日的英雄氣概。

「原來是周公子，這麼巧，從我家門前經過？」小喬似乎看出周瑜的心思，很機智地化解了他的尷尬。

「是很巧，是很巧。」

「他是我朋友，你們不要打擾他！」小喬忙向兵卒示意。

四個兵卒識趣地走了。

「這麼晚了，你快回家吧！我爹還在房裡等我呢！」她不等周瑜答話，就走進門，又回頭一笑：「一有機會，我就去找你，今天太晚了。」

周瑜癡望著被小喬關緊的門，鼻中充滿她身上的餘香，過好一會兒才慢慢離去。

此時，夜空清澈；聖潔月光照耀著周瑜，他有一種空靈之感，彷彿體內的污垢都被這月光洗滌得乾乾淨淨，一塵不染。這種感覺太好了，像要飛。

他走著走著，就不自覺地跳一下，還輕唱著民間小調，東一句西一句地連在一起，壓根兒忘記自己還沒用餐。

3

周瑜空著肚子，剛轉過一條街道，忽聽得身後有人叫他。回頭一看，是兩個勁裝打扮的大漢，一看就知是富貴人家的護衛。

「我家老爺想見你，請周公子賞光。」

「你家老爺是誰？」沒做虧心事，不怕鬼叫門，周瑜的語氣一點不軟。兩年周遊天下的日子，他練就一身膽，不知「怕」是何物。

「劉勳。」

周瑜怔住了，一時不知該不該去。

劉勳是廬江郡最大的地方豪強，家財富可敵國，家兵有數千人。有人說他才是廬江郡真正的太守。

「我家老爺對周公子很感興趣，想結識。如果公子不敢去，我家老爺也不勉強。」

周瑜一眼識破了他們的小伎倆，笑著說：

「請將不如激將。好，你們帶路。」

跟著這兩人，周瑜來到一座不起眼的宅院，在一間不起眼的小屋見到了劉勳。

劉勳是個儀表堂堂的中年人，兩道濃濃的劍眉幾乎要插到髮鬢裡，滿面紅光，顯得神采奕奕；三綹長鬚飄散在胸前，有幾分仙風道骨之態；一雙星目炯炯有神，顧盼之間，不怒而威；一套很普通的衣服穿在他身上，也顯得高貴幾分。

劉勳並不很熱情，但彬彬有禮，是個自信又富修養的人，既不像周瑜想像中的暴發戶，也不像土財主。

「我到舒縣處理一些瑣事，聽說你回來了，很想見一見你。只是你一直閉門不出。」

「你們一直在跟踪我？」

「我們很重視你的行踪。你離開淮江精舍、周遊天下的勇氣，我很欣賞，如今看你開朗豁達，神采飛揚，就更佩服了。」他知道周瑜腹內饑餓後，就叫人準備宵夜：「我也有點餓了，我們就簡單地吃一點吧！」

「閣下想見我，爲何不到周家去找呢？」

「不瞞你說，我和令尊有點誤會。」劉勳話鋒一轉：「舒縣人都排擠你，而我卻很想請你到我這裡共事。以你的天賦和才學，必有大用。」

周瑜一聽，不屑之態溢於言表。在他眼裡，盧江無英雄。英雄必須經過血與火的洗禮，才能脫穎而出。就算劉勳能控制整個盧江郡，也未必就是英雄。

「多謝閣下美意，在下瑣事纏身，他日再到府上拜訪，恭聽請教。」

「在我這裡待膩了，只要你能勝任，我可以舉薦你出任盧江郡的地方官。我在朝廷和盧江郡都有幾分薄面。」劉勳並不死心。

「閣下好意我心領了，倘若我眞想任官，又何必叛離師門家門，周遊天下？」

周瑜看不出劉勳有任何不悅之態，十分敬佩他的修養。一個不能修心養性的人，易怒易躁，任他多麼才學過人，也難成大業。

宵夜上來了，只是兩碗鮮魚粥。

「我吃得很簡單，周公子不會介意吧？吃得太好，人會胖的。人一胖，心思就不靈活了。」

周瑜聽了，深以爲然，非但不介意，反而生出幾分好感。

他眞是個與衆不同的人，雖然是無人不知的「地下太守」，但行踪很隱密，鮮爲人知。

鮮魚粥吃完後，僕人又送來兩碗水酒，雖淡而無味，劉勳卻喝得津津有味。席間，劉勳有點心不在焉，似乎一邊和周瑜談話，一邊又想著更重要的事情。一碗酒喝完，周瑜本想再喝，但劉勳已露出送客之意，他只好告辭。

由此，周瑜對劉勳的好感又添幾分：他是相當勤奮節儉的人，對物質生活要求不高，很注意節約時間，一看我無意替他效力，就不再多談，至少比那些自命清高的讀書人強許多。

若在以前，周瑜絕不會放過結交劉勳的機會，但現在他的心都被小喬佔據了，一回到家，腦海裡就湧現出種種幻想，哪裡還容得下劉勳？

也不知過了多久，他才在一片溫馨的感覺中進入夢鄉。這一夜，周瑜睡得舒服極了，醒來時太陽已經升得老高，他還在被窩裡閉著眼睛，想讓種種美麗的幻境再次浮現腦海。

「兒啊，你怎麼還在睡？」

一聽是母親的聲音，周瑜還不肯睜開眼睛，想不到隨後竟傳來父親的吼聲：

「小畜牲，快給我起來！」

「出了什麼事？」周瑜被嚇了一跳。

「昨天晚上，你到哪裡去？」

「我到小喬家去了。」周瑜有點吞吞吐吐。

「這件事以後再和你算帳，還有更嚴重的事兒！」周異聲色俱厲：「你這個逆子，不把周家搞得誅滅九族不甘心是嗎？」

周瑜一時愣住了，不知父親說的是什麼事。

周異抓起架上的幾卷書，狠狠地砸向周瑜，如果不是紀夫人從後使勁抱住，他的拳頭也會落在周瑜身上。

「你還不承認，你說，你怎麼和劉勳勾搭在一起的？」

「我和他只是一面之緣……」

「他可是廬江郡最大的叛賊，你還到他的府上做客？還有小喬的事，以你現在的德行，還敢去糾纏人家，周家的臉都叫你丟光了！」周異越說越氣，咆哮著：「逆子，馬上收拾東西給我滾出去，再不准踏進家門一步！今後是死是活，是叛賊還是色鬼，是去殺人還是被別人殺，都和周家一無瓜葛！」

這回連紀夫人都沒替他求情。

周異一跺腳，轉過身去，悲愴地說：

「不是爹心狠，我今天不把你趕走，也許明天，周家會因爲你而滿門抄斬。」

「好，我走。」周瑜知道一切都無法挽回了，大聲說：「這個家、整個舒縣就像一個密不透風的大籠子，快把我憋死了。你們坐守一片天，都成井底之蛙。外面群雄四起，充滿血腥，也充滿機遇，而舒縣的人卻渾然不覺。爹，你的思想觀念還和在洛陽一樣，抱著一個腐朽皇朝不放。這個皇朝亡了，你能倖免嗎？」

「你這畜牲，一張口就是大逆不道，快給我滾出去！」

「我馬上就走，但是，爹，我擔心周家會因爲你而被滿門抄斬！」周瑜索性把心裡的話全說了：「劉勳野心勃勃，心機過人，要取廬江郡易如反掌。這幾年，陸康能震懾住劉勳，不過是靠朝廷餘威。可是如今，董卓掌權，殘暴不仁，群雄不服，遲早會有一場惡戰，到時誰還管廬江郡的事情？董卓爲了籠絡手握重兵的劉勳，一定會名正言順地任命他爲新太守。一旦劉勳成爲太守，周家便有滅門之禍。」

劉勳家族的歷史，老一輩廬江郡人都知道。

劉家的祖輩都是經商理財高手，到了劉勳祖父那一代，已有良田數萬畝，方圓百餘里的大城市，包括舒縣在內，都有劉家的店鋪。劉家佃戶和僕人最多時竟高達數萬。有人這樣形容：天上的鳥在廬江郡飛一天，都飛不出劉勳的勢力範圍。

朝廷派來的太守在上任前，要先到劉家請教，這是不成文的慣例。即使上任以後，也要看劉家的臉色行事，否則各項政令就推不動。劉家的府邸是一座占地幾十畝的豪華宮殿群，與其相比，郡守的衙門像小農舍。

劉勳的祖父當了廬江郡十幾年的「地下太守」，家族勢力發展到了顚峰，十六個劉家嫡系子侄在廬江郡擔任要職，上百名各級官員是劉家扶持的，只聽劉家的號令，不認朝廷的詔書。

劉勳五歲那年的一天，廬江郡忽然來了數不清的官兵，和劉家關係密切的太守顏眞被捕，罪名是收受賄賂，貪污枉法。新任太守以迅雷不及掩耳之勢，將劉家子姪和親信官員共一百五十七人全部撤職查辦。一隊殺氣騰騰的官兵把劉勳的祖父「請」到府衙的後堂，經過「協商」，劉家將一半的土地和財物奉獻給朝廷，算是了事。

劉勳的祖父從此閉門不出，一年後就逝世了，臨死時告誡子孫，不許再擴張勢力，以免朝廷猜忌，大禍臨頭。此後一連十幾年，劉家子孫挾著尾巴做人，行事相當低調。

劉勳的父親劉傳，字玉臣，精明能幹，滿腹韜略。黃巾軍起事後，朝廷獨力難支，就鼓勵各地組織武裝力量，討伐黃巾軍。劉傳抓住這個機遇，聯合其它地方勢力，以萬貫家財做後盾，招募和訓練了數萬人，保護廬江郡百姓不受黃巾軍的騷擾。

黃巾軍主力被消滅後，劉傳覺得朝廷的衰敗無可挽回，就暗中招兵屯糧，圖謀大業。想不到在一次出遊時，他遭到黃巾軍餘部的偷襲，被流箭射死。

劉傳剛死，陸康就任廬江太守，劉勳倉促地繼承了家族的領導權。

4

周瑜這次被趕出家門，卻捨不得離開舒縣，就到離水川居最近的一家客店住了下來。在臨走前，他要見小喬一面，向她訴說心中的相思相戀。

長這麼大，周瑜一直背負著沉重的理想，一日三省，如履薄冰，還從未如此浪漫過。夜裡睡不著，他坐在水川湖畔的石板上，望著夜空閃耀的群星，也望著水川居，直到天亮。

他忽然產生一個念頭：小喬是上天送給我的禮物，是對我勇氣和辛勤的獎賞，甚至是幫助我成大業的賢內助。原來，愛情的感覺這麼美妙。以前聽了那麼多男男女女爲情而死的故事，都當作過耳的風，如今才明瞭這些故事其來有自，絕非無聊之談。只要能娶小喬爲妻，廝守終生，那眞比神仙還快活。

功業和愛情是可以不相衝突的，若能得到小喬的心，我會更有激情和活力。小喬絕對是世上的唯一，錯過之後就再也不會遇到。人活著爲了什麼，無非就是幸福，倘若功成名就之時，錯過了小喬，我也不會幸福。

皇天不負苦心人，到第十一天，周瑜終於看見小喬走出來，並在水川湖畔堵住了她，像是偶遇。他想大膽地抓住她的手，直抒心中的愛慕之情，卻始終鼓不起勇氣。

小喬見到周瑜，表情好驚喜，沒等他開口，就先說話了。

「我聽說你又被趕出家門，現在住在哪裡？」

「一家客店。我的輿圖已大致完成，現在還要整理這兩年的遊歷記錄，所以暫時無法離開舒縣。」周瑜早就想好了說詞。

「客店裡人多聲雜，你能靜下心嗎？」小喬十分關心：「不如我給你找個地方住吧！」

周瑜聽了，內心頓時被絲絲縷縷的甜蜜包圍住，身體有種飄飄欲飛之感：

「眞的？」

「區區小事，何足道哉？等你功成名就，請我痛飲三杯就行了。」小喬一挺胸膛，豪氣地說。

周瑜想不到小喬這麼有趣，開心得大笑。

小喬這種俠義之氣，其來有自，她剛到舒縣時，遇到一個惡霸欺壓一對陳家兄妹，僞造契約，欲強買他們十幾畝良田。小喬看不過，就替陳家兄妹出頭，找到縣令華不實。華不實倒很認眞地審理此案，弄清眞相。

陳家在舒縣有一座宅院，是祖上發達時建的，如今只有大哥陳虎夫婦和小妹陳香居住，很空曠。他們不是很喜歡周瑜，但看在小喬的恩情上，倒也熱情地給周瑜收拾了兩間屋子，一間做書房，一間做臥室。小喬親自動手，將周瑜的書房和臥室裝飾得賞心悅目。

她在周瑜書房的窗子上吊下兩塊玉佩，碧綠色的，風一吹就輕輕撞擊，發出的聲音極悅耳。在周瑜的書桌上擺了一個花瓶，插上一種很常見的麻香草，細長又青綠，它在水中比在土中更鮮嫩，還散發出一股淡淡的草木清香。這些小創意並不費時費力，卻給書房帶來許多靈氣。

小喬還將曬乾的花草縫在一個包裹中，放在周瑜枕下，他一躺下，就能聞到一股花草的香味，就像被催眠一樣，一覺醒來，疲勞盡去，精神好極了。

周瑜從小只想著建功立業，生活很簡單，衣食住行都很隨意，小喬則恰恰相反，一件很不起眼的小東西，被她稍加修飾，就能生出一種別致的美，令周瑜眼睛一亮，心靈一動。小喬很會觀察和發現生活中的美，例如一片很普通的樹葉，被她一賞析，周瑜就會驚訝不已：原來小小的樹葉眞有這麼美。

每到飯時，陳香便把飯菜送到書房。周瑜要給陳家飯錢，想不到小喬早給過了。小喬還給周瑜縫製了青、白兩套衣服，款式很新潮，又合身。

一連數日，周瑜都像生活在夢境中，腦海裡充滿甜蜜的幻想，書倒讀得很少。一段還未讀完，思路就被小喬的音容笑貌沖斷了。

「小喬，我眞不知該怎麼感謝妳。」

「等你功成名就時，別忘了請我多喝幾杯。」小喬嚴肅起來，卻又柔聲地說：「公瑾，你千萬要挺住，不可以洩氣，以你的才智和學識，必然會有大作爲。」

周瑜大膽地抓住她的手，目光灼熱起來：

「小喬，妳爲什麼對我這樣好？」

小喬臉一紅，輕輕地掙脫他，表現出嬌柔的女兒羞態：

「你別胡思亂想啊！我對每個人都這樣的。」她見周瑜一副不知所措的樣子，又莞爾一笑：「你看似很聰明，有時也傻里傻氣，呆頭呆腦的。你讀書累不累，要不要出去走走？」

「好啊！」周瑜幾乎跳了起來。

「慢著，你要換件衣服，就那件我送給你的白色襦衣吧。你看你這件衣服，袖口髒兮兮的，前胸皺巴巴的，跟你出去太丟臉了。」她不由分說地把周瑜推進了臥室，等他換好衣服出來，她看了看，還不滿意：「還要梳一梳頭。」

「不用這麼麻煩吧，不過是上街而已。」

小喬不容商量地動手解開周瑜的頭髮，用自己的綠玉梳子替他梳頭。

●

每隔幾天，小喬總能從家人的管束下溜到陳家，和周瑜幽會。小喬來了，周瑜就快樂似神仙；小喬一走，他就陷入相思的苦井，茶飯不思。

即使和小喬在一起的美好日子，他心中也隱藏著不安和焦慮，因爲很多要做的事情都耽擱了。以前，他辛勞一天，精疲力竭，倒在床上睡著很香。但現在，他和小喬快快樂樂地過一天，上了床就會想起該讀的書沒讀，該寫的文章沒寫。

有一天，周瑜在野外被一幕景色吸引住了：湛藍的天空飄著潔白的雲，大片大片的綠草地生機勃勃的，是那麼的清新美好。忽然，一個放牛少年出現了，他後面跟著一個黃衫少女，二人低頭私語，親密無間，時而發出一陣清脆的笑聲。

這是一對極普通的村男村女，過的是清貧而又簡單的生活。他們沒有太多的禮法束縛，反倒活得逍遙快樂，想見面就見面，想說笑就說笑。這種人性的張揚和自由，一下子感染了周瑜，竟然羨慕起來。

多好啊！無憂無慮，自由自在地享受地人生、愛情和這天空、白雲、草地，即使明天被亂兵殺死，又有何妨？一生到老，不由自主地做人，你爭我鬥，詆訐誹謗，數十年一轉眼，就成荒塚枯骨，生前被功名所累，死後同樣化為塵土，功名偉業又有何意義呢，倒不如逍遙人生，放曠自然，瀟灑地愛一回。

啊呀！我怎麼會有如此想法呢？英雄的雄心壯志在美女的柔情面前，眞的這麼容易就付諸東流嗎？古今多少帝王豪傑，一旦美女在懷，就從此沉迷在溫柔鄉裡。我可不能重蹈他們的覆轍。我要既得到小喬的柔情，又不能喪失雄心壯志。但我的精力有限啊！陪了小喬，就不能讀書思考，這可怎麼辦呢？

5

舒縣發生一件大事，將周、喬兩家都牽扯進去了。

以劉勳為首的地方勢力，向太守陸康發出挑戰。喬玄和周異都曾是京官，一個是陸康的恩師，一個曾是陸康的智囊，自然站在陸康這一邊。

劉勳倉促地接過父親的重任，一方面要鞏固家族內部的團結，一方面看出割據的時機還不成熟，就韜光養晦，暫時臣服於陸康。

正如周瑜所料，董卓進京後，劉勳審時度勢，大膽地向陸康發難。他在三千家兵的簇擁下，殺氣騰騰地去府衙拜見陸康，將他一家人軟禁起來。其後，又命令早已買通的守衛城門親兵，夜放兩千劉家子弟兵偷偷開進城，兵不血刃地控制了舒縣，華不實糊裡糊塗地成爲俘虜。那天正巧周僎不當值，才倖免於難，但他接到通知，不許出家門，否則格殺勿論。

劉勳沒有用血腥的手段來肅清異己，只是將他們軟禁，並表示，原任官吏不和劉勳爲敵者，留下的仍然重用，不願留下的聽任離去。華不實的部屬聞知，敵意頓消。寬恕往往較屠殺更有利於穩定人心。

華不實、周異和喬玄等人希望舒縣的百姓能揭竿而起，結果卻令他們心寒不已。舒縣人非但不反抗，反而熱烈歡迎，一見到劉勳的子弟兵就面露喜色，熱情地斟酒遞糧。

這是什麼原因？

原來，華不實每年都向朝廷呈繳大量錢糧，那自然是取之於百姓，百姓們不堪重負，十分不滿。劉勳則反對用廬江人的血汗去餵養貪官們。因此百姓都相信，劉勳掌權後，會免掉不少賦稅。

周家是舒縣數一數二的保皇派，劉勳要殺一儆百，周家是首選。

周瑜顧不得父子之間的恩怨，把小喬暫放一邊，趕回家中，只見家中一片恐慌，就連一向寧折不彎的周異也低著頭，一言不發。

周異不是怕死，而是看到民心不再向著朝廷而灰心。他一向以天下百姓爲重，想不到百姓卻拋棄了朝廷，拋棄了他，他發現自己原來是百姓的敵人，這個打擊太大了。

得民心者得天下，失民心者失天下。廬江郡這麼大，劉家能有多少人？周異也不得不承認，是廬江郡的百姓幫了劉勳。

有一件事情在廬江郡流傳很廣：漢桓帝永興二年（西元一五四年），廬江郡連續兩年大旱，農糧欠收，桓帝驕淫窮奢，百官貪贓枉法，致使國庫空虛，無糧救災。當時的廬江郡太守范景爲了升官，不顧廬江百姓死活，將本該救災的存糧強行送往洛陽。許多災民因阻攔運糧隊而死於刀槍之下。在那場旱災中，劉家九萬佃戶竟無一人餓死。百姓都願意租種他們的田地，因爲劉家能做到三點：豐年得以小康，平年得以溫飽，災年得以活命。這個要求並不高，但朝廷就做不到。在那場旱災中，劉家還拿出幾萬石的存糧救濟鄉親，當時雖約定好，豐年時必須歸還，但百姓仍感激不盡。

周異一下子蒼老許多，天天悶在屋裡，家事都交給紀夫人處理，大有急流勇退之意。紀夫人遇事當然要找周儂和周瑜商量，然而周儂無甚定見，於是周瑜立刻成爲周家的新主人。

劉家兵佔領舒縣的第四天，周瑜就收到劉勳的一封信，請他到府上作客。

周異聞知，一言不發。紀夫人不知是福是禍，也不敢表態。周儂主張投靠劉勳，他覺得這是周家翻身的大好機會。

「天下大勢，晦暗未明，不可輕舉妄動，還是韜光養晦，做一個伺機而動的隱士吧。何況我還要將兩年的周遊記錄整理出來，不想讓瑣事纏住。」

「劉勳在盧江郡的政權也不會長久嗎？」

「明槍易躲，暗箭難防。以往劉勳是在暗處，面對的只有陸康，如今在明處，既要面對朝廷的明槍，又要面對豪強的暗箭，稍一不慎，就有滅門之禍。以盧江一地之力，當然無法對抗朝廷，割據一時或許無虞，若是有人垂涎盧江，假借朝廷的名義來討伐他，兵馬未動，在道義上他就理虧了。」

「你說過，董卓專權，朝野兩派勢如水火，根本無力顧及盧江。盧江兵精糧足，民心合一，環顧四方豪強，誰敢圖謀呢？」周儂說。

周瑜一聲冷笑：

「我周遊天下，見過各地的精兵強將，劉家兵無法與之相比。盧江郡糧足，兵卻不精。盧江人過慣安樂日子，民風貪逸享受而少堅韌勇氣，又無作戰經驗和心理準備。秦晉之地，戰亂不斷，百姓生活清苦，因而民風強悍耐勞。董卓的兵馬不多，但能進京掌權，對抗天下英雄，原因之一就是他來自邊疆，士兵多是牧民，飲奶食肉，體格剽悍，性情粗獷好戰。盧江兵遇到他們，若不能聚集數倍於敵的兵力，必敗無疑。富庶之地和貧瘠之地相爭，失敗的例子並不少見。民富並不一定兵強，在亂世之中，兵不強，民富焉能長久。」

接著，周瑜進一步分析了盧江郡的軍事力量：

「盧江富庶安寧，這說明了劉勳頗有理政之才，但他從未領兵打仗，並不是將才。而經過黃巾之亂洗禮，磨練出的許多猛將，如曹操、袁紹、公孫瓚、孫堅、董卓、朱儁、皇甫嵩等，軍事才能無不在劉勳之上。如此兵不精，帥不智，將不勇，盧江的強盛和安全從何談起？」

「二弟，劉勳手下無大將，不正是你大展身手的好機會嗎？」

「劉勳的門客逾千，親信近百，我和他毫無淵源，他不可能委重任於我。兵者，國之大事，死生之地，存亡之道，不可不察也，故經之以五事，校之以計而索其情。即使劉勳把軍隊交給我，兵不精，將不勇，這仗也沒法打。成大業是一個好班底齊心協力之功，非一人之力。何況我還要晨讀夜思，累積實力，不想馬上出仕。」

周瑜雖婉拒了劉勳的禮遇，卻也還了一禮：奉勸劉勳首先要取得中央的承認。名正方能言順，言順方能令行，令行方能圖治。得到朝廷任命，獲得天子授予的符節，既可以理直氣壯地治理廬江，又令垂涎廬江的人出師無名。如今董卓大權不穩，急需籠絡地方的實力派，以制衡其它敵人，這正是他正名順言的最佳良機。

不知是劉勳聽從了周瑜之計，還是二人不謀而合，劉勳果然派人前往洛陽，重金賄賂董卓的女婿李儒。半個月後，董卓以皇帝之名下旨，藉殘暴不仁爲名，罷免陸康，任劉勳爲廬江太守。劉勳則任命他的義結兄弟黃泰爲舒縣縣令。

劉勳消除了外患，就著手根除內憂——廬江郡的保皇派。

他所採取的策略是「借刀殺人」，煽動廬江人對京官的仇恨情緒，把廬江人以往的苦難都渲洩到他們身上，直指他們把廬江人的血汗榨取出來，供洛陽的王公貴族揮霍。這並非捕風捉影，廬江人深有同感。

其實，陸康向朝廷呈繳錢糧，本意是維護國家的穩定，造福百姓，但客觀上卻助長一個腐朽的王朝更加腐朽。

周家有兩千多畝土地，五百多家佃戶。周異夫婦極富善心，每逢災年都自動減租，從不威逼佃戶。儘管如此，受到煽動的佃戶們還是到周家門口鬧事。他們得到暗示：只要周家屈服了，他們所種的土地就都歸自己。對此，身爲廬江人的官兵們竟也不聞不問。

劉勳並非只針對周家。廬江郡屬於保皇派的地主有百餘家，都面臨破產，度日如年。

一天夜裡，周異忽然覺得胸口一陣劇痛，沒等大夫進門，就斷了氣。

周瑜趕到時，見父親雖然斷氣，但還睁著眼。他抱著父親大哭：

「爹，我知道您想對我說什麼，您就放心走吧！我一定會重振周家昔日的輝煌。我發誓……」

按習俗，周瑜至少要在家守孝三年。

【第四章】謀算江東

1

京城洛陽，陰雨連綿，幾日不見陽光，籠罩著一股肅殺之氣。如虎似狼的幷州兵將往來巡邏，見到可疑之人輕則拘捕，重則格殺。連皇親國戚都不敢輕易上街，何況尋常百姓。

幷州牧董卓是隴西臨洮人，其父董君雅，從一個小吏做到穎川綸氏（今河南許昌西南一帶）尉，一生謹言慎行。但董卓一點不像父親，他年少時喜歡抱打不平，練就一身好武藝，力大無窮，騎技高超，在馬上能左右開弓。他往來於羌族等少數民族部落之間，結交他們的首領。後來，董卓歸家管理田地，仍然和這些部落首領往來密切。

董卓任軍司馬時，跟隨中郎將張奐征討漢陽羌亂，立了大功，拜為郎中，受賞大量財物。董卓把財物都分給手下人，由此極受兵卒感戴。在隨後一系列的討逆平亂中，董卓有功有過，毀譽參半，成了聞名天下的人物，在黃河、隴山之間威望極高，人心歸附，以重兵挾制朝廷。朝廷不敢討伐他，只好安撫，拜為前將軍，任為幷州牧。

董卓不是很高，但很粗壯，像一座塔，據說他力能舉鼎，可比西楚霸王項羽。

他的臉由於長年行軍，飽受風吹日曬而變黑了，又因常飲烈酒而透出紅潤，入宮掌權之後就養尊處優，光滑細膩了許多。他的眼睛瞇起來是一條長長的線，猛地睜開就大得嚇人，目光銳利如刀，被盯著的人都不敢正視他。

這一天，百官接到董卓的請帖，到乾和殿赴宴並議事，都不敢不來。

酒還沒過三巡，董卓就轉入正題：

「萬民之主應該由賢明的人來擔任，皇上的所作所爲太令人失望。我看陳留王劉協不錯，想改立他爲帝，諸位以爲如何啊？」

群臣想不到董卓膽敢廢立皇帝，無不驚愕失色，憤恨至極，只是一遭遇董卓那銳利的目光，都不敢言。

董卓得意地一笑：

「上次天子蒙難，我率兵去救駕，北邙上恭迎皇上，想不到皇上只經歷這場小風波，就嚇得掩面哭泣，話都說不清了。而陳留王就毫無懼色，應答如流，毫無遺漏和不當。」他的目光掃了一圈，端正坐姿，提高聲音：「如果無人反對……」

「我有話說。」

衆臣一看，原來是司隸校尉袁紹。

袁紹，字本初，汝南汝陽人。袁家四世三公，累代高官，勢傾天下，受其恩惠者不計其數，門生、親信遍佈各地。到了這一代，袁紹和他堂弟虎賁中郎將袁術名滿天下，位居要職，深得人望，許多豪傑義士都歸附他們。

「漢朝統治天下近四百年，恩德深厚，萬民擁戴，如今皇上正值盛年，無大過錯，你想廢長立少，恐怕有違天下民心吧！」

「承繼祖宗大業，本來就不應該以長幼先後爲據，這種不合理的制度，我要改一改，不管它有幾千年。皇帝要以賢愚爲準，這是利國利民的大事，誰敢反對，」董卓說到這裡，猛地站了起來，手握劍柄：「就試一試我的劍。」

袁紹拍案而起，也手按刀柄：

「天下事，難道由你董卓一人主宰嗎？」說完，昂首而出。

董卓深知自己初到洛陽，根基不固，袁家在洛陽的勢力極大，若和他拚個玉石俱焚，把袁家的人殺光，他在洛陽也站不住腳了，因此強忍住怒氣。

袁紹自知洛陽不能再待下去，就把官印懸掛在東門，奔往冀州去了。

數日後，董卓召集文武百官，再提廢立之事。大臣們都十分惶恐，無人敢發表意見。

這年九月初一，董卓在崇德前殿召集百官，威逼何太后下詔廢少帝劉辯爲弘農王，立陳留王劉協爲帝（即獻帝）。不久，何太后和劉辯都被董卓派人毒死。

董卓自任爲相國，參拜皇帝時不唱名，上朝不趨行，可以佩劍上殿，還加賜了代表皇帝權力的符節。他本想懸賞捉拿袁紹，但手下人對他說：

「袁紹不識大體，一時衝動才得罪您。他是害怕而出奔，並沒有別的想法，如今把他逼急了，他就會公開反叛。袁氏家族四世有五人出任三公之職，門生故吏遍佈天下，如果他聚集豪強起兵，各地豪強趁勢而起，那就棘手了。您不如赦免他，任命他爲一個郡的太守，他喜於免罪，就不會再鬧事。」

董卓覺得有道理，便派使臣任命袁紹爲渤海太守，又任命他的堂弟袁術爲後將軍，曹操爲驍騎校尉。然而，袁術害怕董卓反覆無常，出走南陽。曹操不滿董卓的所作所爲，不屑與他共事，就從小路逃回家鄉，招兵買馬。

袁紹順應人心，不被董卓收買，舉起了「清君側」的大旗，函谷關以東各州郡紛紛響應，共十幾路大軍，數十萬人馬公推袁紹為盟主。袁術駐軍在魯陽（今河南魯山），負責軍糧供應。長沙太守孫堅受袁術邀請，也加入聯軍之列。由於他勇猛過人，被袁氏兄弟委任為先鋒。

2

孫堅，字文臺，吳郡富春人，少為縣吏。

十七歲那年，他與父親一道乘船去錢塘，遇到海盜搶劫商人財物後，正在岸上分贓，來往的旅客都止步了，船也不敢過。孫堅卻不顧父親反對，毅然提刀上岸，指揮隨從向東西兩面迂迴包抄。海盜們以為是官軍來了，就丟棄財物，四散逃走。孫堅追上去，砍下一個賊人的頭回來，由此一舉成名，被府君任為代理郡尉。

靈帝熹平元年（西元一七二年），會稽人許昌在句章作亂，自稱「陽明皇帝」，追隨者有萬餘人。孫堅召集一千多名精壯士兵，大破許昌，被任為鹽瀆縣縣丞。

在鹽瀆縣，孫堅風評極佳，青年才俊都願意和他交往，往來者達數百人。孫堅豪爽不拘，和他們親如兄弟。

在黃巾之亂中，孫堅得到朝廷重臣皇甫嵩、朱儁的賞識，不斷委以重任，而他也不負眾望，屢立戰功，因此由朱儁推薦，拜為別部司馬。

孫堅和董卓之間還有一段故事。

靈帝中平三年（西元一八六年），邊章和韓遂在涼州作亂，時任中郎將的董卓屢戰不勝，靈帝遂改派司空張溫率兵討伐。張溫上表請求讓孫堅來幫他，並以皇帝的詔書召見董卓。董卓拖延了很久才來。張溫責問董卓，董卓的言語很不恭順。當時，孫堅也在場，看董卓太過驕橫，擁重兵於邊疆，遲早是天下大患，就勸張溫藉機殺了董卓。可惜張溫沒這個膽量。

兩年前，周瑜離家出走之時，孫堅一家人正住在壽春城。

壽春城是揚州治所，十分繁華，屬下十幾個郡的富商巨賈雲集於此，百姓也較富庶。

周瑜雲遊至此，就決定逗留數日。

他每到一地，頭等大事就是拜訪當地豪強。見則談，不見則走。有時被奉爲上賓，有時被視爲食客，也有時被拒之門外。壽春是揚州首善之區，人才極多，他當然要在此地多逗留幾日。經過多方打聽，覺得最應該去的就是孫家。

壽春的名門望族在他看來，大都像那棵枯樹上的鳥窩，不值得一顧，而孫家在盛世中卑微，卻在亂世中靠著兵家韜略和赫赫戰功崛起。可以說，沒有亂世，就沒有孫家的顯赫。

孫堅領兵在外，由長子孫策在家支撐門面。

孫策豪爽過人，喜歡結交豪傑，且與周瑜同齡，是遠近聞名的少年英雄。

周瑜到了孫家，很順利地見到孫策，不由得怔了一下：只見孫策和他差不多高矮，但卻給人一種相當威武雄壯的感覺，渾身透出一股霸氣，儼然有王者氣概。

「在下孫策，字伯符。」孫策毫無名將之子的驕氣，熱情而又親切。

「在下周瑜，字公瑾，廬江人氏。」

「可是那個人稱『江淮之傑』的周瑜周公瑾嗎？」孫策眼睛頓時雪亮。
「正是，但『江淮之傑』現在不敢當了。」
「眞是踏破鐵鞋無覓處，得來全不費功夫，失敬，失敬。」孫策爽朗地大笑，使勁地拍拍他兩臂，大有相見恨晚之意：「公瑾，在下慕名已久，只是無緣相見，今日相遇是上天的安排。」
這一聲「公瑾」，拉近了二人之間的距離，頗有一見如故之感。
孫策有一股極容易讓人受其吸引的魅力，就像冬天裡的一把火，能使人自然而然去接近，並且心裡熱呼呼的。許多人和他說上幾句話，就立刻信任他、喜歡他了。
孫家也令周瑜暗自吃驚，只見好大一座宅院，裡面並不豪華，也不精美，而是相當簡潔和實用，沒有絲毫多餘的裝飾。與其說這是一個家，倒不如說是一座兵營。孫家的飯菜是大碗酒，大碗肉，和一般富貴人家是很不相同的。
「伯符，你怎麼會知道我名字呢？」
「人生最大的快事，就是結交天下的英雄豪傑。」
「伯符有所不知，我在淮江精舍……」周瑜自嘲地說。
「公瑾，你不必說了。你不背叛淮江精舍，我想見你。你背叛了淮江精舍，我更想見你。我最敬佩這種『雖千萬人，吾往矣』的氣魄，縱觀古今英雄霸主，誰不是如此？」孫策一仰脖，一碗酒就少了大半：「人云亦云，亦步亦趨，乃是庸夫所爲。」
他酒量極好，一碗酒至多不過兩口，周瑜拚不過，只得盡全力，喝得面紅耳赤：
「伯符，你眞覺得這是件好事？」

孫策一拍胸膛：

「我孫伯符頂天立地，從不說假話。天下將要大變時，越是反抗當道者越是前程遠大，一心想維護它的將逐步衰落。我父親對這句話也深信不疑。」

周瑜聽得熱血沸騰，拍案而起：

「逆者順，順者逆。伯符，你這番話說得太好了！」

他一仰脖，一大碗酒頓時輕鬆入肚。孫策見周瑜如此，也激動起來：

「酒逢知己千杯少！公瑾，我們今日不醉不休。我看你第一眼時，就覺得你不是平庸之輩，果然不錯，江淮才子啊！」

「現在是江淮的老鼠了，人人喊打。」

「鼠目寸光者，放眼皆是，何足掛齒？把他們的話當成過耳東風好了。」

「對，與庸夫計較，會讓眼界變小。伯符，你眞是我生平第一知己。」

「如果不是家父長年領兵在外，弟妹們又小，我眞想和你去周遊天下。」

這一夜，二人誰也沒睡，直談到東方發白。

周瑜和孫策都是文武雙全，不同的是，周瑜出身書香門第，入讀名師門下，才學過人，但武藝不高，兵法不精。孫策出身兵戈世家，名將之子，武藝極高，在同齡人中還未逢敵手，且精通兵法，如何排陣布列，講得頭頭是道，但對於經史詩文，就所學有限了。

周瑜一心從軍，將兵家韜略列爲今後的主修課程，正好向孫策請教，而孫策自知才學不足，可以定國，卻難以安邦，正好向周瑜學習。

翌日清晨，孫策領著周瑜，到後堂拜見母親。

孫堅夫人吳氏，生於吳郡，後來遷居錢塘，早年父母雙亡，與弟弟吳景相依為命。孫堅見她才貌雙全，品性端正，就上門求婚。她不顧族人反對，毅然答應。

吳夫人很喜歡周瑜：

「你不用四處為家了，就住在我們這裡，住多久都沒關係。伯符的朋友很多，但和你最投緣。他是一個沒有朋友就活不下去的人。」

吳夫人真沒把周瑜當成外人，初次相見就把孫策的四個弟妹都叫了出來，讓他們認識周瑜。孫策的二弟孫權才七歲，三弟孫翊和四弟孫匡更小，妹妹孫安還在奶娘懷裡。

吳夫人特意把孫權拉到周瑜面前：

「權兒，公瑾大哥學問可大了，你有文章讀不懂，快問他，他比咱請來的夫子石先生學識淵博得多。」

孫策沮喪地說：

「公瑾，孫家以軍功發跡，雖然顯赫了，但在那些儒學名士們眼裡是暴發戶，粗莽低賤。說了你都不會相信，家父想讓權弟以讀書聞名天下，卻請不到名師指點。」

周瑜細看孫權，只見他五官端正，面容十分清秀，一雙大眼睛清澈得彷彿無一絲污垢，小小年紀，就舉止穩健，神態從容，十足王者的氣派。

「伯符，令弟相貌不凡，有大貴的儀表。」

孫家沒有周家那麼多繁雜的禮儀和腐朽的觀念。在這裡，周瑜白天和孫策打獵練劍，夜裡讀史論文，有時輔導孫權讀書，過得充實而又快樂，舒心極了。從孫家人的口中，周瑜瞭解到許多天下大事的眞相。

周瑜住進孫家七天後，就和孫策擺起香案，當著吳夫人的面結成異姓兄弟。二人同齡，孫策年長一個月爲兄，周瑜爲弟。

令周瑜驚奇的是，孫家還是春秋時代「武聖」孫武的後人。

日子一晃，半個月就過去了。周瑜想離開，孫家全家人都挽留他，他盛情難卻，又住了半個月。孫策不忍心耽誤周瑜周遊天下的大計，只好放他走。

吳夫人通達識理，也不再留他。她親手縫了一件大衣送給周瑜，在路上可遮擋風寒，另外還準備了五千錢，非要周瑜收下不可。

●

聯軍討伐董卓，天下爲之震動。

這一天，舒縣城門口出現一張檄文，歷數董卓種種罪狀：廢黜少帝劉辯；毒死何太后；任意支配國庫，揮霍無度；濫斬朝臣，亂殺無辜；放縱部下姦淫民女，搶劫皇親國戚和富商巨賈……

這樣的大事，周瑜當然要親眼去看，想不到卻遇見小喬。

劉勳政變之後，喬家所有人也遭到軟禁。周瑜去過喬家兩次，都吃了閉門羹，一是劉家兵不許，二是喬玄說他是反賊，不見。

今天，小喬怎麼能逛街了？

她穿著一件寬寬大大的藍衫，掩飾住了她綽約的體態，卻擋不住那股淡柔雅致的淸香，臉上不著任何脂粉，更顯幾分清麗。

小喬不住地左盼右顧，示意周瑜不要高聲。

「妳又是偷偷跑出來的？」

「劉勳不敢再軟禁我們了。這一次是我爹讓我出來看那張檄文。我爹看了這檄文，高興得連喝十幾杯酒，就讓我也來看。你知道劉勳爲什麼要發這張檄文嗎？」

「不知道，妳說是什麼？」周瑜不答，有意想聽她說話。

小喬貼近周瑜，在他的耳邊低聲說：

「天下英雄要討伐董卓了，劉勳若再跟著董卓，就是和天下英雄爲敵。這幾天，我家周圍沒有人監視，我爹還說，漢室中興就是從這張檄文開始。」

周瑜離小喬這麼近，心一陣劇烈的跳動。

「小喬，妳在幹什麼？」

喬玄出現在二人身後，怒氣沖沖的。

小喬嚇得吐了一個舌頭，忙離開周瑜。

喬玄把女兒拉到身邊，用嚴峻的眼神看著周瑜：

「周公子，你也看見檄文吧，大漢朝的忠臣義士太多，不管誰當太守，將來都要效忠朝廷的。」

周瑜一看到喬玄，錚錚鐵骨一下子就軟了：

「喬公所言極是，所言極是。」

「周公子，你家這段日子沒有佃戶鬧事吧？」

周瑜一想，果然不錯，就點點頭。

「這都是沾了朝廷的威德。你可要感激皇恩啊！」

「晚輩很想到府上，聆聽喬公的教誨。」

「哼，你眞的是想聆聽我的教誨嗎？」喬玄哼了一聲。

周瑜被問得汗流浹背，不敢回頭看喬玄父女。

「你把在淮江精舍看的那些書再看一遍，就不用到我家來請教了。」

3

周瑜回到家中，一會兒想見小喬，一會兒又思考該如何面對新局勢，心裡十分紊亂，正自煩躁之際，有人送來一封信。他打開一看，頓時跳躍歡呼起來。這信是孫策寫的，請周瑜到盧江郡城相會。

原來，孫堅的大軍經過盧江郡，劉勳馬上易幟，還送一萬斛糧食勞軍。而這次，孫策正好隨父出征，一到盧江郡，就想起周瑜，並從劉勳口中得知他已經回家，急忙修書邀其前往相聚。

周瑜忽有一種預感：他的命運會由此而改變。便一刻也等不及，跨上一匹白馬，向盧江郡城飛馳而去。

到了孫堅兵營前，夕陽把西天映得一片血紅，周瑜、兵營、盧江郡城和整片原野都沐浴在這無比絢麗的紅色之中。

孫策和周瑜相見，不發一語地緊緊相擁，熱切而興奮地望著對方。

當天，孫堅忙於軍務，就由孫策給周瑜擺酒接風。

孫家這兩年搬了兩次家，從壽春到曲阿（今江蘇丹陽），再到吳郡。孫策走到哪裡，都和有志之士積極聯絡，起初只限武人，如今兼及文士。相較之下，周瑜的經歷就精彩曲折多了，周遊天下的種種艱險和磨難，如在山中遇到土匪和野獸之類的事情，非一日所能說盡，忍饑挨餓和遭人污辱更是不勝枚舉。孫策聽罷感歎不已，一次次地舉杯相敬，表示欽佩。

翌日清晨，孫策就帶著周瑜去拜見孫堅。

孫堅早聽吳夫人和孫策對周瑜讚不絕口，他南征北討，閱人無數，一見周瑜就知他們所言不虛，十分歡喜。

周瑜對孫堅仰慕已久，見他威風凜凜，舉止穩健，頗有大將風采，大爲折服，一定要磕三個頭。孫堅不是拘禮的人，但攔不住，也就由他了。

「爹，公瑾博覽群書，又周遊各地，對天下大勢有許多獨到的見解。不信你問他。」

周瑜很想和孫堅討論天下大勢，但初次見面，免不了謙虛幾句：

「伯父身經百戰，名震天下，我的淺顯之見哪裡能說出口。」

孫策一聽就急了：

「公瑾，我和你是結拜兄弟，我爹便是你爹。你這麼說，豈不把我們當外人看？」

「人無大小，能者爲師，只有這種胸懷的人，方能不斷增益。我自幼讀書不多，所以一有機會便向飽學之士虛心求教。何況，當局者迷，旁觀者清。近看看局部，遠看看整體。如今我處於天下這個大局之中，而你是置身在外，一定會看出一些我看不見的道理。」

周瑜由衷地讚歎孫堅謙遜好學的胸襟，一揖到地：

「伯父如此通達明理，從寒微之士到當今名將，絕非僥倖，將來前程不可估量……」

孫堅親昵地拍了一下周瑜的頭：

「小鬼頭，別油腔滑調的，快把你滿肚子的見識都給我倒出來，否則，你就別想出這大營了。這裡只有我們爺仨，別人偷不去的。」

這聲「小鬼頭」和「爺仨」，拉近了周瑜和孫堅心靈的距離。孫堅不像周異和顏衡那樣道貌岸然，非要堅持各種庸俗的禮儀，對晚輩很隨和。他讀書不多，卻可從現實生活中悟出許多道理，且能深入淺出，舉一反三。

周瑜剛要說話，又被孫堅打斷：

「暢所欲言，言無不盡，說錯了怕什麼呢？」

周瑜沒有顧慮，就照直說了：

「伯父此次出兵，不是最佳良策。恕姪兒直言，今日聯軍討伐董卓，敗多勝少。當年，六國連横以抗強秦，兵馬合在一起，勝於強秦，錢糧堆在一起，更厚於強秦，結果卻不敵強秦，原因就是聯而不合。強秦是一個握緊的拳頭，六國則是六根分開的手指，即使一起攻秦，仍不能勝。強秦時代，天下大勢是由割據到統一，而今則是由統一到割據，州郡刺史、太守無不各懷異志。六國不抗強秦，必遭滅亡，因而還能全力一拚，而今各州郡不去討伐董卓，仍可以割據一方。所以，今日各州郡的聯合比不上六國連横。」

孫堅連連點頭，示意周瑜接著說。

「董卓出身軍旅，身經百戰，深明軍事韜略。他以天子的名義發出號令，許多州郡還是要響應的。中原人對董卓的估量忽略了兩點，一是他的後方極穩固。我遊歷時到過隴西一帶，也聽到許多關於董卓的傳說。董卓到中原殺人如麻，不得人心，但他在家鄉卻樂善好施，深得人心。二是他的軍隊都來自函谷關以西，民風尙武，連婦女都能彎弓作戰，男人更是勇猛強悍，而中原各地儒學至上，民風崇文貶武久矣。由以上兩點優勢，再加他控制天子和朝臣來看，實已立於不敗之地了。」

這是孫堅想都沒想到的，迫不及待問道：「那要如何因應呢？」

「董卓的後方是涼州，在幷州勢力也極大，而北面羌胡部落，與他淵源深厚，又素來受漢人官吏的欺壓，反漢之心久矣，是董卓強有力的外援。聯軍即使齊心協力打進洛陽，董卓必會將天子和朝臣掠到長安，以避其鋒。試想聯軍打到洛陽，已是強弩之末了，再進擊長安，恐有全軍覆滅之險；但倘若不攻長安，天子和朝臣沒有救出來，屆時收兵無名，群龍無首，天下便會大亂。一旦天下大亂，董卓即可在長安隔岸觀火，坐收漁人之利。」

周瑜進而分析攻打長安的危險：

「即使群雄一心擁戴袁紹，也萬萬不能乘勝攻打長安。長安背靠涼、幷兩州，董卓等於是在自家門口作戰，以逸待勞，並和羌胡互爲犄角，互結外援，直接威脅聯軍的側翼和後路。再則聯軍遠途奔襲，人困馬乏不說，僅糧草一項就足以致命。即使袁紹能籌足糧草，但由於路途遙遠，極易受董卓和其它勢力的偷襲。聯軍不能速勝於長安城下，又不能保障糧草，豈不像髮引千鈞一樣脆弱。洛陽之戰，聯軍至少還有民心可以依靠，而涼、并二州和羌胡之地荒涼多沙，人煙稀少，聯軍兵將不服水土，會勇將不勇，精兵不精。加上當地民俗風情與中原差異太大，聯軍非但無法得到百姓認同，還會被當作是侵略者。」

這一番話，聽得孫堅心悅誠服。

「公瑾，聽你這麼說，我們豈不要退兵嗎？」孫策大驚。

「既已出兵，就不能退，否則將失信、示弱於天下英雄。伯父先祖，兵聖孫子曾說，打仗要看政治、天時、地利、人和和法制等五個方面，而政治排在第一。戰爭是政治的一種形式，無非是想透過武力達到某種政治目的，因此伯父可將政治置於優先，無須斤斤計較於軍事的得失。聯軍有十幾路人馬，伯父只是其一，勝而無所獲，敗也無所害，以伯父的英武警敏，只要見機行事，應可立於不敗之地。」

周瑜接著說：

「不過，明槍易躲，暗箭難防。伯父此次出兵，最應該小心的不是董卓，而是自己的盟友。」

「賢侄說的有道理。」孫堅大喜道：「這一點正好說到我心上了。」

「小姪以為，漢室衰微，氣數已盡，我們不可逆天而行，與劉家同歸於盡。董卓是蠻夷之人，只知武功而不懂文治，被百姓所棄，被士大夫們所不容，他不可能一統天下。袁紹、曹操、袁術、公孫瓚、張繡、劉虞等豪強，尚無一人能震懾四方，盡收天下人心。今後天下必成群雄割據之勢，先是春秋時期，諸侯多如牛毛，再進入戰國時期，只剩下為數不多的幾個霸主，最後天下一統，建立一個新的皇朝。我們現在所處的，就像是春秋時期的前夜。」

孫堅聽到這裡，禁不住站起來，走到周瑜面前：

「賢姪，那我今後該怎麼做呢？」

周瑜談古論今，感覺好極了。他自從和孫策結拜之後，就格外注意孫堅的動向，因此胸有成竹，侃侃而談：

「小姪遊歷天下，縱觀山川地形和政治人事後，覺得當今之世，供天下英雄創業的地方只有三處：一是以洛陽為中心的中原地區。近四百年間，這裡都是首善之區，實力雄厚的皇親國戚和世家大族數不勝數，兵源最多，人才最盛，錢糧也最充裕，但兵亂不止，受到的破壞也最大。目前有一大半的英雄人物集中在此，想建立功業。不過，此地不宜久留，暫時更不可以去爭，尤其是伯父您。」

「為什麼呢？」

「其一，洛陽地區是政治中心，數百年來，士大夫和百姓的門第觀念都很重，鄉土意識也特別濃。袁紹逃出洛陽時，僅一人一騎而已，但袁家世代高官，四世三公，門生和親信無數，他出師有名，振臂一呼就那麼多人響應。伯父和袁氏兄弟相比，膽識、謀略都不在他們之下，卻只能當個先鋒官，不得不依靠他。這全是袁氏兄弟祖上庇佑之故。其二，伯父生長在江東，在江北之地沒有憑依，士大夫不肯輔佐您，百姓不肯歸附您，無法立足，如何圖謀大業呢？其三，此地區豪強最多，爭殺勢必最慘烈。根據揚長避短和避實就虛的原則，這地區顯然不是伯父創業的好地方。」

「第二個創業之地在哪裡？」

「以成都到漢中為中心的巴蜀之地，也是一個英雄創業的好地方。益州沃野千里，但山川險峻，交通不便，易守難攻，高祖劉邦就是以此地為根據地，屢敗屢戰，最終打敗了比他強大的項羽。但伯父征戰多年，卻從未踏足過那裡，人生地不熟，不能服眾，若貿然前往，就會像桂陽的荔枝種在巴蜀的土地上，長不出豐碩的果實。」

「第三個創業之地呢？」

「第三個創業的好地方就是長江東南的吳越之地，此區背靠大海，魚蝦豐富，空氣清新濕潤，土地富庶，一年三穫，可養精兵百萬。伯父生於吳郡，在丹陽和會稽一帶威名最盛，人心極隆。丹陽地勢險阻，山谷萬重，有數千里之地可以周旋，民風強悍，稍加訓練，便能成為精兵，而且丹陽還有豐富的銅鐵礦藏。這裡才是伯父創業的根基地。伯父是名正言順的長沙太守，一舉平定過長沙、桂陽、零陵三郡的叛亂，威名和聲望都無人能及，此地也是伯父創業的首選。若能經營這三郡之地，派伯符回吳郡聯絡宗族勢力，外結丹陽和會稽的豪強，北伐西進，雙拳合擊，環顧長江東南，必是孫家天下。」

孫堅聽著聽著，腦海裡的一切都豁然開朗了。

「英雄人物若不能三地據其一，連春秋時期都挨不過去，就會被他人吞併，或僅思偏安苟活，無成大業的可能，不值一談。成大業者，必須先有根基之地，才能圖大業。勝敗乃兵家常事，但只要有退路，就有轉敗為勝的可能。楚漢相爭，就是最有力的鐵證，黃巾軍有百萬之眾，勢不可謂不大，打的勝仗不可謂不多，為何敗得那麼快呢？就是因為沒有穩固的根據地，打敗無路可退，打勝又無糧可繼，只好掠奪以自保，民心盡失。」

孫堅和黃巾軍不知交戰過多少次，深以爲然。

「那進入戰國時代之後，天下又將如何呢？」

「中原戰區的英雄最多，地域最廣，廝殺也會最久。江東和巴蜀兩地，對手不多強敵更少，尤其是江東，幾乎找不出能和伯父相匹敵的人。伯父若能最先經營成功，就派伯符率大軍西進，從巴東攻打蜀地。若能攻下蜀地，伯父就三大戰區有其二，那結束戰亂，統一全國的日期就不遠了。到時對中原戰區，只需隔岸觀火，伺機而動，若是沒有做好進攻準備，就聯弱抗強，分而治之，若是做好了進攻準備，就聯強擊弱，滅弱之後再圖強。」

「立足江東，攻伐巴蜀，緩圖中原」——這就是周瑜送給孫堅的十二字方針。

孫堅連連點頭，又問：

「攻蜀若不能勝呢？」

「小姪以爲，攻蜀若不勝，又沒有足夠強大的外援，萬萬不能踏入中原戰區。也許剛開始時會勢如破竹，再下去一定會兵盡糧竭。小姪周遊天下，一個很深的印象就是中原戰區的地之廣，糧之厚，人才之盛，除非將巴蜀和江東這兩個戰區的資源合併，否則，即使是孫武重生、吳起再世，也難以平定中原。」

周瑜越說越有興致，神思飛揚千里：

「攻蜀不能勝，中原不能圖，天下必將三分，呈鼎足之勢。兩弱聯合，共抗強敵，這是很淺顯的道理，中原戰區的霸主想由北攻入巴蜀並不容易，巴蜀地勢險峻，自成格局，易守難攻……」

「江東之險在哪裡呢？」孫堅迫不及待地問。

「江東之險當然是在長江了。江東北臨長江，東、南靠大海，士卒習慣於水戰，不覺得長江是險隘，北方多是陸地，兵將騎術精良，善於野戰。不過，最精銳的北方兵一上船，往往就頭暈腳軟，連站都站不穩。若是天下三分，江東必須以水軍立國，才能以長江之險，成割據之勢。」

周瑜將天下大勢和如何割據江東分析一遍，清晰而又深刻。

他的話說完了，帳中寂靜好一會兒，孫堅父子的思想還在周瑜描繪的藍圖裡漫遊，忘了自己和周瑜的存在。

4

按孫堅以前的戰略規劃：中原乃天下的心臟，是兵家必爭之地。這次討伐董卓，他積極響應，想建立頭功。在他認爲，漢室若中興，他能封侯拜相；漢室若衰亡，他也有了政治、軍事資本，可伺機而動。

他征戰多年，仇敵極多，害怕家人受到襲擊，就讓他們隨軍出征。

這天夜裡，孫堅和夫人吳氏、長子孫策圍坐談論周瑜。

就在周瑜來的前一天，孫堅做一個古怪的夢：他踏雲而行，遊歷天庭，遇到一個天神，送給他一個金身童子。第二天，周瑜就來了。

有的夢一覺醒來就忘記，這個夢卻還十分清晰。他並不迷信，但事這麼巧，又不能不信。

吳夫人素來信奉鬼神，聽了夫君這個夢，又驚又喜，就建議孫堅把周瑜收爲義子，孫策隨聲附和，孫堅本就喜歡周瑜，立即答應了。

周瑜正是尙兵崇武之時，生父剛亡，能有一個名將做義父，當然求之不得，何況孫家人待他已經如一家人了。

吳夫人給周瑜的禮物是一把名貴的寶劍，孫堅的禮物則是兩卷書，一卷是孫堅歷次行軍作戰的記錄和總結，一卷是《孫子兵法》的詮註。這對周瑜來說可是無價之寶。

周瑜迫不及待地翻開《孫子兵法》，孫子的戰爭原理立即鋪展在他眼前：

「凡用兵之法，全國爲上，破國次之，……故上兵伐謀，其次伐交，其下攻城。

「凡戰者，以正合，以奇勝。故善出奇者，無窮如天地，不竭如江河。

「水之形，避高而趨下，兵之形，避實而擊虛。故兵無常勢，水無常形，能因敵變化而取勝，謂之神。」

啊！眞不愧是一代兵聖的至理名論，精練的文字、明確的概念、深奧的哲理，讓人讀來情緒亢奮、熱血沸騰。尤其那「謂之神」的境界，更是令周瑜神往不已。

「書再好，也是死的，全靠平時的領悟和臨陣應用。每一條用兵法則到了戰場，都能演出許多新變化。運用之妙，存乎一心。你讀萬卷書，古今的智慧盡藏於胸，又行了萬里路，天下大勢盡收於心，若再懂得兵法，就是濟世之材了。」孫堅指點周瑜。

「義父，我要跟你去討伐董卓。」此時此刻，周瑜內心的豪情洶湧，早已淹沒小喬的影子，他朗聲說：「一個不下水的人，無論多聰明都成不了水手。」

孫堅當即同意了。

紀夫人和周儂都很支持周瑜爲中興漢室出一份力，高興地給他收拾行裝。

然而，當他返回兵營時，孫堅卻改變了主意。

「公瑾說得沒錯，我最要小心的不是董卓，而是自己的盟友。」孫堅細心解釋：「袁術派人來送信，說荆州刺史王叡、南陽太守張咨，同董卓暗中來往密切，陰謀南北夾擊聯軍。這兩個地方是聯軍糧草的主要供應地，又是大軍必經之地，極可能會遭他們襲擊，實在是危機重重。公瑾，這次我不但不能讓你隨我出征，就連我的家人也不能留在軍中了。原想戰場擺在洛陽一帶，我就把家人留在魯陽。如今戰場就在荆州，我只好把家人留此地了。」

「義父，讓義母帶著權弟他們留下吧！我和伯符隨您出征。」周瑜一挺胸膛。

孫堅左手搭在周瑜肩上，右手搭在孫策肩上，語重心長地說：

「你們還是小樹，現在尚做不了房樑，如此於國於己都不利。再說，你們的母親和權弟他們總要有人照看的，不是嗎？」

「義父，我聽說您和袁術關係密切，共同進退，這消息可靠嗎？」周瑜見孫堅沒有否認，接著說：「天下三分，義父的創業之地不在中原戰區，而在江東，不管袁術爲人和才幹如何，義父都不要和他綁在一起，還是全力經營江東才是上策。」

「你說得不錯，但和袁術疏遠非一朝之事，處理不好就會反目成仇，後患無窮。」孫堅若有所思。

周瑜執意要讓孫家人到舒縣去，住在周家，孫氏家風豪爽，也不客套，高興地接受了。

【第五章】兒女情長

1

孫堅臨走時，再三叮囑孫策、孫權和周瑜要勤奮向上，學有所成之後，再到軍中效力。

周瑜把整個南院都騰出來，給孫家的人住。兩家人十分親密，生活上互相照應，和一家人一樣。

孫策把自己的書和兵器都搬到了周瑜的書房，二人共同讀書練武。他的臥房在南院，但更多時候卻和周瑜同睡一床，兩人形影不離，感情更甚於親兄弟。

由於有了孫堅這個有權勢的義父，舒縣再無人敢招惹周家了。

周瑜無憂無慮之餘，就想起了小喬。

孫策知道周瑜和小喬的戀情後，便就以「匈奴未滅，何以家爲」的名言來勸誡周瑜。周瑜未遇到小喬時，也是如此想，但遇到小喬後，卻改口說：「愛情也是一種大業」。

娶妻乃人生大事。他所熟知的人物，像大禹、姜子牙、商鞅、管仲、樂毅、伍子胥、屈原、范睢，還有蕭何、韓信、張良、周勃、周亞夫、衛青、班超等英雄人物，哪一個沒有娶妻，哪一個年少時沒有思念過、追求過心愛的女孩子？只是早一些晚一些罷了。就連被儒家奉爲經典的《詩經》上，不也有「關關雎鳩，在河之洲，窈窕淑女，君子好逑」的詩句嗎？無論孔子、孟子、荀子，還是顏夫子，從沒說過成大業者不能戀愛和結婚的。

何況，我已經今非昔比了，義父是聞名天下的戰將，我何時去投奔他，都有用武之地。當然，我不能老躺在小喬的溫柔鄉裡，無法自拔，學成之期至多只能晚半年，再長，就是沉溺女色了。

做任何事，都要有一個限度，超過這個限度，就是不合理。

「伯符，小喬還有個姊姊，據說也是傾國傾城的大美人。我娶小喬，你娶她姊姊，我們就是兄弟加連襟了。」周瑜為這個念頭禁不住得意洋洋。

孫策說服不了周瑜，只好連連歎息：

「紅顏禍水，紅顏禍水。」

但當他親眼看見小喬時，不由得讚嘆不已，完全能體會周瑜的愛戀之情。如此清純秀美的少女，難怪公瑾會動心，何況她又鍾情於公瑾，換了我，我也會情不自禁！

那一天，小喬忽然出現在周瑜和孫策面前，周瑜驚喜得興奮異常。

原來，喬玄得知聯軍討伐董卓，又聽說聯軍盟主是袁紹，他的世姪曹操也在其中，就不顧年老體弱，趕往函谷關，要為匡扶漢室獻最後一份力。

周瑜聽罷心花怒放，隨後，二人就消失了，只留孫策一人在書房。直到黃昏時分，周瑜才回來，一副飄飄欲仙的樣子。

孫策抓住他的前襟，以質疑的口吻斥道：

「原來你是個見色輕友的小人。」

「我是見色不輕友。我和小喬商量好了，把她姊姊大喬許配給你，怎麼樣？我和小喬一開始就想著如何撮合你和大喬的好事，我們倆的事還沒來得及談呢。」

孫策臉一紅，有點不知所措：答應下來怕周瑜笑話，又不願意拒絕；若是大喬像小喬一樣的美，他回絕豈不要遺憾終生了。

第二天，孫策瞞過母親，悄悄地跟著周瑜來到喬家。

秦夫人本不想見周瑜，但聽小喬說，周瑜已經幡然悔悟，且被孫堅收爲義子，這才決定先見一面再說。

「這是我義兄孫策。我義父孫堅將軍討伐董卓，將家眷留在我家。他聽說前太尉喬公避居舒縣，一定要我義兄代他來拜訪請安，恭聽教誨，想不到喬公也去討伐董卓了，眞是可惜。」周瑜這樣介紹孫策。

孫策不能現場揭穿周瑜，只好點頭稱是。

孫堅乃當今名將，對已被人們所淡忘的喬玄如此敬重，實屬難得。秦夫人高興極了，對孫策和周瑜十分熱情，但她知道周瑜對小喬有意，就打定主意不讓小喬露面。

這次，周瑜和孫策只坐一會兒就告辭了，根本沒提小喬。

到了晚上，周瑜單獨來到喬家，這一次，他也沒提小喬。

「伯母，我有件事情想說，又怕妳怪我唐突。」

秦夫人聽他這麼一說，當然不能不讓他說。

「伯母，妳看孫策做妳的大女婿，如何？」周瑜把聲音壓到最小。

秦夫人沒想到周瑜小小年紀，竟然給別人上門提親，覺得可笑又輕佻，但轉念一想：孫策乃將門虎子，儀表堂堂，勇武過人，品行端正，其家族手握重兵，在兵荒馬亂的歲月，能把女兒嫁給這樣的人，喬家是求之不得。

周瑜一眼就看透了秦夫人的心思：

「我義兄聽說大喬美麗溫柔，知書達禮，而且喬家是官宦世家，門庭顯赫，與孫家正好門當戶對。」

喬家已經沒落了，但喬玄夫婦還常常沉浸在昔日的輝煌中，周瑜這麼說，她聽得舒服極了，覺得他並不像外面人說的那麼討厭。

「我義父不在這裡，義母又怕冒昧失禮，就先讓我探一探風聲。」

「是吳夫人派你來的？」

「當然，否則以我這樣的年紀和身分，哪敢上門替別人說媒呢？」周瑜面不改色地點了點頭。

「好，這件事不用問老爺，我就可以作主。」

「我義母和義兄尚未見過大喬，還請伯母安排個機會。別看我義兄十分勇武，一見到異性，就連手都不知道如何放了。」周瑜說得煞有其事。

「那這件事就由你安排吧！」秦夫人覺得有理。

翌日，周瑜又把孫策領到喬家，秦夫人叫大喬出來奉上糕點。大喬端著糕點一出現，孫策就覺得眼前一亮，目光發直，身不由己地盯著她看。

她的臉輪廓優美秀麗，那大大的杏圓形眼睛，好像會說話；她的嘴唇含情脈脈的討人歡喜，是個典型的江南美人。最令孫策著迷的是大喬的風韻，飄飄嫋嫋，輕輕盈盈，真宛如天上仙子落凡間，她的笑很甜、很淺、很柔，是那麼的自然，那麼的真情流露，毫無矯揉造作之感。這是一個多麼溫柔賢慧、善良體貼的麗人啊？孫策不禁在心裡驚歎。

他見過的美麗少女很多，單從容貌來看，能和大喬匹敵的也有幾個，但她們內在的修養和大喬相差甚遠，這種修養反映出來就是「風韻」。大喬不似小喬那麼活潑大方，她只瞥了孫策一眼，就羞答答地步入內堂，空留一縷清香和意韻令孫策神魂顛倒，一時間竟然呆住了。

秦夫人看得喜上眉梢。

從喬家出來，孫策像丟了魂似的，走路都深一腳淺一腳。

在這關頭，前方傳來消息：孫堅的大軍路過荊州時，荊州刺史王叡對孫堅十分無禮，陰謀偷襲他兵營。後來，王叡手下一個叫王井的幕僚帶著一封董卓的密信，逃到孫堅兵營，密信內容是董卓下令王叡伺機殺死孫堅。為此，孫堅果斷地夜襲荊州，出其不意地斬了王叡，控制住荊州。

南陽太守張咨是王叡的親信，聽說孫堅大軍到了，不供給軍糧，也不見孫堅。孫堅本想繼續行軍，但因張咨暗箭難防，後患無窮，就謊稱得了急病，引起全軍恐慌，找來巫醫，禱告山川，一切都編排得很眞實。孫堅派親信遊說張咨，表示無法再行，要將軍隊交給張咨統轄。張咨看上孫堅的精兵良將，就率領五百騎兵趕往孫堅大營，被孫堅以「稽停義兵，使賊不時討」為名，按照軍法處死。於是，南陽全郡震動，孫堅提出什麼要求，無不滿足。

孫堅兵到魯陽時，與袁術相會。袁術上表請求任用孫堅為破虜將軍，兼任豫州刺史。

消息傳到舒縣，孫、周兩家人無不歡喜雀躍。周家地位大升，舒縣士紳豪族們爭相巴結。只有周瑜不喜反憂：豫州刺史只是虛名，義父即使能震懾住各郡各縣，也不如經營江東老家。他在豫州就像陷入泥潭的巨人，得不到當地士族大戶的支持，看似強大，實際上是被縛住了。

孫堅遠在魯陽，周瑜無法勸諫，且忙於謀劃自己和孫策的婚姻大事，就不再想這件事了，只是安慰自己：我義父英勇過人，手握重兵，不會有大礙。

秦夫人聽到孫堅被任爲豫州刺史，更堅定了和孫家聯姻的決心。這個消息，令周瑜和孫策身價大漲，同時，兩人也放任了，尤其是周瑜。他得意想道：我和伯符在我義父的麾下，就是他的左臂右膀，一定能得到重用，建立一番功業，自不在話下，放眼舒縣和廬江郡，還有誰敢瞧不起我、排斥我。衣錦還鄉，迎娶小喬，如探囊取物一般。此時此刻，對周瑜而言，兩年來的危機感和緊迫感沒有了，一條光明的康莊大道出現，就等他大搖大擺地走在上頭。

吳夫人去喬家見到大喬，十二萬分的滿意。孫策和大喬經常在喬家相見，秦夫人對此並不干涉。她對孫、喬兩家的家風深信不疑，相信二人在未婚之前一定會遵循禮法，相處得體。如此順利，令周瑜又高興又嫉妒，因爲他和小喬還要偷偷摸摸的。但有了大喬做內應，小喬的行動較從前方便多了。

孫策和大喬總在秦夫人面前替周瑜美言。此外，秦夫人經常到孫家看望吳夫人，以盡地主之誼，閒談中談及周瑜，吳夫人也都讚不絕口，漸漸地，秦夫人對周瑜的印象改變了，甚至也願意把小喬嫁給他。

2

小喬太活潑大方了，禮法觀念極薄，喬玄夫婦對她很不放心，故而管教極嚴。

在洛陽時，小喬就吸引許多王孫公子，他們有的不學無術，窮奢極侈，甚至品德敗壞，但都風流倜儻，令少女們迷戀不捨。小喬沒想過要嫁給他們，但願意和他們在一起玩樂。玩過之後，她又陷入深深的寂寞中。

舒縣和洛陽相比，是個小地方，舒縣人在小喬眼中都是土里土氣的鄉巴佬，只有周瑜不同，一是他飽讀詩書，落魄時也有一股脫俗的清華之氣；二是他桀驁不馴，書卷氣中又透露出一股野性。這兩種相互矛盾的氣質，在周瑜身上交互呈現，把她深深地迷住了。

小喬曾經聽曹操說過，能把兩種矛盾的性格統一於一身的人，必定十分出色。出類拔萃的人，她見得太多，但周瑜是她所見識的少年中最出眾的。

「小喬，我們到城外去看落日。」

「不行，這麼晚了，我要回家。」

「都兩個多月了，我是什麼人，妳還不清楚嗎？難道妳怕我……」

「我聽我姊姊說，你太工於心計了，一看就不如伯符誠實可靠。要我對你萬分小心，別等到你把我賣了，我還給你數錢呢。」小喬當然知道，但故意氣他。

「那妳還和我在一起？」

「明天我就和別人在一起了，你別太得意。」小喬嬌嗔說道。

「對了，」周瑜忽地嚴肅起來：「聽說妳家不久會來一個客人，是曹操的兒子曹昂，他這次到舒縣是專程來看妳的。」

「是啊，你不許嗎？」小喬驕傲地揚起頭：「熱情的少年太多了，而且無一不是年少多才的世家子弟，曹昂只是其中之一。」

「我問妳，曹昂爲何會千里迢迢地來看妳呢？」周瑜猛地大聲起來。

「嘿嘿，他來看我，你不高興了？」小喬見周瑜眞的生氣了，卻還在笑。

「難道妳喜歡男人爲妳爭風吃醋？」

「是又怎樣？」小喬揚眉答道。

這一天，二人不歡而散。

周瑜回到家後悶悶不樂：小喬是喜歡我，還是喜歡那個曹昂？曹昂千里迢迢來看她，二人的關係絕非一般。她難道會移情別戀？不會吧，她看上去那麼純眞，怎麼會呢？

他漸漸覺得，自己把女孩子看得太簡單了。

她們對理想和霸業之類的事情一無興趣，但感情方面可就了然於心，對付男人的手段也高明得多，尤其是美麗的女孩，被許多男人包圍著，日子一久，自然應付自如。在這方面，我遠遠不是小喬的對手。她可能眞的會朝三暮四，處處留情，愛我也愛別人。我覺得這是水性楊花，有些女孩子卻覺得是眞情流露。

想到這裡，彷彿有一隻無形的手在狠狠地緊揪周瑜的心。

一個「情」字，不知把多少人折磨得求生不得，欲死不能，我再不自拔出來，徒受這折磨不說，霸業也會隨「情」而付諸東流。霸業若沒有，愛情又靠不住，這一生豈不荒廢了？雖說我有義父這個大靠山，但建立功業，還要靠自己啊！義父對我寄以厚望，必會讓我獨當一面，兩軍對陣，義父不可能總在我身邊。如果我是個草包，義父是絕不會重用、提拔我的。想著想著，周瑜的心一陣冷，禁不住打了一個寒噤。

孫策一回來，就將一碗水倒進了肚子裡，滿臉的陶醉。

「你這麼早就回來了？」他發覺周瑜鬱鬱寡歡，就奚落他：「你和小喬吵架啦？真沒風度，看我和大喬就從不吵架。」

周瑜用書敲一下孫策的腦袋：

「你懂什麼？人家要殺你，你還笑哈哈地給人家磨刀呢！」

「大喬想殺我，我情願給她磨刀，你管得著嗎？」

看樣子，大喬比小喬還要厲害，殺人於無形啊！

這時候，吳夫人來了。她看了看書架和牆角的兵器，表情很嚴肅。孫策和周瑜不由自主地站起來，吳夫人端坐下來，沒讓他們坐。

「策兒，瑜兒，你們是到了娶妻的年齡，但生逢亂世，沒有功業哪有家啊！你們將來要擔當天下大任，不能執著兒女私情，磨滅了雄心壯志。這兩個月，你們書看得怎麼樣？武練得又如何？」

周瑜和孫策慚愧得抬不起頭。

「義母教訓得對，我以後不見小喬了，全心全意讀書練武。」周瑜大聲地說。

孫策卻沒有勇氣這樣說。

「瑜兒，你誤會了，義母並非反對你們談感情，只是要有所節制，先以大業為主。你們已經幾天沒好好地讀書練武，看這書架和牆角的兵器都鋪上一層灰，如此下去，怎麼得了？」

接連三天，周瑜和孫策都沒去喬家。周瑜努力讓自己沉澱下來，好好地唸書。確如義母所言，兩個月來他荒廢了不少正務，他翻開《孫子兵法》，孫子的千軍萬馬從他眼前排山倒海而來。

「故兵以詐立，以利動，以分合為變也。故其疾如風，其徐如林，侵掠如火，不動如山，難知如陰，動如雷霆……

「凡火攻有五：一曰火人，二曰火積，三曰火輜，四曰火庫，五曰火隊。行火必有因，煙火必素具。發火有時。起火有日。時者，天之燥也……」

他讀著，發現自己心中也有一個戰場，一個通往情場、戰場的拉鋸戰場，自己身陷其中，恍惚、徘徊，膠著難耐。感覺自己就像一團火一樣，燥熱得很。

孫策更是心神不寧，苦苦熬了幾天之後，他決定要去喬家，但周瑜堅決不讓他去。

「你和小喬吵架後，是不是在嫉妒我和大喬？」

「我這都是爲你好，隨你怎麼想，你若是去了，我就告訴義母。」他接著就學孫策以前的語氣：「紅顏禍水，紅顏禍水啊！你今天晚上去喬家，明天肯定就魂不守舍。」

孫策圍著周瑜直轉：

「公瑾，我不去看大喬，才是魂不守舍……」

就在這時，小喬來了。手上提著一個小沙罐，臉上帶著盈盈的笑。

「公瑾，小喬看你來啦！」孫策酸溜溜地說。

周瑜回過頭，剛想說幾句冷冰冰的話，但小喬向他俏皮地擠了一下眼睛，可愛極了，她還向上一提小沙罐，舌頭將嘴唇舔了一圈：

「上乘的魚湯，眞香啊！」

周瑜的心頓時又被柔情淹沒了，決絕的話統統咽了回去。

「太好了，公瑾，快來喝。」孫策上前就搶沙罐，卻被小喬閃開了。

「孫伯符，這湯可不是給你喝的。你要喝，也要等周郎喝完之後。」小喬把沙罐放到周瑜的面前，用衣袖捂住，嬌滴滴地說：「周郎，你說是不是呀？」

孫策戲謔地模仿小喬的語氣，把小喬笑得直不起腰。

「公瑾，我在這裡太不方便了，還是迴避一下吧！」

「義母問起，我就說你去城外練箭。」周瑜會心一笑。

孫策連道謝都沒說，一溜煙似地走了。

「周郎，你的心眼眞小。」小喬打開沙罐，魚香撲鼻，周瑜不禁垂涎欲滴了，卻聽到她擔心地說：「想不到你在愛情方面這樣脆弱，受到小小的挫折就受不了，若是眞的受到大的打擊，一定會做出很可怕的事情。」

周瑜想著曹昂，沒有把話聽進去：

「妳不是喜歡那個曹昂嗎？」

「曹昂這次到我家，是奉父命來探望我爹。」小喬給周瑜倒了碗魚湯，然後俯身，把頭枕在他雙膝上：「周郎，我對曹昂是有些好感，若沒有你，可能會嫁給他。但遇到了你，遇到了你……」

周瑜撫摸著她的秀髮，憂慮地說：

「如果妳爹非要把妳嫁給曹昂呢？」

小喬抬起頭，語氣很堅決：

「那我們就一起私奔！」

周瑜輕輕地摟住她的腰，動作很溫柔，很小心，彷彿一吹一彈就破了。

「小喬！」周瑜甜蜜地喊著。

3

關東聯軍兵敗的消息傳來，整個廬江郡都震動了。

聯軍並非是被打敗的，而是各打如意算盤，誰也不敢先進攻，在酸棗（今河南延津一帶）地區將糧食吃盡後，作鳥獸散。只有曹操勇於進兵，結果中了董卓的埋伏，損失慘重，自己也受了箭傷。接著是看風使舵的各州郡紛紛脫離聯軍，歸附了董卓。

孫堅率軍回到梁縣以東駐紮，即派部將黃蓋和程普來舒縣接家人。

孫策和大喬不得不灑淚而別，相約他日再見。吳夫人也答應喬家，會儘快派人上門提親。

臨別前，吳夫人再三叮囑周瑜，當先以立業爲重，男女之情次之，尤其是小喬這樣的美人，非要建功立業方能娶她。

「瑜兒，我和你母親是女流之輩，不懂天下大事，但對感情和婚姻卻比你看得深刻。戀愛是當局者迷，旁觀者清。以後不管發生了什麼事，你一定要聽你母親的話，她自有她的道理。」

周瑜聽出她對小喬頗有微辭，不知怎地，他心裡虛，不敢替小喬申辯，彷彿她的話都是眞的。

孫家離開舒縣之後，周瑜一連數日都提不起精神。

喬玄回到舒縣後就大病不起，垂死長達半月。家人們哭得天昏地暗，都要準備喪事了，他卻又漸漸好轉。這段日子，小喬一心護理父親，無法與周瑜相見，等到父親一脫離了危險，她就迫不及待地來找周瑜。

「小喬，我想去找我義父。」周瑜一臉心事。

「你義父給你的書，你都看了嗎？」小喬一副捨不得的神態：「你見到你義父，他一定會考問你，你不能對答如流，那怎麼行呢？」

這番話正擊中了周瑜的要害。他暗自懊悔，如果沒有小喬，他這幾個月埋頭苦讀，不難把孫堅送的兩卷書倒背如流，可如今他竟心虛起來。

他心中亂極了，一半是愛情，一半是理想，幾乎要把他活生生地撕成兩半。去從軍？他不忍和小喬分離；留下與小喬廝守，建功立業的渴望又把他折磨得坐立不安。

孫策託人捎來消息：孫堅在袁術的支持下，大破歸附董卓的東郡太守胡軫，斬殺著名的猛將華雄，直攻洛陽。在離洛陽僅幾十里的大谷，又大敗董卓親自率領的大軍，嚇得董卓從洛陽退入關中。

天下爲之震動，孫堅的威名如雷貫耳，響徹華夏。只有周瑜更替孫堅擔心：

在中原戰區連戰連捷，並非好事。洛陽戰區是一個大黑洞。即使打敗了董卓，還有袁紹、曹操、袁術和公孫瓚等人，義父在中原戰區成不了大業，甚至會變成別人的工具。義父不肯經營江東無非是三個原因：一是受到別人的煽惑；二是一連串的勝利，使他頭腦發熱，誤以爲能在中原戰區殺出一片新天地；三是身不由己，無法脫身。

過了半個月，孫策又捎來消息：孫堅大敗董卓的部將呂布，攻佔洛陽，請周瑜也到洛陽來。

在周瑜聽來，這可不是什麼好消息：木秀於林，風必損之。義父成此大功，看似聯軍的榮耀，實際上是成了群雄暗矢之的，眼中之釘。在中原戰區，勢力比義父大的諸侯少說也有五個，董卓一死，他們最大的敵人就是義父。不行，我要快點趕到洛陽，勸義父放棄幻想，回江東老家。

周瑜走之前，要到喬玄家去提親，喬玄若是死活不答應，他只好和小喬私奔了。

在大喬和小喬的安排下，周瑜在一個喬玄十分愉快的晚上登門拜見。

「周公子，關於小喬的夫婿，我已經有兩個人選。」喬玄臉色陰沉著，不等他提親就封了口：「一個是當朝著名的儒將、也是我的好友盧植的少子盧毓；一個是曹操的長子曹昂，就憑你，能比得上他們嗎？」

「喬公，您徵求過小喬的意見嗎？」

「兒女婚事，都是由父母作主。當然，那些不守禮法和倫常的人就另當別論了。」喬玄毫不留情地嘲諷周瑜：「小喬年幼無知，容易被油嘴滑舌的人欺騙，但我活這麼大一把年紀，眼光秋毫無差，誰也別想騙我。只要我活著，小喬絕不會嫁給你。」

周瑜在喬玄面前，覺得簡直是老鼠對貓彈琴，他無奈之下，只好搬出孫堅來試一試。

「孫堅將軍是我的義父……」

「不要提那個孫堅，他簡直大逆不道！」喬玄拍案而起，更激動了：「他假意討伐董卓，實則包藏野心。他攻破了洛陽，從井中打撈出傳國玉璽，竟然祕而不宣，他是想回江東大肆招兵買馬，妄圖稱帝，和董卓乃一丘之貉。」

「不會吧……」

「這是袁紹親口對我說的。他向孫堅索取傳國玉璽不成，才派劉表討伐孫堅。我還聽說，孫堅正在調兵遣將，準備攻打荊州報仇。你是他的義子，又熟讀兵書戰略，是不是想去幫他？」

在來喬家之前，周瑜再三告誡自己，實在談不攏就快點離開，否則越談越僵，越談越氣，弄得無法收拾。

周瑜離開喬家時，迎面看見秦夫人扶著一個形容悲戚的中年婦女走來。聽小喬說，她叫賈菊，其夫陳軫曾任御史中丞。

董卓進京後，陳軫由於和袁紹過從甚密，怕遭到迫害，就舉家南逃。陳家有兩個花容月貌的女兒，一個叫陳菲，一個叫陳蘭，在洛陽時，她們都是大喬小喬的好姊妹。在南逃的路上，陳軫被董卓的亂兵殺死，陳菲被搶去，被強暴後憤然自殺。陳蘭在南陽境內，被一個地方豪強搶去，生死不知。陳家還有一個兒子叫陳壽（《三國志》之作者），年僅十歲，也失散了。賈氏在兩個女僕護衛下，來到舒縣投奔喬家。

周瑜從一個客商的口中，印證了喬玄的話是眞的：孫堅果然從洛陽撤走，在回江東的路上，遭到新任荊州刺史劉表的襲擊，損失慘重。

「小喬，我們私奔吧！去江東找我義父。」周瑜對婚事徹底失望了。

「還沒到最後關頭，你怎麼能放棄呢？天色不早，我要回家了。」

周瑜抓住她的手，緊緊的。此時此刻，他太需要她的堅定了。想不到小喬卻抽回手，將自己的手指在唇上沾一下，然後又沾一下周瑜的唇。

「周郎，我會讓我娘和姊姊說服我爹的。這年頭兵荒馬亂，怎麼能說私奔就私奔呢？」

周瑜望著小喬翩翩離去的背影，心中一片茫然，忽然感覺小喬像是霧裡的花，一會兒看清它的輪廓，一會兒又模糊了。

當天夜裡，周瑜很晚很晚還睡不著。就在周瑜爲小喬煩惱不安之際，一個驚人的消息從荊州傳到舒縣：孫堅戰死於襄陽。

周瑜簡直不敢相信：義父精通兵法，勇猛無敵，斬殺華雄，連董卓和呂布都被他趕出洛陽，何況是劉表？義父在一連患的勝利面前，一定是輕敵躁進，又有袁術這個強大的外援，就禁不住誘惑，想在中原戰區冒一次險。他回到江東，不苦心經營吳郡、丹陽和會稽，也沒有整頓長沙、桂陽和零陵，而是攻打荊州，如此急功近利，即使一時得勝，也非建功立業之道。

若沒有小喬，我可能早就去義父的軍中效力了，有我的苦勸，義父一定不會遭此厄運。紅顏禍水，難道眞是如此？

周瑜很恨自己，覺得對不起孫家。

他叫商谷向十幾個客商打聽，才清楚了此事的經過：孫堅攻打荊州，劉表派大將黃祖在樊城和鄧縣之間迎擊，被孫堅打得大敗，孫堅追渡漢水進而包圍了襄陽。黃祖逃到襄陽附近的峴山中，孫堅緊追不捨，單騎冒進，被黃祖部屬在林中發放暗箭射中。孫堅死時，孫策不在軍中，軍心大亂，餘部遂由孫堅的姪子孫賁率領，投奔了袁術。

周瑜在院子裡擺設香案，遙祭義父孫堅的亡靈，悲痛不已：

義父臨大事不懼，遇小事則不慎，故有死難。否則，試看天下英雄，有幾人能和他匹敵。

孫家待我恩情深重，我要去找伯符，和他共患難。一個人必須有情有義。無情義就無誠信，無誠信就注定會一事無成。成就霸業首先要建立一個好班底，有了好的班底，兵源和錢糧自然源源不斷，否則就容易聚而復失。義父的班底還在，只要伯符繼續經營，籌劃得當，我和伯符仍然能在江東成就大業。

4

孫家和周家齒唇相依，唇亡齒寒，孫家如此景況，周家的日子也好不到哪去。

關東聯軍失敗後，劉勳又煽動貧民造富人的反。周異雖然死了，但周家在廬江人眼裡的保皇派本質卻未變。周家的佃戶們受到唆使，不再向周家交租，卻還霸佔著土地不還。

周瑜幾次派人收租，都空手而回，最後一次還被打傷。新任縣令黃泰不但不管，還誣陷周家欺壓良民，魚肉佃戶。此事不解決，周瑜便不能走。

就在此時，曹昂也到了舒縣，並住進喬家。於是，曹昂向小喬求婚的消息就傳開了。

曹昂是曹操的長子，文武雙全，家世顯赫，儀表堂堂，不知傾倒多少懷春少女。這次來舒縣，曹昂數百名隨從衣著華麗，前呼後擁，氣派十足，令舒縣人大開眼界。

周瑜顧不得佃農鬧事，急忙來到喬家問個明白。

這段日子，周瑜焦頭爛額，忽略了小喬。小喬也一直沒來找他。

這次，喬家的僕人沒讓他進門，但小喬很快就出來了，把他拉到水川湖畔。

「小喬，曹昂要幹什麼？」

「你別多心，他是受他爹曹操的吩咐來看我爹的。」

「同時也是上門求親，對不對？否則，他怎麼會帶那麼多人來，還有那麼多禮物。」

「但我沒答應他。」小喬立即回應。

「那妳這幾天爲什麼不來找我？」

「你太忙了，我怕分你的心。」小喬不敢正視周瑜，心虛地說。

周瑜感覺到一陣陣涼意從心底冒出來：我家出這麼大的事，她都不來安慰我，幫我想辦法，一定是對曹昂動了眞情，還說怕分我的心，分明是拿花言巧語來騙我。

「周郎，我要回去了，不然，我爹會追出來。」小喬又把手指在自己的唇上沾一下，再放在周瑜的唇上：「別胡思亂想，快回家吧！」

周瑜看著小喬離開，忽地追上去抓住她。

「小喬，妳說實話，妳是不是對曹昂動心了？妳一定要明確地回答我，否則，我會衝進妳家裡問妳的。」

小喬欲言又止，低頭不語。

周瑜知道自己猜中了，心痛欲死，把頭轉過去：

「小喬，妳好好想一想，然後再回答我，我到那邊去等妳，妳想好了叫我一聲。」

小喬聽懂了周瑜的言外之意，心亂如麻，望著微波蕩漾的湖水，陷入有生以來最長的沉思。

周瑜望著走來走去的小喬，彷彿天地間的一切都凝固了。

也不知過多久，小喬終於向周瑜招招手。他慢慢地走過去，心都快跳出來了。

「周郎，我喜歡你，但我……對子脩（曹昂字子脩）也動心了。」

周瑜想不到她會說出這種「淫蕩不堪」的話。

這算什麼呢？一邊和我幽會，一邊陪曹昂談笑，更不能寬恕的是，她居然還瞞著我，這不是淫蕩是什麼？

小喬看著周瑜憤怒至極的表情，很害怕，但她沒有迴避他銳利的目光。

「妳喜歡我，爲何還對曹昂動心？」

「動心就是動心了，我也解釋不清。」

「難道妳想一女嫁二夫嗎？」周瑜憋了好一會兒，才冷冷地說：「妳瞞著我和曹昂都做些什麼事？」

「周瑜，想不到你的氣度這麼狹小！」小喬氣呼呼地說：「子脩就沒有這麼問過我。」

「曹昂是個花花公子，他不會在乎這種事的，他也不會一心愛妳。」

「周瑜，你覺得我是個淫蕩的女子，好，我現在就不淫蕩，只對子脩動心，不喜歡你了，做一個你心中清白專情的女子。」

她轉身離去，只留下周瑜孤伶伶地在水川湖畔佇立良久。

5

小喬回到家裡，一頭鑽進被窩。

秦夫人叫她去陪曹昂，被她惡聲惡氣地回絕。曹昂親自來了，她也不見，但曹昂仗著喬玄夫婦的寵信，大膽地闖了進來。

曹昂身材高大，面容俊朗，穿著玄色儒衣，手持摺扇，風度翩翩，宛如臨風玉樹，聲音帶著一種沙啞的磁性，而且充滿了自信，很動聽。

「小喬，我是來給妳看病的。」

「妳會看什麼病？」

「妳的病在心裡，病根是因情而起。」曹昂一副情場老將的樣子：「妳去見周瑜了，他……」

就在這時，屋外一陣喧嘩。

「小喬，妳在哪裡？」

——是周瑜。

他和小喬分開後，心中的怨氣慢慢消退，覺得她即使同時愛著曹昂，但愛他還是多一點。他這麼粗暴地對待小喬，豈不等於把小喬推到曹昂的懷裡？

他來到喬家門口，被喬家的僕人攔住，聞訊趕到的四個曹昂護衛，見了周瑜就惡言相向。周瑜哪裡肯讓，很快就爭執起來。一個曹家護衛亮出兵器，辱罵周瑜是條無能的癩皮狗，只會厚顏無恥地糾纏。周瑜再也忍不住了，奪劍刺傷對方手臂，又挾持著喬家門僕喬二，風風火火闖進來。

喬家所有人都被驚動了。

只見周瑜像頭發瘋的獅子，遭挾持的喬二比他高大，卻被他輕而易舉地扯來扯去，像是抽去了骨頭。

小喬臉色變得很難看，拉住曹昂，曹昂並不退縮，神色自若地走了出去。

曹昂全身貴氣，周瑜一眼就從人群中認出來，又見小喬站在他身邊，還手拉著手，他的心像被硬生生地劈成了兩半，聲嘶力竭地喊：

「小喬……」

他猛地覺得眼前一黑，嗓子眼一陣甜腥，下面的話沒喊出來，卻噴出一口血，全身虛脫地用劍拄地，單膝跪倒。喬二乘機從他劍下溜走，曹昂手一揮，十幾個侍衛把周瑜圍住。

小喬臉色蒼白，猛地甩開曹昂的手，奔回臥房。

曹昂在眾人面前表現得很大度：

「看在小喬的面子上，不和你計較，你走吧！」

喬二剛被修理，心有不甘，大聲罵道：

「周瑜，你和曹公子比，就像天上的蛟龍和水底的癩蛤蟆。我家小姐怎麼會跟你走？」

周瑜在衆人的目光逼視下，覺得受了奇恥大辱，頓時怒氣上沖，大吼一聲，向小喬的臥房衝去，並和曹家的侍衛們廝殺成一團。他的頭髮全散開了，不時地遮住視線，他也顧不得方向，使劍毫無章法，亂砍亂殺。

「他神智已經不清了，不要傷害他。」秦夫人連忙大喊。

刀劍無眼，周瑜還是被刀鋒掃中大腿和肩頭，頓時血流如注，但他像一頭受傷的野獸，更瘋狂了，侍衛們根本近不得他身。最後是一張大網落下來，將他縛住。

周瑜的眼睛被長髮遮住，又抬不起頭，聲嘶力竭地喊：

「小喬，妳在哪裡？」

「把他趕出去，讓他家裡好好管教管教。下一次，我絕不輕饒。」曹昂說。

「曹昂，你算什麼東西？不過是有個權大勢大的爹罷了！你在我眼裡，連一隻螞蚱都不如。我在淮江精舍讀書和周遊天下之時，你在幹什麼？」

曹昂無言以對，臉一紅，下令護衛把他押還周家。

秦夫人雖叮囑不要再傷害周瑜，曹昂也當面答應，但背後卻放任護衛把周瑜往死裡打，連肋骨都斷了幾根後，方才扔到周家門口。

直到三更天，周瑜才被冰冷的夜風吹醒，掙扎著敲門進屋。

接連兩天，周瑜都精神恍惚，神智不清，身體是爆烈般的痛，但和心靈的傷痛相比，簡直微不足道。他悲痛欲絕地想：

小喬看到我受傷，都無動於衷，任憑曹家的人把我打得半死，她也不管，眞是絕情絕義至極。即使她更喜歡曹昂，也該來救我啊！義母的話沒錯，我是當局者迷啊！

周瑜在家人精心的照料下，半個月後已能下床走動。但他身體虛弱，臉色死灰，對著雪白的牆，一言不發。

紀夫人和周儂唯恐他再去找小喬，日夜看著他。

這時，在袁術處的孫策託人送來一封信，說袁術不肯將他父親的舊部還給他，他寄人籬下，十分鬱悶，向周瑜問計。周瑜被一個「情」字折磨得死去活來，哪裡能想出妙計來。

這一天，大喬帶著許多補品來看周瑜，事實上，她是想知道孫策的消息。孫策父仇在身，自知前途凶險無比，不忍心連累大喬，就忍痛割愛，請紀夫人轉告大喬，叫她另嫁他人。然而，她對孫策仍舊念念不忘。

「小喬決定嫁給曹昂了嗎？」

「你就忘掉她吧！」

「我不會再幹傻事了。但我還想見小喬一面，可能是最後一面，妳一定要幫我。」周瑜見大喬猶豫不決，苦苦求道：「妳看在伯符的情面上，就幫我了卻這個心願吧！」

大喬眼睛一紅，淚水頓時流了出來：

「伯符他好嗎？」

「他不太好，不然，一定會回來找妳的。」周瑜眼睛一濕，悲愴地說：「唉！我們兄弟都胸懷大志，想不到竟會淪落如此境地，真是虎落平陽被犬欺。」

大喬扶起周瑜：

「你是伯符的兄弟，就是我的親人。今天晚上，我帶你去見小喬。」

當晚，周瑜精心打扮了一番，努力將受創痕跡都掩飾掉，只是臉色還很蒼白，眼神也多了幾許滄桑和悲涼。大喬按約定的時間打開她家的後門。當然，曹昂和喬玄夫婦都被她調開了。

小喬房裡還亮著燈，但很昏暗。

周瑜在門前站了好一會兒，才輕輕地推開門。

「姊姊，我沒事了。」小喬躺在床上，床簾掩住了她上半身，聲音很沙啞：「就想一個人靜一會兒，不想讓人看見我現在的模樣。」周瑜走到床前，她還以為是大喬：「姊姊，妳放心，我死不了。」

周瑜掀起床簾，看見小喬，不覺驚呆了。

她整整瘦了一圈，臉色和他一樣的蒼白憔悴，頭髮也凌亂不堪。

原來，在這段日子裡，她也和我一樣的難過悲痛，她還愛著我！這就夠了，有愛就夠了！

一股暖流頓時流遍周瑜全身，所有的恨與怨頓時一掃而空，兩行淚水無聲地滑落。

小喬看見周瑜，猛地又轉過身，臉朝著牆，並深深地埋在被裡。周瑜只能看到她的雙肩一顫一顫的。

「小喬，我不怪妳，眞的。」周瑜輕輕地喚她：「妳轉過來，讓我看一看！」

小喬轉身坐起，周瑜想輕輕地抱她，卻被她推開了。

「周郎，我已經決定要嫁給子脩了。」

周瑜臉上的肌肉一陣陣地抽搐著，心像被猛地刺了一刀，剛剛泛起的柔情頓被澆熄冷卻。

「妳眞的這麼愛曹昂？」他見小喬搖搖頭，接著問：「那為什麼還要嫁給他？」

「周郎，你眞的想知道？」小喬下床走到窗前：「我勸你還是不要知道的好。」

「我要知道，我要知道！」周瑜幾乎是在哭喊。

小喬轉過身，目光冷冷的，語氣也冷冷的：

「你一定要知道嗎？」

「不然，我死不瞑目。」周瑜使勁地點頭。

「好，那我就告訴你。」小喬昂起頭，冷冷地說：「曹家世代高官，家財萬貫，相交滿天下，哪一個諸侯都要給他們幾分薄面。周家已經破敗了，你在舒縣都保不住自己的命，我嫁給你後，你怎麼保護我？我嫁到周家，天天爲柴米油鹽發愁，用不了多久，就會變成黃臉婆。」

周瑜聽了這番話，猶如五雷轟頂：

「小喬，妳眞的這樣想，眞的這樣想？」

「我一直怕你受不了，才沒有說，這都是你逼我說的。」

周瑜眼睛瞪得大大的，臉上每一塊肌肉都凝固住了，聲音變得十分奇怪：

「小喬，妳怎麼會這麼想呢？」

「我也是人，我怎麼會不這樣想呢？」

「小喬，妳眞心愛過我嗎？」周瑜的心一陣陣地緊縮。

「眞心愛過，而且曾經愛得發瘋發狂，那又怎麼樣？在這個弱肉強食的亂世之中，有愛就能活下去嗎？像陳伯伯那仙女般的女兒，在亂世之中處境多慘啊！我和她們是一起玩大的，很要好的。我若和你私奔，也逃不掉那樣的命運。」

【第六章】

情定水川湖

1

這天一早，周瑜還在床上睡覺，周儂就急匆匆地闖進來。

「二弟，好消息，好消息！」

「伯符來信了？」周瑜揉著惺忪的睡眼。

「不是，是小喬被劉勳抓去了。善有善報，惡有惡報，這種淫蕩女子，老天會報應她的。」

周瑜先是大吃一驚，再一想，這也是意料之中的事情。

「那曹昂呢？」

「他和手下一百多個侍衛都被繳械，趕出廬江郡。喬家的人也被劉勳軟禁了。」

中午過後，紀夫人又帶回更詳細的消息：聽喬家的僕人說，劉勳見到小喬之後，神魂顛倒，有意娶她爲妻。小喬也看中劉家的權勢，這次她被抓走是半推半就的。劉勳的原配妻子兩年前病逝，留下二子一女。劉勳和妻子感情極深，悲痛之餘，一直沒有續絃，也沒把幾個寵妾扶正。小喬一嫁過去，就是女主人了。

周瑜直覺認爲：她是被時勢和父母所逼，才會選擇曹昂與劉勳。我以天下英雄自居，卻不能保護她，讓她接連在兩個她不喜歡的男人之間周旋，受盡委屈和傷害。這怎麼能怪她呢？

這一夜，他夢見小喬蜷縮在一個黑暗的角落哭泣。醒來時，發現自己臉上涼涼的，滿是淚水，心像刀割一樣的痛。

他越想心越痛，越感到恥辱，身心彷彿都被撕裂了。

第二天，天還未亮，周瑜就迎著清冷的晨風，騎馬向廬江郡城奔去。

他還很虛弱，在風中瑟瑟發抖，馬上的顛簸使他一陣陣腹痛，到後來幾乎是蜷縮在馬背上。晌午時分，他進了廬江郡城，來到劉勳府邸求見。不一會兒，通報的人出來，滿臉輕蔑：

「太守大人不想見你，他說，你已經不值一碗鮮魚粥了。」

周瑜強忍著屈辱離開劉府。

但是，他並未離開郡城，反而準備伺機刺殺劉勳。

周瑜換上一件破爛衣服，用碳煙將臉薰黑，再將頭髮弄亂，遮住半邊臉，並買兩捆柴，蹲在劉府大門斜對面的一棵樹下。路人看見他，都以爲是窮樵夫。

令周瑜驚喜的是，劉勳在城內走動，就像在自家花園散步一般，經常是孤身一人，至多帶兩個像是管家或是帳房先生的隨從。

第三天黃昏時分，天色將黑未黑，只能辨清人形，看不清人臉之際。

周瑜終於等到了時機。

劉勳走出家門，身後只跟一個瘦弱的身影，一前一後正朝他的方向而來。

周瑜挑起兩捆柴擔，微駝著背，迎向劉勳。

就在二人擦肩而過時，周瑜忽地抽出柴捆裡的匕首，向劉勳頸部橫掃過去。劉勳正低頭思考，忽然發現眼前一道寒光，本能地矮身閃避。劍鋒貼著他的頭頂掃過，夾帶一股森冷之氣。

周瑜身染重病，體力不繼，又有兩捆柴在肩上，身法自然遲緩許多。一擊不中，便將肩上的柴一掀，砸向那個瘦弱的漢子，又猛然刺向劉勳。

劉勳覷實側身一閃，輕鬆地避開對方攻勢，一把抓住他的手腕，用力一扭，就把匕首奪下，隨即飛起一腳，把周瑜踹得老遠，重重地摔在地上。

周瑜的身體很虛弱，頓時昏迷過去了。

劉勳六歲時即習武，二十年來，冬練三九，夏練三伏，即使周瑜身強體健，也未必是其對手。

●

周瑜蘇醒過來，發現置身劉府宅內一張床上，心口鑽心的痛，渾身像散架了。

劉勳盤坐在一旁，正專心地讀司馬遷的《史記》。

「你醒了，把這碗藥喝了吧！對你的傷很有好處。」

事已至此，周瑜早將生死置之度外了，毫不猶豫地將藥喝下：

「你打算怎麼處置我？」

「謀殺太守是死罪，你心裡一定清楚。」劉勳放下書，揉了揉酸澀的眼睛：「不過在死之前，你不想再見小喬一面嗎？再怎麼說，你這次來，也是爲了她。」

「你把小喬怎麼樣了？」

「小喬過得比你想像的還要好。你爲什麼非要帶她走呢？」劉勳又是搖頭，又是歎息：「我勸你還是不要見她的好。」

周瑜低下頭，過了好一會兒才說：

「我還是想見。」

「但是，她想見你嗎？」

這句話好像在周瑜的心上重擊，他心口一痛，險些吐出血來。

「周公瑾，小喬最怕見的就是你，你這麼糾纏下去，雙方都痛苦不堪，有什麼意義呢？你是個聰明人，爲何在『情』字上就執迷不悟？」

「她眞的不想見我？」

劉勳站了起來：

「看來，你一定要親耳聽她說不想見你這句話，那我就帶你去見她。」

周瑜站起來，又慢慢地坐下了。

「如果小喬願意跟你走，我絕不阻攔。我是廬江郡之主，從不幹欺男霸女之事，你不相信，就到城裡打聽打聽。」

「那你爲什麼要抓小喬來？」

「我想請喬公把我引薦給袁紹，他不肯，我只好把小喬抓來，逼他就範。但我已經告訴秦夫人和小喬，不管喬公怎麼做，都不會傷害她的。」

「你就不想娶小喬？」周瑜直盯著劉勳。

「她是天下少有的美人，又很有個性，我很喜歡她，和她在一起時，也感到很快樂。我和她現在是好朋友，她可能做我一輩子紅粉知己，也可能不久就會嫁給我。男女之情，我經歷得多了，要看緣份，勉強不得。」

周瑜徹底喪失了見小喬的勇氣，眼睛一閉，不再說話。

「行刺太守，本該死罪，但這是血性男兒的所爲，因此我不會殺你。何況我的信條是『仁者無敵』，能不殺人的時候就不殺人，能不作惡的時候就不作惡。」

周瑜怔了好一會兒，也不感激，起身就走。

「這麼晚了，吃頓便飯再走吧！」

「我現在還值一碗鮮魚粥嗎？」

「現在你值劉家的一頓飯了。劉家每一碗飯都是給英雄好漢吃的。有一段日子，你一點也不像個英雄好漢，所以我才不想見你。如果你不願意吃，我不勉強。」劉勳笑笑。

周瑜想想，重新坐下。不久，飯菜端來了，很簡單：四道再普通不過的小炒，兩個冷盤，一壺水酒和四碗米飯，一點也不豐盛，但足以吃飽吃好。

「我的便飯很簡單，請不要客氣。」

周瑜真的餓了，抓過飯碗就吃，一碗飯下肚，有了點力氣，又忍不住問：

「小喬知道我來嗎？」

「她知道。你若不相信，我就帶你去看一看。」

周瑜想半天，木然地說：

「不用了。」

他臨走時，回頭道：

「劉勳，你是個好人，也是個光明磊落的英雄。」

2

周瑜回到家就開始咳嗽，一天比一天劇烈，四天後，又咳出血來。紀夫人請來城中最好的大夫，吃了幾副藥，他病情有所好轉，可以坐在案前看書。但沒過幾天，病情忽然惡化，大口吐血，呼吸困難，全身乏力。幾個大夫來診治，都暗示周家準備後事。

紀夫人痛不欲生，將祖傳的首飾變賣了，從幾十里外請來曾經在宮中服侍過漢桓帝的太醫柳仝。柳仝替周瑜把脈後，說他以前讀書用腦太過，又染風寒，久病不治，治不除根，日積月累，如今傷心過度，引發了舊疾，已經病入膏肓，至多再活一個月。

「兒啊！你不要再想小喬了，只要心病一除，很快就會好的。」

大喬聽到周瑜病危的消息，也來看他：

「你就別再想小喬，她不值得你再想了。」

「大喬，我這次是好不了了。妳告訴小喬，我臨死前一點也不恨她，她仍是我最親的人，眞的覺得她好親好近。」周瑜的表情十分平靜和安祥，彷彿一隻腳已經踏進了另一個世界：「我死後，我的魂魄會保佑她的。」

周家的人默默地數著，周瑜死期一天天地逼近。

這一天，是周瑜回到家第十三天，小喬出現在周家宅前，用力拍打著大門。

「我要見周郎。」

「周家不歡迎妳！」開門的是周儂，他恨不得一拳揮過去。

「但周郎一定很想見我，不是嗎？」

「他已經被妳害死了！」

「不，他不會死的！」小喬聲嘶力竭地喊著。

紀夫人見到小喬，長歎一聲，揮手讓周儂站在一邊：

「妳來得正好，快去看看公瑾吧！他現在還在想妳呢！」

小喬來到周瑜的床前，周瑜正在昏睡，他已經瘦得皮包骨了，露出的臉慘白如雪，一雙眼睛陷在深得駭人的眼窩裡，嘴巴大張，艱難地呼吸著，整個身子埋沒在被筒裡。小喬不敢相信眼前這一切，呆愣好一會兒，不顧許多人在場，撲到周瑜身上泣不成聲。

「周郎！」小喬輕聲呼喚著：「周郎，不會有事的，你聽到了嗎？」

周瑜正在一個漫漫無邊的噩夢中遊蕩著，突然看見義父孫堅一身是血，帶領大軍嘶喊著殺向前去，他拔腿就追，告訴自己要趕上義父，在他身邊運籌帷幄，免得義父輕敵冒進，陷身於殺機中。他有氣沒力，若即若離地追了幾個晝夜，終於追上孫堅，激動地奔前去。然而孫堅轉過頭來，卻換成一張冷漠的臉孔，周瑜認出那是夫子顏衡，不禁驚叫一聲。顏衡一臉肅然，以手戳指著周瑜，大罵「叛徒！」，那聲音尖厲如刀，幾萬大軍也跟著顏衡高喊「叛徒」，咒罵聲在四野轟然爆開，震耳欲裂。周瑜驚慌失措，無地自容，轉身就逃，一路跌跌撞撞地跑著，連跑了幾個晝夜，忽聽得一個熟悉的聲音傳來，那是小喬的呼喚，他清楚地聽到她喊著「周郎，不會有事的，你聽到了嗎？」他知道得救了，精神一振，身體猛跌一跤，失去知覺，隨著便幽幽地轉醒過來。

看見小喬，恍如隔世，周瑜的眼睛一亮：

「小喬，我聽到妳的話了。」

小喬把手伸到被窩中，抓住了周瑜那冰冷的手，並把臉貼在周瑜的臉上。

「周郎，你感覺一下，你的感覺回來了嗎？」

周瑜渾身乏力，說話也很低調：

「我的日子不多，我看到義父和夫子他們了。」

「那是幻影，那是你日夜在牽掛他們。」

「小喬，妳別難過，這是我的命……」

「周郎，你忘了江東大業了嗎？你的命在那裡啊！」

「妳對我終究是好的，我心已足，夫復何求？」

「這不是你的命，不是！」小喬撲簌簌地流著淚：「周郎，你告訴過我，意志主宰一切，你現在就要用你的意志，好好地撐下去，你聽到了嗎？」

「意志……」周瑜昏昏然，忽想起孫策：「妳記得告訴伯符：意志似鐵，江東可成……」

「你現在最需要意志似鐵！」

「小喬，這是我的命，不可強求。」

「偏要強求！」小喬以命令的口氣：「你怎麼可以死？你不准死！我絕不准你死，蒼天明鑒！你死了，我也不活了，眞的不活了！」

她這宣誓般的話，像似荒漠甘泉，清甜可口，激起周瑜一陣欣喜。情緒一波動，連帶引來劇烈的咳嗽，又昏昏沉沉地失去知覺。

等他再次醒來時，發現自己躺在小喬的懷裡，她正在給他小心翼翼地梳頭，他臉上有幾處涼涼的，那是小喬的淚水。

「小喬，就讓我這樣死去吧！我好想就這樣死去。」

小喬抱緊他，輕輕地吻著他的額頭，清涼的淚再次滴落在他臉上：

「我們好不容易又在一起了，你怎麼張口閉口都是死啊！周郎，你要活下去。從今以後，不管發生什麼事情，我都會在你身邊。我對天發誓，你相信我嗎？」

「妳不用發誓我就相信。」周瑜淺淺地笑著。

那天晚上，小喬把一碗稀粥端到周瑜面前，一勺一勺地餵他，他竟然都喝下去了。小喬又餵他用藥材和鷄骨熬的湯，他也全喝了。這一夜，小喬背靠著牆壁，周瑜就躺在她懷中，和衣而眠。

在以後的三天裡，小喬守在周瑜身邊，寸步不離，夜裡就和周瑜同床共枕，相擁在一起。小喬不覺得羞澀，更不避嫌。周瑜則帶著一種死而無憾的輕鬆心情面對死神：這樣的死也不錯啊！試看人世間，有幾人能在如此甜蜜和溫馨中死去的？

奇蹟就這樣發生了。

周瑜的臉色慢慢地紅潤起來，由小喬扶著，竟然可以走路了。在夜深人靜時，他躺在小喬的懷裡，還會說餓。小喬興奮地給他熬魚湯，他還叮囑小喬，湯少一點，魚肉多一點。

柳仝聽到這消息半信半疑，特意從幾十里外第二次到周家，見到周瑜大口地吃飯，連連稱奇。

「周公子這是第二次出世，是上天的旨意，前途不可限量。」

●

小喬在周瑜床前一守就是半個月，非但形影不離，夜裡更是相擁而眠，此事很快就傳開了。

喬玄是最後一個聽到傳聞的人。喬家的人都千方百計地瞞著他，怕他知道後又掀起一場風波。畢竟喬玄希望小喬能嫁給曹昂，秦夫人則想讓她嫁給劉勳，只有大喬支持妹妹嫁給周瑜。

這一天，喬玄把大喬叫到面前：

「妳要到周家去就去吧！看看妳妹妹，也看看周瑜的病情。」

「爹，您眞讓我去周家？」

喬玄指了指案上的包裹：

「這是我從洛陽帶回來的藥，很珍貴的，妳把它交給小喬，就說這藥是妳送的，也許對周瑜的病有用。」他長歎一聲：「人的命運，上天早已注定，非人力所能逆轉。小喬命該如此，將來是苦是樂，全看她的造化。」

「爹，您贊成公瑾和小喬的婚事了？」

「我不是贊成，而是不反對。妳告訴小喬，等周瑜病好了，就回家來住吧！反正兩家離得這麼近，來去很方便。」

「爹，您怎麼忽然間……」

喬公轉身走進內房，歎息著：

「人非草木，孰能無情啊！」

3

在小喬的精心護理下，周瑜終於痊癒了。

爲了慶祝這個奇蹟，柳仝以年邁之軀，第三次從數十里外的地方趕來，免費替周瑜診脈，還留下許多珍貴的藥材，教小喬如何熬製。周家儘管生活日益拮据，仍然不想欠柳仝這麼大的人情，就湊錢給他，柳仝死活不受，說這一切都是天意，他要了錢，就是逆天而行。

但是，柳仝臨行前，卻交給小喬幾包金黃色的藥散，鄭重地說：

「周公子雖然已經恢復健康，但元氣畢竟大傷過，不出二十年，他的病還會復發，到那時，妳把這種藥給他吃，就沒事了。十年後，我一定不在人世間，到那時，就無人能配這種藥了。」

「不出二十年？」

「妳千萬別不信啊！」

小喬接過藥，嘴上稱謝，心裡卻不大相信：十幾年後的事情，只有神仙才知道。

周瑜聽了，也一笑了之，沒放在心上。

後來，經過周瑜和大喬的一再相勸，小喬才回家住了，但每天早來晚走，風雨不誤。

大難不死，必有後福。一個人在臨死前最能大徹大悟、大知大覺，如果得以不死，今後的修養和智慧就能突飛猛進。這一個多月，周瑜一直在生與死之間徘徊，想了很多，幾乎把從小到大的成長記憶都翻過了，許多感受和領悟一時眞無法用語言來表達。

然而，接下來的日子卻不好過：周家的田地不斷被佃農霸佔。他們得到官方的默許和支持，拒不交租，甚至還聚在周家門口鬧事。周家對此毫無辦法，周儂提議去投奔時任丹陽太守的二叔周尙。紀夫人卻不同意，畢竟不到萬不得已時，她不願寄人籬下。

周瑜詳細分析之後，覺得周家在舒縣還有活路：

「其實，劉勳是個很仁厚的人，他眞的很愛廬江，不會讓廬江有家破人亡的慘事發生。這次的活動，並不只針對周家。只要我們不再與他爲敵，他不會把我們逼上絕路的。」

「這麼說，他不會把周家的地全都霸佔去？」周儂懷疑道。

周瑜點了點頭：「劉勳也很淸楚，我們流亡他鄉，對他一點好處都沒有。我們一氣之下，就會煽動各地的人仇視廬江郡，甚至引起朝廷注意。」

「那麼該怎麼辦呢？」

「凡是智慧超群的人都十分冷靜，從不衝動，思路很有條理，所以只要摸淸劉勳的行事規則，就能趨吉避凶，無往而不利。」

一個月之後，事態發展正如周瑜所料，佃戶們的瘋狂受到了制止，周家幾十畝田地得以保留，糊口綽綽有餘。

不過，周家許多僕人不得不辭退，只留下兩個忠心耿耿而且無處可去的老者，就連周瑜兄弟最心愛的幾匹馬也因乏人照料而賣了。

對此，紀夫人和周儂情緒低落，周瑜則很看得開，經常用塞翁失馬的典故開導家人。

「很多時候，財是人的禍根。周家暫時的衰落並非全是壞事，假設現在有一群土匪衝進舒縣來，周家能得以保全，富貴人家卻會遭遇大難。我周遊天下時，到處都可聽到這樣的事。天下大亂是對富人的挑戰，對窮人卻是機遇。因爲一無所有也就一無牽掛，可以放手一搏，抓住機遇。反觀富人，則會縮手縮腳，瞻前顧後。何況天下大亂了，法制崩潰，富人將成爲衆矢之的，就像懷裡有一塊肥肉的人遇到一群飢腸轆轆的惡狼，惡狼們吃完他懷裡的肉，一定還會吃他身上的肉。」

他的這些話，成了周家人落魄之後最大的安慰。

周家佃戶之亂一過，秦夫人就和周瑜長談：

「公瑾，小喬今生今世非你不嫁，這次，她從郡城趕回舒縣，劉勳強加阻攔，她就以死相脅。劉勳是個難得的好男人，他對小喬也很癡情。我想把小喬嫁給他，一半是看中他的權勢，一半是看中他的爲人。」秦夫人見周瑜臉色不太好看，話鋒一轉：「你和小喬的婚事，我和喬公並不反對，但是有條件的。」

「多謝伯父伯母成全，公瑾敬謹受教。」

「天下大亂，女人是需要保護的，尤其是美女。憑周家如今景況，劉勳隨便說一句，一日三餐就斷了，你忍心讓小喬過這種日子嗎？不是伯母逼你，像小喬這樣的美女，需要一個強有力的男人來保護。我和喬公從未想要通過嫁女兒撈到什麼好處，我們都是爲了小喬好。」

「伯母放心，我知道該怎麼做。」周瑜一字字地說。

「喬家給你四年期限，你若是事業有成，喬家就敲鑼打鼓地把小喬送到你家，如果還是一名不聞，那就是你無能，根本不配做小喬的丈夫，必須主動離開她。」

「好，我接受這個期限。」周瑜信誓旦旦地說。

秦夫人長歎一聲，眼睛濕潤了：

「公瑾，你別怪伯母心狠，爲人父母，哪個不爲自己子女想的？若是在太平盛世，我不會這麼逼你，可是這世道……」

「伯母，妳不用再說了，公瑾是個明事理的人，一點也不怪你們。」

「人非草木，孰能無情。伯母現在最想把小喬嫁給你，」秦夫人擦去淚珠：「爲了你和小喬的將來，喬家會暗中幫助你的。你想從軍，喬公可以給袁紹或是曹操寫一封推薦信。」

周瑜不想依靠喬家，他要靠自己的拚搏迎娶小喬。秦夫人離開後，他仔細思量著：

伯母說得對，天下大亂，女人是需要保護的，尤其像小喬這樣的美女。唉！小喬不想嫁給我，也完全有道理。看看陳老伯那兩個女兒，在亂世中的遭遇多麼悲慘，小喬若嫁給我，或是和我私奔，也難逃那樣的厄運。

愛若成爲一種傷害，乾脆不要愛了，寧可讓它深埋在心底。曹家累代高官，甲兵數萬，名震天下；劉勳富可敵國，割據一方。憑周家如今的狀況，若有一夥土匪要搶小喬，恐怕連我都自身難保，還談什麼保護心愛的人？劉勳隨便說一句，周家的一日三餐就斷了，我能忍心讓小喬過這種日子嗎？

秦夫人不是貪圖富貴，小喬也不是嫌貧愛富，而是被逼無奈啊！一個人連性命都保不住，還談什麼愛？有一段日子，我甚至想依賴義父平步青雲，竟然不想靠自己奮鬥了，我怎麼會有這樣的念頭呢？眞是無能而又無恥！我以前讀的都是儒學經典，孔子教導我們要安貧樂道，輕財輕權，這太脫離現實了！尤其是禮樂崩潰，道德淪喪的亂世之中，簡直是要我們做刀俎上的魚肉，任人宰割。

我要獲得權勢，手握重兵，既爲天下百姓，也爲我和小喬。

周瑜越想越激動，熱血沸騰，摩拳擦掌，又想起戰國時代的縱橫家蘇秦：蘇秦用連橫策略遊說秦惠王失敗後，黑貂皮襖穿破了，一百斤黃金用完了，只得離開秦國回家，纏著腿布，穿著草鞋，背著書箱，挑著行囊，面容憔悴，臉頰枯黑。回到家中，妻子織著布不理他，嫂子不爲他燒飯，父母不同他說話。於是，蘇秦發憤苦讀，頭懸樑，錐刺骨，一年之後，成功遊說趙王，結合六國，合縱抗秦。他再回到家中，父母整理房屋，清除通道，備辦酒宴，出郊三十里去迎接。妻子不敢正目相視，只是斜著眼睛暗暗地看，嫂子更像蛇一樣伏在地上爬行，自動請罪。蘇秦感慨地說：貧窮時，就連父母也不認兒子；富貴了，卻連親戚都很畏服。人活在世上，對於權勢地位，怎麼能忽視呢？

蘇秦說的對，人活在世上，對於權勢地位，怎麼能忽視呢？我讀了那麼多書，直到現在才明白這道理，眞是個大傻瓜。現實的冷酷、殘忍、無情，和儒學所描繪的世界相差太遠了。有很多時候，我指責別人是死讀書，讀死書，但自己又何嘗不是呢？權勢有兩種用途，一是救國救民，二是保護自己。首先要保護自己，然後才能救國救民。

據說，秦丞相李斯，學成與老師荀子道別時，直言不諱地說，人生在世，最恥辱的就是卑賤，最悲哀的就是窮苦。久處卑賤之位，飽受窮困之苦，還要裝出一副不屑於名利富貴的淸高樣子，這樣的讀書人不過是書呆子而已。

以前，我對李斯的這種言行十分痛恨和不齒，如今一想，倒頗有幾分道理。

以前，我生在官宦之家，錦衣玉食，就學淮江精舍，萬人仰慕，沒有受過屈辱和壓迫，當然理解不了蘇秦和李斯這樣的貧家子弟想出人頭地的渴望，如今，我有了類似的遭遇，才覺得，任何一個血性男兒都應該如此。

李斯有什麼不好，他畢竟輔佐秦始皇統一天下，結束了幾百年各諸侯國相互殘殺的局面，功莫大焉，功莫大焉啊！看一看天下的讀書人，有幾個能比得上他？

多少讀書人無力謀到權勢，就裝做出一副不屑於權勢的樣子，這太虛偽，太自欺欺人，太無能了！我可不做那種人，我要讓小喬和天下人都看看，我周公瑾是個強者，是個英雄！

4

每日上午，他讀兵法；下午，讀史學；晚上則奮筆疾書，直至萬家燈火皆熄。

當家人醒來時，他在讀書，當家人都進入夢鄉後，他還在讀書，彷佛從來沒有睡過。

眼見周瑜越來越消瘦，小喬和周家的人都十分擔心。

「周郎，你大病初癒，不要太累了，萬一又病倒怎麼辦？」

周瑜伸了一個懶腰：

「我早說過，讀書和思考是件很有趣的事。當妳讀書時，妳就是在和古聖先賢對話，和最偉大的人在交流，妳會熱血沸騰，流連忘返，這樣怎可能得病？」

「精神再好，也不能完全彌補身體的消耗，周郎，你還是要注意休養啊！」

「休養？讀書寫字就是最好的休養了！我要在一年之內將義父送給我的兩卷書背得滾瓜爛熟，悟深悟透，再在精研史學的基礎上，寫一卷名叫《兵家謀鑒》的書，然後我就去找伯符。四年之後，一定能出人頭地，回來娶妳……」

小喬伸手堵住了他的嘴：

「周郎，別把我娘的話都當眞，我今生已是你的人了。」

冬天的深夜十分寒冷，書房裡的火熄滅了，周瑜仍然不肯休息，腳底在冰涼中苦挨，夜夜如此，涼氣就慢慢浸入五臟，再加上他用腦過度，睡眠極少，又咳嗽起來。

這可把紀夫人嚇壞了，她吃過晚飯就在書房裡陪讀，火盆一滅，就逼著他上床睡覺。

冬天過去後，紀夫人總算稍稍寬心，想不到周瑜上午讀書時，身體無恙；一到下午，雙頰就泛起病態的潮紅，還發熱；夜裡再讀書時，不僅臉紅發熱，兩邊的太陽穴也疼了。

周瑜只用了半年時間，就將兩年的遊歷記錄整理出來，將《孫子兵法詮註》和孫堅歷次行軍作戰的記錄總結倒背如流，並領悟於胸。

後半年，周瑜就把大部分心血花在撰寫《兵家謀鑒》上，書看得少了，更多的是思考：

在任何交戰的雙方之間，都有一個彼此所共有的第三股力量存在，那就是自然之力，如風、水、火、林、山、雨、河、江、雪等等。誰能有效地運用這些自然之力，又能阻止被敵人利用，誰的勝算就大。兵戰的最佳境界就是運用自然之力打擊敵人。

人力有限，自然之力無窮，用無限的自然力，對抗有限的人力，往往能產生驚人效果。這個原則的內涵是無窮大的，全在於用兵者的發掘與運用。天地萬物都是兵，都可以衝鋒陷陣。自然之力無窮盡，運用手段也無窮盡，但總有一些原則可以遵循。自然之力的存在和變化是有規律的，用兵者一定要研究並利用這些規律。

在自然之力中，用兵者最容易掌握和控制的是火。只有火這種自然力能隨身攜帶，隨時拿來攻擊敵人，且殺傷力極大。令周瑜對火發生敬畏和恐懼的是旅途中的一次見聞。

那一天，他在冀州的中山國境內，正趕上官府執行死刑，被殺的是一個看來柔弱的王姓少女，罪名是她殺了一百六十五人，傷了二百八十人。周瑜開始覺得可笑，看她弱不禁風的樣子，連刀都舞不起來，怎麼會殺死殺傷那麼多人呢？一問才知道，她用的是火。

一個叫王南的惡霸想娶王氏爲妾，屢次被拒，老羞成怒，就勾結一夥強盜殺了王氏全家。王氏那天剛好出門，才得以倖免。王氏爲了復仇，就在一個月黑風高的夜裡，把王南家的柴房點燃了。柴房在大院的東側，那天正好吹東風，火勢一發不可收拾，豪華的王家大院被燒成一片廢墟，王家幾十口人全都葬身火海，但火勢並沒有停，繼續向西燒，村西方的人家全都被燒成焦炭。

周瑜往北又走了兩天，正好經過王家村，目睹了半個村莊所有生氣勃勃的東西都被毀滅了。那一幕場景，深深地刻在他的腦海，一生都不會忘。

●

周瑜閉門讀書，足不出戶，卻請小喬、周儂利用商谷多年來所結交的人脈，積極地和來往的客商打交道，瞭解到時局的變化，密切注意中原、江東和巴蜀三大戰區的情況。

中原戰區方面，司徒王允策反董卓義子呂布，誅殺了董卓。董卓死後，王允把持朝政，他性情剛直方正，嫉惡如仇，又居功自傲，殺了曠世奇才蔡邕，因此部屬們對他都不太擁護。董卓部將李傕和郭汜趁機興兵作亂，王允戰死，皇帝又落入李傕和郭汜之手。

而袁紹則憑藉家族的力量，兵勢最盛，地盤最廣。曹操比不上袁紹兵多地廣，但崛起速度極快，風頭最勁。

這一年（獻帝初平三年，西元一九二年）正月，袁紹和公孫瓚會戰於界橋（今河北威縣境）以東三十里處，公孫瓚軍大敗，元氣大傷。冀州全部被袁紹所得。

黃巾軍餘部攻打兗州，刺史劉岱不採納部屬以逸待勞之計，冒然迎戰，兵敗身亡。曹操覺得兗州刺史已死，州中無主，與朝廷的聯繫斷絕，正是佔據兗州的良機，決定以此爲根據地，逐步擴張勢力。他到了兗州，受到各方擁戴，黃巾軍兵多勢大，驍勇精悍，曹操雖兵力單薄，但他能穩定軍心，鼓舞士氣，賞罰分明，並且連設奇計，每次都重創黃巾軍，迫使黃巾軍退出兗州。此外，曹操又在濟北迫使三十餘萬黃巾軍投降，得到了男女一百餘萬人。他從中挑選精銳，稱爲「青州兵」，並開始大力發展農業，儲備軍用物資，經營根據地。

曹操還打出「尊奉漢室」的口號，派使前往長安，表示要效忠朝廷。李傕和郭汜雖知道曹操沒有誠意，但不敢怠慢，害怕會使將來打算效忠的人卻步，就厚待曹操使者，並給以很豐厚的回報。

巴蜀戰區方面，漢景帝之子魯恭王劉餘的後人劉焉，被任命爲益州牧。他到益州後，利用張魯，暗中策劃獨立。沛國人張魯承繼祖父張陵創立的「五斗米道」後，到蜀地發展。張魯的母親因會神祕道術，經常出入劉焉家中，於是，劉焉就任命張魯爲督義司馬，派他率兵進攻漢中郡，殺死太守蘇固，並封鎖益州到長安的通道谷閣，截殺朝廷派來的使臣。劉焉上書朝廷，說米賊將道路阻斷，不能再與朝廷聯繫了。

瞭解到這裡，周瑜十分著急：劉焉若在益州割據成功，對他和孫策割據江東的計劃影響極大。再往下瞭解，他又鬆了口氣：犍爲郡太守任岐看出劉焉陰圖異計，發兵攻打劉焉，卻反被劉焉打得大敗，命喪亂軍之中。由此，劉焉得意忘形，造做了只有皇帝才能使用的輿車及其他用具共一千多件，處處飛揚跋扈。朝廷派劉焉在長安任奉車都尉的兒子劉璋到益州，曉諭劉焉收斂，劉焉不聽，反倒將劉璋留下，不再回長安。

大業未成，就得意忘形，過份炫耀，正面對抗朝廷，雖得益州也不能守。

江東戰區的情況，則令周瑜振奮：和中原、巴蜀兩大戰區相比，江東是一盤散沙。地方豪強林立，無一人成大事，無一人威震天下，各自爲政者達數十之多。只有袁術的勢力滲透到了江東數郡，但他主力在長江以北，在江東還談不上根基。

5

《兵家謀鑒》完稿之日，就是周瑜和小喬的別期。

周家爲了慶祝《兵家謀鑒》的完稿，特地準備了豐盛的宴席，同時也算是慰勞大家這一年來的辛苦。

小喬喜滋滋地坐在周瑜左邊，臉上笑容燦爛，彷彿沒感覺到別期已經不遠了。

這天晚上分手時，周瑜一臉神祕地對小喬說：

「明天清晨，在太陽升起之前，妳能不能到水川湖畔？」

「太陽升起之前趕到水川湖畔，幹什麼？」

「現在不告訴妳，到時候妳就知道了，反正就在妳家門前。」周瑜故意用激將法：「難道天沒亮，妳膽小不敢出門？」

「天黑怕什麼？我去就是了。」

翌日，天還沒亮，小喬就爬起來，伸了個懶腰，使勁地揉幾下惺忪的睡眼，頭未梳，臉未洗，趕到了水川湖畔，卻看見周瑜穿著雪白的燸衣，挺拔地佇立著，奇怪的是他頭髮卻是披散的，宛如臨風的玉樹。

「周郎，你打扮得這麼瀟灑做什麼？這裡只有我們倆啊！難不成要去相親？」

周瑜想說什麼，又咽了回去。

小喬輕輕地拉他的手，柔聲問道：

「周郎，出什麼事？」

「小喬，我要走了。」

小喬一聽眼睛立即變紅，淚水一下子就流出來，卻還是笑著，而且很溫柔：

「我知道了，我在家等你，三年之後，無論你成爲什麼樣的人，都要回來娶我。」

「我一定會回來的。」周瑜捧住她淚水漣漣的臉，在她的唇上吻了一下：「小喬，蒼天是有眼的，我們經歷這麼多磨難，蒼天一定會讓我們美滿的。」

「周郎，三年之後，你一定要回來，別把我娘的話當眞。不管你多麼落魄，你都要回來啊！就是死，我們也要在一起。」

二人緊緊相擁。

東方的第一縷曙光撕開了黑暗。

「小喬，我都快十九歲了。」

「你就是九十歲，也要回來娶我啊！」

「小喬，我要妳主持我的成人禮。」

「由我來主持你的成人禮，這怎麼可以呢？」

古代男子到二十歲時，就會被認定是成人了，意味著從此他要承擔成人所應該承擔的責任，而且也應該得到別人的尊重。在人的一生中，這是一件意義重大的事情，要舉行一種儀式，表示認可和慶賀。這種儀式叫做成人禮。此外在成人禮上，要幫他戴上象徵身分的帽子，所以也叫做「冠禮」。

周瑜握緊小喬的手：

「不，我就是要妳來主持，在我心中，妳是神祇，是使我重生的神祇。」

「成人禮要有許多親友參加的。」

「我的成人禮不要別人參加，只要妳。」

「周郎，你怎麼這樣瘋，這樣癡啊！」小喬在他懷裡，感動極了。

「小喬，太陽就要升起來了，別再猶豫。」

他轉過身，面對著太陽跪下，掏出一把梳子和一支笄（束頭髮用的簪子）遞給小喬：

「幫我梳頭吧！等到太陽升起來的時候，再用笄把我的頭髮束起來。」

小喬接過梳子和笄，感覺沉甸甸的，覺得此時此刻是那麼莊重，那麼聖潔，彷彿神靈就在他倆的身邊看著。

小喬緩緩地梳理著周瑜的頭髮，細心遠勝過梳自己的頭。

太陽終於在地平面上升起，萬丈光芒照亮了大地，水川湖面波光閃爍，周圍靜悄悄的，彷彿一切都還在沉睡。小喬緩緩地將周瑜的頭髮向上捲好，把已經擦拭乾淨的那根笄慢慢地插入周瑜的頭髮裡。周瑜莊嚴肅穆地站起來，轉過身，彷彿換一個人似地。小喬輕輕地撫摸著他的臉，像在重新感覺他。

「小喬，在太陽剛升起的時候，由我最親愛的人給我主持的成人禮，肯定能爲我帶來好運。」

「周郎，你走吧！我不會留你的。如果我不讓你走，等於害了你。」

周瑜把小喬摟在懷裡，千言萬語盡在彼此心中呢喃。

周瑜離開舒縣的那一天，小喬沒有送他到城外，只剪下自己的一束秀髮，用手帕包好，親手塞進他的懷裡，還有一句話：

「三年後，無論你變成什麼樣子，都要回來找我喔！」

#【第七章】計脫袁術

1

周瑜離開家的第一件事就是：找孫策回江東創業。他暗忖：

我和伯符在一起，都很快會被對方的激情壯志所感染，孟母之所以三遷，其意在此。英雄天天和庸人們瞎混，慢慢會變得平庸，而庸人天天和英雄爲伍，自然增添幾分雄心壯志。所以要交眞正的朋友，就要找像伯符這樣的人，甚至尋覓對手也是如此。況且，孫家待我恩義深重，伯符此時需要我，我責無旁貸。

孫策住在壽春城中的一座豪華宅院裡，南面不遠處就是袁術居住的德樂宮。壽春人都認爲袁術對孫策極好，如同己出，但孫策卻時而像被困在籠子裡的野獸，時而像被霜打過的茄子。所以，當他見到日思夜想的周瑜時，興奮得難以形容，手足之情一下子就燃起了。二人緊握雙手，互相凝視，千言萬語，不知從何而談。

淮南是袁術的大本營，戶口數百萬，兵多糧足。

先前周瑜曾將天下劃分爲中原、江東和巴蜀三大戰區，而這當中又以中原戰區的人力最強，物力最厚，也最受他關注。不過，中原戰區的早期戰爭，卻多半和袁氏兄弟有關。

原來在中原戰區，袁術的勢力僅次於他堂兄袁紹。若是兄弟聯合，那裡肯定屬於袁家天下，可惜他們非但不同心，反而勢如水火，互相視對方爲最大的敵人，彼此辱罵，甚至揭其「隱私」：袁術說袁紹是袁家的私生子，袁紹則說袁術根本不是袁家嫡系子孫。

因此，袁術聯合孫堅和公孫瓚，袁紹籠絡曹操和劉表，以相互較勁。結果，袁紹先勝了一個回合：孫堅戰死襄陽，公孫瓚被打敗。然而，他自己的陣營也分裂了：曹操乘袁氏兄弟鬩牆，自立門戶，不再聽命於袁紹，劉表處二人之間，名爲中立，實則陰持兩端。

至此，中原戰區的力量重新組合，除了袁氏兄弟、曹操、劉表外，還有呂布、馬騰、韓遂、陶謙、張邈等人，各據一方。不過這當中令周瑜印象深刻的，卻是名不見經傳的劉備。他清楚記得杜夔說過公孫瓚這個特立獨行的學長，雖遇名師但不喜讀書，寧可賣草席也要周遊天下。

在舒縣時，一個平原縣籍的商人談起劉備，說他身高八尺，雙手垂下時能超過膝蓋，耳朵很大，連自己的眼睛都可看到，典型的大富大貴之相。他有兩個義結兄弟，一個河東人關羽，一個涿郡人張飛，都有萬夫莫敵之勇。三人平時同榻而眠，情勝手足，而在大庭廣衆之下，關羽和張飛總是侍立劉備身邊，十分恭敬，且出生入死，不避風險。如今劉備投奔公孫瓚，在攻打青州時立了大功，被任爲平原縣令。

中原戰區群雄雲集，前景難測，要經過幾輪屍積如山、血流成河的拚殺才能見分曉。

周瑜得出這個結論，對孫策說：

「我們論兵、論勢、論聲望，都不可能在中原有所作爲，只有回江東。當年項羽若是肯回江東，或許就沒有劉家四百年的天下了。」

他又分析孫堅的悲劇根源：

「義父根基在江東，卻心繫中原。他老人家不等把江東經營成一塊進可攻、退可守的根據地，就來爭奪中原，結果雖攻下襄陽，也成不了霸業。這就好比黃巾賊是沒有根，沒有設官理民，恢復農桑，只想著趕快奪取江山，不把老百姓亂久思安的渴望放在心上一樣，最終註定要失敗。」

「但是先父的舊部還在袁術手中，他遲遲不肯歸還。」

「不要急，這件事，我們兄弟慢慢商量。」

「其實，袁術待我情深義厚，我很感動。他想收我為義子，只是娘不同意，我才婉拒他。他還想把最寵愛的女兒袁雅許配給我，我不能辜負大喬，沒有答應。甚至他向娘要索傳國玉璽，娘不肯給，他也沒有相逼，仍對我們母子很好。」孫策說起大喬，一陣黯然傷感：

「唉！大喬是天下最好的女孩，對我始終不渝。但孫家已經衰敗了，娘如今在舅舅家避難，我則是寄人籬下，實在不忍心連累她。」說著，他竟然轉過身，擦去流出來的淚水。

周瑜在一邊也不知如何勸他。

這天晚上，不等孫策擺酒替周瑜接風，袁術就派人來了，請二人到德樂宮。

周瑜很想見一見這個天下第二大諸侯，還以為要孫策推薦才行，想不到袁術竟然主動相邀。

「袁術倒不算壞，也曉得要招攬人才，就是不懂適材任用。」他心裡暗忖。

袁術皮膚白皙光滑，五官端正，面容十分清秀，頭戴高冠，身穿錦袍，三綹長鬚飄逸於胸前，走在富麗堂皇的德樂宮中，頗有幾分王侯之相。

董卓廢長立幼時，袁術從洛陽逃到南陽。其時，佔據南陽的孫堅雖然手握重兵，但無政治地位和聲望，又是一個異鄉人，得不到當地士族的認同，正四面楚歌。於是，他憑著個人的政治地位、家族聲望與人脈，還有和孫堅的交情，接管了南陽。

孫堅死後，袁術又佔據整個豫州和兗州的一部分，威震天下。

宴席十分豐盛，且有十餘名麗人歡歌曼舞，每個麗人都穿著名貴的紗絲綢緞，身上灑著醉人的香精。太平盛世中的皇宮舞女，也不過如此。

袁術置身其中，傲然而又悠然。他親昵地拍著周瑜的肩：

「你是文臺（孫堅字文臺）的義子，就是我的義子。以後，我們應該像一家人才對，何況你父親和你幾個叔伯，都與我是莫逆之交。你叔叔周尚更是我轄下的丹陽郡太守。如今，你父親死了，你義父也死了，我就要承擔起做長輩的責任，所以有什麼難事和心事儘管說，但要犯了錯，我也會不客氣地教訓。」

這一席話讓周瑜心頭熱呼呼的，直覺自己可能是遇到明主了。不禁感動喊道：「將軍……」

「私下要叫我伯父！」袁術顯得有些生氣：「你義父常向我提起你，說你是安邦定國之才。我最懂得人才的珍貴，否則，就不會有今天。所以，你一定要在此安定下來。」

周瑜見孫策不言語，忙起身拜謝袁術，卻被袁術攔住了：

「既是一家人，何必拘於俗禮？公瑾，據說伯符最聽你的話，你要替我勸勸他，不要總想著回江東。時機到了，我自然會攻打劉表，替文臺報仇。如今重要的是如何平定北方。」

酒一直喝到半夜，袁術才派人送他們回去。他給周瑜一塊金牌做見面禮，本來還要賞賜一座大宅院，但周瑜堅決不受，表示願意和孫策住在一起。

這一夜，周瑜睡不著了。

回江東？還是留下來輔佐袁術？他一時拿不定主意。

2

過了幾天，袁術又把周瑜請到德樂宮：

「天地作證，我絕不會吞併文臺的舊部。第一，文臺舊部一直由伯符堂兄孫賁統領，文臺心腹將領程普、黃蓋、周泰、韓當等人也還在軍中，我並沒有拆散他們，更從未直接掌管這支部隊。第二，文臺舊部約還有五千人，自始至終都由我直接供應一切錢糧，若非如此，這支軍隊早瓦解了。」

周瑜挑不出袁術話中的錯，就替孫策辯解：

「伯符是急於替我義父報仇，才一心要回江東。江東畢竟是孫家的起兵之地……」

袁術忽地長歎一聲，神情有點黯然：

「公瑾啊！你和伯符都是當今少年才俊中的精英，將來必有一番作爲。我若有一個兒子像你們，就是現在死，也瞑目了。」

袁術的長子袁耀長周瑜兩歲，看上去卻比周瑜小。他自幼在錦衣玉食中長大，是個白淨可愛的小胖敦，讀書倒也用功，出口成章，運筆成文，只是很幼稚，生於亂世之中，不知世態炎涼和人間險惡。最令袁術擔心的是袁耀心理極脆弱：他迷戀上一個小家碧玉型的少女，只因和她吵了幾句，就服毒自殺，幸好搶救及時。

袁術的愛女袁雅更是惡名昭彰。她被袁術寵得任性殘忍，曾因懷疑一個侍女偷抹她的脂粉，竟把對方活活打死；因地沒掃乾淨，就把一個十幾年的老傭人打殘了。

袁術想把她許配給孫策，她對孫策也有好感，不過，被孫策婉拒。她覺得很沒面子，又殺不了孫策，便在一個大庭廣眾的宴會上，將一盤菜倒在孫策頭上以泄憤。幸好過不久，她移情別戀，改喜歡一個英俊瀟灑的書生，孫策才省去許多麻煩。

當下袁術拉住周瑜的手，眼睛裡流露出渴望的目光：

「你和伯符留下來輔佐我，等天下平定後，我保證讓你們子子孫孫永享富貴。」

周瑜有些心動，但他還要和孫策商量之後，才能給袁術答覆，就很機智地說了一些半推託半接受的話應付著。袁術似乎看穿周瑜心思，遂擺出過來人的姿態告誡：

「年輕人獨立創業的雄心和熱血，我也有過，這是好事。然而，要看時機才行。」他說著站起來，在房裡踱著：「『漢室衰微，群雄四起，終將易姓』，這是十年前天下英雄就有的共識，那時才是創業的最佳良機。經過十年拚殺，天下格局已經形成，年輕人早就沒有創業之地了，惟有依附明主，才能施展自己才學，謀得功名和富貴，並留芳於後世。看看眼前十幾個割據一方的諸侯，哪個不是我們這一代人？你和伯符這一輩，註定不能與我們爭。此乃天命，不可違逆啊！」

周瑜很認眞地聽著，不得不承認袁術的話有幾分道理。

「文臺不死，以伯符的英武，再加上你的輔佐，將是你們這一代中最有可能統一天下的人。不幸的是，文臺死了，這個可能就沒有了。」最後，袁術意味深長地說：「年輕人氣盛，總是過高地估量自己，忘記薑還是老的辣。你們只看到老一輩的弱點，卻看不到他們的厲害之處，這是因爲年輕人總喜歡顯露鋒芒，而老於世故的人卻深藏不露，所以二者相鬥，你們往往會吃大虧，甚至賠上性命。」

周瑜聽到最後，不禁暗忖：他說的老一輩指的是誰，是他自己？還是江東的割據勢力？或許他是眞心愛惜我和伯符，但在需要的時候，也會不惜反目成仇……我想，這才是袁術眞實的一面。他可能和劉勳一樣，能不殺人的時候就不殺人，然而到不得不殺人的時候，他定不會手軟。

袁術又細說了兩個不能回江東的理由：

「首先，人走席涼，你和伯符策回江東，恐怕招不到兵買不到馬。不錯，文臺生前名震江東，百姓擁戴，士族豪強歸附，但這除因他個人的德望外，更重要的是——在亂世之中，文臺能保護他們，讓前者得以安居樂業，後者得以保住富貴榮華，甚至飛黃騰達。你和伯符目前還得不到這種信任，誰會擁戴你們呢？」

周瑜聞言，如中雷擊，忽然想起在旅行中，曾聽一個落魄的官紳說過一句話——當你不能給予對方好處的時候，你也別指望從他那裡得到好處。

「第二，招兵容易養兵難。就算你和伯符能招到兵馬，怎麼養活他們？從富人手中奪，就失去了士族豪強和讀書人的支持；從百姓手中取，那更是會民心盡失，黃巾賊的敗亡，就是明證。」

這天晚上，周瑜回到住所，未驚動孫策，而是在院子裡獨思。

以前，他總想著回江東的種種有利因素，如今再想一想它的不利因素，如同被澆了一盆冷水。

更何況，他後來發現還有一點袁術沒說，那就是袁術本身乃群雄中對江東最具影響力者，非但那裡的豪族無人敢公開對抗他，丹陽郡更是其直接勢力範圍，倘若今天強行回去，只要袁術下令封殺，江東群雄就不會有人支持他們。

再好的計劃想成功執行，也得經過一些調整；再好的理論要實踐，也得經過一定的演化。這個規律千萬不能忘了，否則就會鑄成大錯。

孫策聽了周瑜的分析，不由得驚出一身冷汗。

「不回江東，我們該怎麼辦呢？」

「回江東沒有錯，只是此時非彼時了。我們要回江東，一定要得到袁術的支持，拿回舊部，籌到糧草。還不能和袁術成爲仇人，所以必須從長計議。」

「袁術怎會支持我回江東呢？大不了翻臉！」孫策雙拳緊握，望著南方的天空：「長江後浪推前浪。我就是要回江東白手打天下，給天下人看一看。」

「和袁術反目成仇，乃是下下之策，不到萬不得已，不能如此；得到袁術支持，並要回義父舊部，再回江東創業，才是上上之策，不到萬不得已，不能放棄。」

「公瑾，回江東創業，艱險重重，你留下來輔佐袁術，也是一個極好的選擇。」

周瑜當胸打了孫策一拳：

「你太小看我了！我九歲離家找顏夫子拜師，十二歲獨闖淮江精舍，十四歲捨棄現有的一切，周遊天下，豈是怕事畏難之人。只是欲速則不達，隱忍一時是必要的。何況袁術畢竟是個成功的創業者，而我們還沒有創業，在他身上定能學到許多寶貴的經驗。留下來並不是浪費時間，這叫磨刀不誤砍柴工。」

•

周瑜經常出入德樂宮，和袁術談經論史，暢言天下大勢。

袁術待他爲上賓，欲給官職，周瑜卻百般推拖，只求做袁術的私人謀士。袁術許多事務都要問一問周瑜的意見，周瑜無不盡心盡力，且追踪調查，以驗證自己的想法是對是錯。周瑜的熱情令袁術很高興，他以爲周瑜眞的肯輔佐他。

袁術手下的人才很多，個個享有極優渥的禮遇，看過去一派興旺景象。忙忙碌碌中，周瑜到壽春快一年了。

後幾個月，他幾乎成爲袁術的「私人祕書」。袁術在德樂宮特意收拾一間華美的臥房，供周瑜留宿。從袁術口中，周瑜知道許多天下大事的內幕，尤其是各地英雄的奮鬥史。

這一天，周瑜來到德樂宮，見袁術滿面春風，走路幾乎都快手舞足蹈，看這樣子，一定是有大喜事。

「徐州眼看就是我囊中之物了。」他洋洋得意地對周瑜說。

這事還要從曹操講起。

曹操割據一方，派人迎接在琅邪（今山東膠南、諸城縣一帶）避亂的父親曹嵩。曹嵩富甲天下，攜帶輜重一百餘車，路過費縣時，徐州士兵們貪圖財物，劫殺曹家，殺了曹嵩和曹操小弟曹德。曹操悲憤之下，率大軍攻打徐州，連破十幾城，所到之處，濫殺無辜，鷄犬不留，甚至將男女老幼數十萬人驅趕到泗水河中淹死，屍體阻塞河道，但曹軍到了郯縣時就不戰而退，原因是呂布趁曹操後方空虛，直搗兗州，讓他們不得不撤軍。

不久，徐州刺史陶謙病危，當地的士家大族十分害怕曹操捲土重來。徐州和壽春極近，袁術兵多糧足，軍力還在曹操之上，加上袁家名滿天下，於是，他們就來拜訪袁術，請他繼任徐州刺史，這可是天上掉下來的大喜事。

周瑜替袁術高興之餘，又很感歎：家世背景和名望眞是了不起，袁術憑此得到南陽，又要再得徐州了。

陶謙死後，袁術只等著徐州人來請他，想不到他們竟然擁立了別人，正是——得遇名師而不喜讀書的劉備。

原來徐州遭曹操攻擊時，公孫瓚派劉備率兵援救，曹軍退走後，陶謙就留下劉備，讓他駐紮在小沛。陶謙臨死前，將刺史之位讓予劉備，徐州百姓也擁護他。

周瑜暗自稱奇：劉備不過是個平原縣令，連太守都沒當過，卻被擁戴爲一州之首。由此可見，他眞是個深藏不露的英雄人物。

袁術見喜事落空，氣憤不已，跺足大罵：

「劉備算什麼東西，不過是個販賣草席之徒，只會假仁假義地收買人心，徐州人都被他騙了！」

周瑜望著袁術這樣失態，幾分吃驚幾分灰心：門第觀念如此重，怎能成大事呢？劉備出身低微，卻能迅速崛起，必有其過人之處，我們應該敬重他，並把他的長處學到手才是。如果他是敵人，則更要尊重他。連事實都不願承認的人，怎麼能爭天下呢？

周瑜想把心裡話說出來，又咽了回去，暗忖：

跟隨袁術這樣的人，沒有伴君如伴虎的戰戰兢兢，不用擔心兔死狗烹，然而，最終極可能成爲他的陪葬品。而跟隨像秦始皇那樣的君主呢？成了大業，做了高官，卻動輒就會被誅殺和嚴懲，人性的溫暖蕩然無存。爲了一場短暫的富貴，而完全失去做人的骨氣和主張，褪化成帝王的工具，人與人之間不再有絲毫人性的暖意，這是多少英雄的悲劇和無奈。

這天晚上，周瑜和孫策說起此事，十分感慨：

有的人能和他共圖大業，卻不能做朋友，有的人能和他做朋友，卻不能共圖大業。袁術屬於後一種人，還是速回江東創業才是上策。

在此期間，巴蜀戰區發生了一件大事：益州刺史劉焉將州治遷到成都後，背生毒瘡而死，劉焉的兒子劉璋繼任父職。

從此，周瑜就記住了劉璋這個名字，並留意有關他的消息。

3

這天晌午，周瑜在房裡讀了一上午的書，感覺陰冷，就到大街上閒逛，享受暖融融的陽光。忽然，身後有人扯他的袖子，他回頭一看，竟然是那個差點死在他劍下的喬家門僕喬二。

喬二把周瑜拉到一邊，低聲說：

「周公子，我家主母來了，她想見你。」

周瑜大吃一驚，心一下子提到嗓子眼：

秦夫人這麼遠來找我，必是有極重要的事情，難道小喬出什麼事了？

秦夫人住在壽春城最豪華的福滿香客店裡頭，隨行的除喬二外，還有侍女香兒。她一見周瑜來，就讓喬二和香兒到外面守候，把氣氛弄得很神祕。

「公瑾，小喬在家裡很好，你不要掛念。」秦夫人笑吟吟的，似乎有喜事：「小喬非你不嫁，你也算是我半個兒子了，你的前途，我們怎能不操心呢？」

「伯母，我會努力的，絕不會誤了迎娶小喬的期限。我現在就能把小喬風風光光地接來，但我要有長遠的眼光，不能留下來輔佐袁術……」

秦夫人揮手打斷周瑜的話：

「我和喬公替你找到一條建功立業的捷徑，用不了兩年，你就能娶小喬了。」她興致極高：「喬公表面很冷酷，其實心腸很軟。他爲了你能早日娶小喬，便給曹操寫一封推薦信，曹操很快就回信了，答應請你做他的謀士。所以你只要帶上一封喬公的親筆信，就能去兗州一展長才。」

「這……怕是不妥吧！」

「你在擔心曹昂嗎？他已經娶一位豪族的千金小姐，不會再和你爭小喬了。喬公在信中寫得明明白白，你是喬家的女婿，請曹操多關照，曹操也滿口答應。他是個守信的人，不會讓曹昂爲難你的。何況曹昂和你是不打不相識，他對你的印象很不錯，說不定你們還會成爲好朋友。」

周瑜不知該怎麼和秦夫人解釋。

「你還猶豫什麼呢？對袁術來個不告而別，不就行了。」秦夫人見周瑜還是支支吾吾，忽地恍然大悟：「公瑾，你該不是想和伯符回江東吧？」

「正是。」周瑜堅定地說。

秦夫人顯得十分不解與訝異：

「公瑾，我知道你和伯符情同手足，孫家對你恩重義深。但是，人總得要現實一點，伯符寄人籬下，無一兵一卒，你和他在一起，不是自毀前程嗎？何況小喬還在日日夜夜盼著你呢！」

「伯母，我和伯符不想依附任何人，我們要做整個江東的主人。」

「做整個江東的主人？說得太容易了！連走都不能，還想跑？」秦夫人有點生氣了：「公瑾啊！就算你們得了江東，誰是主，誰是僕？」

「我……我和伯符是至死不渝的兄弟，不分主僕的。」

「唉！公瑾，你這麼幼稚，我把小喬嫁給你，怎能放心呢？」秦夫人的臉沉了下來：「你九死一生地幫助伯符得到江東，至多是個丞相，封邑幾縣罷了。若是投靠曹操麾下，非但風險小得多，也不難……」

「伯母，伯符若得江東，一定會娶大喬的……」

「不要提這件事了！自從離開舒縣，他連個音訊都沒有……」

「他是不想連累大喬，其實，他心裡……」

「他不想連累大喬，是他有自知之明，何況大喬成熟理智，也不會受他連累。你和小喬都太癡情，否則……」秦夫人說到這裡，自知有點失言，就停住了，歎息地說：「公瑾啊！你和伯符可以怪我嫌貧愛富，趨炎附勢，但在這亂世之中……」

這天晚上，秦夫人瞞著周瑜，約見了孫策，說出自己來此的目的。

孫策聽了，頓覺腦中一片空白：公瑾此時要離開我，這可怎麼辦？

「伯符，公瑾投奔曹操，是一條光明之路，你不會阻攔吧！」

孫策的倔強勁上來了，心裡縱有千百個不願意，卻表現出一副大無畏的樣子：

「當然不會。他是我的兄弟，能有個好前程，我也很高興。」

「公瑾重情重義，他不忍心離你而去。你是他最好的兄弟，應該勸勸他。他沒有個好前程，我是絕不會把小喬嫁給他的。」

「我明白。」

「伯符……」

「伯母不要多說了，我這就去勸公瑾。」

他說完，頭也不回地走出去，心裡極為難受。

回家的一路上，他都心神不寧，暗忖：

我在公瑾心中的份量，至多和小喬相等，很可能還不如小喬。不知在我和小喬之間，公瑾會選擇誰呢？如今，我一定得勸他去投靠曹操，否則我的情義和尊嚴何在？但如果公瑾真為了小喬去投靠曹操，那我又該怎麼辦？

見到周瑜後，孫策故作平靜地說：

「公瑾，為了小喬，你去投靠曹操吧！你們是生死之戀，怎麼能失去她呢？何況你的戰略規劃，我已經心領神會了，如果能回江東，我會堅定不移地遵守。」

「你放心，不管我投奔誰，小喬都非我不嫁。」

「公瑾，我不能連累你……」

「義父待我恩重如山，我們兄弟倆情勝手足，還談什麼誰連累誰！我這一輩子，已經註定和孫家生死相依，榮辱與共。在我被他人不齒之時，義母和你待我如上賓，義父又收我為義子，這份情誼，永世不忘，所以我和孫家是分不開的。伯符，難道現在，你還不把我當成一家人嗎？」

孫策眼睛禁不住又濕了：

「公瑾，我現在已成落水狗，而你還有喬家幫助。到曹操麾下後，憑你的才學，高官厚祿唾手可得，又有小喬相伴……」

「伯符，你太看低我了！無情無義之事，你做不出來，我就能嗎？想著你在江東出生入死地拚殺，我在曹營裡就是過安逸的生活，也是食不香，睡不穩。死，有什麼可怕的？大丈夫只怕兩件事，一是壯志不得酬，二是愧對親友。」周瑜說著握緊他的手：「伯符，別灰心喪氣的，讓我們等待時機回江東吧！要屈辱，我們一起面對，要死我們就死在一起。」

孫策猛地抱住周瑜，熱淚滾滾，想起了先父生前的那個夢。

秦夫人是被孫策和周瑜一起送走的。

在周瑜的勸說下，孫策體諒到喬玄夫婦的苦衷，不再怨恨。

4

前兗州刺史劉岱有一個弟弟叫劉繇，聲望很高。兩年前，他被朝廷任命爲揚州刺史。揚州首府原來在壽春，壽春被袁術佔據後，劉繇就把官署設在曲阿，將袁術的勢力趕走了。

那時，袁術覺得自己佔了壽春，劉繇佔曲阿並不過份，就沒有計較。時過境遷，如今兗州的曹操成爲袁術的頭號勁敵，曲阿就變成袁術背上的一根芒刺。

他豈能有芒刺在背，便決計派吳景和孫賁率兵攻打劉繇。

孫策聞知，對著周瑜捶胸頓足：

「我的劍都快生鏽了，爲何不派我去？袁術從不信任我，我們何時才能回江東？」

「這可能是回江東的大好機會。」周瑜卻猛搖頭，微笑著說。

「公瑾，你有妙計了？」

「吳景是你舅舅，孫賁是你堂兄，如果他們肯配合，我們就有希望。」周瑜分析袁術的處境和心理：「袁術的頭號勁敵是曹操，所以他不能允許後方有半點動搖。如果吳景和孫賁戰敗，袁術便會陷入危機。爲了擺脫危機，他很可能會委曲求全，就像一個人被逼急了鋌而走險一樣。」

「哦，讓我舅舅和堂兄故意戰敗，然後我再請戰。」孫策恍然大悟。

「爲了便於指揮，你趁機向袁術要回義父的舊部，這很合情理，他會答應的。如果我們攻下曲阿，就是魚歸大海了。」周瑜胸有成竹地說。

孫策興奮得摩拳擦掌：

「此計成功的可能性很大。」

「不是很大，而是一定會成功。」周瑜拉近孫策，低聲說：「我還有一招，就是買通幾個從兗州來的客商，捏造曹操頻頻調兵遣將的謠言，再加上曲阿兵敗的消息和我這三寸不爛之舌，袁術一定會中計。」

二人當即分頭行動，周瑜去策動客商，孫策去遊說舅舅和堂兄。

長期以來，周瑜就透過商谷和各地的客商打交道，此事可說是駕輕就熟。吳景和孫賁都是孫策的至親，又長久跟著孫堅打天下，對孫策也極讚服，一心想輔佐他，遂答應按計行事。

事態發展，正如周瑜所料。

吳景和孫賁率兩萬大軍向曲阿進發，在橫江（今安徽和縣東南）和劉繇的部將樊能遭遇，大敗之後，揮軍向曲阿另一個門戶當利口進發，又被劉繇的部將于麋打敗，潰不成軍，只好退守歷陽（今安徽和縣境）。沒過幾天，傳來更壞的消息：樊能和于麋的兩路大軍會師歷陽城下，吳景和孫賁正在拚死抵抗。

消息傳到壽春，袁術大驚失色。

周瑜趁機進言：

「劉繇即使攻下歷陽，也不足懼，只是兗州還有一個曹操。若不能迅速擊潰劉繇，將來我們和曹操惡戰時，劉繇這根背上芒刺就會變成一把尖刀。」

袁術聽了，不由得扭一下肩，彷彿眞有「芒刺」在背。

「除了劉繇，還有會稽太守王朗，也可能變成曹操的尖刀。千里堤壩上的一個蟻穴很不起眼，但洪水來時，卻會摧毀整座長堤。我們不能只注意洪水，而忽略了蟻穴。」

就在前兩天，袁術手下大將張勳聽兩個從許昌來的客商說，最近，曹軍調動十分頻繁，不知又要征討誰了。

袁術聽罷一陣心驚肉跳。除他以外，曹操還能征討誰呢？後方不穩，如何能擋住曹操的狼虎之師？他睡不著了，無心再飲酒聽歌。

這天晚上，孫策來找袁術，表示願意去征討劉繇，條件是歸還他父親的舊部。

袁術當時沒表態，想了好幾天，實在找不出比孫策更勇猛善戰的人了，只好答應。在他認爲，孫堅的舊部不到五千人，而劉繇和王朗卻有五萬人，孫策即使能打敗他們也是慘勝。兩敗俱傷，換來他後方的安定，豈不更好。

「伯父，讓公瑾隨我一起出征吧！」

爲拔去後背上的兩把尖刀，袁術一狠心，也答應了。

就在周瑜和孫策得意之際，袁術卻想出一條萬無一失之計：每次只給孫策半月的糧草。孫策若是趁機逃回江東，他就切斷糧草供應，有了此一牽制，孫策必不敢輕舉妄動！。

孫子說：「用兵之法，馳車千駟，革車千乘，帶甲十萬，千里饋糧，則內外之費，賓客之用，膠漆之材，車甲之奉，日費千金，然後十萬之師舉矣。」沒有足夠的錢糧，無論是多善於用兵之人，也無能爲力。這一招太有效了！

周瑜又重新評價袁術：官宦子弟很多，但他能脫穎而出，可見袁術果然有過人之處。他不靠家世背景，不會有今天，但他如果僅僅靠家世背景，也不會有今天。

「袁術在我們的脖子套上一條鐵鏈，怎麼辦呢？」

周瑜望著氣急敗壞的孫策，陷入深思：即使攻佔曲阿，在轉戰江東各地之前，最少要籌集到兩個月的糧草，否則將無以爲繼，不戰而潰。袁術每月只發給半個月的糧草，那不足的上哪籌措呢？絕不能向百姓索取，那是自毀根基。

周瑜突然想起時任丹陽郡太守的叔叔周尙，決定請他資助孫策。他暗忖：

叔叔接受袁術的任命，一是權宜之計，二是袁術重情義，待人寬和，做他的官較舒服。他應該很清楚，袁術難成大事，說不定心裡早想投靠明主，只是礙於袁術的厚愛，才遲遲未行動。在力所能及的範圍內，他會幫助我和伯符的。萬一不行，我就盜取他的兵符，把糧運出來。

孫策聽了周瑜的計策，十分感動，卻堅決不同意。

「公瑾，你的好意我知道，但總不能因爲我，使你們叔姪二人反目成仇。」

「反目成仇，談不上，他頂多只是氣我一段日子罷了。沒關係，只要我們佔有江東，再好好報答他就行了。伯符，這件事你不要再想了啦！」

孫策把手搭在周瑜的肩上，眼睛濕了，剛想說什麼，卻被周瑜攔住：

「你又來了，一家人別說兩家話。」

「無論何時何地，我們都是一家人，有難同當，有福同享，天地作證，有違此誓……」

「伯符，別再囉嗦！快想著怎麼打敗劉繇吧！」

●

大軍出征的前三天，周瑜向袁術辭行。

「出征作戰，什麼意外都可能發生。伯父，我想先行一步，去丹陽郡看望我叔叔，在那裡等伯符。」

袁術也沒多想，就答應了。

【第八章】初試鋒鏑

1

孫策出征的那一天，袁術親自送出城外。

年方十四歲的孫權住在阜陵（今安徽全椒東南）的舅舅家，聽說兄長要率兵出征，急匆匆地趕來，執意要隨兄出征。

袁術見孫權細高的身子顯得很單薄，卻神情剛毅，銳氣十足，十分喜歡。

「蒼天很公平，給了我基業，就不會給我好子孫。我若是有你們這樣的兒子，死都瞑目。」他拍拍孫策兄弟，十分感慨：「伯符，刀箭無眼，你陣前要小心啊！別太衝動了，切記你父親的教訓！仲謀（孫權字仲謀），你還小，尚未到衝鋒陷陣的時候，留得青山在，不怕沒柴燒。我在此預祝你們馬到成功，但是，勝敗乃兵家常事，所以縱使未能得勝，我也絕不怪你們。至於你的家人我會好好照顧的，不用擔心。」

在壽春城時，孫策一直怨恨著袁術，如今要離開，卻又想起他的種種好處，竟生出一絲依依離情來，暗忖：

只要我不另立山頭，袁術待我真如親子一般。如今回頭想想，當初他若要殺我，或略施手段，吞併先父舊部，簡直易如反掌。平心而論，他已算是個有情有義的人了，試看敢於爭天下的豪強，哪一個不心狠手辣的？

這一年是漢獻帝興平元年（西元一九四年）。

孫策騎著壯碩駿馬，行在隊伍最前面，豪邁中帶著沉重。

身後是程普、黃蓋、韓當和周泰等老將，再後面是幾十面旌旗，迎風招展，就像一張縫在一起的帆，鼓動著一隻小船，航行於汪洋大海中。

●

周瑜到了丹陽郡，叔姪二人相見，先是緬懷死去的周異，再展望起周家願景。周尚反對周瑜回江東，原因是認為棄一方諸侯的袁術而隨尚無立足之地的孫策，太不明智。

周瑜將三分天下的規劃講述之後，說：

「一個人要成大業，沒有人才，可以禮聘；沒有兵將，可以招募；沒有錢財，可以借貸；沒有地盤，可以爭奪。但有一個前提，就是要有一個正確的觀念和戰略規劃，找到一條既順應天下大勢，又適合自己的道路。否則，人才來了，也會變成庸才或散去，地盤得了也會喪失，錢糧來了也會耗盡。」

他言下之意是，袁術沒有這個前提，而他和孫策卻有：

「我和伯符文武相輔，智勇相成，江東的豪強，我們都沒放在眼裡。」

「你和孫策成了大業又怎樣呢？他是君，你是臣。能同患難，未必就能同富貴，兔死狗烹、鳥盡弓藏的例子，古今還少嗎？」周尚不以為然地說。

「伯符不會負我的，何況這是很遙遠不定的事情，何必現在去想呢？現在該想的是如何建功立業。」

「你雄才大略，聰慧過人，就不想自己創業嗎？為何甘心居於人臣？」

「自己創業不過是要掌握大權而已，在這裡我想請教叔父一個問題：我們掌握大權之後，接下來要做什麼？」

周尙想一想，說：

「救國救民，留芳後世。」

周瑜點點頭：

「想救國救民，未必非得掌權。掌權只是一種手段，而不是目的，否則，這種權力無論對掌權者，還是天下百姓，都是一種毒藥。救國救民的路有許多條，留芳後世的路更多，爲何非要掌權呢？這是我在旅行中，聽一個山中隱士說的，覺得很有道理。現在的人可能忘了吳王闔閭，卻不會忘記孫子；可能會忘了魏文侯和楚悼王，卻不會忘記吳起；可能會忘記齊威王，卻不會忘記孫臏。而那些癡迷於權術的人，大多是害人害己，即使一生掌權，死後也會身敗名裂，被人唾棄。再則獲得權力後又如何呢？也不過一日三餐，夜求一宿，來時赤條條，去時也赤條條，能帶走什麼？」

周尙終於被說服了，周瑜接著趁機向他要兩萬斛糧食，還加兩百匹戰馬。周尙猶豫好半天，總算答應了，一是替姪兒還一份人情，二也是看出孫策終非池中之物。

2

孫堅的舊部只剩下五千人，卻都是江東子弟，驍勇善戰，相當團結。

孫堅生前，慷慨大方，賞罰有信，愛護部屬，所以雖然寄居袁術麾下數年，這些舊部對孫家還是忠心耿耿，甘願奉孫策為主。然而，他們又都對孫策和周瑜信心不足，因而疑慮重重，士氣不高，包括程普、黃蓋、韓當和周泰等將領，也是如此心態。

劉繇麾下有三萬兵馬，戰將百餘員，糧草充足，城池穩固，又是堅守一方，在家門口作戰，無濟運糧草械具之累，根本是以逸待勞。而孫策只有五千兵馬，能衝鋒陷陣的戰將不足二十員，糧草要長途運送，加上遠途進攻，兵馬疲憊，兵勢相差太過懸殊。

第一仗，主在化解歷陽之危。

「公瑾，這仗怎麼打呢？圍困歷陽的樊能和于麋合兵有一萬之衆，挾勝利之威，士氣正銳。」孫策只有在周瑜面前，才會時而流露出憂心忡忡的一面：「士兵和將領的士氣都不高。第一仗如果打敗，什麼宏圖霸業也就談不上了。」

「兵者，詭道也。何況是敵強我弱，更要出奇兵，方能制勝。直接援救歷陽，和敵人硬拚，是下下策。」

周瑜一連數日都在苦思，沒有睡好，揉著佈滿血絲的眼睛，終於想出「圍魏救趙」的破敵之計：

「我們不救歷陽，直接攻打兵力空虛的橫江。橫江是樊能的老巢，樊能必會回兵求援；直接攻向歷陽，樊能是以逸待勞，我們攻下橫江，形勢就逆轉過來，是我們以逸待勞。再則，攻下橫江，能得到急需的糧草和械具，而在歷陽城下就算打了勝仗，卻是一座空城而已。」

程普和黃蓋等老將一時想不出好方略，都同意了周瑜這套作戰計劃。

在那次會上，還通過周瑜擬定的一個作戰方針：

「創業之戰，勝負根本不在於一城一地的得失，而在於有生力量的消長。以戰養戰，是立足江東之本。招兵馬，屯糧草，是最重要的事，攻城奪地還在其次。只要兵多糧足，攻城必勝，否則就會得而復失。」

橫江守將樊能，字貴先，出身將門，其祖輩屢立戰功。他自幼習武，精通兵法，是劉繇麾下最得力的戰將之一。于麋則是貧家子弟，沒讀過什麼書，但悟性極高，勇敢堅毅，在平定黃巾軍的征戰中，智勇雙全，表現出色，從一個最底層的士兵，一路升遷，直至一方守將。即使吳景和孫賁不依周瑜之計而行，也未必是此二人的對手。

當樊能得知孫策率兵直搗橫江後，明知是圍魏救趙之計，也不得不回援，而于麋和樊能友情深厚，權衡利弊，就與他共進退，以免兵力分散，被孫策各個擊破。

一天夜裡，樊能留下一座空帳和數百個穿著兵服的草人，一萬大軍分三路悄悄退走，兼程趕赴橫江解圍。

吳景和孫賁一覺醒來，面對空蕩蕩的兵營，驚愕之餘，更替孫策和周瑜擔心。面對這兩個精通兵法的大將和這支訓練有素的軍隊，等待初出茅廬的孫策和周瑜的命運將是什麼呢？

孫策心裡很清楚，在樊能的大軍未到時，一定要攻下橫江城，否則腹背受敵，必敗無疑。然而，他所率領的兵馬太少，攻城尚嫌吃緊，實在分不出兵力狙擊前來解圍的樊能和于麋。為此，全軍十分憂慮。

在此關頭，周瑜卻自告奮勇，只帶五百兵卒，去狙擊對方，並保證在孫策攻下橫江城之前，擋住樊能的大軍。

眾將聽了，都不相信。程普對周瑜印象尤其不好，說他是趙括之流，只懂得夸夸其談，遲早會誤大事。但他來不及阻攔，周瑜已經出發了，而且還帶上孫權。

孫策見程普滿是埋怨神情，笑著說：

「公瑾自有妙計，我們就放手攻城吧！」

●

牛頭山是樊能和于麋大軍的必經之路，兩個山坡夾著一條大道。

周瑜將五百兵卒分成兩隊，佔據了南北兩坡，廣插旌旗，並不時拖著樹枝跑動。遠遠望去，坡上塵土飛揚，旌旗飄舞，宛如千軍萬馬。

「報告周將軍，樊能的大軍到了。」這個傳令兵的聲音有點顫抖。

周瑜正坐在一棵大樹下看書，氣定神閒地問：

「有多少人。」

「有一萬多人。」

「我知道了。你傳令下去，叫弟兄們好好休息。」

「萬一樊能的大軍攻上來，怎麼辦呢？」

「你們放心，樊能不會馬上攻山的，叫弟兄們不要亂動。」周瑜把書擺一旁，靠著樹：「我要睡一會兒了，無論發生什麼事，都不要叫醒我。」

他真的閉上眼睛，連身邊的孫權也不理睬。

「周將軍自有妙計，你們按令行事吧！」孫權說。

戰國時代，魏國主帥龐涓攻打趙國，趙國向齊國求救。齊國主帥鄒忌聽從著名軍事家孫臏之計，沒有直接援救趙國，而是在避實就虛，直攻魏國的京都大梁，迫使龐涓急忙回援，齊軍在地勢險要的桂陵設下埋伏，等待長途跋涉的魏軍，大敗他們。這個典故流傳極廣，樊能當然知道，他料定敵人會在中途的險要之地設下埋伏，把他變成第二個龐涓，所以就小心行進。

「報告將軍，前面兩側山坡的樹叢中塵土飛揚，還飄舞著很多旌旗，好像有埋伏。」

樊能一聽，急忙下令大軍停住不前。有幾員勇將請戰，他不許。

「我們行軍半日，兵馬十分疲憊。現在攻山，正中對方以逸待勞之計。孫策的主力就在這裡，而不是在橫江。孫策小兒，這等平庸之計，也來賺我。」

「那怎麼辦？」

「傳令下去，全軍編整，作好戰鬥隊形之後，再與敵人決戰。」

直到黃昏，樊能見士兵們的體力恢復了，才下令發動攻擊。先頭攻山部隊三千人，排著整齊的作戰隊形，向山頭挺進，山坡下的七千人嚴陣以待，隨時準備增援。

然而，叢林中空空如也，周瑜早在一柱香時間以前，就率軍離開了，連一面旌旗都沒留下。

「不好，我們中了敵人的疑兵、緩兵之計。」樊能臉色大變，對身邊的于麋說：「孫策主力不在這裡，便是在橫江城下，我擔心不等我們趕到，橫江城就不保了。」

于麋安慰樊能：

「即使孫策攻下橫江城，我們兵多將廣，還怕奪不回來？」

殘陽如血，把西天染成一片血紅。

周瑜和孫權眉開眼笑，慢慢地策馬而行。

「公瑾大哥，你眞是料事如神，樊能果然沒有立刻攻山。說句心裡話，當時我是強作鎮定，其實害怕得很，雙腿都在發抖。」

「有龐涓的先例，樊能和于麋自然會加倍小心。我正是利用了他們這個心理。而且我還料定，他們一定不敢徹夜行軍。」

「這又有什麼根據呢？」孫堅和孫策都一再叮囑孫權，要他把周瑜既當兄長，又當老師。

「我在山坡上，觀察樊能的軍隊陣形整齊，陣法嚴謹，可見他是個十分愼重穩健的人。夜裡行軍，速度要慢一半，被我們的疑兵一阻，本該天黑之前趕到橫江城下的，如今要等到天明之後。而且，一夜的急行軍之後，兵馬疲憊不堪，再迎擊強敵，乃是兵家大忌。何況，他們也怕我們趁著夜色掩護，在險要之地伏擊……」

「啊！那我們的時間就充裕多了。」

3

孫策攻城十分順利。

橫江守將徐韋輕敵，不把年輕的孫策放在眼裡，禁不住江東兵的辱罵叫陣，憤然出戰。在交戰中，不到三個回合，就被孫策一槍刺死。黃蓋等人趁機掩殺，一舉破城。

進城之後，孫策一面清點城中的糧草和軍用械器，一面佈榜安民，下令士兵在空地上紮營，不許擾民，違者格殺勿論。百姓聽聞無不欣喜，推派幾個德高望重的仕紳爲代表，送來幾十頭豬羊勞軍。

周瑜的疑兵之計，給孫策提供了極寶貴的時間，衆兵將安穩地休息了一夜。

第二天中午，樊能和于麋的大軍才到，一見城已失守，不以疲勞之軍攻城，而是後退五里，紮下大營，嚴陣以待。

周瑜見對方軍容整齊，防備森嚴，兵力又是他們的兩倍有餘，就不主張出戰。但孫策求勝心切，執意要趁敵軍疲憊，來個迎頭痛擊，以免坐失良機。他讓周瑜和孫權守城，自己則與程普率領三千兵馬殺向敵營。

周瑜站在城頭上，憂心忡忡地對孫權說：

「上兵伐謀，何況敵軍是我們的兩倍，不能硬拚，只能智取。」

于麋親自率兵迎戰孫策，樊能則居中指揮，他們的軍隊訓練有素，陣法純熟，隊形變了幾變，很快就把孫策等人圍在中央。孫策沒想到樊能用兵如此厲害，暗恨不聽周瑜之言，輕易冒進，急忙返身往回殺。

孫策神勇異常，槍鋒所指，根本無人能擋，共有七員戰將被他挑下馬，就連以勇武自恃的于麋也被刺傷肩頭，血流如注，敗陣下去。孫策趁機率兵殺出重圍，讓程普和黃蓋領兵進城，自己斷後掩護。只見他右手持槍，左手舞劍，威風凜凜，追兵無不駭然止步。

這一仗，雙方各死傷五百人，看起來平分秋色，其實卻是孫策敗了，他的兵太少，禁不起消耗。再則孫策看似出盡風頭，殺得敵軍聞之喪膽，但兩軍對陣的勝負，終究取決於有組織的相互配合，而不是個人英勇。

孫策見到周瑜，情緒很低落。

「好漢難敵四手，猛虎經不住群狼，我不該不聽你的話，恃勇出戰。」

「敵軍的戰鬥力也很強，而且陣法變化，還比我們高出一籌。」周瑜在城頭上，觀察得很仔細：「這樣硬拚下去，我們必敗無疑。」

直到此時，二人才眞正感到征戰的艱難和兇險。

孫策見周瑜低頭深思，一語不發，覺得很悶，就打開了窗戶。

冰冷的夜風吹進來，呼呼有聲，案上那盞燈應聲而滅。

「我有破敵之計了，保管能把樊能和于麋殺得片甲不留。」周瑜心裡猛地一亮。

「敵營的四周是空曠的平地，無法設伏，無法偷襲。樊能和于麋又熟知兵法，縝密過人，有什麼妙計能以少勝多呢？」孫策還半信半疑。

「這風就是我們的百萬雄兵。伯符，你率領人馬在樊能的南面埋伏，準備攔截。我只帶五百名強弩手，就能把樊能的一萬大軍殺得潰不成軍。」周瑜笑得很有自信。

「五百名強弩手，對樊能的一萬大軍？」孫策一時不解其意。

「兩軍正面廝殺，勝負無非是看誰能更有效的掌握和運用風、雨、火、水等自然之力。只是有時它們不好掌握，就被忽略了。」周瑜把窗關上，似是怕被人聽見：「兩軍對陣，都有第三股力量存在，並爲雙方所共有，那就是自然之力。兵戰的最佳境界就是運用自然之力打擊敵人。人力是有限的，自然之力卻是無限，用無限的自然之力，攻擊有限的人力，就會產生驚人的效果。在我眼裡，天地萬物都是兵……」

「用火攻！」孫策恍然大悟。

這天夜裡，周瑜率領五百名強弩手，迎著猛烈的北風悄悄出城。繞到樊能兵營的北面，將一排排火箭射向敵營，眨眼間，數十座帳篷就被點燃了。

火借風勢，一團團地飛落到鄰近帳篷上，轉眼間就成燎原之勢，哪裡撲救得及，兵將亂成一團，連方向都分不清，相互踐踏，死傷無數。

樊能和于麋飛身上馬，面對的是一片火海，他們怎麼也找不著敵人，只好下令後退。逃至半路，忽聽得前面喊殺聲大起，伏兵殺出。孫策如猛虎下山，一馬當先衝殺過來，江東兵士氣如虹，人人奮勇。

樊能和孫策相遇，一看身後的兵將被燒得焦頭爛額，丟盔棄甲，哪裡還敢應戰，掉頭又往東逃去。孫策的馬快，一槍刺中他後心，將他挑到半空中。于麋也在混亂中被殺。亂軍群龍無首，紛紛投降。這一仗殲敵四千餘人，大都是被燒死的，還收降了四千餘人，而孫策只損失不到一百人。孫策的將士們欣喜若狂，士氣大振：想不到我們的少主公比老主公還厲害得多。

大軍在橫江城休整三日，又進軍當利。當利的守將張英聽聞于麋全軍覆沒，就棄城而走。孫策連破兩城，威名大震，收編降兵和流勇近萬人，幸好有周瑜籌集的兩萬斛糧食，才養活了急劇擴充的軍隊。

4

在軍中，孫權經常跟在周瑜身後。他總想道：公瑾大哥最值得我學習。我大哥的勇武我學不來，也不想學。謀略遠比勇武重要得多，大哥能成爲一軍之主，主要是承襲父蔭，得到父親舊部的擁護，否則，公瑾大哥更適合做一軍之主。

在當利城內休整數日，大軍即將渡過長江，進入江東地區。

孫策摩拳擦掌之餘，又感覺如履薄冰，他和周瑜反覆討論戰略計劃，不放過任何一個微小細節。二人每次討論，孫權都在一邊旁聽，漸漸也能提些建議。

孫權聰穎過人，讀書勤奮，作戰勇敢，從不怕苦、不避風險。孫策和周瑜都很喜歡他，只是他年紀還太小，不能擔當重任。對此，孫權一直不服氣，總怪二人把他當小孩子，一直吵著要「重任」。

這一日，周瑜找到孫權，考問他：

「得天下，最重要的是什麼？」

「當然是得人心。」

「我們如何得到江東人的心呢？」

「我們的大軍紀律嚴明，秋毫無犯。」

「這還遠遠不夠，因爲據我所知，劉繇和王朗的軍隊也是如此啊！做一件事，要做到人無我有，人有我優，才能穩操勝券。」

「在爭取人心這件事上，我們有劉繇和王朗都不具備的優勢嗎？」孫權急問。

「孫家世代都是江東人，而劉繇和王朗不是。孫家突出這一點，就不難得到江東世家大族和百姓的支持。義父在中原攻城奪地，名震天下，卻無法立足，白白將勝利成果拱手讓給袁術，原因就是得不到當地士族的認同。」周瑜進一步分析。

孫權聽得連連點頭。

「仲謀，你就做這件事：大力宣傳孫家和江東的淵源，強調孫家和江東血肉相連，對江東念念不忘，就連我們的士兵，也大都是江東人，以博得江東人的傾情相待。還有一點不要忘了，孫家是兵聖孫武和孫臏的後代，這也要特別強調，長期以來，百姓和英雄豪傑們，都覺得具有高貴血統的人比貧賤之人，更能代表天意。」

「論衝鋒陷陣，我不如我大哥，論兵謀戰略，我不如你，所以只能做這種無關緊要的事情。」孫權不太情願地說。

「仲謀，你說錯了。你做的這件事最重要。我們在江東能不能成霸業，最終將取決於江東人的認同和支持，否則，你大哥再勇武，我再有智謀，也無濟於事。」他拍了拍孫權的肩：「我也有一件很重要的事情要去做，今後很長一段日子，不能和伯符並肩作戰了。」

「何事比打仗還重要？」孫權很好奇。

「大軍即將渡過長江，轉戰湖孰（今江蘇江寧東南）和江乘（今江蘇句容縣北）等地，這些地區無一人是伯符的對手。我在他身邊，作用也不大。所以趁此機會著手培養一大批精明幹練的密探，把他們派到全國各地去。」

「這件事很重要嗎?」

「百戰不殆的條件就是知己知彼。一個人縱有再多的智謀,如果耳不聰目不明,則與傻子無異。倘若敵人的一舉一動都瞞不過你,那你就百戰百勝了。凡是割據一方的豪強,都重視情報的收集,但我覺得他們重視的程度還不夠,密探們的地位不高,獎賞不厚,組織不嚴密。我要建立一個前所未有的強大密探組織,從密探的訓練,到消息的收集、傳遞,以及歸類、分析,都要設立專業機制,徹底做好情報工作,發揮最高的效能。」

「好,公瑾大哥,我很有興趣和你一起做。」

「等到這個組織成熟了,我再把它交給你。你現在的首要工作,是得把孫家和江東血肉相連的密切關係廣為宣傳。」

過江之後,孫策繼續率大軍攻城奪地。

孫策治軍有方,寬猛相濟,他的士兵紀律嚴明,秋毫無犯,民間的一棵蔬菜都不能動,深得民心,爭先用酒肉慰勞他們。

孫權遵照周瑜的意思,大力宣講孫家和江東的親密關係,並指責劉繇是江東的「外來人」,對江東的熱愛遠不及孫策。

這一招果然生出奇效,那些本來在孫策和劉繇之間搖擺不定的江東人,在孫策大軍節節勝利之後,都毫不猶豫地倒向孫策。每到一地,孫策的大旗一舉,都受到百姓歡迎,或應召當兵,或貢獻錢糧,相當配合。於是,劉繇的統治基礎漸漸瓦解,許多官吏一聽孫策到了,都驚慌失措,或棄城而逃,或開門迎接。大軍所到之處,如摧枯拉朽,江東震動,都稱孫策是「小霸王」。

孫策在勝利之餘，靜心思想，對孫權說：

「這一切勝利，首功非公瑾莫屬，是他根據三大戰區的規劃，給孫家指出正確的發展戰略。孫家在江東威望頗高，這威望隨著父親的死而消失，又因爲我們的崛起而復活。我們所到之處，百姓擁戴，英雄歸附。江東人很容易把我當成他們心中的英雄和未來領袖，反觀許多州郡長官都是朝廷任命的外地人，很難得到這樣的心理認同，包括劉繇。這才是我們戰無不勝的原因，我的勇武和周瑜的奇計都在其次。

「除此之外，江東戰區的良將有限，勁敵極少，也是我們戰無不勝的重要原因。若是在中原戰區，遇到曹操、袁紹和袁術等勁敵，哪裡會戰得這麼順利？即使連打幾個勝仗，也得不到民心和仕紳階層的擁戴，沒有錢糧和兵源，就會越戰越弱，難以生根。」

「公瑾大哥從不居功，更不和你爭奪光彩。」

「是啊！我經常在衆將面前，稱讚他的雄才偉略，他總是不受，把所有功勞都安在我頭上，爲我樹立威信和德望。爹的夢應驗了，他眞是我們孫家的金身童子。」

草隨風而舞，人隨勢而動。江東的俊傑們紛紛前來投奔孫策，其中就有江東名士彭城（今江蘇銅山）人張昭、廣陵人（今江蘇揚州市東北）張紘、秦松、陳端等人。之前，他們隱居於鬧市和山野，拒絕過許多地方豪強的邀請，如今卻來投奔孫策。其中，張昭對於江東有重大影響，是日後孫策臨終時所託的顧命大臣之一。

張昭，字子布，少年時便博覽群書，尤通曉《左氏春秋》，深諳帝王之道。他二十歲時被察舉爲孝廉，拒不接受。後徐州刺史陶謙舉薦他爲茂才，他也不去應薦。陶謙認爲他輕視自己，把他抓了起來。幸虧好友趙昱全力營救，才得以不死。徐州戰火一起，張昭等徐州士人，都跑到揚州避難，後更南渡，入居江東。

這段狂飆突進的日子，周瑜留在後方，創建夢想已久的情報機構。

這一日，他正津津有味地思索，卻接到孫策告急的密信。信上說，大軍已經進入曲阿地區，在和劉繇對峙中陷入危機，請周瑜速去。

原來，孫策的大軍進入曲阿地區，已有四萬之衆。劉繇集結了五萬大軍，且是以逸待勞，擺出拚死一戰之態。但孫策善於用兵，將士驍勇，劉繇不敢決戰，就堅守不出。孫策求戰不得，糧草接濟困難，將士變得浮躁不安，如此拖下去，十分不利。

劉繇手下還有一名勇將，叫太史慈。二人相遇，一場惡戰，竟然難分勝負。孫策一槍刺死了太史慈的馬，搶得他的手戟，而太史慈也奪得孫策所戴頭盔。就在這生死相搏之際，雙方的騎兵同時趕到，二人才各自回營。

「劉繇被我們打怕了，在神亭（今江蘇金壇縣西北）一帶，憑藉高牆厚壘，嚴防死守，閉門不出，這仗怎麼打？」孫策的眉宇間充滿焦慮。

「一定要讓劉繇動起來。」周瑜想了想。

「這個傢伙，你就是把腦袋伸出去讓他砍，他都不肯動一動。」

周瑜跟著孫策來到軍圖前，只看一會兒，就露出微笑。

「公瑾，你有計了？」

「還談不上，只能說是有點頭緒。」

「快說，快說！」

「神亭的後面是牛渚城，劉繇的大部分糧草和軍器都在此地，這是劉繇堅守不出的資本。如果攻佔此地，劉繇就坐不住了，屆時我們不找他決戰，他也會主動出擊。」

孫策重重地拍了一下周瑜，大喜過望：

「有公瑾幫助我，何愁大業不成？」

「攻城傷亡大，乃用兵之下策，要從長計議啊！」

進攻有了頭緒，孫策心情大好，擺酒爲周瑜洗塵。席間，濃濃的兄弟之情，令周瑜和孫策對飲好幾杯，兩人面紅耳赤，思緒飛揚，破敵之計源源不絕。

「伯符，我們的情報機構初步建立起來了，有二十多個密探相當出色。過幾天，你就頻頻調動兵馬，擺出強攻的態勢，把劉繇注意力吸引過來，我派幾個密探潛入牛渚城，將城內的一草一木都查訪得清清楚楚，然後再想如何攻城。」

周瑜又想起太史慈一事，提醒孫策：

「千萬不要恃勇與敵獨鬥。對方死一個太史慈，僅如斷其一指，萬一你有個意外，則是群龍無首，大業很可能會從此夭折。」

孫策哈哈大笑，一副不以爲然的樣子：

「我只是一時輕敵，才被太史慈奪了頭盔，下次再見面，非生擒他不可。」

劉繇是東萊牟平人，系出皇族，曾經被時任兗州刺史的哥哥劉岱任命爲濟陰太守。但這並不是靠哥哥的循私，而是自己出色的才幹和堅忍不拔的努力。他在濟陰郡，治理有方，政績卓著，頗得民望，獲得朝廷的注意。在平定黃巾軍之亂時，即擔當守土之責，在數倍於己的黃巾軍圍攻下，激戰半月，堅持到援軍趕來，裡應外合，大獲全勝。之後，他被調入洛陽，任光祿勳之職，因生性耿直，受到宦官排擠，十分不得志，所以一有機會，就遠離京都，避居淮浦。

如今，劉繇三十六歲，正躊躇滿志地想平定江東之際，忽然殺出個孫策和周瑜，如狂風掃落葉一般，把他打得落花流水，昔日的豪情壯志頓時消散大半。他看上去很鎮定，頗有大將風度，其實心裡慌亂得很，只因靠著以往宗室貴族的自尊在支撐著他，所以寧死不屈，非要和孫策決一死戰不可。

周瑜的七名密探輕易就混入了防備鬆懈的牛渚城。爲首的叫司馬功，江東吳郡人，胖胖的，總是一臉憨厚的笑容，看上去像個再普通不過的商人。十幾年前，他就幹密探這一行至今，機智幹練，並曾是皇甫嵩、袁紹、公孫瓚、呂布等人的首席密探。司馬功有兩個優點：一是交際手段極強，從士大夫到市井之徒的各個階層，他都能和他們交上朋友。二是遭遇危險時從不慌亂，頭腦比平時更冷靜、更清醒，能隨機應變。

周瑜重金把他請來，視爲上賓，親自給他倒酒，並許諾：平定江東後，將有封爵。他和周瑜暢談之後，發現普天之下，再無人這樣重視密探這一行，再無人這樣尊重一個密探了，當即決定一生跟隨。

司馬功進了牛渚城，探聽到牛渚守將劉輝是劉繇的堂弟，驍勇善戰，忠於職守，不貪杯、不喜財、不好色，遇事謹愼，從不受人左右。這樣的人，幾乎找不到可攻擊的弱點。

正當司馬功對劉輝無計可施，十分懊惱之際，卻刺探到另一個重要的消息：劉繇有兩個重要的同盟者薛禮和笮融，尊奉劉繇爲盟主，守衛著秣陵城，但他們與劉繇貌合神離，若沒有孫策的進攻，他們是不會和劉繇結盟的。

秣陵城離牛渚最近，急行軍不需半日。

周瑜聽到這個消息後，立刻找孫策商量。

「笮融和薛禮雖同劉繇聯盟，但只想保存實力，把劉繇當作擋箭牌。我們先攻打秣陵城，二人必然十分恐懼。到那時，再派人前往遊說，讓他們不戰而走。」周瑜頓了頓，接著說：「在這亂世之中，有兵馬就有地盤。他們勢單力薄，與我們拚殺到底，無疑死路一條。倘若可以保住兵馬，到其它地方也能稱王稱霸，享受富貴。這其中的利害關係，我想笮融和薛禮必定很清楚。」

「即便劉繇和此二人貌合神離，但此時他們唇齒相依，很可能會出兵相救。」

「劉繇怕我們圍城的軍隊趁機進攻，不一定會出兵。即使出兵，也會等我們和笮融、薛禮兩敗俱傷之際。在敵軍未傷一兵一卒時絕不會發兵，這是救援的常理。即使他們關係沒有裂痕，也會如此做。反觀笮融和薛禮以猜忌之心身處生死存亡的險境，則必然以爲劉繇是見死不救，非翻臉不可。何況我們還給二人留了一條極好的退路。」

孫策大喜，依計行事，他親自出馬，在陣前叫戰。

與此同時，周瑜率兩萬大軍兵臨秣陵城下，殺氣騰騰，兵如狼，將似虎。秣陵的守軍只有一萬人，且士氣低落，從上至下籠罩著悲觀情緒，只等著劉繇來救援。然而，兩天過去了，還不見劉繇的一兵一卒。

笮融和薛禮正在焦急中，周瑜的使者求見，呈上周瑜親筆信函，言明交換條件，正中二人下懷。二人很圓滑，不想招致劉繇的怨恨，或是落個出賣盟友的惡名，就佯裝抵抗半日，送一些老弱殘兵給對方殺了，才從後門撤出，去投奔徐州刺史劉備。

劉繇得知秣陵失守，更不敢交戰，只等孫策糧盡退兵之際，他再趁勢掩殺，同時又派人向吳郡的嚴白虎和會稽郡的王朗求救。

秣陵城易手的第二天，牛渚城外的樹叢後面，許多旌旗若隱若現，還不時飄起陣陣的煙塵和傳出戰馬的嘶鳴聲。

劉輝十分緊張，但很快就接到化妝成樵夫的探子來報：樹林後面的兵營幾乎是空的，至多不過數百兵卒，還親眼見到營中有人騎馬拖著樹枝跑來跑去。以謹慎著稱的劉輝又派幾個親信化妝成樵夫，窺視了兩次周瑜的兵營，確是如此。

精通兵法的劉輝這樣推測：周瑜用的是疑兵之計，佯裝偷襲牛渚，其實是想引出神亭的兵力，他們好趁機猛攻，以殲滅劉繇的主力。

於是，劉輝給劉繇寫了一封信，聲稱決戰的主戰場在神亭，不要中調虎離山之計。神亭一帶，地勢險要，易守難攻，是與敵決戰的最佳地點。

劉繇看了這封信後，更是堅守不出。

然而，周瑜的空營只擺了兩天半。

到了第三天夜裡，周瑜的大軍在黑暗的掩護下，從秣陵出發，入駐兵營。劉輝的密探在遠處，看到兵營中有好多火把在晃動，報告給劉輝。劉輝以爲這是周瑜在虛張聲勢，並不在意。

第四天，第一縷陽光剛剛劃破黑暗，晨霧還未散盡，牛渚城就被一片喊殺聲淹沒了，四周都是孫軍，架著長長的雲梯，潮水般地湧到城下，奮勇攀登。

數十名精壯的兵卒，扛著巨木，兇狠地撞擊城門，每撞一下，城牆似乎都在搖晃。

劉輝在睡夢中驚醒，登上城樓，不禁被眼前的景象嚇呆了，一股不祥之感籠罩全身，過了好一會兒，都沒能制止住守軍的混亂。

周瑜打仗，一向智取，從不硬拚，這一次卻例外。他親自督戰，不停地揮舞長劍，指揮後面的將士，奮勇向前，並調來一批批的強弩手，利箭飛蝗般射向城頭，掩護攻城。

劉輝從驚慌中鎮定下來，抱著必死之心，沉著應戰，雖然不斷有人攀上城頭，但都被擊殺。很快，牆頭上的屍體就堆積得高過城垛了。

雙方正酣戰中，城內劉輝的府衙忽然起火，濃煙竄起。城中百姓一陣恐慌，紛紛奔走躲藏。本來就在苦苦支撐的守城兵將見此情景，都覺得大勢已去，再拚殺下去，也無濟於事，稍稍一鬆勁，城頭頓時失守，江東將士蜂湧而入。大將韓當登上城頭，舞動大鐵錘，十分神勇，接連斬殺十餘人，令人心驚膽寒。

劉輝幾次反撲，都沒能再登上城頭，只好浴血保衛城門，中了三處刀劍，兩支流箭，自知守不住，就橫刀自刎了。守衛城門的兵卒見主帥已死，紛紛棄械投降。

韓當打開城門，放大軍入城，盡得城中的糧草和軍械。周瑜攻克牛渚之後，孫策就反客爲主，置軍防守，以靜制動。

劉繇再三思慮，覺得戰不能勝，防不能守，只好一走了之。畢竟留得青山在，不怕沒柴燒。孫策得到曲阿後，絕不會就此罷休，必然要再攻打吳郡和會稽，但願嚴白虎和王朗同孫策殺得兩敗俱傷，他好坐收漁人之利。於是，他就率領軍隊，退往丹徒，中途受到孫策和周瑜的夾攻，大敗而逃。

孫策的大軍進入曲阿之後，慰勞賞賜將士，同時，發佈寬大命令，通知各縣：凡是劉繇的鄉親故友和部下，前來自首歸降的，一概既往不咎，願意去當兵的，一家出一人，免除全家的賦役負擔；不願再當兵的，也不勉強。

不出十天，應募者從四面湧來，得到二萬餘名兵士，一千餘匹戰馬，軍勢大盛，一躍而成爲江東最大的勢力，平定江東，指日可待。

就在此時，周瑜忽然決定，要回到袁術身邊。

【第九章】許都行

1

自從轉戰江東以來，周瑜謀略所指，戰無不勝，但他卻毫無春風得意之感，甚至覺得很不安，認爲這未必是一件好事，暗忖：如今，天下最強的將帥都在中原戰區，正所謂下棋找高手，弄斧到班門。只有和最強的對手較量，才能提升實力。江東無良將，遇不到勁敵，我怎麼能進步呢？我當袁術的私人軍師，就能和曹操、袁紹、呂布、劉備等人對陣，即使敗了，那也是寶貴的經驗，爲日後打敗他們做準備。

何況袁術是天下第二大諸侯，統治數百萬人口，和他爭鋒的都是當今的豪傑，我做他的私人軍師，就是進入了爭天下的核心圈，這太重要了。我要名揚天下，留芳後世，不能只是爲了娶小喬。即使只爲小喬，我也要去中原戰區，再次奮發修習，就像進淮江精舍和周遊天下一樣。

孫策並不理解周瑜的苦心：

「公瑾，如今我們兵強馬壯，錢糧也能自給，雖然名義上還是袁術的部下，不過，就算翻臉也不怕他。」

「江東還有吳郡的嚴白虎、會稽的王朗，我們還不夠強大啊！遠當恭敬朝廷，近則結盟袁術，這是我們在消滅嚴白虎和王朗之前的大略，一定要遵守。況且我之所以回袁術身邊，主要是想多了解中原戰區的群雄，尤其是曹操。」

孫策起兵後，曹操在鉅野（今山東巨野）擊敗了呂布，斬殺呂布的大將薛蘭，接著再敗呂布。呂布走投無路，只得投靠徐州的劉備，這是天下所共知，但周瑜卻知道得更加詳細，他問孫策：

「曹操手下有一個謀士叫荀彧，你對他瞭解多少？」

「只是聽說他字文若，潁川人，出生於名士官僚之家，頗有智謀，很得曹操的寵信。」

「曹操若是猛虎，此人就是他的雙翼。我們的一個密探從曹操近侍口中，得到他對曹操的一番建議，眞是洞燭先機，算無遺策。」周瑜激動地帶著手勢：「曹操初次擊敗呂布，想接著奪取徐州，荀彧卻主張『深根固本以得天下』，建議曹操放棄一時的急功近利，立足兗州，再爭天下。」周瑜攤開一張地圖，指給孫策看：「兗州處於黃河和濟水之間，是天下的衝要之地。曹操若是在此生根，進可攻，退可守，即使有所困敗，也不至於有根本的危機，影響大業。這是取大而捨小，求安全而避危險，採用權宜之計時卻不影響根本穩固。這樣的戰略規劃，乃是袁氏兄弟所無。照此下去，中原戰區不久將屬曹操了。」

「公瑾，你的立足江東，攻取巴蜀之策，也不在荀彧之下啊！」孫策哈哈大笑。

「曹操在兗州生根之後，或是攻徐州的劉備，或是攻壽春的袁術。袁術一定不是曹操的對手；而劉備雖屢敗屢起，有一定過人之處，但以目前情勢看，他也絕非曹操的對手，畢竟他以前連太守都沒當過，也無顯赫戰功。一個人不經過歷鍊，再高深的才學也發揮不出來。因此，我才給袁術做了半年的私人書記，歷鍊一下自己，這很重要。」周瑜分析道。

「那就讓他們去殺吧！我們隔山觀虎鬥，豈不更好！」

「不是隔山觀虎鬥，而是唇亡齒寒啊！曹操消滅了袁術和劉備，不會和袁紹決戰，而是來和我們爭奪江東。曹操深通兵法，荀彧深具謀略，避強擊弱這個簡單的道理，他們會不知道嗎？」周瑜揮了揮手。

一席話，說得孫策如夢方醒：

「你到袁術身邊，是想幫助袁術抵抗曹操？」

「不錯，在無力進攻中原戰區時，我們只有扶弱抗強，方能坐收漁翁之利。我要把袁術變成一堵牆，將中原戰區的所有勢力都攔住。益州的劉焉死了，其子劉璋懦弱無能，漢中太守張魯野心極大，早晚會背叛劉璋，巴蜀戰區的勢力不會威脅到江東。伯符，你就在江東大展雄風吧！」

「我得了江東，一定分你一半。」孫策一陣感動。

「伯符，是自家人就別說這些，」周瑜話鋒一轉：「何況，我這麼做，還有一個重要原因，是爲了自己。」

「此話怎講？」

「下棋找高手，弄斧到班門。只有找天下最強的人較量，才能變成強中之強。中原戰區有曹操、袁紹、袁術、呂布、公孫瓚等人，如今又多了一個劉備，我要會一會他們。望眼江東，目前並無勁敵，沒有我，你也能蕩平他們。」他長舒一口氣，接著說：「我們和中原戰區的英雄人物，遲早會交鋒的，要儘早瞭解他們。」

「好，等我平定了江東，你再回來。袁術手下的大將張勳和我頗有交情，萬一你遇到難事，可以找他。」

「你放心，至多一年，我一定會回來，因爲我要娶小喬，你還要娶大喬呢！」

二人一想起大喬和小喬，內心便柔情百轉，不能自制。

「公瑾，我會儘快攻打廬江。」

「欲速則不達。會稽、吳郡、丹陽、豫章和廬陵這五個地方，是立足江東之本，必先攻取，苦心經營，以求生根。劉勳在廬江郡的根基很深，非劉繇可比，不要貿然攻打他。」

周瑜臨行前，還告誡孫策兩件事：一是打仗時不要身先士卒。以前孫策統領幾千人，將士們對前途都疑慮重重，故而他衝在最前面，往往是勝利的關鍵。如今他成爲統領幾萬人馬的大將，自然也成了敵人的衆矢之的，很容易遭遇不測。二是不要殺人太多。孫策愛兵如子，重情重義，但對反抗他的人卻極殘暴，一怒之下，說殺就殺，不知懷柔之策。

2

袁術沒想到，周瑜會主動歸來輔佐他，不禁喜出望外，當即消除了對周瑜和孫策的懷疑。他欲表薦周瑜爲安平將軍，周瑜不受，只求做其私人軍師。他又改賜周瑜一座豪華宅邸，周瑜依然不受，只求住在袁術的近處。至於錢財，周瑜更不動心，明白表示身無長物才能無牽無掛，來去自如。

「公瑾，你這是爲何呢？」

「無功受祿，於心不安，等我立了大功，伯父再封賞我不遲。」

袁術眞的把周瑜當成自家晚輩看待，周瑜感激之餘，也想盡心盡力地輔佐他，畢竟袁術若能擊敗曹操和袁紹，對江東的經營肯定大大有利。

然而，周瑜和袁術，以及他手下的武將謀臣們思想意識和價值觀念相差太大，相處得極不融洽，頗有話不投機半句多之感。喝酒便是最好的證明：周瑜和孫策在一起，縱論天下霸業，喝十碗酒都不醉，和袁術等人則不到五碗就頭暈欲嘔，因爲他們只會勸酒，只是談生活中鷄毛蒜皮的小事藉以博得一樂，令周瑜很悶。一年前，周瑜在袁術身邊時，就有此感，只是還不強烈。一是那時他並非袁術心腹，二是那時袁術等人的宴樂之風還沒有此時熱烈。

周瑜生活極簡單，吃穿都不講究，與人交往重情義而少俗禮，重志同道合而少繁儀，除了彈琴，幾乎沒有任何娛樂，大量精力多用來讀書思考，深入實際調查研究。而袁術和他的部下們卻都吃得講究，穿得華美，精於玩樂，與人交往講排場和面子。

每次袁術設宴，都歌舞齊飛，他的部下們很快就進入一種顛狂的境界，相互敬酒，喝得面紅耳赤，到後來免不了對舞女品頭論足，甚至動手動腳，講些葷笑話。對此，袁術並不見怪，甚至笑哈哈地樂在其中。上下一團和氣，其樂融融，直到深夜，方才罷宴。第二天議事時，總有些人宿醉在家，不能理事。

這種場合，周瑜不去不行，去了又很難受，覺得浪費大好光陰。更慘的是，許多人來敬酒，推也推不掉，就喝得爛醉如泥。翌日醒來，在頭暈腦漲之中，一天又過去了。

有一次，周瑜正在讀書，袁術派人來請，周瑜去了一看，氣得眞想轉身就走。原來是他得到一頭威武壯碩的東北虎，就請幾個最心愛的部下一起觀賞，周瑜有幸得此殊遇，發不得脾氣，何況袁術又是他的長輩和主公，只好坐下來觀虎。然後再設宴飲酒，幾杯下來，周瑜又醉了，回家後倒頭便睡。

袁術精明能幹，也有不少不錯的部下，但都站得不高，看得不遠，只求做好今日事，不看明天大勢。周瑜的意見，袁術很尊重，但他手下的謀臣一反對，再反對，袁術就改變主意了。幾次都是這樣，令周瑜氣憤又無奈。

更有甚者，袁術聽信方士，相信世上有長生不老藥，就請幾個方士煉金丹。丹房就在德樂宮的一間房裡，有三十個家僕日夜侍候。就在一天夜裡，「轟」的一聲巨響，丹房發生爆炸，並燃起大火，在場的方士和十幾個家僕都被燒死了。

這一天，周瑜在袁術府上，遇到了袁術的女兒袁雅。

一個月前，她的男友受不了她的兇惡和刁蠻，非要和她分手，即使她把刀架在他脖子上，他也執意不回頭。她把他痛打一頓之後，終究捨不得殺，就放走了，自己接連幾天哭得天昏地暗的。

「公瑾大哥，我有幾卷書讀不懂，你幫我講解吧！」

周瑜望著她那張美麗可愛，卻又滿是任性的臉，不由得打了個冷顫：

「我還有事，改天吧！」

「不行，就今天，就今天！」袁雅抓住周瑜的一隻手，二話不說便往她的書房裡拖。周瑜若和她拉扯，定會被許多人發現，非傳出緋聞不可，只好隨了她。

哪知袁雅的案上根本就沒書，倒是她一進門便一個勁兒地誇周瑜才學高，人品好，以後要多向他學習。周瑜隱隱覺得不安，回到家竟然失眠，書也看不進去了。

隔天一早，周瑜起床不久，袁雅就來了，要周瑜陪她去騎馬。

周瑜怕和她傳出緋聞，死活不肯去。她就沒勉強，但也沒走，陪他吃飯看書，還親自端點心來，溫柔體貼得讓周瑜直冒冷汗。

第三天，袁雅又早早地來了，還帶一根百年人參，說是要給周瑜補身子。一碗參湯喝完，她就率性地提出，要嫁給周瑜。如此直接和迅速，令周瑜這個足智多謀的人都不知所措了。

「你不喜歡我嗎？」袁雅努力擺出最迷人的姿態。

周瑜覺得她幼稚得可笑，他就算沒遇到小喬，也不可能喜歡她。而她卻認為自己是天下少有的美女，又有權勢，是男人一定會喜歡她的。

「匈奴未滅，何以家為也。」周瑜急得快跳起來時，猛地想起了孫策這句口頭禪。

「再過幾年，我爹就統一天下了，到那時，我是公主，你就是駙馬了，有享不盡的榮華富貴，比打打殺殺還容易得多。」聽她的語氣，平天下彷彿像掃院子一樣簡單。

二人的思想和價值觀念相差太遠，根本無法溝通。

這以後的數個月，袁雅把周瑜糾纏得上天無路，入地無門。二人相好的消息，很快就在壽春城傳開了。在周瑜之前，袁雅有三個男友，並公然和他們招搖過市，徹夜談情，名聲不潔久矣，至於周瑜則是相當潔身自愛，所以他聽到這個傳聞，氣得要死。袁術對此事卻不聞不問，順其自然。

「小姐，妳就不能在房裡讀讀書、彈彈琴？那能改變一個人的性格和氣質。」

「讀書彈琴太累了，我才不學呢！」

周瑜想來想去，覺得在壽春城既無所作為，又學不到本領，就決定潛回舒縣，攜大喬和小喬去找孫策。他本想在中原戰區，借袁術的舞臺，和袁紹、曹操、劉備等豪傑在戰場上比試一番，然後再風光迎娶小喬，卻一直沒有這種機會，反而遇到袁雅的糾纏。

但周瑜在收拾東西時，卻發現孫堅送給他的書，還有《兵家謀鑒》與極珍貴的三冊筆記竟不翼而飛。這可把他急死了，若是真的弄丟，肯定會要他的命。他冷靜一想，推測應該是袁雅幹的：我的書房和臥室，只有她能隨便出入……討厭的臭丫頭，這下費事了。

袁雅對自己的不問而取供認不諱：

「你要敢離開我，我就把你的書全燒了。」

這可把周瑜嚇個半死：她一怒之下，殺人都敢，何況燒書。

袁雅拉住他的手，一副柔情萬種的嬌態：

「周郎，你才是我最愛的人。現在我總算知道，以前的那幾個男友和你相比，真是天差地別。我嫁給你後，一定做個溫柔賢慧的好妻子，不刁蠻，不耍橫。」

由於袁雅從中作梗，周瑜只得暫時打消離開壽春的念頭。

●

一個多月後的一天，周瑜從袁府出來，正自煩悶，卻碰見了袁術的部將張勳。

「公瑾，到我那裡喝幾杯。」

周瑜從不浪費時間喝酒，何況被袁雅糾纏得心亂如麻，正待推辭，就被張勳硬拉上了馬車。

一進張府，周瑜就驚呆了，使勁揉揉眼睛，還不敢相信。

——女扮男裝的小喬就在眼前。

兩年多未見，小喬出落得更有風韻，楚楚動人，一雙星眸濕濕亮亮的，含著無限的深情愛意。

「小喬，真的是妳嗎？」周瑜輕輕地叫著。

小喬叫了一聲「周郎」，撲到他懷裡，淚如雨下，泣不成聲。

原來她在家中日夜思念周瑜，擔心他功業不成，眞的不回來娶她了。前陣子聽說周瑜和孫策在一起，打了不少勝仗，就忍不住留一封信，喬裝離家，去找他們。由於孫策的大軍威震江東，行蹤很好打聽，小喬很容易就找到。那時，周瑜剛離開一個多月。小喬在兵營休息數日，就想來壽春，但孫策覺得她來壽春，是周瑜的一大累贅，不肯答應。小喬先是大鬧，繼而絕食。孫策無奈，只好派親信孫中把她護送到壽春。

小喬一進城就聽說周瑜和袁雅的緋聞，傷心欲絕。孫中只好先把她安頓到張勳家裡。他們是從張勳口中得知眞相的。張勳看出孫策和周瑜前途無量，有意深交，就努力成全周瑜和小喬。

周瑜摟住小喬的刹那，天地間的一切彷彿都已不再存在，一切都可以不再擁有了。

「兵荒馬亂的，妳怎麼一個人跑出來，多危險！」

「再危險，總比空想你的滋味好。就是死，也比想你的滋味好。」

周瑜心中除了小喬，還有大業，而她心中卻只有周瑜。

周瑜的思緒一回到現實，就意識到，絕不能讓袁雅知道小喬來了，否則，她肯定會殺了小喬。

當小喬知道周瑜的處境，十分惶恐。她怕袁雅來殺她，更怕袁雅霸佔周瑜。

「小喬，只要能把我的那箱書弄回來，我就不怕她了。袁術是不會因爲這件事害我的。」

這一晚，周瑜留在張勳府中陪小喬。

二人相擁在一起，這才覺得有說不完的話，不知不覺就過了丑時。

「小喬，天快亮了，我們睡一會兒吧！」

「周郎，我看你的眼睛雪亮，你看我的眼睛也是雪亮的，怎麼睡啊？」

「那就閉上眼睛睡。」

周瑜閉上了眼睛，小喬卻緊依偎在他身邊，輕聲呼喚：「周郎……」

「有話就說吧！」

他睜開眼睛，發現小喬的臉紅紅的，無比的嬌羞。從她的眼神中，他感覺到人生的一種大事就要發生了。

他們二人都出生於官宦世家，尤其是周瑜，自幼明聖人之理，心高志遠，從不近女色，在男女之事上更是光明磊落。在家時，兩人愛戀得死去活來，也遵守男女之禮，如今身在他鄉，經歷了生死之戀和漫長的離別，都覺得再也不必被世俗禮儀所約束了。

小喬閉上眼睛，緩緩解開衣帶，慢慢坦露出雪白無瑕的胴體……

一連三天，周瑜都沒去袁府。袁雅不知發生什麼事，又四處找周瑜了。

周瑜怕她發現小喬，只好捨小喬而陪她，心裡想著：這個庸俗、討厭、兇惡、刁蠻、淫蕩的女人，有機會我非好好羞辱她一頓，然後再讓她嫁給一個醜陋殘暴的俗物……

這是周瑜第一次如此痛恨女人。

半個月後，他強忍住分離的揪心之痛，和小喬話別。他沒讓小喬回舒縣，而是到孫策那兒去。周瑜再三保證，只要他一拿回那箱書，即刻去和她團聚。

小喬走後，周瑜一心想著如何取回那箱書。他裝作動了心，用酒灌醉袁雅，把她的臥室翻遍，卻一無所獲。最後，周瑜只好去求袁術，在他面前添油加醋地訴苦，且說他只是想取回書，並無拒絕袁雅之意。袁術倒通情達理，在一番軟硬兼施之下，總算逼袁雅把那箱書還給了周瑜。

3

就在周瑜想逃離袁術時，袁術忽然決定要攻打徐州的劉備，請周瑜隨行。周瑜對劉備很感興趣，就決定再逗留一段日子，心想只要隨軍出征，袁雅便不可能再糾纏他了。

已經三十六歲的劉備，參加過平定黃巾之亂，討伐過董卓，但都默默無聞。周瑜向許多人打聽，只聽說劉備任平原縣令期間，境內曾發生饑荒，許多人結夥行盜，劉備一邊加強防務治安，一邊施捨財物，禮賢下士，與他們同席而坐，同簋而食，極得人心。有個叫劉平的人瞧不起劉備，不甘心為其下，就暗中派人刺殺，怎知那刺客不忍對劉備下手，反而向他透露內情之後離開。

周瑜覺得，單憑這一件事，就不可小覷劉備。

他本該在中軍陪袁術，但卻執意要跟隨先鋒部隊。行在最前面，身後是千馬萬軍，內心充滿豪情壯志，周瑜太喜歡這種感覺了。

剛踏入徐州地界，忽然前面出現一隊騎兵，旋風般而來，喊殺聲震天，為首大將正是誅殺董卓的呂布。他被曹操打敗後，就投靠了劉備，所以特在此伏擊袁術。呂布有萬夫不擋之勇，兩軍剛一接觸，兩個先鋒官就一死一傷。周瑜的身份是隨軍客卿，不能指揮袁兵，只好跟著往後退。呂布的兵馬不多，掩殺一陣就收兵了。

周瑜心想：呂布真是一員猛將，只有伯符能和他比個高下。中原戰區的勇將和智臣之多，遠非江東可比。江東若是多幾個呂布或荀彧，伯符想立足江東就難了。

這天晚上，袁術召集部屬，商量戰事。有人主張一開戰，不和呂布單打獨鬥，全軍衝殺。呂布兵少，必敗無疑；有人卻認爲軍糧充足是我方優勢，主張和呂布長期對峙，不戰而勝。

周瑜最後才說：

「群戰雖然能勝，但傷亡極大，圍困雖好，卻太費時間，我有一計，只要伯父動一動口，徐州就唾手可得。」說到這裡，他便閉口不往下講，直到袁術屏退部屬，他才接著說：「與敵對壘，研究敵將的性格和人品十分重要。呂布先殺丁原，後誅董卓，爲何就不能唆使他殺劉備呢？」

袁術一聽，恍然大悟。周瑜又說：

「呂布誅殺董卓，自以爲功高無量；他勇猛無敵，必有驕氣，加上打過許多勝仗，其軍功和威名遠在劉備之上，取而代之的心一定很強烈。今日暫且屈從，無非是沒有錢糧和輜重之故。只要伯父寫一封信給呂布，表示願援其軍糧，他一定會先和劉備爭奪徐州。」

袁術依計行事。

呂布接到信大喜，率軍攻打徐州的門戶下邳城（今江蘇睢寧縣北），守將張飛猝不及防，被打得大敗。劉備忙派關羽去救下邳，自己則率大軍一萬多人，迎戰袁術。

周瑜得知後拊掌大笑，對袁術說：

「劉備精通政治韜略，善於籠絡人心，有高祖劉邦之風，但他不懂用兵，又無張良和韓信這樣的人才輔佐他，一時很難有所作爲。這次他犯了兵家大忌：他的兵馬本就不多，還分兵兩路，只會被各個擊破。不過，呂布能征善戰，但太急功近利，反覆無常，即使一時擁有甲兵十萬，最終也成不了大事。」

袁術聽了，非常高興：

「公瑾，你有擊敗劉備之策嗎？」

「攻心爲上，攻城次之。劉備兩面受敵，危機四伏，必然急於擊敗我軍，好回救下邳。就利用他這個心理，先敗兩仗，然後再設個埋伏就行了。」

果然，劉備擔心下邳的安危，急於和袁術決戰。在勝了兩仗之後，便全軍殺出，想一舉擊潰袁術，窮追不捨下，終於中了埋伏，等殺出重圍時，只剩下數百人。幾乎在同一天，關羽也被呂布打敗，和劉備收拾殘兵，退守海西（今江蘇灌南）。其時，全軍將士饑餓不堪，東海人糜竺聽聞後，主動拿出家中財產，資助劉備。於是劉備很快又招集了五千餘人，在海西重整旗鼓。

周瑜得知這個消息時，已經回到了壽春城，讚歎不已：

「劉備眞的可能會成大業。他像他的老祖宗劉邦，是個打不死的人，到哪裡都能聚衆起事，敗得多慘都能不折不撓，令人又敬又畏。這就是他的過人之處，爲袁術所不及的。」

袁術沒攻下徐州有兩個原因，一是他不遵守諾言，中斷了對呂布的糧草供應，呂布就又一次反覆，再和劉備聯合，共抗袁術。二則是聽了周瑜的話：周瑜覺得，徐州還是在劉備和呂布手中比較好，因爲袁術付出慘痛的傷亡攻下徐後，就要直接和曹操對峙了。

4

袁術回到壽春不久，就發生一件大事：曹操將皇帝遷到了許縣（今河南許昌市附近），並將那裡改稱爲許都。

原來，當建安元年（西元一九六年）七月，漢獻帝還都洛陽時，洛陽已經是一片廢墟了，百官劈開荆棘，倚靠著斷垣殘壁歇息。各州郡不肯進貢，官員們又餓又乏，尙書郞以下紛紛出去採野菜，有人餓死於殘牆斷壁之間，有人被士兵殺死。在此情況下，曹操趁虛而入。

許多人覺得此事無關緊要，周瑜卻覺得這是天大的事。於是，他決定暫不回江東，留下來觀察曹操的動向。反正小喬在孫策那裡，他很放心。

「曹操是我們的第一勁敵。如今他迎接了皇帝，是順從民心，合乎時勢，勢力必會更加強大，伯父可要早做打算啊！」周瑜向袁術進言。

「漢室已經是一副臭皮囊，曹操搶去也得不到什麼好處。」袁術在周瑜耳邊低聲說：「蒼天示意，新的眞命天子已經有了。」

「是誰？」周瑜驚異地問。

袁術得意又神祕地笑著：

「『代漢者當塗高』。這是民間流行的讖語。這句話中的『塗』與我的名字『術』和表字『公路』相應。我家的祖先出於春秋時代的陳國，是舜的後裔。舜是土德，黃色，漢是火德，赤色。以黃代赤，這是五行運轉的順序。」

周瑜沒想到袁術竟會迷信於民間的圖讖，妄自尊大到如此地步。

「傳國玉璽也被我得到了，這一切都是天意。」袁術接著說。

周瑜本想勸袁術，自知不會奏效，又把話咽回去。雖然有點遺憾，但他對袁術已經無話可說了，如今只想多收集一些關於曹操、劉備、袁紹等諸豪強的情報，摸清他們的底細，推斷誰會是中原戰區的最後勝利者。

於是，他透過司馬功，開始收集關於曹操的消息，並一一記錄在册。漸漸地，他覺得袁術必敗，劉備大器未成，呂布、張繡、馬騰等人都難成氣候，所以中原戰區的最後勝利者，只會是袁紹和曹操二者之一。如今袁紹遠在數里之外的冀州，曹操卻只隔一個汝南郡，況且周瑜從袁術口中，已經瞭解到許多袁紹的所作所爲，但對曹操還很陌生。

因此，他決定離開壽春，假道汝南而進入許都，親自見識曹操的言行舉止，遂說服袁術，以刺探敵情爲理由，讓他能夠順利前往。

●

周瑜到了許都後，卻意外地遇到蔣幹。

蔣幹從淮江精舍畢業後，遭遇皆不出周瑜所料，或任郡縣的小吏，或到大戶人家教書，理想和現實的差距太大了。頭兩年，他被壓抑得非常痛若。在許都，蔣幹住在縣令滿寵的家中，一邊教滿寵的兩個兒子讀書，一邊苦練口才和縱橫之術，希望有朝一日，能成爲蘇秦和張儀般的辯士。

那天，周瑜到滿寵家門口轉了轉，想見見曹操這個心腹部屬的尊容，不料卻遇到蔣幹走出來。同學他鄉偶遇，不勝驚喜。周瑜裝出一副落魄模樣，蔣幹信以爲眞，還安慰他：

「不要著急，滿大人答應我說，等到他的兩個兒子讀完四書五經，就把我推薦給曹操當主簿，我到曹操身邊，一定立刻推薦你。」

周瑜聽著，一陣心酸：昔日在淮江精舍，學子們都高高在上，以教化英才爲己任，哪知畢業後卻要做官宦之家的下人，表現好了方能給豪強起草書文。他想到這裡，不禁問：

「淮江精舍怎麼樣了？」

蔣幹長歎一聲：

「唉——入學者一年比一年少。我走的時候，已不到一百人了。許多田產被擁兵自重的豪強霸佔，連給院牆換瓦的錢都張羅不到，眞是慘啊！」

周瑜不願再談淮江精舍的慘境，遂轉移話題，問他滿寵曾做過什麼驚人之舉。蔣幹告訴周瑜說，曹操堂弟曹洪的一個賓客犯了法，被滿寵抓到，曹洪向滿寵求情，見滿寵不理，就改向曹操求情。於是曹操召集許都官員前往議事，滿寵知道曹操是要他放了曹洪的賓客，便將他處死之後再赴宴。結果，曹操卻很高興，封賞了滿寵。

周瑜心想：曹操眞是賢明啊！這樣的事恐怕我和伯符都做不出來，袁術更不要說了。其時曹操除荀彧外，還有兩個極厲害的謀士，一個是郭嘉，一個是荀攸。二人正直不阿，常到滿寵家做客，蔣幹每每在屏風後聽他們縱論天下大事，都爲其通達事理，高瞻遠矚而感歎不已，回去便一一轉述給周瑜聽。

「曹操有他們輔佐，眞是如虎添翼，必成大業。」周瑜聽罷，亦感歎不已。

「亂世之中，跟對人最重要。我們不要再流連觀望了，一心跟著曹操吧！」蔣幹對此更是深信不疑。

據滿寵等人說，曹操用兵如神，舉世罕匹，自撰兵書十餘萬字，其中對《孫子兵法》進行了詳細的詮注。周瑜發動情報網，花重金買通曹操的一個近侍，將其廢手稿弄到手，果然發現了許多兵法的論述：

「吾觀兵書戰策衆多，孫武所著深矣。」這是曹操對《孫子兵法》總的評價。

曹操丟棄的一張評注《孫子兵法》的帛書上，寫了劃，劃了又寫。周瑜在紛亂中，整理出曹操最後的思路是：避實就虛；制人而不制於人；先勝而後求戰；知彼知己，百戰不殆；以正合，以奇勝；識爲寡之用者勝。這六點正是《孫子兵法》精髓中的精髓，只有對《孫子兵法》倒背如流、領悟透徹的人，才能在萬句話中總結出這六點。

曹操練兵，皆在許都城外。每一次，周瑜必到場觀看。由於錢糧豐足，曹兵裝備極好，兵強馬壯，刀槍雪亮，而且精神抖擻，威風凜凜，訓練更是有素，陣形變化十分熟練，衝殺時如排山倒海，後退時也井然有序，保持隊形。曹軍的紀律更是嚴明，行軍途中，有踐踏青苗者，殺！從不含糊。

更令周瑜心驚的是，曹操麾下勇將如雲：曹仁、曹洪、夏侯淵、夏侯惇、許褚、徐晃、李典、于禁、樂進等人，身經百戰，皆有萬夫不擋之勇。他不禁心裡暗想：

回江東立足，何等英明，我和伯符若是以最初的五千兵馬，在中原戰區遭遇曹軍，必敗無疑。但如果曹操統一了北方，繼而攻打江東，該怎麼應付呢？硬打硬拚，毫無勝算。看來江東只能藉長江天險，用水軍來對付曹軍，不讓其一兵一卒過江，方能保全江東。

瞭解曹操就像讀書，越讀越覺得自己讀的書少。周瑜初想在許都住兩個月，但一住就是半年之久。這半年，他得到一個結論：中原戰區的霸主將是曹操。

5

有了曹操將是中原霸主的結論後，周瑜第一個念頭便是趕緊離開許都，直接回江東和孫策共商大計。於是他匆匆告別蔣幹，往南而行，卻不料剛一出城，就被九江郡太守陳紀所派的親兵給攔截，二話不說地押送回壽春。

原來當初孫策投靠袁術時，袁術本欲任命他爲九江郡太守，一方面是想藉此留人，就近監視（壽春距九江郡治所在不遠），一方面則是想利用孫策的勇武善戰，以抗相鄰的強曹，但他終究放心不下，最後改派一個叫陳紀的丹陽人赴任。這個陳紀才能平庸，卻心胸狹窄，一天到晚擔心孫策會取其地位而代之，尤其當他聽說孫策在江東連戰連捷，聲威大振後，更是惶恐得坐臥難安，老想先下手爲強。這回身爲孫策左右手，又是結拜兄弟的周瑜隻身來到壽春，他早已處心積慮要除之爲後快了，如今恰逮住機會，遇上周瑜前往許都，便派親兵在城外守株待兔，準備安個「通敵」罪名，借袁術之刀殺人。

周瑜見到袁術，立即辯解：

「伯父，當初向您辭行時，我不也解釋了，此去許都，是想刺探曹操情報，」他說著指指隨身攜帶的書箋：「知彼知己，方能百戰不殆，我想陳太守應該也看過了，那裡頭全是我這半年來在許都觀察的心得，正準備交給伯父做參考，又如何能作假？」

「既然如此，你就留下來輔佐我成霸業吧！」袁術回應得很乾脆。

周瑜雖免去一場災難，但也由此「失去自由」，因爲陳紀仍派人暗中跟監。

他好不容易離開袁府返回壽春的住所，袁雅就來了，一見周瑜便大哭起來，撲到他懷裡，推也推不開。周瑜走後，她一直沒有新的男友，確實對周瑜動了眞情。

「周郎，你別怕，我爹若殺你，我便死在他面前，他若是傷害你，我就自己傷害自己。」

周瑜聽她說得情眞意摯，確是發自肺腑，禁不住一陣心動，對她的恨由濃轉淡：不管她有多兇惡和討厭，對我這份情倒是眞的。就憑這一點，我也不能羞辱她，更不能想辦法讓她嫁一個殘暴的俗物。袁家家破人亡那天，我必須把她救出來，給她講許多道理，讓她讀許多書，做一個溫柔賢慧、善良體貼、人見人愛的好女孩。

●

漢獻帝建安二年（西元一九七年）正月，袁術在壽春登基，自稱「仲家」，改九江郡太守爲淮南尹，設置公卿百官，到郊外祭祀天下。

周瑜自知阻止不了，還是寫一封長信，歷數不能稱帝的種種理由，算是盡心盡力了。孫策也來信勸阻，他不聽，孫策就和他斷絕了關係。袁術一氣之下，竟然大病一場，痛罵孫策沒良心。此時，孫策已攻佔會稽郡和吳郡，兵精糧足，人才濟濟，平定江東指日可待。

周瑜深知，袁術稱帝之日，就是崩潰之始。這一年五月，袁術派張勳和橋蕤進攻呂布，部隊發生內亂，在呂布凌厲的攻擊下，幾乎全軍覆沒，除了張勳和橋蕤，十幾員大將被殺，從此不敢再犯徐州。

同月，曹操以皇帝的名義，策動孫策、呂布和劉表討伐袁術。孫策和袁術有舊情，暫時又無利害衝突，不想答應曹操。曹操知道孫策所需，讓皇帝下詔封他爲騎都尉，並承襲父親孫堅烏程侯的爵位，兼任會稽太守。孫策正想得到朝廷的封號，以提高自己的政治地位，就應允了，但未出兵，只發一張檄文。

九月，曹操帶著詔書，親征袁術。袁術被一連串的失敗嚇得不知所措，留下大將橋蕤去抵抗，自己則渡河逃往淮北。結果橋蕤剛一開戰，就被曹操的大軍擊潰，全軍覆沒。

「公瑾，唯今之計奈何？」袁術走投無路了，苦著一張臉問周瑜。

事已至此，周瑜也無力挽回，何況他並非眞心輔佐袁術，只是想把他變成一堵牆。然而，當他看到袁術的慘狀，仍很不是滋味，眞想說：到江東投奔伯符吧！找一個山清水秀的地方養老算了，我和伯符都會把你當長輩一樣敬重。但他深知袁術的脾氣，最後只是說道：

「去向您兄長袁紹求救吧！」

「他和曹操是一夥的，巴不得我死。」

「那就派使者去聯合呂布、劉表和張繡等人，共抗曹操。我想他們眼見曹操一天天地壯大，心裡一定也害怕。」

「公瑾，你才學過人，文采卓然，就替我精心寫這幾封信吧！」

周瑜一夜未睡地寫信，引經據典，字斟句酌，動之以情，曉之以理。袁雅也一直守在他身邊。隨著袁術不斷兵敗，她懂事多了，甚至要帶周瑜去投奔伯父袁紹。

劉表和張繡看完周瑜的信，深以爲然，就聯合討伐曹操，心想至少要傷一回對方的元氣，結果不幸中曹操的埋伏，大敗而歸。至於呂布就更糟了，他在袁術的支持下，進攻曹操，不料接連慘敗，退到下邳城時已無路可走，只好投降。

在此之前，呂布將劉備趕出徐州，劉備就投靠了曹操。聽袁術說，曹操本想饒呂布一命，但劉備提醒曹操別忘記丁原和董卓的下場。於是曹操改變主意，殺了呂布。

周瑜聽聞此事，很吃驚：一向以寬厚仁義著稱的劉備，原來也有陰狠的一面。然而他為何做出這樣有辱名聲的事情呢？周瑜想了好幾天才想通：劉備雄心猶在，還想創立自己的基業。他東山再起的最佳地點是徐州，如果呂布還活著，必是他的大患。此人遲早要背叛曹操，不會久居其下的。

「伯父，民間和術士的話都不可信……」周瑜想責怪袁術迷信。

「漢室衰微，袁氏應當接受天命為君王，符命和祥瑞顯示得很明白。這個眞命天子可能不是我，而是我哥哥袁紹。他如今擁有四州之地，人口一百萬戶。曹操是宦官之後，蒼天不會把江山交給他的。」

周瑜聽了，無話可說，回江東之心更切。

居巢縣（今安徽巢縣西南）在長江北岸，是著名的魚米之鄉。袁術生活中的食料多產於此地。居巢人辛辛苦苦生產的東西，十之八九都貢獻了袁術，怨氣很深。袁術接連慘敗，居巢人也揭竿而起，民亂不斷，連袁術任命的縣令都殺了。

周瑜趁機自薦要去平定居巢縣，袁術猶豫了半個月，直到居巢守軍再次告急時，他才答應周瑜。

袁雅死活要跟隨周瑜，他擺脫不掉，只好隨她。

周瑜到居巢縣的目的是要回江東。到居巢的第二天，歸心似箭，就想即刻偷偷過江，但想到袁術對他的信任和愛護，想到袁雅的癡情，又於心不忍。暗忖：

就先替袁術平定了居巢縣再走，即使挽救不了他敗亡的結局，又對江東無任何益處，但算是仁至義盡，我也心安理得了。

於是，周瑜率領兩千人兵馬，十餘天恢復了居巢的正常秩序，贏得軍民一致頌揚。

這天，周瑜準備了豐盛的酒菜，請袁雅和他共飲。袁雅樂不可支，卻沒想到周瑜在酒裡下了迷藥，三杯酒下肚，她就昏昏睡去。周瑜輕輕地把她抱上床。她的身子婀娜柔軟，臉紅紅的，嬌艷嫵媚，楚楚動人，他竟然端詳了好一會兒。

周瑜寫了兩封信，一封給袁術，一針見血地指陳他的種種過失，然後就直言勸導。一封寫給袁雅，說他有了小喬，不可能再愛別的女孩了，要她好好保重。

周瑜走時，將官印懸於府衙之上，未帶走一兵一卒，一草一木。

【第十章】

雄據江東

1

周瑜找到孫策時，孫策正率領兩萬大軍把皖城（今安徽潛山）圍得水泄不通。

皖城曾經是廬江郡的首府，離舒縣不遠。

兩年前，小喬和孫中回到孫策的兵營裡，沒過多久，就覺得很孤獨、很鬱悶，而孫策總認爲她輕佻，情感不穩定，愛一個人時，確實會獻出自己的所有，但也很容易變心喜歡上另一個人，因此常以長輩自居，對她嚴加管教。小喬當然不服，一見到他就嚷著要自由，到頭來免不了一場大吵。結果數月後的某一天，她終於隱忍不住，悄悄逃出兵營，回到廬江郡城，並住進太守劉勳的宅第。

孫策向劉勳要人，劉勳不答應，揚言非要周瑜親自來不可。

當時，會稽和吳郡尚未攻下，孫策無力討伐劉勳，而且投鼠忌器，怕劉勳狗急跳牆，傷害了同在劉府的大喬。

不久，孫策派出的密探回報：小喬在劉勳府上行動自由，並沒有被強迫的跡象。孫策本即認爲她風流輕佻，朝三暮四，一聽到這消息，就不再想著要怎樣去營救她了，只想如何盡快讓大喬脫離險境。

原來，孫策攻佔曲阿之後，就和大喬通了音訊。他本想派人把大喬祕密接出來，但喬玄年邁，行動不便，且認爲孫策對朝廷不忠，執意不肯投奔他，也不許大喬和他來往。大喬很溫順，寧願忍受相思之苦，也不忍離開爹娘而去，只等情郎攻下廬江郡再見。

孫策攻下會稽和吳郡之後，就揮軍西進，攻打廬江。他的軍隊身經百戰，驍勇驃悍，劉勳則兵不精，將不強，儘管糧草豐足，兵力也不少，但還是在家門口被孫策打得大敗。

更慘的是，在打第二仗時，劉勳手下最得力的大將李術率領本部數千精兵，臨陣倒戈，致使他苦心經營多年的廬江郡城，數日之內就守不住了，只好退守皖城。

李術，字孟嘗，廬江人，出身貧賤之家，三歲喪父，五歲亡母，被一個好心的遠親收養，從小受了很多屈辱。十二歲時，他就獨自出外謀生，據說參加過黃巾軍，後來又投靠朝廷的軍隊，立了戰功。黃巾軍被平定後，他得到一個小縣城的校尉之職。然而，李術並不因此滿足，而是刻苦讀書，練武不輟。三年前，他投靠劉勳麾下。劉勳見他文武雙全，精幹過人，對他的奮鬥歷程更是欽佩不已，很快委以重任。

在孫策攻打廬江之前，李術已經是劉勳所倚重的心腹大將。劉勳待李術不薄，賞地封官，食邑千戶，想不到值此關鍵時刻，他竟在背後猛插劉勳一刀。

因此，爲守住皖城，劉勳不得不使狠，將大喬抓來。

孫策原以爲小喬跟了劉勳，劉勳就不會再爲難大喬。未料據探子回報，劉勳抓大喬時，還問過小喬，小喬竟不表示反對，完全枉顧手足之情。

結果，當皖城攻防戰展開時，劉勳就將大喬推上城頭，逼使攻城的大軍退回營區。

孫策氣急敗壞，將劉勳留在廬江郡城的所有親朋好友都抓到皖城下，揚言大喬若是少了一根汗毛，這些人都要陪葬，而且還要血洗皖城。

這兩年，發生了這麼多事，周瑜始料未及，但他堅信小喬對他的愛。

「公瑾，小喬是愛過你，爲了你她連死都不怕，這不假。但是，女人的心都是善變的，尤其是小喬，我們的密探親眼見她和劉勳在一起談笑。兩年了，他們……」

「伯符！你不要污辱小喬！」周瑜聲音很大，把孫策嚇一跳，後面的話就咽了下去。

「公瑾，我不是污辱她，只是把眞相告訴你。大喬曾來信和我說，劉勳並沒有囚禁小喬，她想回家就回家，但爲何不到我這裡來呢？畢竟我是她的準姐夫兼情郎的生死兄弟。」

「這……我相信……她一定有合理的理由。」周瑜仍堅持己見。

「公瑾，我們兄弟剛見面，不要吵了。你說怎麼辦，我聽你的便是。」孫策深知他個性，有些無奈地說道。

於是周瑜單騎來到城門前，不帶任何兵器，要見劉勳。劉勳一聽是周瑜，很快就上了城樓。

「你想見小喬，就進城來吧！」

「你開門，我這就進去。」

「你先讓身後的軍隊後退。」

周瑜快馬馳回陣前，對孫策說：

「伯符，你下令軍隊後退，我要進城。」

「不行，劉勳抓住你，便是奇貨可居了。」

「想救小喬和大喬，只有這一條路。」

「不行，我不能讓你冒這個險。」

在衆將面前，周瑜不好和孫策爭吵，便揚眉說：

「你不下令軍隊後退，我就讓劉勳扔下一根繩梯，爬進城去。」

孫策無奈，只好照辦。

劉勳見孫策軍隊後撤，便依約打開城門。周瑜望著殺氣騰騰的皖城，打馬而入。

劉勳的臉蒼白憔悴，滿是疲倦與悲涼，昔日的清高和自信通通不見了。數年來，他自以爲兵強馬壯，人心歸附，不求稱王稱霸，至少能割據一方。他和孫策一戰之後，才想起周瑜多年前的話：富庶之地和貧瘠之地相爭，失敗的例子並不少見。民富不一定兵強，在亂世之中，兵不強，民富焉能長久。

「你眞的來了，就不怕我殺你？」

「能不殺人就不殺人，能不爲惡就不爲惡，這是你的信條不是嗎？」

「今非昔比了，狗急都會跳牆，何況人呢？」

周瑜表情很平靜，毫無懼色：

「那也不打緊，只要是爲小喬而死，此生無憾！」

劉勳的臉上流露出一絲苦澀的笑容：

「小喬沒有看錯人。」說著招了招手，示意周瑜坐下：「這兩年，小喬很多時候都住在我家，你知道嗎？」

「不管別人怎麼說，我都相信小喬對我的愛，」周瑜很有自信地說：「再則我相信你是個光明磊落的大丈夫，對她一定會以禮相待，即使深愛著她，也不會強迫她，只會把這種愛埋在心底，一心一意地讓她快樂。」

「爲什麼？」

「因爲我若是你，就會這樣做。」

劉勳淒苦地笑了：

「知我者，公瑾也。這兩年，小喬沒有辜負你，你也沒有辜負她。」能得到這種理解，他很欣慰，卻沒忘替小喬解釋：「小喬個性比較任性，孫策對她有偏見，她受不了，就跑回去了。在家中，又受不了喬公的管教，便來我這裡透透氣。」

周瑜沒想到劉勳這樣爽快。

「公瑾，任性有任性的好處。小喬不這麼任性，她會嫁給你嗎？可能是我四周的女人都太溫順了，所以很喜歡和她在一起。」劉勳接著說。

正在這時，聞訊而來的小喬突然出現在門口。

她一見到周瑜，顧不得劉勳在場，就撲到他懷裡。

「周郎，你和伯符情同手足，你的話他可能會聽。」小喬來不及傾訴別離之情，就說：「你救救劉大哥吧！他是天下難得的好人……」

「小喬！誰要妳替我求情。我恩怨分明，和孫策勢不兩立。妳不要廢話了，快跟公瑾走吧！」劉勳厲聲說。

他揮揮手，就轉過身，似乎不願讓人看見他的悲痛。

劉勳很愛小喬，但她性格剛烈，不能強迫，所以他只能以禮相待。奇妙的是，雖然沒有肌膚之親，他也感到快樂無比。日子一久，覺得這種關係也不錯，便不想去改變了。可如今面對著和小喬生離死別，他的心卻不禁痛起來。

小喬沒有走，反而拉住劉勳的手，懇切說：

「大哥，你不要固執了。只要你放棄前嫌，我、周郎和伯符都是你的親人。」

「別提孫策那個畜牲！盧江的父老鄉親們都看著我呢！我死也不會向他低頭。小喬，我要殺妳姊姊，替盧江人討回公道，給父老鄉親一個交代。即使妳恨我，我也要這樣做，誰叫她至死也不肯離開孫策。妳勸我，還不如去勸她！」劉勳沈著臉，語氣變得很冷。

「你不放大喬走？」周瑜吃驚地問。

「這不能怪我，大喬寧可和小喬斷絕姊妹關係，也不願放棄孫策未婚妻的身份。其實，她和孫策還沒有婚約呢！」

「伯符做錯了什麼事，你們這樣恨他？」周瑜不解地問。

「孫策兇殘暴戾，殺人如麻。他攻破盧江郡城後，坑殺許多無辜降兵和百姓，如今又把兩千多人拉到皖城下，隨時都可能殺死。你可知道，盧江小孩子一聽孫策的名字，便不敢哭了。所以我們就是戰到最後一兵一卒，也絕不向這種惡魔屈服。」

「果眞如此嗎？」

「劉大哥說的句句是實。」

小喬這樣稱呼劉勳，顯得親切而又自然。在劉勳府上，她和劉勳以兄妹相稱，劉府的人都很喜歡她，劉勳三個孩子還親切地稱她「姑姑」，僕人們則稱她小姑奶奶。

「你那個義兄自以爲天下無敵，就驕橫自負，誰敢有半句怨言，一律格殺。劉大哥的奶娘吳婆婆善良得無話可說，城破之前，她說自己有病，不隨我們走。劉大哥覺得她是個年邁的老人，又非劉家嫡親，孫策不會傷害她。哪裡知道，她就死在孫策的刀下。」

「一定是伯符手下人幹的。伯符統領千軍萬馬，不可能看住每一個部屬。」周瑜替孫策辯護。

「是伯符親口下令殺吳婆婆的，還有劉家兩百多名親友門客！」

周瑜望著小喬悲憤的表情，不由得他不信。

「伯符怎麼會這樣呢？他以前不是這樣的。」

「不信，你就到盧江郡城自己看吧！」劉勳激動地說：「聽說這個惡魔追擊會稽王朗到建安郡東冶城（今福建福州）時，也下令血洗，無辜被殺者不計其數！」

周瑜見二人說得義憤塡膺，急忙轉移話題：

「你既仁義雙全，就該替盧江父老鄉親的生死安危著想。這幾年，伯符見過的美女無數，卻從來不爲所動，心中只有大喬。若殺了她，以伯符的性格，必然會血洗盧江。」

「盧江人可殺不可辱！」劉勳拍案而起，十足的英雄氣概。

「唉！你一時衝動，就會有成千上萬的人頭落地，這值得嗎？我有一條兩全之策。」

「快講吧！」小喬急切地說。

「識時務者爲俊傑。伯符既已立足曲阿、丹陽、吳郡、會稽等大片江東之地，連你都不是他的對手，放眼江東，誰還能擋住他的大軍呢？既然如此，這裡已經待不下去了，就該要想一想後路。」

「難道讓我投降孫策？那我死後如何去見慘死的鄉親父老？這萬萬不行！」

「不是投降孫策，而是投奔曹操。」周瑜說：「曹操英明果敢，乃一代雄才。況他統一北方已成定局，以你治國之材，他一定會重用，到那時，區區一郡之首，自不在話下。」

「我還能活著出城嗎？」劉勳苦笑著說。

「你如果肯放了大喬，我會設法在北門留一條路，讓你將兵馬全部帶走，這樣，投奔曹操也有資本，一定會受到禮遇。」

「寧爲鷄首，不爲牛後。」

「天下合久必分，分久必合。自古以來，皇帝只有一個，所以那些想稱帝，或是想長久割據一方的人，都將被消滅，威風自在一時，最終家破人亡，子孫被趕盡殺絕。而更多有識的英雄豪傑則選擇投奔明主，封侯拜相，一生榮華富貴，有何不好？曹操統一北方後，你又豈止是一郡之首？在狂風駭浪的汪洋大海中，寧可做巨船上的一片帆，也不做一葉獨木小舟，這才是明智之舉啊！」

小喬抓住劉勳的手：

「大哥，你就聽了吧！這麼多年，你對廬江的父老鄉親算是仁至義盡了。再死戰下去，反而害了他們，於公於私都不利。」

「我相信你們，但我不相信孫策。」劉勳有些心動，但仍猶豫不決。

「我和小喬，還有大喬護送你出城，你到安全地帶，再放了我們。」周瑜立即回應。

劉勳走到窗前，望著天空一聲長歎，思考良久，猛地轉身跪在周瑜面前：

「公瑾，我這是替廬江百姓們跪的。孫策兇殘，殺人如麻，我有心無力，致使廬江百姓落到他手中，我真擔心啊！你也是廬江人，廬江對你有生養之恩，雖曾把你逼得亡命他鄉，但人不親土還親呢！你要多替這片土地盡心盡力啊！」

周瑜既感動且感慨，連忙扶起劉勳：

「每個廬江人都是我的兄弟姊妹，此話若有半句假意，讓我死於亂箭之中，馬蹄之下。」

劉勳聞言，又跪下去，不住給周瑜磕頭：

「這是我替廬江的父老鄉親們磕的，你一定要受……」

2

孫策兵不血刃佔領了皖城，和朝思暮想的大喬團聚。他們不顧眾人在旁，緊緊地擁抱一起，久久說不出話來。

周瑜等到孫策和大喬的激情過後，把孫策請來。

「伯符，聽說你在廬江郡城殺了三千多人？」

「那都是劉勳的死黨，不把他們殺光，廬江郡如何能長治久安？」

「想長治久安，人心歸附，就要廣施仁政。即使那三千多人是劉勳的死黨，也該用懷柔的政策進行分化瓦解……」

「順我者昌，逆我者亡！用懷柔政策，還不如殺了他們，省時省力。」孫策哈哈地笑了兩聲，得意地向周瑜講述他的光輝戰史：「我『小霸王』孫策於萬軍之中殺入殺出，如履平地。有一次，我只帶十幾個親兵打獵，遇上嚴白虎一百多人的飛豹隊，結果我沒有退，反而第一個衝殺過去，隨後親兵跟上，個個如同猛虎下山。我一槍挑死了為首的那員大將，把十倍於己的敵人殺得大敗。十幾個人追殺一百多人，那感覺太妙了！攻打廬江郡城時，兩軍交戰，我也是衝在最前面，率先挑殺劉勳的兩員大將，將士們見此情景，無不爭先恐後，把廬江兵殺得抱頭鼠竄。」

他使勁兒拍一下周瑜的肩：

「如今你又回來，這江東就顯得太小了。」

「廬江人都在說你濫殺無辜。」

周瑜望著不可一世的孫策，冷冷道：

「一定是劉勳的死黨在詆毀我，等我查出來，把他們都殺了。」

「孫大將軍！」周瑜厲聲說：「你嗜殺成性，如何得人心，成大業呢？」

孫策的聲音也提高了：

「我手下人才濟濟，謀士視我如兄弟，願意竭力輔佐；武將視我如手足，肯在陣前賣命，我怎麼不得人心？」

他見周瑜的臉氣紅了，嗓門就低下來，把周瑜按著坐下：

「我的好兄弟，你不要聽小喬和劉勳的片面之詞。劉家在廬江郡稱雄數十年，門人故吏自然不少，不把他們殺光，我們如何立足呢？劉勳是個草包，小喬是個女子，他們懂什麼？」

這一次，兩人不歡而散。但周瑜並不罷休，又和孫策談了幾次。

孫策不勝其擾，表面上雖認錯，內心卻頗不以為然。他不想再和周瑜爭論這個問題，而是希望把精力用在治軍和征戰上。

周瑜指責孫策的同時，不得不承認孫策愛兵如子，待將如兄弟，尤其是對張昭等幾位年長的名士，私底下都執晚輩之禮，受到賢才們的一致好評。

•

在皖城，周瑜和小喬，孫策和大喬同一天舉行婚禮。

江東還未平定，婚事一律從簡，但這兩對經歷了生生死死的有情人，回想起情路歷程，都感激蒼天有眼，婚後的恩愛和甜蜜自不在話下。

秦夫人樂得合不攏嘴。而喬玄則在現實面前和張昭等人的勸說下，也接受了孫策和周瑜。

洞房花燭夜，周瑜擁著小喬談心。

「周郎，這兩年，我並不是總在劉府，也常回家。」

「妳不用解釋，我相信妳。」

「但是我還要說，你遠在壽春，讓我去哪裡呢？在家，我爹天天給我講三綱五常和道德觀念，動不動就要執行家法，煩死了。伯符對我有偏見，他在我面前，和我爹差不多，我幹這個不行，幹那個也不行，非把我悶死不可。」

「劉勳是怎麼對妳的？」

「我不說，說了怕你吃醋。」

「妳現在是我的妻子了，我還吃什麼醋。」

「你們都把我當成小孩子。但劉大哥除一心一意地呵護我外，還把我視為朋友，什麼事都對我說，並徵詢我的意見。每一次他都認眞地聽我說話，從不敷衍，也會很婉轉地指正我的錯誤，令我既增長了見識，又不會感到尷尬。這兩年，我從劉大哥那裡聽聞許多天下大事和稗官野史，才發覺這世界原來好大好精彩，也才發覺原來心靈還有許多扇門，這些門被你、我爹和伯符鎖上了，是劉大哥把它們打開的。」

「如果沒有我，妳會不會嫁給劉勳？」

「也許會吧！」小喬鑽到周瑜懷裡：「可是，人生根本沒有如果。」

●

正當周瑜和孫策陶醉在新婚的甜蜜時，流沂（今湖北黃石市附近）卻傳來消息：劉勳到了流沂，並沒有投靠曹操，而是和趕來增援的黃祖會師，擺出陣式，欲奪回皖城。

原來黃祖想利用此機會再與孫策交鋒，便力勸劉勳振作精神，重新和江東軍決一死戰，倘若勝利便可奪回盧江，報仇雪恨，不幸失敗也能退至江夏，投靠劉表。

「荊州人是孫家父子的剋星，這麼多年，他們屢次攻打荊州，都未能得逞，孫堅還因此命喪襄陽。」黃祖進一步說服劉勳：「寄人籬下豈是大丈夫所為？荊州乃盧江近鄰，面對如同狼虎的孫策、周瑜，深諳唇亡齒寒之理，所以劉表和我都會全力支持你。只要你有荊州強援和盧江民心，不怕贏不了他們！」

劉勳猶豫再三，終於點頭答應黃祖的提議，畢竟他雖認為自己出爾反爾，對不起周瑜和小喬，但更恨孫策的殘暴，也很想替死去的百姓親友報仇，並且重返盧江執政。

孫策此時正與大喬恩愛纏綿，難捨難分，卻不得不棄佳人而披掛上陣，氣得咬牙切齒，揚言非把劉勳碎屍萬段不可。周瑜也不願和小喬分離，但因當初劉勳是他放走的，如今發生這種事，自覺在孫策面前臉上無光，只得跟著出征。

臨別時，小喬拉住周瑜的手，懇切說道：

「劉大哥定是受黃祖的脅迫，或一時糊塗，被他花言巧語迷惑了，才會又回頭和我們作對。你到陣前再勸他看看，若能就此退出戰場，江東軍也會減少一些傷亡。倘若他不聽，勝利後，千萬別讓伯符殺他。」

周瑜見小喬苦苦哀求，只好酸溜溜地點點頭。

於是，江東軍剛從皖城啓程，周瑜就對孫策說：

「伯符，一到流沂，你讓我偷偷進城去見劉勳，講明利害，要他中途退出。」

「不行，這太危險了！」孫策拍拍周瑜肩膀：「公瑾，我並沒有怪你。當初不放走劉勳，大喬便會有生命危險。如今事過境遷，你去見劉勳，他已毫無顧忌，何況還多個黃祖，要被那傢伙發現，恐怕連劉勳都保護不了你。」

周瑜認爲孫策的話有理；他不怕劉勳，卻擔心黃祖難以應付，左思右想，想出一個折衷辦法，便給劉勳寫了一封信，派密探司馬功混進流沂城，親自交給他本人。

周瑜信中一句指責之意也沒有，反而表示理解對方行徑，但話鋒一轉，深入剖析此戰可能的結果：

孫策智勇雙全，威猛過人，就算他們兩個聯手，也未必敵得過，即使僥倖重創江東軍，必是兩敗俱傷的局面；對孫、黃二人而言，這不過一場小戰役，但劉勳卻是孤注一擲，恐將無兵可用。手中無兵，必遭荊州人蔑視和唾棄，就算江東軍被迫退出廬江郡，它也不可能重回劉勳懷抱，而是爲劉表所得。劉表這個人雖外貌儒雅，但懦弱無能，心多疑忌，且已年邁，不思進取，兩個兒子又資質平庸，難當大任，倘若作戰失利改投靠他，實非明智之舉。畢竟荊州物產豐饒，北通中原，東接江東，西達巴蜀，是兵家必爭之地，各方豪傑莫不虎視眈眈，遲早會起兵燹。

劉勳接到周瑜的信後，慚愧之餘，也不禁暗忖：

公瑾說得不錯，我僅剩這些軍隊，萬一戰況激烈，死傷慘重，就眞的無兵可用了，屆時即使趕走孫策，廬江也會給劉表拿去。何況，孫策勇武過人，周瑜算無遺策，遠非劉表和黃祖可比。如此一來，即便我於戰後改投靠曹操，領著一群殘兵敗將，又豈能得到重用？

他經過整夜的深思，在第一縷晨光劃破黑暗之際，終於做出最後的決定：走爲上策。於是在給周瑜的覆信中講述自己無意背信棄義，只是受黃祖脅迫，身不由己，並和周瑜約定，當他與黃祖兵分兩路迎戰時，廬江軍會從北城門殺出，然後一觸即走，撤離戰場。

周瑜看過信後，十分高興，便和孫策商量，親率一路人馬，與劉勳對陣。

劉勳一看領兵攻打北城門的人是周瑜，就一馬當先，直衝過來，不讓一兵一將跟隨。周瑜見此情景，知道劉勳是眞心要退出戰場，也隻身迎去。

「公瑾，要說的話，信裡都說了，我們後會有期。」他的長槍剛一掄起，就趁機低聲道。

「請多保重。」周瑜舉劍攔擋。

兩人裝模作樣地過了幾招，便各自策馬歸隊，率大軍離去。劉勳故意遺留部分盔甲器械，周瑜則在後頭虛張聲勢地掩殺一番，立即揮軍指向黃祖所在的東城門處，增援孫策。

黃祖沒料到劉勳這麼快就被周瑜擺平，面對爲數衆多的江東精銳，一時難以招架，被殺得潰不成軍，只得狼狽退回江夏，並急向荊州劉表求救。幸而江東地區的豫章郡和廬陵郡尚未平定，孫策才沒乘勝進攻江夏。

•

第二年，孫策和周瑜終於平定豫章郡和廬陵郡，完成了雄霸江東之勢。

同年六月，小喬生下一個女兒，取名周珊。

也就是這一個月，曹操親征袁術。袁術大敗，將帝號送給袁紹，並準備到青州投奔姪兒袁譚，結果半路遭到曹軍截擊，跑到江亭時，憂懼成病，吐血而死。傳國玉璽被前任廣陵郡太守徐璆獻給了朝廷，得到一筆豐厚賞賜。

消息傳來，周瑜和孫策幾分感慨，幾分感傷，遂在院中擺設香案，以晚輩之禮遙祭袁術。

當晚，周瑜徹夜不眠，想著袁術的一生：少年有爲，聞名天下；青年不畏強暴，任用賢才，籠絡人心，成爲割據一方的諸侯。但取得一連串的成功之後，就慢慢變了，生活奢靡貪淫，態度狂妄自大，意志軟化，精神鬆懈，甚至還自以爲是眞命天子，不速亡而何待？

他又反躬自省：袁術少年時，何嘗不和我一樣，志向遠大，日日求進，然而成就一番大業之後，權力增加了，奉承的人多了，就慢慢變得昏庸無能。眼看我和伯符即將成大業，袁術的今天會不會是我們的明天呢？

他再想孫策：隨著江東的不斷平定，伯符越來越驕狂自負，不可一世，連曹操和袁紹他都不放在眼裡，如此下去太危險了！而我呢？周遊天下的那兩年最苦最難，也最有激情，是成長最迅速的時期。等到和小喬熱戀後，不知不覺開始荒廢學業，現在大業初成，小喬在懷，更是如此。

看書的時候少了，陶醉的時候多了；思考的時候少了，談笑的時候多了。有幾回，竟只爲這頓飯該吃什麼而想老半天！我以前每天都晨讀，自從娶小喬後，這個習慣就沒了，摟著她香軟的身子，不願意起床。溫柔鄉是英雄塚啊！照此下去，我和伯符不也慢慢變成袁術？想到這裡，周瑜如中電擊，翻身起床。

小喬被驚醒了，拉住他的手，柔媚地說：

「周郎，這麼晚了，你去哪裡？」

「去找伯符。」

周瑜好半天才敲開孫策家的大門，堅持一定要見到孫策。孫策不得不起來見他，身上還帶著大喬的餘香，打著呵欠，滿臉不樂意。

周瑜細數袁術的敗亡，聽得孫策心驚膽寒，連連表示要以此爲鑑，勵精圖治。

•

袁術死後，他的堂弟袁胤害怕曹操，不敢留在壽春，聽從大將張勳之言，投奔孫策。

周瑜聞訊，不由得想起了袁雅，暗忖：她如今成爲喪家之女，我應該把她接來，細心教導，讓她嫁個好人家，安樂地過一生。可是，我這麼做，小喬會不會發脾氣？我和她本來就有緋聞，如今這麼愛護她，豈不是弄巧成拙？江東人又會怎麼想？一定會影響我清譽的……唉！這件事只好拜託伯符幫忙了。

誰知孫策一聽，就直搖頭：

「大丈夫可殺不可辱。那個臭丫頭，竟然把一盤菜灑在我頭上，我不把她吊起來打個半死，就算對得起袁家了！」

「大丈夫胸懷坦蕩，何必和一個小女子一般見識呢？」

「公瑾，你和那臭丫頭是不是眞的有情？我告訴你，在你之前，她……」

「伯符，你想到哪去了？我和她沒有不可告人之事。」

「那你爲什麼要這麼照顧她？」

周瑜不願意也不方便和孫策多說，想來想去，覺得只能去拜託孫權看看。

「公瑾大哥，這是你請我幫忙的第一件事，放心吧！」孫權很爽快，滿口答應。

結果他親自出面，幫袁雅購置一座宅院，並派四個侍女服侍她。

袁雅閒來無事，孫權就請人教她棋琴書畫。自從袁術死後，經過幾個月的流離逃亡，她完全變了，不再任性胡爲，甚至懂得察言觀色，討別人的歡心。

一天夜裡，周瑜由孫權領著來看袁雅。她竟然跪地下拜，感激涕零，沒提過去的事。不知怎麼，周瑜心裡一陣酸楚，好言安慰她。此後，周瑜經常派人送東西給她。

周瑜請孫權快點給袁雅物色一個婆家，畢竟她有了歸宿，就等於了卻他一件心頭大事。對此，孫權竟一拖再拖。想不到半年後，孫權和袁雅居然暗中相戀，只是害怕被孫策知道，才不敢公開。其時，孫權已經娶妻謝氏。

周瑜聞知，覺得又奇怪又好笑，心想：男女之情才是最深不可測的，比天下大勢還要複雜。仲謀怎麼會喜歡上袁雅？

直到孫策死後一年，孫權才正式將袁雅納爲妾室。袁雅的哥哥袁耀，兄以妹貴，不久便官拜郎中。

3

孫策崛起於江東，隔著長江天險，曹操暫時無力南征，於是籠絡他，推薦他擔任「討逆將軍」，封「吳侯」，並把自己的女兒嫁給了孫策的弟弟孫匡，爲兒子曹彰娶孫賁的女兒，還禮聘孫權和孫翊到許都任職，不過，被孫策婉拒。

周瑜一直很清楚：江東和北方的統一者遲早要有一場生死之戰。

袁術敗亡後，中原戰區能和曹操爭霸的只有袁紹了。

獻帝建安五年（西元二〇〇年），曹操消滅了袁術和呂布，袁紹也擊潰了公孫瓚，兩人在官渡（今河南中牟縣東北）終於兵戎相見。江東頓時成爲爭相拉攏的對象，又面臨重大抉擇。

「袁紹和曹操，我們應該站在哪一邊？」孫策問周瑜。

「以目前江東之力，不足以圖謀北方，只能扶弱抗強，相互制衡，使我們騰出手來攻取巴蜀。」

「這我知道，但曹操和袁紹誰強誰弱呢？」

「我在袁術身邊前後待了兩年多，對袁紹的所作所爲一淸二楚；袁氏兄弟有著驚人的相似處，都是志向遠大，年少有爲，不畏強暴，努力奮鬥，等到創立基業，就走下坡路了。袁紹自從統領四州軍務，成了北方最大的割據勢力後，就目空一切，獨斷專行，生活奢靡，銳氣盡失。」

「那曹操呢？」

「曹操很早便將袁紹視為敵人，而袁紹卻總把曹操當成朋友。在曹操攻打雍丘（今河南杞縣）的張超時，袁紹居然還幫助曹操。又曹操攻打劉備時，袁紹本想偷襲許都，只因愛子重病，便輕易放棄難得的良機。其實，袁紹若想挾天子以令諸侯，並非難事，但他偏偏把這個機會拱手讓給曹操。由此可見，他的決斷力大有問題，絕不是曹操的對手。」

周瑜頓了頓，接著說：

「袁氏兄弟少年時，確有志向和雄才，也許不在你我和曹操之下。然而，他們依靠運氣和家族的力量，成功得太順利了，漸漸就得意忘形。」

「創業難，守成更難！一個人未經歷許多挫折和磨難就成功了，絕非好事。」孫策深有同感。

「我在曹操身上下不少研究工夫：他出身世家大族，是宦官之後，在士大夫階層中，飽受歧視和白眼，建功立業之欲望極強。更可取的是，曹操韌性過人，他被董卓、呂布和張繡打得慘敗，卻總能東山再起，再次壯大。這一點，袁術就做不到。我還多次觀看曹軍的作戰演習，訓練相當有素，陣法變化迅捷，是我見過戰鬥力最強的軍隊。」

「那我們就聯合袁紹，攻打曹操。」

「若能趁此機會，把皇帝劫持到江東，那可比再打下一個江東更有價值。」

「對，就偷襲許都，在曹操背後插上致命的一刀。」

●

這天，周瑜正看著小喬給他收拾出征行裝，一個叫許安的人求見。

許安之父就是原吳郡太守許貢，是曹操的好友，和喬玄也很熟。前幾天，孫策得到密報，說許貢和曹操私通，替曹操刺探江東情報，就將許貢一家四十餘人都抓了起來。

許安跪在周瑜面前，磕頭道：

「周將軍，家父絕不是曹操的內奸，求您救救他。我們聽說，主公最聽您的話。三天後，家父就要問斬了。」

「主公有確鑿的證據嗎？」

「沒有，只是懷疑。家父雖曾說過幾句諷刺主公的話，也和曹操有書信往來，但那不過敘舊，並無反叛之意。家父還勸說過主公，要歸順朝廷，做中興漢室的功臣。主公聽了，可能很不高興。」他話鋒一轉：「主公定是聽了廬江郡太守李術的讒言，才懷疑家父的。李術和家父曾有過不愉快，因此對家父懷恨在心，如今他飛黃騰達了，就陰謀報復，抓走許家的幾個門客，誣陷他們給曹操傳遞情報。」

「是李術！」周瑜頓時更關注了。

孫策攻佔廬江郡後，任命李術為新太守。當時，周瑜就覺得不妥，但他和小喬正沐浴於愛河之中，心醉神馳，沒再細想。

濫殺無辜，人心如何安定？周瑜覺得這是大事，就去問孫策。

「我赦免了他，讓他繼續過富貴的日子，他不思圖報，反而心懷不滿。」孫策沈著臉，哼聲說。

「只因他心懷不滿，你就要殺他？」

「他是江東的禍根，不如早早除掉！何況他還是個徹頭徹尾的保皇派，極力反對江東割據。」

「沒有確鑿證據，怎能隨便殺人？」周瑜很氣憤：「你殺了一個許貢，便會失去成千上萬顆民心。我們的下坡路，可能就從這件事開始！」

孫策不願意和周瑜糾纏這種小事：

「那就先把許貢關押起來，派人查明，再做處置。」

「我看，還是把許貢放了，再派人嚴密監視。」周瑜看出孫策是敷衍自己：「伯符，治國治軍沒有小事，對了是小事，錯了就是大事。」

「對敵人心慈手軟就是對自己殘忍……好了，公瑾，偷襲許都迫在眉睫，這件事就交給手下人做吧！一會兒，仲謀就來了，我們三人還是精心制訂作戰計劃要緊。」孫策有點不耐。

大喬出來了，給二人端些點心。婚後，她出落得更加動人。

「公瑾，小喬和劉勳對你說了許多伯符的壞話，你可別信。劉勳和我們有仇，小喬是我妹妹，我最瞭解她，她是很任性的。」大喬說。

在大喬眼裡，伯符做什麼都是對的，這就是愛情的力量吧！周瑜心想。

「一會兒，仲謀也要來，你不要走，我親自下廚去。」

大喬正說著，孫權就到了。

偷襲許都事關重大，周瑜和孫策都慎之又慎，每個微小細節一定再三討論。

經過密商決定，孫策留在廬江爲總指揮，密切注意曹操的動向；周瑜則南下巴丘（今江西峽江，與後來西伐巴蜀，半途病卒的巴丘同名而異地），調度各路人馬，陸續向廬江集結，等時機一到，兩人就率大軍取道汝南郡直襲許都，並留孫權和張昭鎮守江東基地。

最後，周瑜才說到李術：

「伯符，這一次，你是不是用人失當？李術可是個反覆無常的人。」

孫權也跟著附和：

「他背叛過黃巾軍，在危難之際又背叛了劉勳。您想他會忠心嗎？」

孫策當然明白，但他也有自己的道理：

「世上有兩種人才可以用，一是忠肝義膽；二是識時務。李術屬於後者。劉勳之流，如何與我輩相比？李術此舉算是棄暗投明。何況我是一時找不到更合適的人治理廬江郡，才任命他的。」

「李術和許貢有過節，你知道嗎？」

「這是許家人以為，不足信。畢竟許貢確實有太多可疑之處了。」

最後，周瑜再三強調：

「沒有確鑿證據，千萬不可亂殺人。倘若是非難辨，把許貢一家趕出江東即可。能不殺人的時候，就不要殺人，這是劉勳治理廬江的信條，所以廬江郡才一直得保安寧。劉勳是我們的手下敗將，但他許多精闢的見解，很值得我們學習。」

「好，我沒有確鑿的證據之前，不會殺許貢的。」孫策點頭答應。

4

周瑜走後第二天，李術又抓到担任曹操和許貢間聯絡工作的密使。

此人叫趙馗，曾經是許貢的心腹門客，一年前離開許府，不知去向。李術在趙馗身上搜出一封曹操的親筆信，內容是請許貢刺探軍情，聯絡舊部，做曹軍的內應。

在孫策面前，趙馗供認不諱。

孫策大怒，當即把許貢找來，與趙馗和李術對質。

許貢年近六旬，瘦小而又硬朗，臉上皺紋很深，是個十分倔強的人，他一見李術和趙馗，就大叫：

「好二惡賊，何必苦苦害我。主公，我冤枉啊！」

「許公不必心急，請坐下慢慢說。」孫策表情很和善。

許貢自以爲孫策不會相信片面之詞，就大膽坐了：

「主公，這個趙馗本是我的門客，我待他不薄，可他生性淫邪，竟然和我一個愛妾私通。當時，我一是抱著慈悲寬厚之心，二是不想家醜外揚，就從輕發落，把他趕出府。想不到這個小人不識好歹，竟然恩將仇報，夥同他人陷害我。」他接著又說明他和李術的關係：「我與劉勳乃世交，所以當他掌管盧江後，經常請我到他府上，暢談大事。後來透過引見，認識了李術，覺得他目光閃爍，語多保留，是個很有野心的人，勸劉勳不可重用。可惜劉勳不聽我的話，最終被此人壞了大事。」

「大丈夫在世，莫不汲汲於尋覓明主。你和劉勳自不量力，以卵擊石，難道我陪你們死戰到底，就能戰勝主公嗎？」李術反駁。

「許公，我叫你來，不是想聽你評論誰，只是問你有沒有和曹操通信？」孫策擺擺手。

「那只是私信而已。就連您岳父喬公，也接過這種信。」

「說得倒好聽，分明是給曹操獻計，陷害主公。」李術咄咄逼人。

「那只是想讓主公入朝爲官，怎麼能說是陷害呢？」許貢辯解。

「我有一封許貢寫給曹操的親筆信，有沒有陷害之意，看看便知。」趙馗將一封信呈給孫策：「許貢的字很有風格，很容易辨認。」

孫策接過信一看，只見上頭有一段寫道：

「孫策驍雄，與項籍相似，宜加貴寵，召還京邑。若被詔，不得不還，若放於外，必作世患……」

「這封信是眞是假？」孫策問。

「不錯，這封信確是我寫給曹操的。但這不是陷害，而是爲天下百姓，也爲主公著想。主公進京，擔任要職，中興漢室，名垂千古，有何不好？」

「那你爲什麼不寫給別人，偏偏要寫給曹操？」

「曹操輔佐弱主，好比周公，上順天意，下順民心。」

「曹操名爲漢臣，實爲漢賊。何況主公哪一點不如曹操？主公起兵時年僅二十一歲，獨自率軍渡江南下，短短三、四年間，就雄霸一方。這等英雄氣概，天下無一人能及。當年曹操領兗州牧，奠定基業時，年已三十八歲，袁紹奪得四州時，也已經三十七歲。更何況如果天下非要選一個周公，也輪不到曹操。」李術冷冷地說。

這一番話正說中了孫策的得意處，他聽得面露悅色，連連頷首。心想：這話說得一點不錯，我的英雄氣概，天下何人能及？曹操和袁紹快到四十歲的時候，才割據一方，我到他們的年紀，就統一天下了。

「許公的好意我知道，中興漢室，也是我的本衷。」孫策還是很客氣。

「那我就放心了，主公神武，不輸於項籍，若能匡扶漢室，乃天下百姓之福。」

許貢一走，孫策臉上的笑容隱去，殺氣呈現。李術見狀，趁機進言：

「主公，許貢和曹操素有交情，曹操若是佔據江東，許貢至少能重登吳郡太守的寶座。曹操無時無刻不想攻打江東，只是北有袁紹等人，他無力南侵，只好借朝廷之名來安撫我們，這分明是緩兵之計。」他頓了頓，接著說：「漢室名存實亡，各地英雄無不想取而代之，這也是天意。主公神武英明，難道從未想過嗎？許貢不識時務，逆天而行，這種人遲早會是一塊絆腳石。」

孫策聞言，暗忖：自起兵以來，我戰無不克，攻無不勝，戰績確實非曹操和袁紹可比。有人說我的神勇和英明，天下無人能比，這話雖有阿諛奉承之嫌，但細想起來，倒也不虛。我無論打到哪裡，百姓都擁戴我，名人賢士都歸附我，將士也願意出死力，由此可見，我的所作所為才是上順天意，下順民心。既然我是對的，那反對我的人就是錯的。他們錯了，我給他們機會悔改，已經很寬厚了，他們執意不改，就該殺。如今放眼天下英雄，除了我，誰還會是眞命天子？我將來一統天下，創立萬世基業，凡是反對我的人就是逆天而行。不把該殺的人都殺了，天下永遠不會太平。而天下之所以大亂，就是該殺的人都還活著，他們活著，就會殺不該殺的人。許貢即使沒有害我之意，但他一心效忠漢室，遲早都是我統一天下的障礙。亂世就要用重典。公瑾自幼受儒家影響太深，是婦人之仁。法家的嚴厲與殘暴，雖然聲名狼籍，但在亂世之中卻很有效。秦國正是依靠法家的主張，才得以統一天下。

「李術，就按你說的去辦吧！」他最後終於做出決定。

於是當天夜裡，李術率領一隊孫策的親兵，忽然包圍許貢住所，將其百餘口人統統綁了，押到城外祕密斬殺，再挖一個大坑埋了。

孫策身經百戰，殺人無數，早已視人命如草芥，根本不把許家之事放在心上。沒過幾天，就忘得一乾二淨，一心只想著如何偷襲許都。

●

這一日，孫策接連召開三個會議：

一個是和程普、黃蓋等人商量襲許事宜。

一個是和張昭、孫權等人談論如何守衛江東。

一個是召見轄下各郡太守，聽取他們的治理情況。

他忙得頭暈腦漲，思路停滯，因此第三個會議才開到一半，便突然決定第二天去郊外打獵，以消散身體的疲倦。

對孫策而言，曠野就像戰場，林中的野獸就像敵兵，當他縱馬射箭，野獸倒下的刹那間，一股無比的興奮感油然而生，所有不愉快和疲倦都會散去，渾身充滿使不完的勁兒。他最渴望戰場上的一切，那舞動長槍衝在最前面，望著敵人四散奔逃的情景；那手起槍落，將對手挑落馬下那種「逆我者死」的感覺；那勢均力敵，瘋狂廝殺的血腥場面；那指揮千軍萬馬，奮勇衝鋒的壯觀；那高高在上，萬衆垂手的入城儀式，都令他心馳神往，無限亢奮！

太平的日子，只會令他心煩氣躁，渾身無力，甚至連覺都睡不著。

大喬不願意讓孫策去：

「伯符，不要去野地林打獵了，我給你熬湯補補身子。」

「我要到郊外透透氣，這幾天，都快把我憋死了！我已和子義（太史慈字子義）約好，若是失約，他不但會以爲我的騎術和箭法不如他，還會笑話我沉溺女色。」

「伯符，張道士說，你這幾天不宜出門……」

「哈哈！裝神弄鬼的道士，只能騙一些無知的婦孺。好了，我的愛妻，回去等我。等我打些野味回來，親自下廚，給妳燒菜。」孫策哈哈大笑。

「那你就快去快回吧！」大喬甜甜地一笑。

孫策和太史慈只帶十幾個貼身侍衛，向郊外的野林急馳而去。

他騎著李術送的赤紅駿馬，頭也不回地衝進野林中，彷彿嗅到戰場上的氣息一般，不住地狂奔，兩邊樹木頓時如飛箭似地在他眼前掠過。

「主公，請等一等，我們跟不上了！」侍衛們不住地呼喊。

「主公，你的馬快，贏了我也不光彩！」太史慈亦跟著大喊。

孫策自恃有萬夫不敵之勇，從不把山賊流匪放心上，哪裡會聽。況且在馬上飛馳的感覺太棒了，令他顧不得太史慈等人，很快就跑出他們視線範圍外，緊接著左右開弓，箭無虛發，不一會兒，便射中幾隻飛鳥和野兔。

忽然，「嗖」的一聲，一支利箭從巨石後面射出，迎風發出尖銳之聲，直奔孫策胸口。由於距離太近，他閃避不及，當場中箭落馬。

此時，從巨石後面跳出三個蒙面人，掄刀撲殺過來，想不到孫策竟然還能站起，拔出佩刀，只一招，就把衝在最前面的刺客砍翻在地。另兩個刺客不懼孫策之勇，依然奮不顧身地奔前砍殺，大有和孫策同歸於盡之意。孫策一手捂胸，一手舞刀，儘管如此，那兩個刺客在廝殺中，仍然占不了上風。

不一會兒，太史慈等人趕到，將兩個刺客擊斃。

孫策被護送回城時，已經昏迷不醒了。箭頭有毒，流出的血都是黑的。

三個刺客的屍體運進城後，很快被認出是許貢的兒子許安和兩個門客。據說，在李術抄斬許家的當晚，不知為何，許安在兩個門客的保護下，竟然僥倖逃過一劫。

經過幾個名醫會診，搶救半日，孫策方才脫離險境，但要靜養半個月，不能躁怒和操勞。

這麼久不能上戰場，甚至要暫別戰馬和長槍，令孫策感到十分痛苦。何況偷襲許都，劫持皇帝，何等重要，機不可失，時不再來，他怎麼能靜養得了？再則自從遇刺後，江東人心不穩，使他也無法靜養，經常要出席一些公眾場合，並裝出已經沒有大礙的樣子。

更糟的是，孫策無法控制自己的心緒，總是禁不住思考軍國大事，悠閒輕鬆的日子，他一刻也過不了。

5

由於對手是北方之雄曹操，激起了周瑜的萬丈雄心。

到廬陵的巴丘後，他調度兵馬，巡視軍營，夜裡遙望北方，禁不住拔劍起舞，興奮異常。然乍聞孫策遇刺的消息，十分震驚，如同迎頭被潑了一盆冷水。

孫權來信說：孫策傷勢極重，有性命之憂，不能領兵，目前已暫返吳郡。之後的作戰方針，請周瑜全權定奪。張昭、程普、黃蓋等重臣都主張不要貿然襲許，原因是孫策病重，江東人心浮動，許多郡縣可能會伺機反叛，不得不防，如此一來，可供偷襲許都的兵力將非常有限，且士氣大受影響，艱險和困難可想而知。

一連三天，周瑜未踏出大帳一步，苦思苦想，將從汝南和許都收集的各種情報分析了十幾遍，反覆權衡利弊，毅然決定仍維持原議襲許，且只率領兩萬兵馬。

他認爲，錯過這個大好時機，就再也沒有第二次的機會了。萬一曹操打敗袁紹，進而統一北方，必然會揮兵南下，屆時江東手無籌碼，將難以招架。

於是，他制訂一個大膽的計畫：兵分兩路，一路由程普、黃蓋、韓當、周泰等率領一萬五千人，浩浩蕩蕩地攻打鄰近的九江郡，吸引留守後方的曹軍集結，他自己則率領五千精銳輕騎，悄悄進入汝南郡，沿著先前他從壽春到許都的路線晝伏夜出，最後來個大偷襲，讓曹操猝不及防。等許都攻破後，再以皇帝名義發表討曹檄文，然後從汝南郡進入九江，與先前程普等所率領的江東兵會合夾擊曹軍，順利的話，將可連帶獲得九江郡。

周瑜制訂此計畫的考量是：九江郡原爲袁術地盤，曹操方才奪取不久，根基尙未穩固，而他與孫策曾長期待在壽春，對九江的情況瞭若指掌，且廬江與九江相鄰，進攻起來省力省時，勝算也較大，對牽制留守後方的曹軍能起一定作用，如此一來，他所率領的五千奇襲精兵，便可順利抵達許都，完成使命。

韓當和周泰都認爲這樣做風險太大。

「不入虎穴，焉得虎子。」周瑜主意既定，再不動搖。他連夜寫了兩封信，一封給孫策，要他好好養病，並詳細論證「襲許」的計劃；一封寫給袁紹，勸他勿驕勿躁，拖住曹軍。他替袁紹分析局勢：曹操兵少，後方空虛，必出奇計，力求速戰，只要袁紹嚴防死守，穩紮穩打，則曹軍必敗。

孫策看完周瑜的信，十分贊同，還說他的病快好了，將返回廬江與周瑜會師。

然而就在當天夜裡，大喬攙扶著孫策到花園賞月，他忽然箭傷爆裂，昏迷過去。

兩天後醒來，孫策預感死期將至，就把孫權叫到床前，將印綬給他，拉住他的手叮囑：

「子布（張昭字子布）忠心耿耿，正直不阿，情懷高尙，氣度恢宏，可以幫助你治理江東。然而，亂世之中，最重要的是攻城掠地，擊退強敵，這只有依靠公瑾了。父親生前夢見過天神賜給他一個金身童子，隔日公瑾便來訪，此夢定不假。公瑾乃當世奇才，不亞於曹操和袁紹，將來攻取巴蜀，圖謀北方，就靠他了。我和公瑾情同手足，你要把他當成兄長相待。」

孫策臨死前，給周瑜一封親筆信，回顧了二人的生死友情之後，說：

「中原正在大亂，以吳越人力，三江險要，足以坐觀成敗。率領江東人馬，決於戰場，與天下英雄相爭，仲謀不如我；選拔賢才，任用能臣，使他們各盡忠心，保守江東，我還不如仲謀，請你盡心輔佐他。目前雖然已經佔有會稽、吳郡、丹陽、豫章、廬江、廬陵等郡，但治理不久，懷有二心者甚多，偏遠山區還未平定，就不要偷襲許都了。我死後，一定會有太守趁機叛亂，除了你，無人能鎮壓他們。」

周瑜在率軍前往廬江的途中接獲孫策的死訊，不禁放聲大哭，捶胸頓足，一連三日，未進粒米，人昏昏沉沉的，瘦了一大圈。他不忍違背孫策臨終遺囑，只好望北興歎，忍痛轉回吳郡奔喪。

周瑜回吳後，改任中護軍，留在吳郡主持軍事。他將孫堅的感激和對孫策的友誼都轉移到孫權身上，盡心盡力輔佐他成就大業。有周瑜在，眾將領都覺得有了一個堅強的依靠。

周瑜從巨大的悲痛中清醒過來，將孫策遇刺經過詢問得詳詳細細，漸起疑心：

第一，伯符抄斬許家之前，沒有任何徵兆，許安和兩個門客卻能逃掉，這是巧合嗎？

第二，許安等人事先埋伏在野林中，他們怎會知道伯符要去那裡打獵呢？

於是，他開始一一過濾可疑者：首先是太史慈。他本劉繇的同鄉兼部將，武功高強，有膽有識，曾經和孫策大戰過，但他出身低微，不被劉繇重用。劉繇慘敗時，他被孫策生擒。孫策十分賞識他，親自替他鬆綁，與他推心置腹。太史慈十分感動，投靠孫策後便忠心耿耿，是孫策最得力的愛將。在多次戰鬥中，他不離孫策左右，捨生忘死，絕不會有暗害孫策之意。

至於那幾個貼身護衛，都受過孫家的大恩大德，是孫策的心腹死士，他們若想害孫策，不必等到今天，所以也絕不可能是他們。

除了太史慈和孫策的幾個貼身侍衛外，知道孫策第二天會去野林打獵的人只有大喬和前日議會的六位太守，即丹陽郡太守吳景、豫章郡太守孫賁、廬陵郡太守孫輔、吳郡太守朱治、會稽郡太守孫權和廬江郡太守李術。

其中吳景、孫賁、孫權是孫策的至親，孫輔是孫賁的弟弟，他們定不會做出這種事來，問題在於朱治和李術這兩人。

然而，朱治乃孫堅舊將，受過孫堅恩德，對孫家的忠心絕不在程普和黃蓋之下。孫堅死後，他曾到袁術手下任職，看袁術難成大器，便毅然辭官，閒居山野，過著逍遙自在的日子。後聽說孫策起兵，就不畏艱險，趕來效力，情誼令人感動。要說他有害孫策之心，不會有人相信。

那就只剩下李術了。

更何況抄斬許家的人正是李術，極有可能會故意放走許安和兩個門客。但若是李術給刺客通風報信，那他加害孫策的動機何在？這樣做既危險，又得不到巨大利益……此外，李術膽小怕事，背後如果沒人撐腰，定不敢如此。如果這些設想成立，那麼李術背後的人會是誰呢？

周瑜心神不寧地叫來司馬功，把這些疑團對他說了，要他派最精幹的密探，到廬江郡城，嚴密監視李術的一舉一動。

司馬功覺得此事太重大，決心親赴廬江郡城。

不過數日，他便有所斬獲：

「周將軍，李術和幾個豫州客商來往密切。憑我的直覺，這幾個客商很可能是密探。畢竟我本身即密探，看一個人是不是密探，八九不離十。」

周瑜暗忖：豫州密探？如果這是真的，那一定是曹操派來的。

北方的割據者，只有袁紹和曹操會垂涎江東。袁紹已經和江東結盟，不可能派密探來。

「我派人晝夜監視那幾個客商，」司馬功滿臉風塵，喝了一大口水，繼續說：「許安和兩個門客，十有八九是李術故意放走的。這兩個門客一個叫趙吉，一個叫郭星，是許家幾十名門客中武功最高，箭法最好的。其中就是趙吉射中主公！主公身經百戰，能一箭射中他要害的並不多。這會是偶然嗎？」

周瑜對這個發現大吃一驚，陷入深思：

李術和許貢有仇，卻故意放走這三個人，或許就是想讓他們去刺殺伯符。難道這會是一個連環計，而李術陷害許貢，只是其中的一個環節，最終目標卻是伯符。

「周將軍，我只是不明白，李術算是許家的仇人，許安等人怎會相信他呢？也就是說，李術怎能利用許安呢？」

「這很簡單，只需一個中間人就行了。李術可以收買一個許家的故舊……一定是這樣，可恨！」周瑜想到這裡，很悲憤，但隨即冷靜下來：「目前，最要緊的是查清那幾個豫州客商的眞實身分，不必去找李術和許安的中間人。」

又過了半個月，那幾個豫州客商的身分終於被查清：他們正是曹操的密探。

江東密探一直跟蹤他們渡過淮水，直到汝南郡，親眼見他們進了曹軍的兵營。

其中有一個密探叫程實，就是汝南人。江東密探從他妻子口中，證實了此事。

這個結果，周瑜雖然猜到了，但還是驚愕得半晌說不出話。他推測：李術一定是受曹操的唆使，藉由犧牲許貢，來暗害伯符。

曹操深謀遠慮，一定會想到、甚至發現我們有襲許意圖，他和袁紹正在決戰，無力應付江東，便出此毒策。只要伯符一死，江東立即大亂，自然無力北伐了。好厲害的曹操！能在千里之外，借刀殺人，無影無形，神鬼不知。

孫權聽說這件事，驚訝之餘，更氣得咬牙切齒：

「這個恩將仇報的惡賊，我要馬上出兵，掃平廬江郡。」

「仲謀，此事非同小可，稍有不慎，就會釀成大患。別忘了，李術背後還有曹操。」

「那該怎麼辦？」

「你明天傳令各郡太守來議事，等李術一到，就把他拿下。然後派程公（即程普）代理廬江太守一職，再請子敬（魯肅字子敬）協助程公。總之，要兵不血刃控制住廬江郡，江東目前禁不起動亂啊！」

孫權依計行事。

6

然而，李術卻稱病沒來，只派一個副將前往。

孫權遵照周瑜的密囑，不露聲色地開完會，還向那副將詢問了李術的病情，並送幾味名貴的藥材，完全一副籠絡人心之態，不露半點破綻。

另外，周瑜和孫權、程普商量，都覺得討伐李術，宜早不宜遲。否則，等到曹操打敗袁紹，統一北方之後再揮兵南下，廬江郡定成爲曹操囊中之物。

就在孫權暗中調兵遣將之際，北方傳來袁紹在官渡兵敗的消息。這對江東是個極大的打擊，孫權急召周瑜、張昭等幾個重臣商議對策。

與此同時，潛伏在廬江的密探傳回消息：李術正在加緊腳步招兵買馬，公然收容劉繇、王朗和嚴白虎的舊部，叛反之心，昭然若揭。

「公瑾，李術乃是曹操伸到江東的一隻手，不將它立刻斬斷，必成大患。此仗關係甚大，只有勞你親征，速戰速決了。」孫權著急地說。

「這一仗，不該由我來打。」周瑜卻笑笑說。

「除了你，還有更合適的人嗎？」

「有。」

「是誰？」

「你啊！」

孫權一聽，滿臉困惑：

「公瑾，你不是開玩笑吧？並非我膽小懦弱，只是我從未帶兵打過仗，何況值此江東存亡關頭。」

「有我在，你怎麼會敗呢？我已經想好了破敵之計。」

「那你爲什麼不親征呢？」

「值此亂世，一方人主樹立一個能征善戰的形象十分重要。你聰慧過人，禮賢愛士，有明主之風，加上父兄生前英武神勇，待人極好，故而有許多人擁戴你。但若想繼往開來，把父兄傳給你的基業發揚光大，就要樹立自己的威信，以激勵將士。」

孫權恍然大悟，對周瑜一揖到底：「公瑾用心良苦，仲謀感激不盡。」接著又說：「如今，曹操打敗袁紹，但袁紹仍據有四州之地，曹操一時還無力出兵江東。若不是你洞察秋毫，對李術起了疑心，及時發現曹操的陰謀，等到曹操統一北方，再和李術裡應外合，那江東就有可能淪陷了。」

孫權出征之前，周瑜覺得江東勢小，表面仍然要裝出尊奉曹操之態，令他出師無名，還要陳述利害，令他知難而退。於是，他就起草一封給曹操的信，上頭指出：

「李術兇惡，輕犯漢制，殘害州司，肆其無道，宜速誅滅，以懲醜類。今欲討之，進為國朝掃除鯨鯢，退為舉將報塞怨仇，此天下達義，夙夜所甘心。術必懼誅，復詭說求救。明公所居，阿衡之任，海內所瞻，願敕執事，勿復聽受。」

信中暗示江東已經想到了曹操可能會出兵相救，所以已有準備。如此則曹操看過這封信後，出兵相救的可能性便會大大降低。

江東的兵精將勇，大軍一逼近廬江郡城，李術不敢與之爭鋒，就一面堅守不出，一面火速向曹操求救。

廬江郡城經過劉勳數年的治理，積糧極多，且城池堅固，易守難攻。江東兵幾次猛攻，都被打退了。孫權見狀十分著急，於是親臨城下，指揮攻城。

李術在城頭上看得清楚，張弓搭箭，不偏不倚射中他的肩頭。孫權應聲落馬，被幾員大將搶救回去，奮勇衝鋒的江東將士見此情景，頓時亂了陣腳，不得不鳴金收兵。

李術十分謹慎，不顧眾將的請戰，沒有趁勢殺出，只等著曹操的救兵到來，夾擊孫權。

接連數日，江東兵都沒再攻城，只有幾員大將輪番叫戰，一會兒，見城內沒反應，就收兵了，而且退到十里之外紮扎營。很明顯地看出來，江東兵士氣大衰。

「孫權小兒，乳臭未乾，看我殺得你片甲不留。」李術哈哈大笑。

這一日，曹軍的密使到了，是李術很熟悉的程賓。

「李將軍，袁紹在官渡戰敗後，許都北面的威脅就解除了，曹公要趁孫策猝死之良機，大舉進攻，一戰而敗江東。大將曹仁和夏侯淵各自統率五千精銳鐵騎，已經繞到孫權的後方，潛伏在林中。明天夜裡三更，你在城頭上看見東南兩個方向同時有火箭升空，就率大軍劫營。到那時，三面夾攻，活捉孫權。打敗孫權後，曹公親率的十萬大軍也會到，到時便一舉掃平江東。」

李術大喜，當即重賞了程賓，叫他再設法混出城，回稟曹仁和夏侯淵。

第二天，夜色迷離，曉月朦朧。

李術和他的兩萬大軍整裝待發，排列有序。

到了三更時分，東方與南方果然有火箭騰空而起。

李術看得真切，立刻下令打開城門，殺向江東的兵營。

想不到，殺進去一看，竟然是座空營。從東南兩個方向是有兩隊騎兵殺來，但那不是曹軍，而是江東軍，一個是太史慈，一個是韓當，勢如猛虎下山。

李術知道中計了，撥馬就退。將士們一見主帥不敢迎戰，士氣全無，掉頭便逃。太史慈和韓當在後面窮追不捨。

李術在將領的保護下，好不容易逃到城下，卻看見城頭之上插滿火把。火光之下，照耀著一面大旗，上寫一個巨大的「孫」字，旗下站著一個英姿颯爽的青年，正是孫權，絲毫看不出中箭的痕跡。

「李術，你這個惡賊，恩將仇報，勾結外敵，害我兄長，今天叫你死無葬身之地。」

他話音未落，城上就射下一陣箭雨。李術來不及細想這是怎麼回事，只想殺出一條血路逃出。激戰中，太史慈連斬兩員大將，殺到李術面前，一戟刺來，再往回一勾，李術的劍就脫手了。

太史慈怒目圓睜，聲如雷鳴：

「你這卑鄙小人，我要替主公報仇！」

李術不敢應戰，奪路而逃，被太史慈趕上，一戟刺中後背，應聲落馬。太史慈跳下馬，砍下李術的頭，高聲大叫。李術的將士們見主帥已死，紛紛棄械投降。

原來，孫權按照周瑜之計，找來一個相貌酷似他的士兵，令他扮作孫權，親臨城下，果然騙過了李術。至於程實，則是被司馬功重金收買。由於他一直就擔任曹操和李術之間的聯絡任務，所以李術毫不懷疑。

戰事結束後，孫權念及廬江郡人多物豐，極容易形成一股強大勢力，且位於江東最北的地方，極難控制，就用了個「釜底抽薪」之計，將三萬餘廬江人遷移到吳郡安置，大大鞏固了對江東的控制，並減少各郡縣的威脅。

這一仗，周瑜始終在吳郡，也故意不過問此事。

憑此一戰，孫權聲名大噪，在將士們心中的威信大增，因孫策之死而搖擺不定的江東士族豪強，對孫權都有了信心，決定一心輔佐他。

孫權凱旋而歸，所經之處受到士族豪強們的隆重歡迎，百姓分列兩邊，爭相目睹孫權的風采，目光充滿了崇拜。許多人心裡在想：

孫家眞是人氣沖天，一代比一代強，孫權年紀這麼輕，又初掌大權，就能指揮千軍萬馬，迅速平定一方叛亂，如此英勇神武，天下無人能及。江東在他的治理下，會更強大。我們跟著他，進則能飛黃騰達，退則能安居樂業。

這是江東人的一個共同心態。

孫權回到吳郡，張昭和周瑜等文官武將出城十里迎接，萬餘名百姓聚集在城門口，城內黃土鋪道，淨水灑街，街頭巷尾都在讚頌著他。

孫權騎在高大駿馬上，激動之餘是感動：能有今日的榮光，全是公瑾一片苦心。沒有他運籌帷幄，我不知何時才能攻下廬江，沒有他及時發現曹操和李術的陰謀，過不了多久，江東就成爲曹操的囊中之物了。

當晚，張昭和周瑜本想大擺宴席，爲孫權接風，但吳郡四大宗族的代表張文、朱武、陸忠和顧孝一起來拜賀，請孫權與十幾名江東重臣赴宴。他們都是在吳郡最具影響力的豪族大姓，控制著吳郡將近半數的錢糧，子弟和門人遍佈吳郡各個階層。

朱武向孫權一揖，說：

「孫將軍年少英雄，還勝父兄一籌，我等十分仰慕。如今，江東流傳著一句話：『江東有孫家，風雨不用愁』。」

「江東的繁榮富強，還要仰仗各位相助。」孫權十分謙遜地說。

「我們已經商量好，捐獻五萬斛米做軍糧，另外還有一些軍械，請孫將軍不要嫌棄，千萬收下。」張文說。

孫權聽聞大喜過望：這表示一個清晰的信號，即是我已經得到四大宗族的信任和支持，對我這個初掌大權的人而言。這太重要了。

「軍糧和軍械當然好，但你們還沒把最好的東西捐出來。」周瑜突然接道。

張文等人面面相覷，不解其意。

「是人啊！」周瑜笑著說：「你們的子弟和門人中，一定有許多才俊，爲何不推薦給我家主公啊！現在正是用人之際。」

孫權立刻心領神會：

「不錯，江東的事情最好還是我們江東人自己管理，你們的子姪都是江東的血脈，應該替江東出力。」

四大宗族的首領們聽了，知道孫權將要重用他們的族人，萬分欣喜，齊聲道：

「願意替孫將軍效犬馬之勞。」

「這話說得不準確，江東不是我孫家一家的，是屬於所有熱愛江東的人。」孫權籠絡人心之術，比孫策有過之而無不及：「你們快一點把子姪們的名單列出來給我。江東要強大，他們可是中流砥柱呢！」

這一晚，孫權開懷暢飲，和四大宗族代表徹夜長談。從此，孫氏在江東的統治基礎益加鞏固。

【第十一章】水軍立國

1

曹操在官渡大敗袁紹之後，當時依附於袁紹帳下的劉備獨力難支，敗逃到荊州，投靠了同爲漢宗室的劉表。望眼遼闊的北方大地，已經無人能和曹操爭霸了。

在此關頭，孫權召開一次決定江東命運的軍事會議，商議周瑜提出的全力發展水軍的方案。孫權居中而坐，左邊是周瑜和魯肅，右邊是張昭、程普、黃蓋。

他們相互盯著對方，案上的酒菜似乎從未動過。

屋內沒有一個侍者。

只見張昭口氣咄咄逼人，反問周瑜：

「公瑾，曹操遠在千里之外，如果他不揮師南下，而是去攻打馬超、韓遂、張魯、劉璋，你造那麼多船有何用？」

周瑜搖頭道：「曹操擊敗袁紹，統一北方已成定局，馬超與韓遂力量太小，不足以與之抗衡，牽制不了曹操。巴蜀之地險峻難行，易守難攻，離許都也遠，曹操必定不會貿然圖謀張魯或劉璋。如果我是曹操，定會覬覦荊州：荊州一馬平川，利於大軍野戰，離許都也較近。先取得荊州，再順江而下進攻江東，底定江東後，由此溯江攻入蜀地，劉璋和張魯便無險可守，只能乖乖就擒。」

「但是公瑾，」黃蓋接著說：「曹操光要取得荊州就疲於奔命了：荊州的劉表有精兵二十萬，戰鬥下來，無論輸贏，我們總是以逸待勞的一方，即便沒有水軍，一樣能夠相抗衡。」

周瑜站起來，環顧衆人：「劉表據荊州十年，的確是兵多糧足，可惜安逸日子過太久，兵無士氣，將無鬥志，他本人更是不求進取，且在郊外祭祀天地，住處衣服多所僭越，與袁術當初功業未成，即妄想稱王道帝如出一轍，怎能抵擋曹操的千軍萬馬？再則……」他說著，看一眼張昭與黃蓋，不疾不徐道：「劉表善治水軍，有蒙衝鬥艦千餘艘，一旦為曹操所敗，這些水軍將盡歸曹操。而江東所依恃者，乃長江這個天然屏障，如果曹操利用收編的劉表水軍渡江而來，試問我們如何抵禦？」

黃蓋與程普面面相覷，這確實是個棘手的問題。曹操萬一是率水軍來取江東，將會是如入無人之境。

周瑜見眾人無語，繼續說道：

「況且，曹軍強大，若要與之抗衡，將我們既有的優勢加以發揮是很重要的，長江就是我們的既有優勢！北方人不習水戰，若把戰場設在水上，正是以己之長，攻敵之短。我們只要在水上先給曹操一個迎頭痛擊，必可重挫曹操的軍心，軍心一垮，無論他的陸軍有多強，都無用武之地了。這正是我一再堅持發展水軍的目的所在。」

孫權先前已經幾次聽過周瑜縝密的分析，此刻見諸將有被周瑜說服的傾向，便適時地表態：

「我同意公瑾的計劃。日後，江東最大的敵人就是曹操，劉表、劉璋、張魯都不足懼，要集中一切力量對付曹操。而對付曹操，只能和他拚水軍。」

張昭見周瑜計慮周密，只好同意：

「先主公臨死時，叫我負責內政，公瑾主持外事，如何保衛江東，就由主公和公瑾做主吧！」

孫權長歎了一口氣：

「內政是國家之基礎，子布的責任還是最大的。公瑾負責擴建水軍，程公和公覆（黃蓋字公覆）也要加緊訓練陸軍。打敗曹操，就要攻取巴蜀了，沒有陸軍怎麼行？」

2

中國歷史上，首開以水軍爲立國之本先河的人，就是周瑜。

爲籌建江東水軍，周瑜費盡心機。

有一個水盜頭子叫洪大鬍子，橫行江河湖泊間二十多年，打劫船隻無數，官府圍剿他幾十次，都被他輕易脫逃。原因是他的船特別快，以致官府的船怎麼也追不上。後來因爲他手下的兄弟一時大意，誤闖淺灘，才被江東水軍抓住。洪大鬍子民憤極深，被張昭親自圈點，打入死牢。

周瑜知道了這件事，就祕密來到死牢，看洪大鬍子魁梧威猛，數十日未洗的頭髮又長又髒，把他的臉全部蓋住了。他渾身都帶著重刑具，每天只能吃幾碗稀粥，身體很虛弱，聽見有人進來，還以爲是要斬首了，一下子站起來，氣概十足。

眞是一條血氣十足的硬漢子。周瑜很喜歡這樣的人，不顧獄卒阻攔，毅然擺上酒菜，和洪大鬍子共飲。

「我的船快，因爲我的帆最出色。」洪大鬍子喝許多酒後，順口說出來。

「你的帆可以救你的命。」周瑜直言。

「我是張昭那個老匹夫親自圈點的死刑犯，恐怕連孫權都救不了我，你憑什麼？」洪大鬍子不信。

張昭忠心耿耿，清正廉潔，治理江東鐵面無私，只認法律不認人。孫權犯了錯，他都要當衆直言，常令孫權下不了台。程普的馬受驚，衝進稻田。張昭非逼著程普親自下田，將踏壞的稻苗插上。

孫權私下對人說：子布是我的嚴父，公瑾是我的慈兄。

周瑜親自到張昭府上，求他赦免洪大鬍子。張昭一聽就連連搖頭，拂袖而去，把周瑜晾在客廳裡。

周瑜只好求孫權出面：

「洪大鬍子的帆會令我們的船在水上跑得像風一樣快，這對戰勝曹操，保衛江東太重要了。」

孫權於是和周瑜一同去找張昭懇談。但張昭還是不肯答應：

「一次破例，就亂了人心。治國和用兵正好相反，用兵要奇，治國要正。一時得益，必損其後，江東之亂從此開始。公瑾，你主管外事，若是要糧無糧，要丁無丁，豈不巧婦難爲無米之炊嗎？」

「做人做事，既要守原則，又要懂得變通，因人制宜，因地制宜，因時制宜，這也是原則。」周瑜忽地向張昭跪倒：「子布，此事直接關係到江東的生死存亡！」

張昭大驚，急忙扶他：

「公瑾，你……快起來。」

「子布，你不答應，我就不起來。」

張昭扶不起周瑜，又看著孫權滿心期待的樣子，才勉強答應了。

事實上，張昭這種剛正不阿的性格，倒也幫過周瑜一次：

周瑜重金招聘造船專家，封以官職，不把他們當卑下的匠人看待。

有個叫李志的人，出身造船世家，他將船頭和船尾進行了大膽的改進，造出的新船很堅固，速度很快，遠近聞名。同樣的木料，別人造兩艘船，他能造出三艘來。

有次，李志造的新船出航不久，船體突然裂開，船主愛子正在船上，因此墜江身亡，整船的稻米也都餵了魚。船主追究責任，李志被關進大牢。

周瑜認為李志確實有極高的造船技術，這不過是一次失誤，若讓他繼續改良，很可能會成功。他一打聽，那船主姓謝名正，他堂妹就是孫權的夫人謝氏。謝正痛失愛子，非要置李志於死地不可，罪名是他造船時偷工減料，侵吞錢款。

周瑜本來想找孫權出面，向謝氏說情，但他稍加思索，覺得還是去找張昭，說謝家仗勢欺人，草菅人命。張昭嫉惡如仇，聞言親自審查此案，按律只判李志罰金一萬錢，無須坐牢。李志沒錢，周瑜替他出了。謝家知道張昭的脾氣，只好作罷。

李志是個老實人，拙於言辭，也不擅與人交際，但他癡迷造船術，那種刻苦鑽研的精神，就連善於埋頭苦讀的周瑜，都自歎不如。他感激周瑜的救命之恩，沒日沒夜地待在造船廠，和船工們一起吃住，並經常親自動手實驗。他完全沉浸在「船」裡，癡癡傻傻的。好幾次，有人親眼見他走路竟撞到一棵樹，痛得齜牙咧嘴。他也曾一連數日獨來獨往，不與任何人說半句話。

一次午後，他竟問旁人：「我中午吃飯了嗎？」差點沒把對方笑倒在地：

「吃沒吃飯，你自己都不曉得，我哪裡會知道？」

周瑜特別欣賞李志這種「癡傻」，也很關心他的身體，勸他要好好休息。所以他每到船廠，就設法讓李志輕鬆一回，偶爾也領他到城內，看一看歌舞。

由李志改良後的戰船經過十幾次遠航，都未再出現過船體爆裂的狀況。但他還不放心，船毀人亡的惡夢仍不時浮現腦海，爲此，他繼續苦思苦想。

沉默了好幾天的李志，忽然發瘋似地一躍而起，大喊大叫：

「我想到了，我想到了！」

衆人都被嚇一跳，以爲他精神錯亂了。

李志跌跌撞撞地去找周瑜，那神態怪異至極。他見到周瑜，竟沒頭沒腦地緊緊抱住對方：

「我想到一個萬全之策，我們的戰船再也不會沉了。」說著說著居然哭出來：「再也不會沉了，再也不會沉了……」

「慢慢說，不要急。」周瑜扶著他坐下。

「把船艙分成幾個密封獨立的小艙，相互不透水，如此即使船有局部破損，也只有部份地區進水，不至於沉沒，還來得及開回來修補。」

以前的戰船在經猛烈碰撞產生大洞之後，來不及折返便沉沒了，只得趕緊棄船。而經李志改良的戰船，卻有足夠時間應變，甚至繼續戰鬥。再則這些受損的戰船，修補成本很小。

孫權、張昭、程普等人在周瑜的陪同下，參觀了這種新式戰船，都興奮不已，當即給李志升官加俸，並於吳郡賜豪宅一座，良田百畝。周瑜還在百忙之中，親自過問和籌辦，替李志娶了一位溫柔美麗的妻子。

此後，李志和其他的造船專家，一起製造出樓船、運兵船、運糧船、鬥艦、蒙衝等各種船艦。這些各有專司的船艦，功能十分強大，如：

樓船是主力戰船，船上有幾層密封起來的高樓，每扇窗口只有上下兩排小孔，上排用來觀望敵情，下排用來發射利箭。強弩手隱藏在裡面，十分安全，攻擊力很強。

蒙衝小而輕，速度極快，除可衝撞敵船外，前後左右各有弩窗，與敵人接近時還能放箭，攻其不備。

這些不同類型的戰船，經過搭配後，戰鬥力大增。

3

有了精良的兵器，還要配以精良的士卒，方能將戰鬥力發揮到極致，爲此，如何教育兵弁就成爲周瑜接下來思考的重點。

他想到了被他摒棄已久的儒學。畢竟天下再紛亂，世人再沉淪，內心深處或多或少都應該有「善」的存在，只要能加以引導誘發，並配合儒學中所稱的「仁」和「禮」來治理軍隊，或許可收意想不到的效果。

帶兵打仗，最要緊的就是莫讓他們因擾民而自毀品行，因嫖賭而弄壞身體。要做到這點，教育士兵們各個爲善成材是很重要的，紀律嚴明、秋毫無犯，加上樂於助人，地方百姓必然簞食壺漿，竭誠歡迎，這樣的軍隊才是王者之師，才能無敵於天下。

為達到這個境地，周瑜除了嚴格訓練水兵熟習各項戰鬥技巧與戰艦隊形變化外，也不厭其煩地給他們講演正義之理，與救世濟民的觀念。日子一久，水兵漸漸受到潛移默化，恪遵紀律，愛護百姓。

其中，洪大鬍子的效忠，就是很明顯的例子。

洪大鬍子做了二十幾年的水盜，雖講義氣，恩怨分明，但他殺人無數，不懂什麼聖賢哲理，吃喝玩樂就是唯一的人生目標，也沒什麼是非善惡的概念，更別說是為國為民，君子之德了。

然而，當周瑜不時地給水兵講演道理，敘述孔子、孟子、孫子、管仲、樂毅、田單、荊軻、韓信、張良、霍去病等先賢名將們的事蹟時，耳濡目染之下，洪大鬍子竟慢慢地聽進去，也聽懂了，漸漸發現人生不是「吃飽睡，睡飽吃」而已。有幾個晚上，他還捨棄有酒喝的機會，留下來仔細聆聽教誨。

●

水軍大營的四周，都是純樸的農民和漁夫。

周瑜對水兵們反覆講解「民乃兵之本」的道理，並鼓勵經驗豐富的水兵，在閒暇時，協助漁民修補船隻，傳授出航經驗。因此，江東水軍的聲譽極好，與百姓同心同氣，相處融洽。

有一次，洪大鬍子酒興來了，邀約三個水兵去街肆沽酒。當他們裝滿兩罈後，才發現忘了帶錢，十分掃興。

那酒店的主人一看他們穿著水兵的制服，很大方地說：

「水兵兄弟們想喝酒，就帶回去吧！算我請的。」

一個水兵忙說：「周將軍的軍令很嚴，連一根蔥都不能隨便拿取，何況是兩罈酒？」

「死心眼，那我就說你們給錢了，誰知道。」酒店主人一邊說，一邊使勁地推著洪大鬍子等人，熱情又眞誠地笑著：「快走吧！別杵在這耽誤我做生意。」

洪大鬍子聞言心頭猛然一震，一股暖意頓時擴散全身。他從未如此感動過，突然覺得這兩罈酒是無價的。

第二天一早，心有不安的洪大鬍子立即把酒錢送過去，但那酒店老板執意不收，還說：

「水兵大哥，你們給百姓做了許多好事，我很感激呢！我有個弟弟是漁夫，他的船壞了，無力修復，生計無著，正苦惱時，來了二十幾位水兵說要幫忙，結果很快就把船修好了，還分文未取，我們正不知如何答謝呢！那兩罈酒，算是一點心意吧！」

兩人堅持到最後，洪大鬍子終究沒能讓酒店老闆收下錢。

他感動之餘，回想起過去自己的所作所爲，十分悔恨。

從此以後，他更加熱愛水軍大營和裡頭的弟兄，也變得得十分勤奮努力，積極做好份內工作。長此下來，逐漸成爲一個樂觀開朗、和藹可親，喜歡幫助別人的人。水兵都很樂意與他相處，有的把他當成知心朋友，有的則和他開開玩笑，不分彼此地打成一片。

周瑜見時機成熟，便任命洪大鬍子爲帶兵校尉。

洪大鬍子在江河湖泊間縱橫二十年，水面作戰經驗豐富，升官後，不斷向周瑜提出許多寶貴的意見，讓江東水軍受益匪淺，因此沒多久又被周瑜破格任命爲水軍總教頭，官職與韓當等三朝老將平起平坐，俸祿相當。

如此殊榮厚賞，是洪大鬍子始料未及的，感激之餘，他也發誓永遠效忠江東水軍。

•

周瑜素不愛財，在選人任將上，他也不用為名利而來者，因為那些提拔稍遲一點就怨恨不已，遇到一點不如意就怨氣沖天的人，必會與同僚爭名算利，與士兵計較錙銖，小肚雞腸，做不得大事。

但同時他又堅持以「利」來籠絡軍心，實行所謂的厚餉養兵，讓每個士卒除了個人生活無虞外，還能夠多少貼補家用，從此安心操練，既不會有擾民的想法，也不會暗地從事其它副業。

周瑜的水軍將領，大都不善言辭，甚至不諳禮儀，但行動迅速敏捷，從不怕艱畏難。在他認為，身邊的將領士卒，一定要忠誠盡職，且必須是發自內心。「君子之道，莫大乎以忠誠為天下倡」，僚屬誠，方能盡忠於長官；兵士誠，方能盡忠於將領。這是維繫君與臣、將與兵、長官與部屬之間的要素。孔子說的「禮治天下，仁者無敵」真有道理啊！治軍要講法，也要講儒，二者缺一不可。

在鑽研治軍之術時，周瑜重新捧起了儒學經典，思考運用，得心應手。

這一天，孫權到水兵大營巡視，問：「有多少水兵了？」

「這……不太好說。」

「為什麼？」孫權感到奇怪。

「大營中有五萬水兵，但這一帶的百姓和我軍將士情深意厚，若有強敵來犯，兵民一體，同仇敵愾，即使出現十萬敵軍，也叫他來得了回不去。」

孫權聽得心花怒放：「公瑾治軍如此成功，江東必定無憂。這回程公應該讓賢了。」

孫權口中的程公即程普，字德謀。他乃右北平土垠人，機智勇敢，是個難得的將才，曾跟隨孫堅征討黃巾軍，也曾大敗呂布和董卓，戰功彪炳。孫堅死後，他拒絕了袁術所安排的高官厚祿，堅決不離開孫堅舊部。孫策起兵時，更率先支持響應，從不思慮自己的安危和前途，因此孫策對他十分尊敬，無論公私場合，都以「程公」呼之。

周瑜籌建水軍的同時，程普則繼續掌管陸軍。他對孫策兄弟如此器重周瑜，頗不以爲然，認爲周瑜乳臭未乾，只是詭詐之計多一些，運氣好一些罷了，故而平日與他相見，常恃長凌幼。對此周瑜倒很大度，不與他計較。

因此，當周瑜聽了孫權要程普讓賢的一席話，連忙搖頭：

「程公無論領軍與作戰經驗都比我要豐富許多，他也有自己獨特的治軍之道，我們彼此並無優劣之分，所以你萬萬不可做此想。事實上，我的治軍之術並不稀奇，待我和你說一遍，就會明白了。」

孫權聽完周瑜的解說後，還是跑去程普處轉述一遍。

程普從孫權口中瞭解到周瑜的治軍之法，連連稱奇，當即表示要在軍中試辦。在此之前，他自恃三朝元老，戰功彪炳，屢屢怠慢周瑜，沒想到周瑜竟是這樣用心良苦，讓他不勝慚愧。

於是，程普親自到水軍大營拜訪周瑜，才見面就一揖到地：

「以前多有得罪，望公瑾寬恕。」

周瑜急忙攔住他：「程公快別如此，論官職雖然你我相等，但論輩份你還是我長輩呢！」「今天，我是廉頗，你就是藺相如，我們重演一遍『將相合』吧！」

從此，程普對周瑜十分敬重，二人關係也變得很密切。程普曾告訴別人：

「與公瑾交往，就好像喝下香醇的美酒，不知不覺便已沉醉其中。」

孫策死時年僅二十六歲。同時，曹操四十六歲，袁紹四十八歲，劉備四十歲，劉表四十七歲，張魯三十八歲，劉璋三十六歲，他們的人生閱歷和統治經驗都很豐富，且應付過各種危機。

孫權執掌江東時才十九歲，連成人禮都尚未舉行，他放眼天下，覺得任重而道遠，內心升起莫名的疑慮與恐懼感：我這薄弱的雙肩，能夠挑起振興江東，鼎足天下的重責大任嗎？萬一失敗了，如何對得起父兄與部屬？

有了危機感，孫權變得更加勤奮，既埋首苦讀，又虛心向人學習，其中請教最多的當屬周瑜。他心知肚明：孫家幾經磨難能夠東山再起，除依仗張昭、程普和黃蓋等一班老臣外，還有公瑾與子敬等少壯派的協助。忠心耿耿的部屬並不難找，但像公瑾如此奇才，就可遇不可求了。

4

東漢獻帝建安十三年（西元二〇八年）春，江東傾兵而出，殺向江夏的黃祖，孫權再度披掛上陣，統領陸軍，周瑜被任命爲前部大都督，率領自己訓練已久的水軍，浩浩蕩蕩地向江夏郡出發。

黃祖與孫家乃世仇，當年孫堅便是單騎追敵，在峴山被其士兵射殺身亡，孫策爲報父仇，曾多次討伐黃祖，黃祖亦曾在劉勳被逐出皖城後，率軍趕來欲助劉勳奪回領地。然而孫策在尚未與黃祖分出勝負之前，便不幸殞逝。

因此，與黃祖之間恩怨的了結，就落到了孫權身上。在此之前，孫權已兩次征討過黃祖，一次是在建安八年（西元二〇三年），原本已大破對方舟車，卻因爲轄區山越族叛亂，只好回軍敉平，未能破城。另一次是在建安十二年（西元二〇七年），這回由黃祖先行挑釁，遣手下猛將鄧龍率數千兵弁進攻柴桑，不過在遭到迅速率軍趕來的周瑜一陣窮追猛打後，鄧龍被周瑜生擒，並擄獲男女數百人。

而這次的大舉進攻，主要是周瑜見時機已成熟，想測試培訓多年的江東水軍，能夠發揮多大的威力。

歷經兩回激烈的對戰，江夏郡實力已大不如前，但黃祖仍拚命死守。他用兩艘以生牛皮包裹的狹長蒙衝封住沔口，船上用堅韌的棕繩捆住巨石，然後拋向江底，藉此固定船身。船上千餘名士兵不斷用弓箭向外發射，頓時箭如雨下，江東水兵根本無法靠近。

江東的偏將軍董襲、別部司馬淩統，立功心切，見此景況十分焦急，不等主力水軍趕到，就各率敢死隊一百人，每人身披兩副鎧甲，乘著大船衝入黃祖兩艘蒙衝之間，董襲抽刀砍斷棕繩，先讓蒙衝失去定點而漂走，再令大船強行清出一條水道，打亂黃祖的陣式，於是江東的主力水軍毫無阻礙地通過了沔口。

黃祖見狀，連忙派水軍都督陳就迎戰，不料一觸即敗，被周瑜殺得潰不成軍。平北都尉呂蒙統率前鋒，親手斬下陳就的人頭，懸掛示衆。江東軍士氣大振，乘勝追擊。

另一方面，孫權的陸軍幾乎未遇到任何抵抗，就長驅直入夏口城下。不久，周瑜的水軍趕來會合，經過一陣猛攻，很快便破城而入。

黃祖在一隊親兵的保護下，拚命殺出重圍，無奈仍被追上，死於亂軍之下。

江夏郡失守，荊州人如夢方醒，惶惶不可終日。

劉表長子劉琦與弟弟劉琮，因繼位問題水火不容，劉琦眼見自己勢單力薄，情況越來越不利，在和劉備新得的謀士諸葛亮請益後，認爲這是暫避災禍的好機會，遂向重病臥床的父親請求接替黃祖的職位，劉表考慮幾日後，終於答應讓他出任江夏郡太守，並設法與孫權大軍相抗衡。

周瑜得知此消息，微笑著喃喃自語：「劉表根本就不曉得我周公瑾是何人也！看來，荊州已成殲滅黃祖的另一項勝利品了。」

就在周瑜和孫權摩拳擦掌之際，忽然接到密探千里飛馬來報——九江的歷陽出現兩萬曹軍，兵鋒直指丹陽郡。

江東傾兵而出，後方空虛，哪能擋得住精銳的兩萬曹軍？而且丹陽郡和吳郡相鄰，同爲孫家的根據之地，立足之本，臣民也最忠心，如果讓曹軍攻占，孫家在江東的根基等於被連根拔起，後果不堪設想。

怎麼辦？周瑜和孫權陷入了進退兩難的境地。

•

曹操自從徹底消滅袁紹之後，環視各路英雄，有一覽衆山小之感，再找不出能和他爭奪天下的人了。荊州的劉表，他從未放在心上，令他寢食不安倒是寄居荊州的劉備。

曹操十分了解劉備：只要他還有一口氣，就不會認輸，並繼續爭強到底。劉備自鎮壓黃巾之亂始，奔波了將近二十年，雖然兩手空空，但卻累積極高的德望，天下英雄和百姓莫不讚揚他，關羽、張飛、趙雲等一班猛將，也對他死心塌地，不離不棄。這種看不見摸不著的資本，隨時都能令他迅速崛起……最近又聽說他在荊州得到一個叫諸葛亮的年輕人，乃當世奇才，號稱「臥龍」，用兵能決勝千里，治國能安撫萬民。劉備之所以始終難成大事，原因在於武將有餘而謀臣不足，好比用一條腿與人競走。這個諸葛亮若眞是當世奇才，那麼劉備的「班底」就很完備了，遲早會成爲他的心腹大患，應該預先想出一套防範之法。

曹操正在沉思之際，突然有密探來報：孫權攻克夏口城，斬殺了黃祖替父雪仇，目前正積極部署軍隊，尙無折返江東的跡象。

曹操聞言臉色微變，突然發覺自己竟忽略掉孫權與周瑜的潛在力量：據來投奔他的前盧江郡太守劉勳說，周瑜是當今難得的少年英豪，他精通韜略，用兵深不可測。

曹操又想起孫策死後，周瑜輔佐年僅十九的孫權，非但斬殺李術報了兄仇，還能在短時間內穩定江東局勢，連他派人要求孫權送子到許都爲質，都遭拒絕。可見孫權和周瑜絕非泛泛之輩，既勇猛果敢，又有幾分膽識。如今他們攻陷江夏郡，黃祖也死於亂軍當中，應該算是達到報仇的目的，可以暫時歇兵了，然而卻仍在積極部署，似另有所圖……莫非這兩個小子和我想的一樣，明爲征討黃祖報父仇，暗地卻準備順勢進取荊州？

他十分清楚：荊州乃兵家必爭之地，只要佔據荊州，無論西取巴蜀，南攻江東，還是北圖中原都事半功倍，是統一天下的關鍵所在。

想到這，他坐都坐不住了，在屋裡走來走去，連女侍送來的晚膳，也沒吃一口。

他的堂弟曹仁來訪，見狀頗爲不解：

「孫權不就攻克一座城嘛！這事每天在各地都會上演，有什麼好擔心的？再說，孫權爲防範不甘戰敗的江夏兵偷襲，積極部署也很正常的啊！」

「此次可大不相同！」曹操神情很嚴肅：「你快幫我找文若過來。」

「天色已晚，還是吃完飯……」

曹操一把打斷他的話：「事不宜遲，我看乾脆親自去找他吧！」

文若就是荀彧，潁川人，出生於名士官僚之家，洞燭機先，算無遺策，是曹操麾下的第一謀士，極得曹操寵信。曹操初次擊敗呂布，想進取徐州，荀彧卻主張「深根固本以得天下」，建議曹操放棄一時的急功近利之心，立足兗州，再爭天下。兗州處於黃河和濟水之間的要衝地帶，若是在此生根發展，進可攻，退可守，即使一時戰敗，也不至有大危機。

當初曹操就是聽從他的這個戰略規劃，才有今日局面。

此時此刻，荀彧似乎已猜出曹操的來意：

「主公，荊州之重要就不必贅言了。劉表病危，加上荊州人偏安太久，兵懈民怠，怎能擋得住孫權的大軍？」

「荊州若被孫權佔有，其勢就很難動搖了，而且我們的汝南郡將從此永無安寧之日。」曹操眉頭緊鎖：「我本想等北方勢力鞏固之後，再大舉南下取荊州，然後攻江東或巴蜀，想不到孫權動作比我還快！文若，你看如何是好？」

「北方雖尚未鞏固，但大局已定，皇上又在您的輔佐之下，其勢已難撼動。反觀南方，孫權、周瑜並非泛泛之輩，若任其坐大，終將成爲心腹大患，何況荊州尚有一個蓄勢待發的劉備……於今之計，唯有趕在孫權之前取得荊州，方有可爲。」

「嗯……」曹操仍一副心事重重的模樣：「其實我的想法和你一樣，只不過……」

「您還是擔心無法南北兼顧吧！」荀彧微笑道：「果眞那樣，我倒有個一勞永逸之法。」

於是不久，朝廷降旨廢除太尉、司徒、司空這三公的職位，並恢復西漢初年所設置的丞相和御史大夫，曹操被任命爲丞相，無論大小事務皆由其統籌管理。他趁機將自己的親信分配到各個要職上，心裡總算比較安穩了。

後方局勢一底定，曹操便迅速做出決策，親率大軍南下，準備與劉表交戰。他還另外派遣一支部隊開往九江的歷陽，授意他們擺出準備進攻丹陽郡的樣子，藉以喝阻在江夏徘徊，意圖奪取荊州的孫權。

●

曹操南下的消息，很快傳到了荊州。

此時劉表剛病逝，後妻蔡氏之弟蔡瑁與外甥張允向來擁戴次子劉琮，立即聯合一些志同道合者共推劉琮繼任荊州刺史。劉琮個性旣懦弱，又無甚主見，沒有擔當大任之才，聽說戰無不勝的曹操要來打荊州，嚇得臉色發白，連夜召集重要部屬前來會商。

衆人見劉琮那副模樣，已知事不可爲，章陵太守蒯越率先說：

「爲荊州臣民與您劉家著想，恐怕最好的辦法，就是在曹操開戰前出降。」

劉琮有些動容，但卻唯唯諾諾地說：

「也許可以派劉備去抵抗……先父過世前，曾託他務必協助我治理荊州。」

東曹掾傅巽頗不以爲然，站起來朗聲說：

「逆順有大體，強弱有定勢。曹操貴爲漢室丞相，對外代表皇上，即是主，您這荊州刺史乃朝廷所任命，即爲臣，以人臣而拒人主，逆道也。再則若欲集結兵力對付曹操大軍，無疑以卵擊石，想用劉備迎戰曹操，更是不智之舉！試想若他無法禦敵，荊州免不了慘遭兵燹；若他可以禦敵，恐怕將有異心。形勢對我們如此不利，敢問您有何勝算可言？既無勝算，何不歸降曹操，或許還有一官半職可做，也不用再擔心殺伐之事，安安穩穩地享受榮華富貴。」

劉琮聽完傅巽的一番話，見與會部屬無人主張禦曹，更別說是請劉備去迎敵了。他本就怕事貪生，遂開始想著歸降後的好處。

不久，曹操大軍抵達新野（今河南新野），劉琮果然率衆持荊州印信前往，表明歸降之意。曹操對於能夠不費一兵一卒就得到荊州而欣喜若狂，當下以皇帝名義任命劉琮爲青州刺史，封列侯，蒯越等十五人因勸降有功，也各授官封侯。

5

當曹操在數百名猛將謀臣的簇擁下，頭戴金盔，身披紅袍銀甲，騎一匹雪白駿馬，意氣風發地進入荊州時，正當東漢獻帝建安十三年（西元二〇八年）九月。

先幾日入城的五萬精銳騎兵分列兩側，夾道歡迎。城外三十萬大軍則紮下綿延數十里的營寨，頓時旌旗遮天蔽日，戰馬嘶吼聲此起彼落。

荊州百姓在看過安民告示後，逐漸定下心來。對他們而言，不管由誰主事，只要能夠安居樂業，生命財產無虞就行了。曹操畢竟是天子任命的丞相，而他們是天子底下的百姓，只要守法守分，應該不至於遭遇什麼危險。

另一方面，荊州有名的才子和洽、韓暨等人，認爲劉表平庸無能，遇事沒有主見，多次婉拒他的邀請，寧願隱居鄉野村鄙。然而，在曹操進駐荊州後，他們卻都欣然接受任命。

荊州上下，完全籠罩在擁戴曹軍的歡愉氣氛當中。

「天下統一指日可待矣！」曹操忍不住在心中高聲吶喊，情緒激動不已。

他捏指一算，麾下已有將近七十萬的大軍，無論軍官士卒皆精神抖擻，蓄勢待發。而他心中耿耿於懷的劉備也在不久前被他打得落花流水，不得不拋妻棄子狼狽逃竄，至於孫權和周瑜，更在他作勢增兵歷陽欲圖丹陽郡後，匆匆班師撤回江東。若不趁此大好機會繼續攻城掠地，更待何時？

想到這裡，他實在興奮得睡不著，就由許褚和曹仁護衛，來到長江邊上，極目眺望，心中無限感慨：袁氏兄弟出身名門望族，祖上四世三公，都被我一一蕩平；劉備號稱帝王後裔，也被我趕得抱頭鼠竄。世人絕不會想到憑我區區一介宦官之後，竟能如此睥睨群雄，撼動四方。如今只要我一聲令下，七十萬大軍無論是南攻江東，抑或西取巴蜀，都像摧枯拉朽般容易。

曹仁眼望遠處稀稀落落的漁船燈火，問：

「丞相接下來是要先攻巴蜀，還是先佔江東？」

「如果說益州劉璋乃羊，漢中張魯乃驢，江東孫權乃幼虎，你會先對誰下手？」曹操捻鬚微笑問。

曹仁恍然大悟：「丞相意思是……」

「羊和驢再怎麼茁壯，終究無法對我們造成威脅，但幼虎可不同，如果不趁牠還小之時先行除去，日後定會變成一頭凶猛危險的野獸。因此下一個目標，應該是羽翼未豐的江東，只要江東到手，巴蜀猶如囊中之物。」曹操點頭說。

靜聽多時的許褚聞言，終於打破沉默，問：

「那麼關於佔領江東，丞相是否已有對策？」

曹操露出自信的笑容：「劉琮雙手奉上荊州後，讓我有了一個新的想法：原來光靠浩浩蕩蕩的軍隊與顯赫名聲，也能夠兵不血刃地獲得城池。當初孫權和周瑜在江夏，就是被我派去進駐歷陽的兩萬大軍震懾住，才匆忙撤回江東，因此我想先寫封信給孫權，勸他像劉琮一樣識時務，交出江東來。」

●

曹操出兵歷陽，周瑜審時度勢，費了好大力氣，才說服孫權撤回江東，並將數萬人口移防柴桑。

不久，荊州傳來劉表病逝的消息，孫權認為這是再一次奪取荊州的絕佳機會，但周瑜正在鄱陽湖督練水軍，一時無法聽取意見。隨侍的魯肅於是進言：

「如今劉表新亡，他的兩個兒子劉琦與劉琮又爲繼任問題，嫌隙已久，荊州上下正處於不安之勢，主公若想趁機奪取，可以考慮與目前寄居荊州的劉備合作。」

孫權曾聽周瑜提過劉備這個人，但對他並不熟悉，沉默半晌，說：

「茲事體大，等公瑾回來再決定吧！」

魯肅卻認爲事不宜遲：「劉備乃天下梟雄，雖兵單勢寡，但手下猛將謀臣皆一時之選，潛力不容小覷，加上他與曹操有過節，在荊州又頗得人望，若能共同合作，荊州猶如囊中之物。主公若再猶豫，恐怕會被曹操搶先一步。」

孫權聞言，想起當初周瑜堅持發展水軍時，曾提到曹操恐有奪取荊州，圖謀江東的野心，爲避免惡夢成眞，也爲能盡快佔領荊州此一軍事要地，遂採納魯肅的建議，並讓他以奠祭劉表，慰問劉琦劉琮爲幌子，前往荊州和劉備接觸。

然而，孫權與魯肅還是晚了一步。

魯肅才到夏口（今湖北漢口附近），曹操便已率大軍從許都浩浩蕩蕩地出發，兵鋒直指荊州。消息傳來時，魯肅正與客店老闆登記住宿，聞訊一股涼意直貫背脊，整個人驚愣當場，張口而不能言。

客店老闆被他的神情嚇著了，慌忙問：

「您怎麼啦！要不要請大夫來？」

魯肅慘白著臉，兩眼空洞，失魂似地喃喃道：

「大勢已去，大勢已去……」

客店老闆好心端來一碗烈酒，想讓魯肅振作起來。魯肅木然地抓著酒碗，突覺口燥唇乾，喉嚨好像要冒出火來，想也不想便將整碗酒一飲而盡，頓時嗆得他咳嗽連連，噙著淚水皺眉道：

「我不善飲，你怎麼拿這玩意給我喝？」

烈酒下肚，人也清醒許多。魯肅走出客店，深深吸口微涼的空氣，馬上又有了主意：曹操雖揮軍南下，但畢竟還在半路上，只要我晝夜兼程，趕在他到達荊州之前與劉備碰面，應該尚有可爲。

然事事難料。魯肅披星戴月，沒日沒夜地拼命走，眼看就要抵達劉備所在的樊城，卻萬萬沒想到，懦弱怕事的劉琮竟然帶著荊州印信前往新野，向曹操表明歸降之意，劉備聞訊急忙率衆往南遠走，從襄陽經當陽、江陵直到長坂，結果在長坂還被曹操派來的一支軍隊打得拋妻棄子，狼狽不堪。魯肅費盡千辛萬苦，才在長坂見到了落魄的劉備一行人。

●

當魯肅爲孫劉聯合而日夜奔波之際，周瑜還在鄱陽湖繼續督練他的水軍。

這段期間，魯肅、孫權做了什麼事，曹操有哪些行動，甚至劉備的逃亡過程，他都透過自己引以爲傲的情報網了然於胸，暗地籌畫盤算。

對於魯肅聯合劉備的主張，他持保留態度，既不支持，也不反對。在他認爲，劉備是顆尚未孵化的鷹蛋，目前可以利用的，只是他的聲望，至於聯合對江東軍力能提升多少，他很懷疑。雖然關羽、張飛、趙雲等堪稱當世猛將，但畢竟巧婦難爲無米之炊，手下兵士少得可憐，加上現在又被曹操打得落花流水，連根據地都喪失，這樣的結合，讓他興趣缺缺。

不過，軍力提升有限倒是其次，他很擔心一旦與劉備聯合，對方會像寄生蟲一樣，在不知不覺當中吸取宿主的養分，然後孵化，成爲一隻猛禽，振翅高飛，擴展勢力。看他輾轉於公孫瓚、曹操、袁紹、劉表麾下的景況，實在令人難以放心。

話雖如此，眼前曹操的七十萬水陸大軍正在長江北岸紮營，旌旗蔽天，氣勢強盛，日夜虎視眈眈於江東地區，縱使江東水軍再精銳，恐怕也會勝得很辛苦，萬一不甘久居人下的劉備趁我與曹軍對峙時，在一旁養精蓄銳，等到雙方兩敗俱傷，再坐收漁翁之利，那該怎麼辦？化敵爲友，或許是權宜之計。

正當他在湖岸背手踱步，獨自沉思之際，身後突然傳來熟悉的聲音：

「公瑾，好久不見了。」

周瑜面露喜色，回頭高興喊著：「子翼！你怎會到這裡來？」

離他不遠處，久未碰面的蔣幹正微笑地站在那裡，他一身布衣葛巾，與平民百姓無異。

「你不是在滿寵那裡當差嗎？怎麼會跑到鄱陽來，還這身打扮？」

周瑜三步併兩步地跑過去，拉著他的手，親切地寒暄：

「此事說來話長，我們找個地方敘敘舊吧！」蔣幹淡淡一笑。

兩人來到臨湖一間不甚起眼的民宅，那是周瑜督練水軍時的下榻處。周瑜才推開大門，就轉身把蔣幹擋住，微笑問：

「你千里迢迢而來，該不會是當曹操的說客吧！」

蔣幹閃過一絲詫異神色，哈哈大笑：

「公瑾你也太會聯想了！這次曹丞相率軍南下荊州，滿寵大人隨侍在側，所以我才有這個機會跟來。日前丞相派我去九江處理事務，聽說你正在鄱陽督練水軍，便偷閒過來，想與你見面敘舊。說我是丞相說客，豈不冤枉？」

周瑜臉上仍掛著笑意，彷彿已看穿蔣幹在想什麼，盯著他好一會，道：

「我雖不及師曠、杜夔，能聞絃賞音，但你這番話，也算是高雅之曲，值得繼續傾聽了。請進吧！」遂領著蔣幹進屋，設宴款待。

蔣幹在周瑜處所一住就是三天，其間兩人說的不外淮江精舍學長學弟們際遇如何，自家妻兒生活如何之類家常瑣事，壓根兒沒有提及荊州與江東一觸即發的戰爭。

這天午後，蔣幹與周瑜正在湖邊欣賞初秋景致，一邊談論最近的讀書心得。周瑜突然開口邀約：

「待會我要去巡視水軍營寨，你有沒有興趣一同來看看？」

「這樣好嗎？我和你分屬敵對陣營……」蔣幹顯得有些不知所措，遲疑著說。

「不要緊，我相信子翼的爲人。」周瑜拍拍他的肩。

於是蔣幹就跟著周瑜進入水軍大營，巡視糧倉、兵器房，並觀看操演。

當晚，周瑜又設宴款待蔣幹。酒酣耳熱之際，周瑜拿出當初孫堅送他的書籍，孫策與他來往的書信，以及孫權所贈的器物，讓蔣幹過目，並感慨地說：

「大丈夫處於世上，最難得的就是能遇知音。當我離鄉雲遊時，伯符從不在乎我無身份無地位，非但與我結爲異姓兄弟，還將我推薦給義父孫堅，與我共論天下事，又委以重任。我與孫家歷經波折起伏，彼此肝膽相照，生死與共，如今仲謀將我當作兄長看待，還把水軍全權交由我訓練帶領，在此外託君臣之意，內結骨肉之恩的情況下，就算蘇秦張儀復活來遊說我投靠曹操，也都要無功而返，更何況子翼你呢！」

蔣幹無奈地笑了笑，長嘆一口氣，起身告辭：

「我離開九江太久，怕公事延誤，這就與公瑾告別吧！」

蔣幹回到九江，立即寫封信向曹操報告：周瑜與孫家同心同氣，禍福相倚，對江東水軍又深具信心，想要勸他前來投靠，恐怕是緣木求魚，徒勞無功。

●

曹操動用周瑜故舊蔣幹前往遊說的同時，規勸孫權識時務的信也送到了孫權手中。

孫權看完後不發一語，吩咐召集諸將前往會議，並派人趕赴鄱陽湖，請周瑜即刻返回吳郡共商大計。

此時此刻，在孫權宅第大廳上，張昭、程普等人正臉色凝重地傳閱曹操的來信，信上最驚心動魄的字句，莫過於「今治水軍八十萬衆，方與將軍會獵於吳」這段話。

張昭皺眉說：「曹操乃豺狼虎豹，挾天子而征戰四方，動輒以朝廷命令當藉口，總是師出有名。今天他帶著八十萬大軍直逼江東而來，我們如果拒絕歸降，不但會被指爲反叛朝廷，還可能被他的八十萬大軍給殲滅。」

「以目前的情勢看來，就算和劉備合作，也是螳臂擋車。」與張昭過從甚密的謀士秦松立即附和。

督尉張紘表情更是沉重：

「我江東所恃者，長江天險也，現在曹操收編劉表的水軍，等於和我們共有長江這個天險了，就算公瑾水軍再厲害，畢竟好漢難敵四拳，最後還是會被攻破的。」

孫權堂兄奮威將軍孫瑜，在聽了衆人的話後，也忍不住站起來說：

「主公，八十萬大軍非同小可，一旦我們抵擋不住，江東百姓就危如累卵了，屆時烽煙四起，妻離子散，家破人亡，哀鴻遍野，您可忍心？」

諸將七嘴八舌議論紛紛，唯獨魯肅在一旁靜靜地挾菜品嚐，不發一語。

孫權見大家都勸他歸降曹操，而周瑜又尚在途中無法趕赴此會，心裡十分苦悶，女侍端湯上來時竟沒注意到，糊里糊塗灑了一身。

「唉，我去換件衣服……」他茫茫然地離開一片愁雲慘霧的大廳，步履沉重地往廂房走去。

「主公請留步！」魯肅不知何時從大廳溜出來，急追孫權。

孫權見是魯肅，神情稍稍緩和，抓著他的手，有些期待又有些害怕：

「子敬，你想和我說什麼？」

魯肅將孫權帶到角落，低聲說：

「剛才在會議上，子布、程公等人說的實是誤導主公的話啊！今日如果要我魯子敬去歸降曹操，老實說我很樂意，因爲曹操對於前去依附他的人很禮遇，所以即使今天換了主公，我仍然有一官半職可做，沒什麼損失。但主公就不同了，一旦歸降曹操，您在江東的領地，以及您父兄辛苦奠定的基業，從此將付諸東流，即使像劉琮一樣獲得封爵官職，又有什麼意義？」

孫權舒眉展顏，感慨道：

「剛剛子布等人的言論，讓我十分失望。其實我的想法和你一樣，要是歸降曹操，拿什麼面目去見九泉之下的父兄？」

「相信公瑾也和主公一個想法。」魯肅點頭道。

「眞希望公瑾趕快回來，幫我力排衆議。」孫權嘆氣說。

6

周瑜回到吳郡，文官武將聞風而至，他一概不見，而是將密探們收集的情報再仔細思考斟酌了半天。

想到能和當世梟雄曹操面對面地一決勝負，他突然覺得有些興奮：盼望也好，等待也好，我總算和曹操相遇了，這一戰將是我一生中最重要的時刻，即使不幸戰敗，也是轟轟烈烈，名留青史。我這麼多年的努力，不就是爲了迎接這樣的一刻嗎？否則終日錦衣玉食，就算活到一百歲，又有何意義？總得要做些不枉此生的大事才好。所以曹操，你來吧！

周瑜越想情緒越激動，忍不住叫小喬去把珍藏的幾罈美酒搬到花園涼亭裡，準備對月豪飲。正在此時，看門小廝進來稟報：「魯肅大人求見。」

「我今天誰也不見。」周瑜頭也不回地說。

那小廝剛一出去，就見魯肅直闖進來，身後跟著一個年近而立的儒生。

「公瑾好大的架子，連我都不見。」魯肅朗聲說。

周瑜剛想答話，一眼瞥到那青年儒生，不由得怔了一下。只見他身高將近八尺，雙眸明亮而清澈，手執羽扇，氣定神閒，一看就知是大智大慧之人。

魯肅見周瑜那番神情，不由得發出會心的一笑，介紹道：

「公瑾，這位就是子瑜（諸葛瑾字子瑜）的弟弟諸葛亮，字孔明，目前是劉備麾下第一謀臣。」

諸葛亮目光銳利地上下打量周瑜，心裡也是一陣讚嘆：雙眼精芒四射，面容神采飛揚，果真氣宇非凡！稱得上是當世之傑。聽說他十二歲獨闖淮江精舍，十四歲又叛師離家，周遊天下，以他的才幹和雄心，絕不會屈服曹操。看來與江東聯合抗曹，應該沒有問題了。

周瑜聽說眼前這位便是傳言的「臥龍」諸葛亮，頓時興致更高，連忙拉著他和魯肅進涼亭，又吩咐多取兩個碗倒酒。

「公瑾，我今日來，是……」

周瑜當然明白諸葛亮此行的目的：他想試探自己對於聯劉抗曹的看法。

「……我家主公雖在長坂戰敗，但回流的散兵和關羽的水軍，加上劉琦所集合的江夏郡兵馬，少說也有兩三萬之多，這兵力雖嫌不足，但全皆精銳，倘能善加指揮運用，足以禦敵。」諸葛亮輕搖羽扇，不疾不徐地說著。

周瑜發覺諸葛亮很聰明，短短幾句話，道盡他最想了解的東西。

「我江東水陸大軍不過比你們多一些，許多地方還得向你們學習呢！」周瑜話說得很客氣，卻仍無明確表態是否支持孫劉聯合。

諸葛亮心裡很清楚：周瑜是影響孫權做最後決定的關鍵人物，雖然之前魯肅不辭千里抵達長坂，向劉備表明合作之意，而諸葛亮稍後也隨魯肅至柴桑，面見孫權分析局勢，加深孫權聯劉抗曹的決心，但如果周瑜最後還是不表明支持的立場，合作一事很有可能生變，尤其日前曹操又修書直陳利害，勸孫權歸降，張昭、秦松等重臣都傾向接受曹操的建議……所以，一定要讓周瑜站在孫劉聯合這邊，並且用他在江東的影響力來強化孫劉聯合的效力。

周瑜心中其實已傾向同意魯肅的作法，但他總有些不放心，希望有人能夠幫他掃除疑慮，讓孫劉聯合一事得以拍板定案。

「就看孔明怎麼說吧！」周瑜在心中忖度。

諸葛亮似乎知道周瑜的想法，所以並不立即遊說他支持聯劉抗曹，而是和他共同分析當前戰局。

兩人沒說幾句，就互相爲對方所吸引，接下來越談越投機，幾乎把在座的魯肅都忘記了。自立足江東以來，周瑜每當縱論天下大事，其才學和見解便無人能與之相比，任誰來到他面前，都沒有開口應答的餘地，只能恭聽請教。但諸葛亮卻可在周瑜面前侃侃而談，絲毫不遜色。

諸葛亮比周瑜小七歲，地位權勢皆無法與之相比，但在思想和識見上，兩人卻居於伯仲之間。他的許多觀點都猛烈地衝擊著周瑜，讓周瑜產生不少新靈感和新啓發。

論地位，就連孫權都不敢把周瑜當臣子看，在江東何止一人之下，萬人之上。論權勢，周瑜手握重兵，孫權對他言聽計從。論家業，周瑜的奉邑有五千戶。他不愁吃穿，生活無虞，家庭美滿，事業順遂。

人生如此，夫復何求？然而周瑜卻仍覺得缺少什麼，讓他無法眞正感到滿足。

直到這一刻，他才赫然發現自己渴望追求的，原來便是新學識與新見地，來促使自己超越自我，更上一層樓。

眼前這位諸葛亮，正能夠提供他所渴望的一切。

言談中，兩人往往「英雄所見略同」。諸葛亮說一句，周瑜就不由自主地點頭稱善。周瑜說一句，諸葛亮也由衷地頷首附和。

兩人細數了駐紮在長江北岸的曹軍的弱點：

一、北方人不習水戰，而江東和劉備的水軍戰鬥力強，以長擊短，可佔優勢。

二、曹操遠道而來，將乏兵疲，已成強弩之末，我方以逸待勞，事半功倍。

三、曹操新得荊州，民心未固，基礎未穩。

四、曹軍在取荊州之時過於順遂，將驕兵浮，犯了兵家大忌。

越往下說，兩人越覺興奮，彼此思緒飛快旋轉。諸葛亮靈光一閃，又找出曹軍的一個弱點：現在正值冬季，糧草準備不易，曹軍人數眾多，必爲補給所苦。

周瑜接著也指出：中原士兵長途跋涉來到江湖地區，不服水土，必生疾疫。

兩人把酒暢談，渾然不覺時光飛逝，待稍停歇，遠處已傳來陣陣雞鳴。

周瑜十分感慨：「劉皇叔有你輔佐，必將雄起。」

諸葛亮也微笑說：「孫將軍有公瑾在此，定可抵禦曹操的百萬雄兵。」

周瑜聞言爽朗地大笑起來，神情豪邁：

「酒逢知己千杯少！自伯符死後，你是和我最志氣相投的人了！」說著高聲呼喚僮僕將小喬叫醒，把自己珍藏多年的「五糧液」拿來，眉飛色舞地說：

「這罈佳釀有一百多年了，本是宮廷御酒，乃吳郡豪族送給我義母的壽禮，一共四罈，義母自留一罈，仲謀和我各得一罈，另一罈則給了伯符的妻子。」

不善飲的魯肅見狀，揉著惺忪的眼睛，無奈地對諸葛亮說：

「孔明，公瑾有個怪毛病：平時滴酒不沾，三杯必醉，但一遇到言談投機者，就成了海量，千杯不倒，看來，你今日鐵定要大醉而歸了。」

諸葛亮微笑地看一眼滿臉倦容的魯肅，神采奕奕說：

「我平常也是滴酒不沾，但得遇公瑾，三生有幸，就是醉他百遍千遍都願意。」

●

這一席「酒宴」直到東方曙光乍現方才暫告一段落。

從周家大宅出來，冷冽的晨風立即迎面吹拂，諸葛亮禁不住打了個寒顫，下意識地抓緊襟口。周瑜見狀急忙要他和魯肅稍等，三步併兩步地返身進屋取來一件毛皮大氅，披在諸葛亮身上：

「孔明，早晚天寒，千萬保重身體啊！」

諸葛亮握住周瑜的手，感動地說：

「就算要生病，也要等打敗曹操之後再生。」

周瑜聞言，突然反手再握住諸葛亮，力道之大，讓諸葛亮險些喊疼。只見周瑜眼神堅毅，滿臉誠摯地一字一句清清楚楚說：

「關於孫劉聯合一事，你儘管放心吧！」

諸葛亮長長舒了一口氣，向周瑜深深一揖，方與魯肅聯袂離去。

望著諸葛亮離去的背影，周瑜情緒仍激動不已。然而，隨著北風的陣陣吹拂，他也逐漸冷靜下來，內心憂喜參半的矛盾越來越明顯：

喜的是，此刻遇孔明，乃是天意助我，欲大破曹軍，少不了他和劉備的從旁協助。憂的是，劉備得此人，簡直如魚得水，千萬不可小覷，日後定是江東大患。

7

早膳完，周瑜正在試小喬做的新衣，準備前往參加孫權所召開的會議，卻見魯肅急匆匆地趕來，一臉驚惶。

原來，諸葛亮一回到客店，還來不及歇息，就被張昭授權中郎將韓當與別部司馬周泰給「請」走了，說是要將他項上人頭獻給曹操以退曹兵，目前正關在大牢裡，遭受嚴密看管。

周瑜聞言冷冷一笑，安慰魯肅毋須焦急，且與他一同參加會議。

兩人才剛走進會場，孫權就一眼瞥見久未謀面的周瑜，頓時眼睛發亮，像換了個人似地，露出難得的笑容，喜悅之情溢於言表，急忙拉他入座，詢問近況。

張昭、秦松等一班勸降之臣則冷冷淡淡地一揖寒暄，聚坐一處低聲商討對策。

隨後而來的程普、黃蓋等老將神情嚴肅地環顧眾人，不發一語入座等候會議開始。

魯肅不時調整坐姿，顯得忐忑不安，拿眼偷望與孫權談笑的周瑜，卻見他一副胸有成足，充滿自信的模樣，稍稍鬆了口氣。

孫權見與會者皆已到齊，宣布會議開始，剛要請周瑜說幾句話，張昭便起身朗朗道：

「主公，老臣有要事稟報。」

「子布但說無妨。」孫權點頭。

張昭看一眼周瑜，道：

「今晨我們在客店逮獲攸關江東安全的危險人物，請主公批准將此一禍害斬首示眾以儆效尤。」

「你說的危險人物，指的是誰？」孫權覺得奇怪。

張昭斜睨周瑜身旁的魯肅，悶哼一聲：

「就是日前由某人帶領潛入江東，以似是而非的言論四處煽動蠱惑的諸葛亮。」

「諸葛亮？劉皇叔手下第一謀臣諸葛亮？」孫權神色微變。

「主公，劉備與諸葛亮乃江東最大的禍患，若留此二人在世上，等於拿江東百姓與主公性命開玩笑！」張昭語氣十分強硬。

孫權顯出十分為難的表情，不覺望向始終保持淡淡微笑的周瑜。

周瑜見狀，略一欠身而起，作揖問：

「公瑾不才，想請教子布，劉備與諸葛亮是如何拿江東百姓與主公性命開玩笑呢？」

張昭哼聲道：「在戰與不戰之間，主公正自猶豫不決：若與曹軍作戰，爭的是江東子弟的骨氣與尊嚴，若不與曹軍作戰，想的是江東百姓的安定與富庶。而對劉備而言，作戰有利於分散曹操對他的注意力，減少自己軍隊的傷亡與損失，甚至可以養精蓄銳，坐收孫曹相爭的漁翁之利。

倘若江東歸降，劉備一行便無喘息機會，必須立即面對強曹，屆時彼此實力懸殊，曹軍必獲壓倒性的勝利，劉備極有可能會被殲滅，永無翻身之日。故為一己之利打算，劉備與諸葛亮必然極力慫恿主公迎戰曹軍，反正不管戰況多慘烈，他們人少兵單，損失自然較小。」

周瑜心中暗暗稱讚張昭的見地，嘴裡卻說：

「子布意思是，今日降曹，完全為江東百姓與主公性命著想，並且不讓劉備諸葛亮詭計得逞？」

「我曉得昨夜子敬帶諸葛亮至你府上拜訪，直到五更天明方才離去，可見你與那諸葛亮情誼非常。但我在這奉勸一句：別因私情而害公義！今日曹操要打的是江東，對劉備和諸葛亮而言，那是在別人家裡征戰，無論多慘烈，蹂躪的是別人的地，傷亡的是別人的百姓，輸了對他影響不大，因為即使曹操勝利，必然也要休養一段時間方能對劉備繼續進擊，但如果勝利，他們便可以同盟者姿態要求分享戰果，屆時無論要一塊領土，或者是所俘擄的兵士武器，我們都不好拒絕，如此豈不等於引狼入室，後患無窮？」張昭冷冷說道。

周瑜心裡再度敬佩起這位孫策臨終時託孤的重臣：子布果不愧為子布！如此心思細密，設想周全……。但他還是搖頭說：

「你所擔憂的，我也不是沒想到，然而事有輕重緩急，取捨應當審時度勢。曹操與劉備皆一代梟雄，只不過一個如虎添翼，一個喪家之犬，今日若歸降曹操，江東基業盡入他人之手，將士謀臣分散東西，而主公也僅獲得華而不實的封爵官職，就像劉琮那樣，想要東山再起，幾乎不可能，如此怎麼面對一生為江東基業奉獻犧牲的兩位先主公？倘若與劉備聯合，雖然日後恐有引狼入室之險，但畢竟能夠解決眼前危機，還可趁合作之便，就近加以監視，預為防範。」

張昭不再爭辯，看一眼身旁的孫瑜，孫瑜起身說：

「公瑾，你我也是跟著兩位先主公一路披荊斬棘，才開創出眼前江東局面的，我想你應該很清楚兩位先主公都接受過朝廷的任命，甚至冊封爲烏程侯，而主公的討虜將軍之職，更是朝廷授予而襲用至今，曹操既爲當世丞相，降曹就等於降漢，於我江東尊嚴無損，再則屆時主公封爵授官，還是有領地可轄，江東百姓更因此而免於兵燹，這麼做兩全其美，何樂而不爲？」

周瑜不疾不徐道：「曹操雖託名漢相，其實乃是漢賊，他挾天子以令諸侯，看起來在政治上處於絕對的優勢，但他爲一己之私，四處征戰，濫殺清譽之士如孔融，被許多賢能者所憤恨，不願與之合作。主公既有神武雄才，又有父兄辛苦奠定的基業，若眞爲朝廷著想，更當挺身而出，爲漢皇朝除去此一奸佞之輩才對！怎麼反而屈就於他，助紂爲虐？」

張紘見孫瑜爲之語塞，急忙站起來大聲說：

「公瑾，不是我們長他人志氣，俗話說得好：『識時務者爲俊傑』，姑且放下什麼忠心朝廷、江東尊嚴的說法，也別管劉備的陰謀，我們面對現實，看看彼此實力，就該好好把握曹操善意勸降的機會，避免一場無謂的犧牲！」

周瑜語氣也強硬起來：

「既然如此，那我們就來面對現實，看看彼此實力吧！我江東地方數千里，物產豐饒，百姓齊心，兵精足用，英雄樂業；曹軍遠道而來，將乏兵疲，不服水土，糧草有限，難以持久，加上不戰而得荊州，將驕兵浮，防備鬆懈，新附者民心未固，基礎不穩。曹操就是看到這些，擔心無法順利攻克江東，才虛張聲勢，藉口善意勸降。如果我們遂了他的意，豈不愚昧至極！」

張昭終於忍不住動怒了，提高音量，神情激動：

「曹操有八十萬水陸大軍，就算我們聯合劉備小賊，亦僅五六萬而已！『小敵之堅，大敵之擒』，你熟讀孫子兵法，應該很清楚這樣對峙的結果！」

不等張昭說完，秦松立即接口：

「在座諸位有許多都是跟著兩位先主公水裡來火裡去的，豈是貪生怕死之輩！我們死不足惜，但主公和江東百姓的安危更甚於一切！要有什麼閃失，如何面對兩位先主公的託付？」

「說到底，原來你們都被曹操聲稱的八十萬水陸大軍給嚇傻了！」周瑜冷冷一笑：「果眞如此，那麼今日召開這場會議根本就是多餘的。這些日子我雖在鄱陽訓練水軍，但對曹軍虛實瞭若指掌。由於北方尚未完全平定，馬超、韓遂仍不可小覷，所以這次曹操實際帶來的軍隊，不過十五六萬而已，所得荊州兵衆，最多也不超過八萬人員，要這二十幾萬大軍是精兵倒也罷了，可是之前我已分析過，他們一來水土不服，二來彼此猜疑，犯了兵家大忌，人數雖衆，亦不過紙做的老虎，不足爲懼！」

他說著面向孫權，信心十足地朗聲說：

「主公，這是擊敗曹操的大好機會啊！我有把握，只要與劉備聯合，讓我統領五萬精兵進駐夏口，以長擊短，以逸待勞，絕對可以大破曹軍，管叫他們倉皇逃回北方，再不敢妄想！」

這時，始終保持沉默的黃蓋突然開口：

「此事攸關江東存亡，你可不能妄言！」

周瑜昂頭挺胸，傲然道：

「劉表雖精治水軍，但我江東水軍船艦經過改良，兵士訓練有素，個個鬥志高昂，絕不會輸給他們！何況加上您與程公、興霸（甘寧字興霸）等猛將率領的精銳士卒，以及劉備麾下關羽、張飛、趙雲的結合，還怕贏不了曹操老賊？」

程普聽得熱血沸騰，豪氣干雲：

「既然如此，我程某就陪公瑾賭這一把，殺他個片甲不留！」

魯肅見狀趁機起身，提高音量：

「我等願在主公領導下，與曹操老賊決一死戰！」

他的言論，立即得到黃蓋等一班將領的大力支持，孫權於是起身激昂道：

「曹操老賊早就想要取代漢家天下，只是顧忌有袁紹、袁術、呂布、劉表和我孫權，才不敢輕舉妄動。今日除我之外，袁紹等人俱已滅亡，如果連我也歸降，豈不等於坐視漢皇朝的滅亡？今日公瑾之言，正合我意，曹操親率大軍前來送死，這是上天對我們江東的眷顧，讓我們有此機會殲滅他們！」

孫權越說越激動，突然拔出腰間配刀，猛力砍向面前的奏案，斬釘截鐵說：

「我與曹操老賊勢不兩立！諸位若再敢有歸降言論，將與此案同！」

張昭等主張歸降者，見大勢已去，只得搖頭嘆息，頹然入座。

周瑜倒也不乘勝追擊，反而放下高姿態，向他們一揖到地：

「日後面對強曹，還有許多需要子布、文表（秦松字文表）等人的協助，希望能不計前嫌，團結一致。」

張昭頗有風度地接受了眼前聯劉抗曹的結果，只是心裡仍有不甘，淡淡說：

「屆時若為曹軍所敗，我們可就成了江東罪人。」

「我絕不會讓子布成為江東罪人的。請您安心讓我放手一搏吧！」周瑜眼神充滿堅毅。

「關於孔明……」魯肅趁機趨前問。

「等會議結束，你們和我走一趟便是。」張昭微頷首。

●

周瑜見到了在牢中從容不迫的諸葛亮。他敬佩地說：

「孔明深處險境而仍如此鎮定自若，眞了不起！」

「適前因為歸降與否，對諸葛先生多有得罪，還請見諒。」張昭倒也敢作敢當。

諸葛亮看一眼張昭，微笑道：

「我與張長史不過一場誤會，誤會解開就沒事了。」

諸葛亮聞言眼睛一亮，問道：

「如此說來，孫將軍確定聯劉抗曹了？」

「我們主公已任命公瑾為左督都，程公為右督都，率領衆兵士與劉皇叔共同抗曹，我也被任命為贊軍校尉，協助策劃方略。」魯肅點點頭。

「我江東上下一心，決計與你們合作對抗曹軍，因此要勞煩孔明代為引見劉皇叔，好共商大事。」周瑜微笑道。

8

劉備在樊口駐紮，日夜引頸期盼諸葛亮帶回好消息，雖聽說孫劉聯合已經確定了，但還是傳令士兵輪流守候江邊，一見諸葛亮即刻回報。

這天，巡邏士兵發現一艘掛著孫權旗幟的大船正朝此而來，連忙飛快向劉備報告。劉備又驚又喜，吩咐開出一艘小船，親至江上迎接。

周瑜身著戎裝，在魯肅與諸葛亮的介紹下，終於見到劉備的廬山眞面目。

周瑜十四歲時，就從杜夔口中得知劉備其人，以後又不斷聽說關於他的傳聞，想不到現在居然會相遇於樊口，共同決定天下大勢。

這一年，劉備四十八歲。

他一看見周瑜，馬上長揖到地。周瑜急忙還禮，並細細打量對方：只見劉備雖征戰半生，歷盡艱險，但看去卻比實際年齡年輕許多；這恐怕也只有激情澎湃、對前途充滿信心的人，才能如此吧！他身高八尺，天庭飽滿且極有光澤，雙眉又長又濃，向上微揚，眼神則蘊含一股丰采，嘴唇輪廓分明，兩耳大且耳垂低。光看這五官，就知是非常之人。周瑜對相術有幾分研究，雖知劉備先前做過幾件不甚光明的事，但卻絲毫看不出什麼奸詐狡猾之處，反倒給人忠厚謙讓又不失英雄器量的感覺，令人肅然起敬。聽說劉備投靠曹操時，曹操和他「出則同車，坐則同席」；投靠袁紹時，袁紹親自出城二百里外迎接。由此可見，劉備將自己的野心埋藏極深，韜光養晦，深藏不露，靜待最佳時機。

然而，周瑜還是忘不了呂布之死和劉備對曹操、袁紹的背叛。

他不卑不亢地請劉備上座，寒暄幾句之後，逐漸發覺對方擁有一種與孫策極爲類似的感染力：雖然孫、劉二人相貌相差甚遠，言行舉止與氣質也大相逕庭，但卻同樣讓人感到熱情、親切和值得信賴。如果說孫策是一團烈火，那劉備就像一股春風，無論烈火抑或春風，都讓人心裡暖烘烘的。

周瑜暗忖：從劉備起兵到現在，已經二十多年了，他東奔西走，艱苦創業，飽經風霜，嚐遍冷暖，半生四失妻子，五易其主，卻仍不折不撓，堅持理念，始終如一。撇開他那些梟雄性質，這種精神還眞令人欽佩。其實換個角度想想，呂布見利忘義，接連誅殺兩個義父，置他於死地也無可厚非。曹操名爲丞相，實乃漢賊，劉備堂堂漢室宗親，反曹操亦算捨小情而從大義。袁紹昏庸自負，成不了大事，劉備不跟隨更稱得上高瞻遠矚，就像我毅然離開袁術一樣……。

劉備見自己在談話間已拉近與周瑜的距離，遂巧妙地轉入正題：

「今日得能與孫將軍聯合抗曹，心裡不勝歡喜，但有件事想先請教督都：江東共出多少水陸軍參與這場戰役？」

周瑜舉起右手比了個手勢：「三萬人左右。」

「這樣恐怕少了些……」劉備聞言，顯得有些失望。

「這些就很足夠了，劉皇叔且看我周公瑾如何大破曹軍。」周瑜淡淡一笑。

劉備仍半信半疑，轉臉望向諸葛亮，只見他神情安定，朝自己微頷首，於是再問：

「曹操隨時都有可能渡江而來，都督是否已有破敵之計？」

「這個也請您放心，我已做好隨時與曹軍交鋒的準備了。只是臨戰之前，孫劉兩軍需要達成統一調度，相互配合的共識。」周瑜臉上笑容不減。

劉備聞言立即點頭：

「那是當然！我二弟關羽的水軍，就由都督節制，不聽指揮者，軍法論處。另外，我和大公子劉琦的陸軍，也全歸都督統領。」

周瑜見劉備如此乾脆與爽快，不禁稱讚道：

「人稱劉皇叔胸襟寬闊，非常人可比，今日一見，果然如此，公瑾十分感謝。」

「都督言重了！畢竟孫劉齊心協力，合爲一體，方能戰勝曹操。因此關於調兵遣將的部分，還請都督千萬不要有所顧忌。」劉備連忙搖手。

周瑜聞言，便不再客氣：

「那好，就讓關羽的水軍駐紮在夏口和漢陽，另派幾隊步兵分別駐守魯山與平靖、武勝、大勝三關，護衛應城和應山，不讓曹軍有任何可乘之機。」

劉備見周瑜安排得宜，頓時信心大增：

「都督對水陸之戰都了然於胸，令人既敬佩且放心。」

「皇叔所需糧草和輜重，儘管列出清單來，我會盡數送去。」周瑜笑道。

「多謝都督。」劉備大喜。

統一調度之事達成協議後，周瑜話鋒一轉：

「有件事恐怕還得勞煩皇叔幫忙。」

「都督千萬別客氣，有什麼我幫得上忙的，但說無妨。」劉備十分豪爽。

周瑜沉吟道：「北方人不習水戰，曹操的十餘萬大軍，不足爲江東所慮，只是荊州那七八萬水軍訓練有素，船堅甲利，令我有些不安。若能設法讓他們與曹軍相互疑忌，無法發揮應有的實力，那就太好了。」

「事實上，我和孔明前些日子才討論過此事。」劉備點點頭：「原本還可以藉著我與大公子劉琦昔日在荊州的一點人緣，暗中從事煽動工作，只是現在，荊州水軍已改由蔡瑁掌管。蔡瑁和曹操兩家淵源頗深，關係密切。據說曹操獲得荊州後，還特地以晚輩身份親往蔡家拜見蔡瑁的母親。」

對於劉備的回應，周瑜似乎一點也不訝異：

「蔡瑁雖節制水軍，但只懂玩弄權術，既不會訓練管理，又不能帶兵打仗，許多人都不服他。據我所知，荊州水軍中，有兩個德高望重的將領，一個叫王威，一個叫劉壽，若能成功煽動他們，將有一半以上的水兵曹操難以駕馭。因爲聽說劉琦是他們的恩人，所以在這方面，恐怕就要麻煩皇叔與大公子再參詳謀畫了。」

聽周瑜如此娓娓道來，劉備禁不住一陣心驚肉跳，暗忖：

周瑜遠在吳郡，卻對荊州水軍了解得如此透徹，眞是匪夷所思。我的祕密，他又知道多少呢？在此之前，我只留意北方的曹操，忽略了江東那些英雄人物，而他們都是新崛起的世代……唉！長江後浪推前浪，難道這些後生晚輩將逐漸取代我與曹操，成爲中國的新霸主？

劉備心裡想著，表面卻很認眞地回應：

「數年前，王威和劉壽是受過大公子的恩惠，但自從蔡氏一族把持荊州之後，彼此就很少來往了。這件事，我會再和大公子商量，看是否有可能進行煽動。」

●

劉備與諸葛亮告辭時，周瑜親自送他們上岸，並騎馬相送數里。在劉備的一再堅持下，他才止步，似乎是依依不捨。

回到大船上，魯肅問：

「你覺得劉備這人如何？」

周瑜遙望遼闊的江面，淡淡地說：

「他從小不喜歡讀書，所以無論學識或才能韜略皆不及曹操、仲謀，但他的領袖氣質，卻是曹操、仲謀所比不上的。」

魯肅沉默了一會兒，轉移話題：

「如今孫劉兩軍管理調度一事已無問題，接下來，就等曹操發動攻擊了。」

周瑜點點頭：「當初劉備逃離樊城時，曾經想取江陵為立足之地。江陵乃荊州重鎮，水陸皆宜，且有許多軍械物資。但是，曹操亦有此遠見，立即派大軍攻佔江陵，將兵力單薄的關羽等人驅離那裡。對曹操而言，只要佔據江陵，一旦時機成熟，便可揮軍沿江而下，直撲江東。」

魯肅眉頭一緊：「長江沿岸可供曹軍登陸的地點很多，如此一來，就很難掌握他們確切的攻擊處了。」

周瑜微笑著，示意魯肅進入艙內，攤開地圖：

「如果我的判斷不差，曹操應該會選擇江夏郡赤壁的陸口登陸發動攻擊。多年前，我曾與伯符攻打沙羨的黃時，對那裡的地理形勢做過一番研究：陸口與柴桑要地最近，曹軍若在陸口登陸，就能經過蒲圻、羊頭山、陽新等地，直撲柴桑，既省時且省力。再則，赤壁對面是烏林鎮，有廣闊平坦的野地，可容納曹操十餘萬陸軍，而烏林鎮與漢水、夏水相接，最適合水軍駐紮，加上烏林鎮鄰近江陵，水陸暢通，援兵和補給十分便利。」

「此處似乎不好防守，公瑾可有良策？」魯肅視線未離開地圖，憂心忡忡。

「我已派水軍沿江面而上，到赤壁紮營了。」周瑜從容道：「地圖上看不出，其實赤壁那段江面狹窄，即使曹軍不在赤壁登陸，我們也能阻擊曹軍，令其無法沿江而下。另外，從江陵沿江東下，有一條陸路叫華容道，與郝穴、虎穴等地相鄰，其南就是大江，江以南有雲夢澤，北則有數十個大小湖泊，湖間水道縱橫，難以行軍。此乃水陸之咽喉，萬一曹操想出險棋，打從此而過，也很麻煩，所以我暗中派公覆率領一支急行軍，搶佔此地，但是……」他說著微蹙雙眉：「曹操精通兵法，加上征戰多年，經驗老到，我所想的，他大概也已想到了，要搶佔華容道，恐怕沒那麼簡單。」

形勢果如周瑜所料，曹軍先黃蓋而至華容道，黃蓋只好依當初周瑜所吩咐的，暫不與曹軍交戰，而是退回赤壁，等待周瑜率大軍到來。

【第十二章】赤壁烈焰

1

一切果如周瑜所料，曹操繼江東軍之後，除在江北烏林紮下陸軍大營外，並於赤壁陸口的江面紮下水軍大營，和他們隔江遙遙相望，不久劉備也派遣部分軍隊前往，讓周瑜統一調度。由於戰船太多，曹軍不得不以赤壁段長江的江面為中心，往兩邊排開，彷彿對孫劉聯軍呈包圍之勢。戰爭大有一觸即發的可能，然而周瑜卻氣定神閒，不時邀魯肅、諸葛亮至軍帳內談天說地。

這日，周瑜剛送走諸葛亮，江東密探頭子司馬功便急匆匆地進來：

「大都督，曹操也派了許多密探到我們這裡。」

「曹操不派密探來刺探軍情，那才是不正常的。不要急著抓他們，嚴密監視，為我所用。」周瑜絲毫不覺得意外。

「有兩個不是密探，但被利用的人，我這邊不好監視。」司馬功露出為難神色。

「哪兩個人？你不是可以直接找主公幫忙嗎？」周瑜曉得司馬功是遇到權貴了。

「主公說，他也幫不了我，要我來找你。」司馬功搔搔頭。

「究竟是何方神聖，連仲謀都無法應付？」周瑜頓時來了興趣。

「一個是大都督您的岳丈喬公。最近，有個北方來的訪客叫華戰，自稱是喬公故舊。據我所知，他和曹操關係非比尋常，此番到訪，絕非單純探視老友。先主公死後，喬玄夫婦擔心著大喬，就搬到先主公的將軍府邸，和女兒共同生活。而現在，華戰便順理成章住那裡，因此我這邊的密探很難就近加以監視。」

周瑜稍一思索，已有了一計：

「沒關係，我給我的夫人寫封信，要她也住進去。我領軍在外，小喬難免寂寞，趁此時一家人團聚，甚是合情合理。等會你挑幾個機智幹練、年輕秀麗的女密探，扮作我夫人的侍女，堂而皇之進入先主公家，便可就近加以監視。」

「大都督，你果然和主公想到一處去了。」司馬功由衷欽佩。

周瑜笑笑，又問：「那麼另一個人是誰呢？」

「她叫夏侯蓮，是劉備義弟張飛的妻子。」司馬功面色有些凝重。

周瑜對夏侯蓮一無所知，對張飛的了解其實也有限，但他意識到：張飛妻子若眞爲曹操所利用，那此事就非同小可了。孫、劉兩家結盟抗曹，表面上雖同聲同氣，不分彼此，但時短日淺，基礎尙未穩固，倘若此事處理不善，很可能因而產生心結，彼此相互猜忌，這樣豈不正中了曹操分化的詭計？

司馬功見周瑜不言語，繼續道：

「夏侯蓮是曹操的親戚，按輩份算是曹操姪女……都督應該淸楚，曹操之父曹嵩，是大宦官曹騰的養子，本家夏侯氏。從血緣關係上看，曹操是夏侯氏的後代，他手下大將夏侯惇、夏侯淵就是他的堂弟，極受重用。夏侯蓮之父夏侯傑，正是夏侯淵的堂弟。據說夏侯蓮在一次郊遊時，因落單而受到幾個不良少年的調戲，被路過的張飛所搭救，便不顧家人反對，以身相許。」

「她旣與家裡決裂，又怎麼會被曹操所利用？」

「有個叫夏侯海的人，自稱是夏侯蓮堂兄，因爲受不了族人的歧視，便改行做買賣，輾轉來到樊口，順理成章住進張飛與夏侯蓮的處所，閒來無事便四處遊逛。但凡密探，言談舉止中，總有一些蛛絲馬跡可尋。憑我們的觀察，他絕對是個初出茅廬的密探。」

周瑜眉一揚：「張飛可知此事？」

「張飛粗獷豪爽，脾氣暴躁，心思不甚縝密，所以應該不知有此一事才對……」司馬功沉吟著：「然而由於張飛懼內，我擔心會發生什麼不好的事情。」

「繼續設法監視夏侯海，但不要打草驚蛇，等我和孔明商量過後再說。」周瑜吩咐道。

諸葛亮從周瑜處聽說此事，內心憂喜參半，暗忖：

我和益德（張飛字益德）居所離得那麼近，也幾乎天天碰面，都未察覺夏侯海這個人，周瑜身處主營帳，卻如此清楚，莫非他的耳目已把我們全都罩住了？如果不是這件事需要找我幫忙，他絕不可能告訴我的。由此可見，我們的機密事務，他一定知道不少。

諸葛亮一邊想著，一邊說：

「你講的這個夏侯海，我倒見過。就在六、七天前，我、劉皇叔，還有大公子劉琦，受邀至益德居所飲酒，席間夏侯氏曾領他出來，幫忙斟酒添菜，還做了點介紹，因爲他不甚起眼，沒說幾句話即離開，所以並未多加留意。」

周瑜沉吟問：「那次，你們可有談論軍務？」

「是有說到一些，唉……」諸葛亮顯得有些懊惱。

周瑜一擺手，表示不介意：

「孔明莫自責，有道是暗箭難防。但我們可以將計就計，把這件壞事變成好事來辦。」

「這麼說，公瑾已想好對策了？」諸葛亮眉一揚。

「此乃天助我也！」周瑜微笑著點點頭：「聽說這兩三天夏侯海與大公子因為生意上的關係，往來頻繁，我們正好可以利用此點……不過就要勞煩孔明，請大公子共同來幫忙了。」

●

夏侯海自幼父母雙亡，在親戚家長大，故而很會察言觀色，討人歡心。他不善讀書，但很機警，口齒也伶俐，曾做過漆器生意，結果賠了老本，積欠大筆錢財，是三叔夏侯淵替他還債的。他在夏侯淵家住的日子很久，叔姪感情不錯，夏侯淵對他印象蠻好的，於是推薦給曹操。曹操見他油嘴滑舌，認定他成事不足，敗事有餘，卻又不好辭退，就隨便給了一個閒職。

他見其他夏侯家的子弟在曹操提拔下步步高升，十分不服氣，就向曹操要官。曹操搖頭說：「你文不能出謀劃策，武不能衝鋒陷陣，怎可升遷？就算是夏侯家的子弟也不能例外。」

「你不對我委以重任，我上哪建立功勞？尺有所短，寸有所長，難道我連一點過人之處都沒有？軍務政務，千件萬件，莫非我真什麼都做不來？」夏侯海辯道。

曹操覺得夏侯海的話有幾分道理，想了一會兒，突然覺得或許他可以擔任密探，於是問：「去孫劉那裡刺探情報，你敢嗎？」

「去就去！腦袋掉了不過碗大個疤。」夏侯海咬咬牙，一副豁出去的模樣。

第二天，曹操把他叫到面前，低聲說：

「劉備義弟張飛，娶的是夏侯家的女兒夏侯蓮，她算是我姪女，也就是你的堂妹，你應該有印象吧！」

「好，我就設法住在張飛那裡，相信一定能刺探到很有價值的情報。」夏侯海立刻領會了曹操的意思。

他剛要走，卻被曹操叫住：

「你就這樣去，恐怕張飛和夏侯蓮會起疑。」

夏侯海側頭一想，頓時明白了曹操的話：「要用苦肉計嗎？」

「算你有點小聰明，眞是孺子可教也！不錯，只要用苦肉計，張飛夫婦便會降低對你的戒心。你放心，我只是叫兩個夏侯家的子弟痛打你一頓，傷皮肉不傷筋骨。事後，先找你三叔夏侯淵訴苦，他不管，再來找我，我會把你轟出去。等你見到張飛夫婦後，就說受不了族人的欺凌侮辱，本族子弟個個受到重用，偏偏只有你例外，自感孤苦無依，一氣之下便棄軍從商，想到南方找點生意做做。」

就這樣，夏侯海被打得鼻青臉腫，離開曹操麾下，並輾轉流落到劉備的駐軍之地樊口，投奔張飛一家。

夏侯蓮仍記得有這麼位堂兄，見他孤苦無依，就讓他住了下來。張飛對夏侯海並不放在眼裡，只有怕夫人生氣時，才會從百忙的軍務中抽身，陪夏侯海吃頓便飯。

有了張飛這塊護身符，夏侯海在樊口的活動很順利，亦獲得不少極有價值的情報：例如孫、劉兩家正式結盟的消息，就是夏侯海第一個報予曹操的。

對於夏侯海的貢獻，曹操十分高興，特意把夏侯淵叫來，連稱「孺子可教也」，並親自指示夏侯海，要他設法潛入孫劉聯軍大營刺探軍機，如果能獲得更有價值的情報，就給他一個縣令當。

夏侯海聽得幹勁十足，無時無刻不摩拳擦掌，伺機而動。

幾天後，大公子劉琦派人帶話來，說是急著想和他商談漆器買賣，要他盡快先將幾件成品送過去。夏侯海花半天時間才湊全劉琦需要的器物，翌日一早便來到劉宅，準備談生意。怎知門僕卻告訴他：

「我家主人昨日等了一下午，因為江東周都督有要事相請，便連夜趕往赤壁，至今尚未回來。」

夏侯海聞言，暗忖：我正愁找什麼理由去赤壁較不被懷疑，如今正可以劉琦急欲商談漆器買賣為藉口，明為去赤壁找他，背地則四探軍情。

主意既定，夏侯海立即回張飛府邸整裝出發，終於在傍晚時分來到赤壁。

此時，天色漸暗，殘陽如血。

他望著不遠處的江東水軍大營，正想該如何混進去之際，突然四匹快馬旋風般地衝到他面前，馬上是巡邏的士兵，語氣兇惡：

「這麼晚了，在軍營附近看什麼看！」

「我是個漆器商人，因為大公子劉琦急著和我談筆生意，聽說他就在水軍大營裡頭，所以想是否可以在這裡遇見。」夏侯海連忙陪笑。

那幾個士兵一副不相信的模樣，一個說：

「這年頭哪有人在軍營裡談生意的，簡直胡說！」

「大公子忙於軍務，怎可能有閒情逸致與你做買賣！」另一個說。

四人當中較年長的那位，最後決定：

「聽你口音，似乎是北方人，也許是曹操派的密探，抓回去嚴加審問！」

他們壓根兒不聽夏侯海辯解，就用繩子將他五花大綁，押進水軍大營。

夏侯海想不到江東的防衛這麼嚴密，剛來就落入對方手中，急得連連叫苦，暗想：這下鐵定完蛋了！受一頓皮肉之苦倒還小事，搞不好連腦袋都不保，也別想當什麼縣令了。

2

江東的水軍大營，一半在江面上，一半在陸地上。

夏侯海眼看就要被押進一處破爛低矮的帳篷裡，突見兩人緩緩走來，其中一位赫然便是劉琦。

夏侯海大喜過望，連忙高喊：

「大公子快救我，大公子快救我！」

「原來是夏侯兄？你怎麼會被綁到這裡？」劉琦立即認出他來。

夏侯海哭喪著臉：「我想大公子昨日急著要和我商談漆器生意，今早聽門僕說您人在赤壁，便趕緊過來了……大公子，您一定要給我做個證明，我真的是商人，不是曹操的間諜。」

劉琦於是對身旁英姿煥發，氣宇軒昂的青年武將說：

「公瑾，這位是張飛將軍的遠親夏侯海，在樊口做漆器生意，昨日我的確和他約談一筆買賣，現在可不可以做個擔保？」

「原來是益德的遠戚，眞是大水沖倒龍王廟，」劉琦身邊的青年武將正是周瑜，他立即吩咐：

「還不快放人！」

夏侯海鬆綁後，周瑜連連道歉，並說：

「天黑了，這附近也沒什麼像樣的客店，夏侯兄若不嫌棄，就在營裡住一宿吧！算是我們給你陪罪了。」

「多謝周都督，多謝大公子。」夏侯海一陣竊喜。

「夏侯兄毋須客氣，孫、劉本一家，益德與劉皇叔又情同手足，我怎能怠慢他的親戚呢？」周瑜說著回頭吩咐部屬：「去幫夏侯公子準備最好的客房。」

於是，夏侯海被帶到一艘巨船上，住進豪華舒適的艙房，飯菜也很豐盛。他吃過飯，就在船上散步，藉機觀察江東水軍的一切。水兵們知道他是周瑜和劉琦的貴賓，並未攔阻。雖然如此，他心裡還是很清楚，必須把握這一晚的時間，因為明天一早就得離開，否則將會招致疑忌。

●

經過一陣觀察，夏侯海不禁面露微笑，心想：江東戰船也不過如此，哪有我們的龐大和堅固。看來，丞相平定江東之日不遠了，而我也快當縣令了！

他正得意之際，忽見兩盞燈自江面緩緩而來，原來是一艘小船，船上載著周瑜和劉琦。

兩人顯得十分親密，尤其是周瑜，上船時還攙扶著劉琦。

夏侯海急忙屏住呼吸，藏身於一處黑暗角落，希望可以從他們口中得知什麼軍事機密。只聽周瑜說：

「王威和劉壽若能順利投歸大公子，曹操水軍必敗無疑。只要打敗水軍，曹操即使有百萬雄師，也只能望江興嘆。」

「公瑾放心，王威和劉壽都受過我的照顧。家父臨終時，改讓蔡瑁來節制水軍，他們就不服了。如今他們在猛將如雲的曹營裡，更是不得志，前些日子我已派人和他們接觸，相信不久即可為我們所用。」劉琦胸有成竹地回應。

「這就好，這就好。叫他們不要輕舉妄動，等待最佳時機。若能臨陣倒戈，或是取下曹操人頭，功莫大焉！」周瑜接著話鋒一轉：「打敗曹操，大公子便可重返荊州。劉備以仁禮立足於天下，當初他怕天下人說他不義，寧可逃走，也不願攻打劉琮奪取荊州。你是長子，又與他相善，他更不會和你爭的。」

「我明白公瑾的意思。」劉琦明快地說。

「你進去找夏侯兄談生意吧！我還有軍務要處理，就不奉陪了。」周瑜說著，對劉琦略一施禮，仍坐原來的小船離去。

夏侯海見狀，急忙溜回自己的艙房，內心激動不已：這可是天大的軍機啊！

不久，劉琦出現在他面前，兩人像是什麼都沒發生過似地，討論起漆器來。

好不容易捱到翌日清晨，夏侯海迫不及待地與周、劉二人告別，馬不停蹄地回到樊口，立即把這個消息飛鴿傳給曹操。

曹操得知後大吃一驚，倒吸了一口涼氣，暗忖：

如果不是夏侯海，我真會有性命之憂。在此之前，心腹將領們無時無刻不勸我必須小心荊州降將，尤其是王威和劉壽，他們自恃在荊州水軍裡德高望重，有時連我的命令也不太服從，甚至以中原人士不懂「水戰」爲由而不加理會。荊州水軍中，一半以上的下層將官都是王威和劉壽的部屬，曾經跟隨他們出生入死，情誼非比尋常，如果眞讓他們來個窩裡反，那還得了！

於是，曹操將蔡瑁找來，告訴他有這麼回事，並徵詢他的意見。

蔡瑁最恨王威和劉壽：他雖有節制水軍的權柄，卻仍無法完全控制水軍，追根究底，正是王威和劉壽從中做梗。他聽完曹操的一番話後，認爲這是借曹操之手，除掉對方的良機，於是說：

「王威和劉壽乃劉琦舊部，一直對昔日主公戀戀不捨。當初劉表之所以派劉琦出任江夏郡太守，正因爲他知道劉琦有王威和劉壽等人擁戴，篡位易如反掌。」

曹操個性向來是寧可信其有，不可信其無，寧可我負天下人，不可天下人負我，聞言於是找來行征南將軍曹仁，下令：

「王威和劉壽通敵，速速將他們捉來，斬首示衆！」

曹仁方才領命出去，聞訊而來的中軍師荀攸便匆匆趕到：

「丞相萬萬不可如此啊！王威和劉壽在荊州水軍中德高望重，深得兵士愛戴，倘若無憑無據即斬首，恐犯衆怒。」

曹操眉頭一皺，哼聲道：「聽你這樣一說，我更非殺了他們不可。」

「如今即將與孫劉聯軍在江面上開戰，萬一荊州水軍因此發生兵變，我們用什麼與他們作戰呢？」荀攸婉言勸著。

曹操本就兵多將廣，聽了夏侯海報告的概況，對江東水軍的戒心去了大半，難掩自豪地說：

「投降敗軍還敢妄生兵變？就算他們愚蠢到全去劉備孫權那裡，我一樣可以拿下江東。」

王威和劉壽被押赴刑場，五、六十名荊州水軍將領聚集在曹操帳前鼓譟。校尉許褚和捕虜將軍李典等持劍攔住他們。許褚高聲道：

「王威和劉壽通敵，理當斬首，諸位要是敢再胡鬧，將與他們同罪論處！」

「證據呢？拿出來給我們看看！」有人大喊。

「對啊！證據呢？」十餘人隨之附和。

李典用劍指著荊州水師將領，沉聲道：

「你們想造反不成？」

「沒有證據濫殺無辜，我們不服！」又有人高呼。

李典於是下令部屬包圍住荊州水軍將領，一時氣氛劍拔弩張。

帳中的曹操見狀，加上荀攸與太中大夫賈詡的分析勸說，心裡開始有些後悔：我真是太過衝動了，應該先把王威和劉壽關押起來，等證據確鑿後，要殺也名正言順。如今荊州水軍將領群情激憤，本來不想反叛我的，這回恐怕也要起反叛之心了。把他們全部殺光，肯定不行，叫他們衝鋒陷陣，恐怕也很難，該怎麼收拾殘局呢？

蔡瑁在一旁見曹操皺眉沉思，立即獻計道：

「不如趁此機會，把那些與王威、劉壽同聲同氣的水軍將領與兵士都調到陸地上來，分散於各將軍帳下，嚴密監視看管，然後各將軍再派其帳下的精銳兵士，共同補足水軍缺額。江東水軍實力並不堅強，北方兵身經百戰，只要數日的密集訓練，定可打敗對方。」

賈詡聞言與荀攸對望了一眼，忡忡道：

「江東的孫權和周瑜都不是軟弱可欺之輩，丞相千萬不可輕敵。當年的官渡之戰，丞相您應該還記得很清楚，此次雖然我方兵多將廣，但已有不少士卒水土不服，有道是衆則驕，寡則奮，我們應該愼之又愼才是。」

「我北方兵擅長陸戰，荊州兵則擅長水戰，要是相互調換過來，再與孫劉聯軍作戰，無疑棄長就短，兵家大忌啊！丞相千萬三思。」荀攸也跟著說。

「兩位先生都太長他人志氣了！」蔡瑁卻不以爲然：「自駐紮赤壁以來，密探回報無不稱孫劉聯軍不堪一擊，眼下交兵在即，最要緊的就是不能窩裡反，自壞陣腳，如果聽任那些荊州水軍橫行，豈不遂了敵方的意？」

有道是忠言逆耳，曹操最後還是決定採用蔡瑁的建議，將王威和劉壽先關押起來，並把親王劉二人的荊州水軍將領、兵士，全都調到陸地上來，分散在各將軍帳下，最後再集結精銳的北方兵弁補足水軍缺額。

隔江對峙的周瑜從密探口中得知此事，不動聲色，立刻吩咐幾個士兵送兩罈好酒到樊口，一罈給諸葛亮，一罈給劉琦。

3

赤壁冬日天氣陰沉，江面濃霧一片。

曹操天未亮即起，站在船頭望著若隱若現的大小戰船，四周除了裂浪滔滔外，什麼聲音也沒有。沉默好一會，曹操問：

「新調派的水兵訓練如何了？」

「大致沒有問題，隨時都能夠出戰。」身後的蔡瑁立即回答。

「那麼，對岸的孫劉聯軍動向呢？」曹操繼續問。

「據密探回報，一切作息與往常無異，並無特別加強巡邏駐守或訓練的情形。」與蔡瑁並肩而站的曹仁回答。

「如此甚好，」曹操頭也不回，緩緩道：「傳令下去，準備進攻。」

「丞相……」蔡瑁與曹仁愣了愣。

「今日霧氣重，雲層低，天候甚差，我們先以戰船五百艘、水兵兩萬人殺過去，試探一下彼此實力。」曹操看似胸有成竹。

曹仁心想：我方軍隊自北南下，也有一段時間了，若不速戰速決，將會失去鬥志，糧草補給也會更加不易，還是趁著水土不服的狀況未惡化之前，把握時機一舉殲滅孫劉聯軍，免得夜長夢多。便不再有所異議。

於是曹軍以蔡瑁與張允爲先鋒，曹仁則在岸上整裝待命，隨時奧援。

此時濃霧漸散，周瑜早已掌握對方行動，登上斥候（即樓船最頂端，供瞭望的小屋），見對方戰船在寬闊的江面上成鶴翼陣形，向自己水軍大營合攏衝殺過來，便不慌不忙地高舉旗幟，指揮早已蓄勢待發的三百艘江東戰船迎擊。

雙方相距不到一箭之遠時，紛紛用弓弩對射。

江東水軍船少兵單，吃了大虧，卻又心有不甘，便不顧傷亡地猛向前衝，撞擊敵方船身，結果曹兵站不穩，紛紛抱桅抓槳，跌成一團。江東將士趁亂把一塊塊木板搭在兩船之間，呼嘯而上，頓時氣勢如虹，殺聲震天。然而雖然他們驍勇善戰，又能適應水面的顛簸，卻因兵力不足，戰船不多，幾次接戰之後，漸居下風。

這一切，曹操在樓船斥候上看得清清楚楚，不覺開懷笑道：

「光兩萬水軍，就把他們打得這般狼狽，周瑜小賊，也不過如此！」

江東水軍見大勢已去，不敢繼續逞強纏鬥，便主動退出戰場，陸續返回營區。

蔡瑁見自己立了首功，興奮異常，不等曹操進一步的指示，便下令全力追擊，自擂鼓助威。曹軍殺到江東水軍大營前，發現對方在營區四周各橫擺一根粗長的軸木，軸木上斜斜插滿粗短結實的竹竿，竿上再綁著銳利矢頭，形式猶如攻城戰中防止敵方騎兵前行的拒馬鎗。幾個亟欲建功的將領不顧危險，貿然前進，結果戰船被捅穿不少洞，江水迅速湧進艙內，船上兵士慌忙搶修，卻因受創太多而挽救不及，無可奈何下只好跳水棄船。營邊一字排開的弓箭手見狀，紛紛彎弓射向在水裡掙扎的曹兵，蔡瑁見狀，擔心轉勝爲敗，急忙鳴金收兵。

當天晚上，曹操興致極高，大擺宴席，與文士和詩，看武將舞劍，喝得醉意朦朧。

待第二天醒來，剛走進主營帳，曹仁就來稟告：

「昨夜子時，江東水軍竟來劫營。」

「這麼重大的事情怎不通知我？結果如何？」曹操怔了怔，微慍道。

「不過幾個鼠輩而已，怎敢驚動丞相？末將三兩下便擊退他們，還俘擄不少戰船兵士。」

曹操聞言，竟嘆了口氣：

「周瑜並非無能，只是江東水軍太弱，他是巧婦難爲無米之炊。也許再過幾日，孫權和周瑜就會後悔當初沒有把握時機前來歸降。」

正說著，一個侍衛急匆匆地跑進來，驚慌地報告：

「丞相，江東水軍又來了。」

「眞是不見棺材不掉淚啊！」曹操冷冷一笑。

曹仁見那侍衛嚇得渾身發抖，叱責道：

「你沒見昨日光景嗎？竟如此膽小怕事！」

那侍衛呑了口口水，竭力鎭定自己：

「但是，這回不但戰船衆多，還已快到我們大營門口了。」

話甫畢，又一個侍衛跌跌撞撞地衝進營帳，面色慘白：

「大事不好！敵方戰船廝殺進來，我們已快抵擋不住了！」

曹操臉色微變，怒喝：

「你好大膽子！竟敢散佈謠言，動搖軍心！給我拖出去斬首！」

話才說完，許褚和李典便神色慌張地擠進營帳：

「丞相，這次來的江東戰船和昨日的簡直天差地別，我們根本攔阻不了！」

至此，曹操方才如夢初醒，不覺咬牙切齒，恨恨道：

「狡詐可惡的周瑜！我竟中他瞞天過海之計了！原來前兩次交戰，他是佯敗來欺我，現在這個才是江東水軍的眞正實力！」

他不顧衆將勸阻，立即披上戰袍，揮舞長劍，咆哮著衝出主營帳，準備親自與敵方交鋒。

此時，陽光燦爛，萬里晴空，冷冽北風迎面而來，夾帶陣陣兵刃碰撞與人馬廝殺之聲。

經過前兩次的戰鬥，多數曹軍將領與兵士對江東水軍已到不屑一顧的地步，可謂徹徹底底的大意了，尤其是留守營地者，他們料想敵人飽嚐敗績，絕不敢再犯，即使捲土重來，也只會趁夜裡偷襲，即使趁夜裡偷襲，不過折兵損將，難逃被俘擄的命運。於是，沒有備戰命令，他們就放心地休息，脫盔卸甲，兵器也都集中在船艙裡，避免同袍碰撞而受傷，將領們或小聚談笑，或在難得的冬陽下橫躺假寐，顯得十分愜意。

然而，當爲數衆多的各式江東戰船，像鬼魅般地出現時，這些曹兵全都驚呆了：眼前敵艦有高達四五層樓的，有低矮猶如一葉扁舟的，但都揚起片片白帆，速度媲美跑馬，這景況，簡直聞所未聞，見所未見。

原來，那些新型戰船才是江東水軍的主力，是李志和洪大鬍子等人心血的結晶，非但速度快、移動靈活，而且極爲堅固，一直被周瑜藏在附近偏僻的小港內，蓄勢待發。

周瑜乘坐的指揮樓船，是李志專門設計的，用的是上等楠木，外覆以生牛皮，防範敵人火攻。船身長約百步（當時戰船長度多以「步」爲單位，一步約一百五十六公分），寬約三十步，船屋高四層樓，每層外建女牆，牆上開有弩窗箭孔，樓頂則再加上一個能容數人的斥候，斥候旁巍巍豎立檣桅，嶄新顯眼的幡旗正迎風招展，整體而言既堅固且實用。周瑜站在斥候裡，環顧戰場，一覽無遺，何處兵力需要調整，何時攻擊何地，一目了然。

當他看見曹軍驚慌失措的模樣，不禁高聲叫好，摩拳擦掌道：「這一仗，非徹底擊潰曹操不可！」說著立即對身後傳令兵下了三道軍令：

其一，中郎將韓當率本部人馬，攻擊敵軍左翼；其二，別部司馬周泰率本部人馬，攻擊敵軍右翼；其三，橫野中郎將呂蒙和都尉甘寧率蒙衝鬥艦一百，迂迴包抄，切斷敵人陸軍與水軍的聯繫，並防止曹操在敗陣後逃往長江北岸的烏林。

站在周瑜身旁的洪大鬍子望著傳令兵領命後迅速離去，自己卻仍未能出戰，不禁急得直跺腳：

「大都督，什麼時候才輪到我啊？」

「等一會兒，你與我直搗他們的中軍大營，活捉曹操老賊。」周瑜笑著說。

洪大鬍子這才樂了，拔出插在背後的鬼頭大刀，一副躍躍欲試的模樣：

「好久沒在水上砍人了，今天非過足癮不可。大都督，一會兒看我大展雄風吧！想當年……」

正在這時，一個傳令兵來報：

「右都督程普、中郎將張飛、牙門將軍趙雲的三路人馬，已經殺入曹軍陸地大營了。」

「很好！這次管教曹操插翅也難飛！」周瑜聽得熱血沸騰。

江東水軍的蒙衝短小精悍，機動性高，船頭尖細，上裹鐵皮，撞上曹軍戰船後，無不捅出個大洞來，被撞擊的曹軍戰船剎那間水湧船斜，上頭曹兵根本不及搶修，只得棄船逃生，成爲江東水兵的箭靶子。

另一方面，江東水軍的鬥艦衝進曹軍營區，強弩手躲在兩三層樓高的船屋裡四面放箭，使得留守營地，原本即已驚慌失措的曹軍見狀，更加惶恐，哪還管得著反擊對方，爭先恐後地找尋退逃之路，頓時你推我擠，亂成一團，不少水土不服，身體虛弱的士兵因而被踩在腳下，無辜冤死。幾艘停在岸邊的戰船也因水兵們爭著掌舵划開而互相碰撞阻擋，結果全都動彈不得，被江東水軍團團圍住。

曹仁與夏侯惇見狀，連忙登上曹操乘坐的樓船，急切說：

「丞相，您先到岸上避一避吧！」

曹操臉色十分難看，卻斬釘截鐵地說：

「不避！不避！我要留在此處，和周瑜小賊決一死戰！」

夏侯惇深知曹操的脾氣，婉言道：

「您可是凝聚八十萬大軍的統帥啊！要有什麼閃失，如何是好？」

「您放心，我與元讓（夏侯惇字元讓）會留下來反擊，奮戰到底！絕不辱您英名！」曹仁也跟著說。

曹操長嘯一聲，激昂道：

「大丈夫戰死沙場，死得其所，有何懼哉！你們誰害怕，儘管上岸去，就算剩我一人，也要和江東鼠輩血戰到最後一刻！」

在場將領士卒聽了，無不熱血沸騰，拔劍高呼：

「與江東鼠輩血戰到最後一刻！」

正在這時，一個傳令兵上前稟告：「我軍左翼遭敵人猛烈攻擊，請求增援。」

曹仁和隨侍在側的許褚聞言，立即跳出來，搶著要領軍前往救援。

望著爭執不休的兩人，曹操突然冷靜下來，淡淡說：

「如果我沒猜錯，待會我軍右翼也會遭受猛烈攻擊。」

果然過不久，另一個傳令兵來稟告：

「我軍右翼遭敵人猛烈攻擊，請丞相速派兵增援。」

曹操哈哈大笑：「周瑜小賊，用兵不過如此！以為我曹孟德何人也，豈是那麼容易便被他牽著鼻子走？竟用這種老調牙的兵法來與我對戰！」遂指示傳令兵：「傳令左右兩翼指揮官，告訴他們敵人只是佯攻，要堅守住。」

接著，他又下令曹休、曹眞各率五百艘戰船，表面佯裝增援左右翼，暗中則隨時準備殺回營區，夾攻正面之敵，切斷江東軍的歸路；又吩咐蔡瑁和張允率三百艘戰船，保護中軍大營。

坐鎮樓船斥候的周瑜見大批曹軍戰船向左右兩翼疾行，認為曹操已中計，便下令洪大鬍子率領一支敢死隊打頭陣，所有戰船都殺向曹操的中軍主營，大有江東存亡，在此一擊之勢。

洪大鬍子的敢死隊是水兵中的佼佼者，他們口含匕首，從百尺外的蒙衝滑入江裡，安靜迅速地潛到敵軍戰船船底，然後俐落地爬上去，在顛簸不已的船上行動穩健，如履平地，殺得曹兵猝不及防，只一會兒功夫，十幾艘敵船就易手了。

後面戰船上的曹兵見狀，個個嚇得臉色發白，但軍令如山，他們無法撤退，只得硬著頭皮與對方纏鬥。

等周瑜的主力船隊殺上來時，曹軍抵擋不住了，陣形被衝得七零八落。

「哈哈哈！」周瑜禁不住內心的狂喜，大笑起來：「傳令下去，活捉曹操者，賞邑萬戶。」

江東兵士聽聞，人人奮勇，個個爭先。

眼見曹操身邊的戰船越來越少，忽然，曹休和曹眞的一千艘船返身殺回，一左一右，大有切斷周瑜歸路之意。

周瑜見狀暗吃一驚，心想：曹操用兵果然名不虛傳，他並未中我的調虎離山之計。

此時，承烈都尉淩統匆匆上斥候，神情凝重道：

「都督，我們已中曹操誘敵深入之計了！現在退出戰場還來得及，否則，就可能被團團包圍。」他見周瑜並未回應，又繼續勸說：「我們已經重創敵軍，算是勝利了，都督，留得青山在，不怕沒柴燒啊！」

周瑜望著士氣大增，殺聲震天的曹軍，忽然一擺手，語氣堅決地說：

「還不能退！傳令下去，集中兵力猛攻曹操的中軍大營。」

「都督，還攻啊？而且是中軍大營……」淩統以爲聽錯了。

「兵者，詭道也。曹操估計我們遭受三面夾攻，必然撤退，絕難想到我們不退反進。若是繼續向前猛攻，勢必打亂了他的部署，運氣好的話，還可能逮到他。只要殺了曹操，曹軍群龍無首，士氣大挫，必然潰散。更何況，曹軍對我們的眞正實力還摸不清，正是攻擊的最佳時機。」周瑜顯得異常冷靜。

他果斷地下令，指揮戰船全力突擊曹操的中軍大營。淩統聞言臉色大變，急切道：

「都督，這實在太冒險了！敵我兵力懸殊啊！」

周瑜神情堅毅，一字一句重重地說：

「不入虎穴，焉得虎子？只有這樣，才能顯示我江東軍血戰到底，不畏強敵的決心！」

江東水軍一見主帥的指揮樓船身先士卒直衝敵營而去，檣桅上繡著「周」字的大旗迎風招展，頓時熱血澎湃，紛紛奮勇爭光，殺向敵陣。

曹操想不到周瑜面對被包圍的險境，竟然不顧兵家大忌，不退反進，一時竟不知如何應對，眼睜睜看著前面護衛的戰船在江東水軍的猛烈攻擊下，一一受創。

「周瑜用兵，名不虛傳。」他憤恨中也不得不佩服這位後輩敵將。

許褚見情勢越來越不利，加上不斷有利箭射過來，幾個貼身侍衛接連倒下，於是擋在曹操面前，焦急說：

「丞相，快退吧！勝敗乃兵家之常事，何必逞一時意氣呢？」

曹操怎肯如此狼狽離去，兀自高聲叫喊：

「我絕不撤退！非和江東鼠輩拚出高下不可！」

這時候，厲鋒將軍曹洪跑上船，見曹操一行人仍站在原處，瞪大眼怒叱侍衛：

「我們快要擋不住了，怎麼還不保護丞相退下去！」

他見眾將面露難色，就給許褚使了個眼色，兩人動作迅速地一左一右挾起曹操，跳上樓船後方早已備好的走舸（一種輕巧無艙的小船），迅速離開現場。曹洪與許褚自曹操起兵之始，就跟隨征戰，尤其許褚一直擔任親衛工作，不知救過多少次曹操的命；也只有他們敢對曹操用強。

曹操等人離開不一會兒，洪大鬍子便風風火火地衝上船來，一把重達六十三斤的鬼頭大刀，舞動如風，曹兵下盤不穩，根本招架不住。他尚不知曹操已不在船上，見到年約五十幾歲的人就追殺，江東水兵受到鼓舞，一時士氣更盛，曹軍只得且戰且走。

然而，他們雖仗著奇謀佔上風，畢竟對方戰船數量太多，這一仗，勝得十分艱苦。

周瑜見此景況，立即吩咐傳令兵：

「傳令洪將軍，砍下曹操的大旗，並焚燒其座船。」

曹操中軍大旗一落下，已陷入苦戰的曹兵更加慌亂，接著又發現船上燃起熊熊烈火。周瑜於是找來幾個嗓門大的士兵，要他們高喊：

「丞相死了，丞相死了！」

激戰之中難辯眞假，江東水軍由此而精神大振，曹軍則陣腳大亂。曹休和曹眞知道再死戰下去，傷亡將無法估計，只好含恨退出戰場，以保存實力。

原本奉命切斷曹軍水陸大營聯繫的呂蒙和甘寧，因爲陸地大營的徐晃已有了準備，曹操戰船兵士的數量也出乎意料之外，故未能達成任務。最令人扼腕的是，蔡瑁和張允指揮水兵，誓死保衛曹操，在徐晃的接應下，安全抵達長江北岸，陸軍的駐紮地烏林。

此外，與江東水軍同時異地而戰的程普、張飛和趙雲等人，因兵力有限，在攻入曹軍陸地大營後，趁亂衝殺一陣，就退走了。

這一仗，孫劉聯軍大獲全勝，殲敵三萬餘人，生俘兩萬人，擄獲戰船三百餘艘，燒毀五百餘艘，迫使曹操把水軍的中軍大營暫時遷移到岸上。而江東水軍只損失了六十餘艘戰船，受創的百餘艘返回大營，經過搶修，很快便又能作戰了。

這次兵敗的消息，還引起荊州人心的不穩。許多民衆暗想：曹操不過如此，怕是只會虛張聲勢而已。如果當初我們不歸降，或許也能打敗他。

4

曹操不愧身經百戰，在到達陸軍駐防的烏林後，立即冷靜下來，先命令各將領清點麾下兵士，並統計傷亡失踪人數，以及戰船營帳等器物兵械損失情形，接著傳令宰殺豬羊、發送美酒，犒賞勇猛殺敵者，慰問受傷生病者，要他們輪流歇息。最後再把戰敗之責歸於自己，並揚言已有破敵之計，待補給修復工作告一段落後，便要傾全力向孫劉聯軍進擊，以報此役之仇。

如此一來，曹軍上下一掃慘敗的陰霾，士氣逐漸恢復，各將領善後工作的進展亦頗爲順利。對於這次的慘敗，曹操一直耿耿於懷，他無心多加休息，漏夜召集所有參與此役的謀臣將領，檢討失敗之因。爲讓與會者無所顧忌暢所欲言，他首先語重心長地說：

「兵法有云：亂生於治，怯生於勇，弱生於強。今天我方兵多將廣，武器精良，作戰經驗十足，卻仍敗給孫劉聯軍，追根究底，就是我們太依恃自己的實力，太過於輕敵，以致爲周瑜小賊所逞。孫子所謂『能而示之不能，用而示之不用，近而示之遠，遠而示之近；利而誘之，亂而取之，實而備之，強而避之，怒而撓之，卑而驕之，佚而勞之，親而離之；攻其無備，出其不意』，他居然都發揮得淋漓盡致，實在不容小覷。」

賈詡向來算無遺策，深得曹操信任，在聽了曹操一番評論後，環顧在座衆人，覺得自己應該率先陳述看法，於是起身說道：

「我軍雖驍勇善戰，但個個出生北方，對南方氣候、環境適應不良，因此水土不服者大有人在，影響了整體的戰力，再則，士兵們離鄉背井長途跋涉，至今已四、五個月，歸鄉情切，亦影響了鬥志。如果要將這兩項不利的因素所造成的傷害降到最低，最好的辦法就是：速戰速決。」

曹仁聞言卻緊皺雙眉，憂慮地說：

「我的想法素與大夫無異，但自從將荊州水兵與北方兵對調後，由於北方兵不習水戰，雖有過密集而嚴格的訓練，卻因無法適應顛簸，而使戰鬥力大打折扣。倘若要速戰速決，非得先設法讓船上的北方兵適應行船時的顛簸不可。」

「與其設法讓不習水戰的北方兵適應行船時的顛簸，倒不如設法在船上增加新式武器來得快又省事。」掌管水軍的蔡瑁卻不以為然。

「聽你這麼說，似乎已有頭緒了？」曹操聞言很感興趣。

「江東水軍的戰船之所以厲害，在於他們的移動速度快，衝撞力強，倘若我們可以在對方戰船未到之前就加以破壞，即使他們的蒙衝、樓船再厲害，也無用武之地。如此一來，我方水兵就毋須適應在顛簸的船上與敵人戰鬥了。」蔡瑁分析道。

夏侯惇覺得這種想法太不切實際：

「在戰船上能運用的武器，就只有弓與弩，可是你再怎麼改良，充其量不過多射中幾個江東水兵而已，要想破壞他們的船艦，簡直不可能。」

「莫非要用火箭將敵船燒燬？」許褚突然恍然大悟。

「如今正吹北風，加上火箭射程有限，想燒燬敵船，恐有困難。」荀攸連連搖頭。

說到這，衆人都不覺再望向蔡瑁。

蔡瑁清清喉嚨，掩不住內心的得意：

「不知諸位對攻城時用來發射石頭或滾木的投石車有什麼看法？我個人以爲，那東西若加以改良運用，定可在遠處就將敵艦擊沉。」

「你意思是，將投石車安在戰船上？」曹仁覺得蔡瑁很異想天開。

「我的想法是，將投石車簡化，只留梢（即投石所用的橫桿）與支柱，固定於船上，當敵艦行至射程之內，即拋射石頭，管教他們沉入江底餵魚。」

「即使改良了大又笨重的投石車，攻擊用的石頭仍有一定重量，會讓戰船吃水更深，行動更遲緩，而且投石車每次拋射的間隔時間頗長，屆時只怕尙未發揮火力，就被對方的蒙衝給撞沉了。」夏侯惇提出他的疑慮。

蔡瑁不慌不忙道：「我們可以讓原本行動遲緩，載兵較多的樓船，負責以改良過後的投石車攻擊對方，而每艘裝備投石車的樓船再搭配十餘艘蒙衝鬥艦作爲掩護，由於投石車兩次拋射時間間隔頗長，故以三組投石器械船艦爲一個團隊，輪流朝同一方向攻擊。至於所用石塊，只需攻城石塊的一半大小即可，這樣射程既遠，樓船吃水也不致太深。」

「聽起來是不錯，但這方法眞的可行嗎？」許褚半信半疑。

「用用看不就能獲得答案了，」靜聽許久的曹操終於開口：「既然短時間內沒有更好的辦法破江東水軍，何妨一試。」遂傳令將隨糧草運送，準備作爲攻城用的二十餘座投石車拆卸改裝到部分樓船上，並派兵弁收集石塊。

●

又是一個天氣陰沉，霧氣濃厚的清晨。

周瑜方才傳令各將領嚴加戒備，對岸曹營便響起一陣戰鼓聲。

「曹操動作可真迅速，剛把戰船修好，就又來送死。」他一邊想著，卻也不敢大意，指派水戰經驗十足的洪大鬍子與謹慎持重的呂蒙，共同率兵前往迎擊。

洪呂二人來到江面上，發現曹操的戰船劃分好幾個團隊，每個團隊中間有樓船四五艘，四周則圍繞數十艘蒙衝鬥艦，形式猶如眾星拱月，不知作何運用。

面對此前所未見的陣形，洪大鬍子想也不想，就準備下令殺過去，卻被呂蒙伸手制止：「曹操這次出戰，一定是有備而來。在未弄清對方擺出此陣的用意前，不要貿然進擊。」

洪大鬍子哈哈大笑，一副胸有成竹的模樣：「我洪大鬍子縱橫水域多年，什麼陣仗沒見過？那群只會暈船的北方兵，不管再怎麼聰明神勇，一旦來到這江面上，對我而言就都成了奶娃兒。」說罷依舊下令擺出鋒矢陣形，向曹軍進攻，頓時數十艘蒙衝鬥艦如離弦之箭，動作迅速地划了過去。

怎料他們尚未行至江心，便有幾團火球陸續自敵方樓船飛拋而來，打頭陣的兩三艘蒙衝猝不及防，正中船身，巨大的撞擊力使得蒙衝失去重心，向一邊傾斜，同時開始冒煙起火。

後頭將士見狀雖驚駭，卻反應極快地散開陣形，繼續前進。可是從曹軍樓船飛來的火球依然不斷，而且拋擲方向不一，使進行衝撞作戰的江東船艦，衝抵曹軍陣營的數量銳減。

呂蒙評估局勢，當機立斷：

「不可貿然挺進，即刻撤退，從長計議。」

洪大鬍子暴跳如雷，叫嚷道：

「還未交鋒就退兵，我可丟不起這個臉！要逃你自己逃！我非和曹賊拼出勝負不可！」

呂蒙正要與他爭辯，傳令兵已帶來周瑜命令，要他們即刻前往指揮樓船商議。

兩人匆忙登上斥候，不等周瑜開口，洪大鬍子便激動道：

「都督，我還沒開打呢！您卻把我給叫回來！」

周瑜示意他冷靜，問：

「你可知對方那火球的底細？」

「管他勞什子火球，憑我多年水戰經驗，不信攻不破！」洪大鬍子叉腰瞪眼。

周瑜淡淡地笑一笑，神情轉嚴肅：

「兵法有云：『知己知彼，百戰不殆，不知彼而知己，一勝一負』。既然敵我兵力懸殊，要交戰就該要有必勝把握，否則徒然損兵折將，一敗塗地。」

「如此，則都督已『知己知彼』了？」呂蒙問。

「曹軍拋出第一顆火球後，我即刻命令設法將落水的火球撈起帶回。方才仔細檢視，並與這幾天密探所收集的敵方情報串連起來，總算大致瞭解曹軍的戰術：原來他們將攻城用的投石車拆卸運至樓船上，改裝安置其上，用來拋射火球。據我在斥候上觀察的結果，這些火球其實是以石塊外裹浸漬過膏油的粗麻繩網，拋擲後再射出火箭引燃。幸好當初李志已將船艦外裹生牛皮，否則損失會更慘重，但被擊中的船艦受創頗大，恐怕要多花些時間才能修復。」

「他奶奶的！我非報此仇不可！」洪大鬍子跳腳道。

呂蒙看一眼急躁的洪大鬍子，問：

「都督可有破敵之策？」

「眼前當務之急，就是不讓對方火球拋射，要不讓對方火球拋射，就必須破壞他們的投石器械……」周瑜沉吟道：「但我們想做的，曹軍也想到了，因此他們以三四艘配有投石車的樓船，再加上數十艘護衛掩護用的蒙衝鬥艦爲一攻擊團隊，讓我方戰船速度再快，想正面突圍接近目標也不容易。於今之計，唯有靠洪將軍你的敢死隊了。」

洪大鬍子聞言，立即慷慨激昂：

「都督您儘管吩咐，就算那裡是刀山火海，我洪大鬍子也必定達成使命！」

「好！」周瑜受到洪大鬍子情緒感染，頓覺熱血沸騰：「你領著敢死隊潛入安置有投石器械的樓船上，設法摧毀它們，等火球無法拋射後，再讓伺機而動的幾路艦隊以鋒矢陣形打散曹操的團隊，然後予以各個擊破。」

洪大鬍子領命，馬上找來傳令兵，將自己培養訓練的敢死隊集結到一艘樓船上頭，準備分配任務。周瑜在他臨走前，特別叮囑：

「曹軍見識過你敢死隊的厲害，此次必然有所防備，這趟任務十分艱險，千萬要小心。」

洪大鬍子哈哈大笑，表情突然變得很認眞：

「都督，當初我這條命是您給的，就算現在還您，也沒什麼不好啊！」

周瑜一愣，覺得洪大鬍子這番話很不吉利。

●

曹操在指揮樓船斥候上觀看戰況，見江東水軍抵擋不住火球的攻勢，只能在附近徘徊觀望，伺機而動，不禁開懷大笑，稱讚蔡瑁的奇計。

「照此情況看來，他們已無計可施，卻又不甘心地在做困獸之鬥，不出一兩天，就可爲我方全數殲滅，丞相何妨先調派陸軍，準備渡江接管江東事宜。」蔡瑁得意洋洋。

曹操點點頭，卻道：

「周瑜用兵妙絕，我們必須記取前番教訓，即使勝券在握，也不可輕敵大意。」

正說著，距離敵方較近的幾艘樓船似乎出現什麼狀況，引起不小的騷動。

曹操皺著雙眉，正要吩咐傳令兵前往查探時，原本在徘徊的幾隊江東戰船突然蜂擁地朝騷動的樓船疾衝而去，而曹軍引以爲傲的火球卻沒有適時拋射攻擊。

面對這突如其來的突襲行動，曹軍似乎有些措手不及，江東軍少了可怕的火球威脅，加上不甘之前所受的窩囊氣，頓時氣勢如虹，殺聲震天。

曹操在斥候上看得眞切，不覺又驚又怒，氣急敗壞地吩咐蔡瑁與許褚：

「江東敢死隊泅水潛入樓船上破壞投石車了！趕緊傳令嚴加防備，派員搶修！」

蔡瑁與許褚見情勢逆轉，連忙領命而去，企圖挽回劣勢。

這一仗，打得十分激烈。

只見洪大鬍子的敢死隊三五成群，分別在安置投石車的曹軍樓船上與敵兵纏鬥，同時還要伺機摧毀目標，洪大鬍子本人更是一馬當先，大喝一聲使勁扯下投石車的橫桿，扔進江裡，頗有力拔山兮氣蓋世之概。他無視於逐漸增多的曹兵，手裡鬼頭大刀狂揮猛砍，簡直殺紅了眼，連蔡瑁、張允持弩連連射向他前胸後背都渾然不知。

另一方面，呂蒙、甘寧、韓當、周泰等人各率蒙衝鬥艦數十艘，在確定自己鎖定的敵方團隊無法使用投石車進行攻擊後，便迅速地衝入曹軍陣營，展開廝殺。轉調水軍的北方兵弁仍舊不太習慣行船時的顛簸，整個場面顯得有些混亂，但原本在那裡指揮作戰的曹休、曹眞等大將不願再嚐敗績，豁出性命與對方奮力一搏，以致雙方爭戰許久，仍僵持不下。

周瑜在指揮樓船斥候裡表面上鎭定自若，內心卻惶惶不安。他很淸楚，縱使目前勝負難分，我方人員也鬥志高昂，但這樣惡戰下去，對船少兵寡的江東水軍極爲不利。然而，若在此刻鳴金收兵，不但會澆熄孫劉聯軍的如虹氣勢，曹操更可能趁勝追擊，直搗水軍大營，倘若不幸被攻破，那麼江東的敗局就定了。

正當他苦思破解之道時，江面上突然出現兩隊戰船，當中主樓船上幡旗迎風招展，一面寫的是「劉」，一面寫的是「關」。

周瑜見狀，精神爲之一振，暗喜：「是劉琦和關羽的水軍殺來助陣了！」此刻，他深切體會到孫劉聯軍所帶來的強大力量。

江東水軍一見來了後援，更加振奮，面對曹軍爲數衆多的戰船兵士，大有與敵人同歸於盡的強悍態勢，彼此殺得更加難分難解。

黃昏時分，陰霾的天空逐漸露出夕陽餘暉。

江水大片大片地被染紅了，江面上飄滿雙方將士的屍體，空氣中瀰漫著血腥味。每個人的臉和戰船都被映紅了，彼此無法辨別這血紅是來自夕陽，抑或雙方兵士的鮮血。

終於，曹操下令鳴金收兵，曹軍船艦陸續撤出戰場。

周瑜暗暗舒了口氣，傳令暫勿追擊，各將領清點傷亡人數與戰船受損情形。不久，傳來洪大鬍子陣亡的消息，敢死隊也全軍覆沒，令他悲痛萬分。

都尉甘寧亦受了重傷，不得不送回後方治療。

對曹操而言，雖然樓船上的投石車幾乎被破壞殆盡，火球攻擊暫時無法使用，水兵船艦傷亡人數也不少，但他掌握著荊州與北方的人力物力，對於這樣的戰爭損失不甚在意。他很清楚自己擅長的是地面作戰，今天能夠以奇計對江東水軍造成如此的打擊，已經算是不錯了。如果能在修復損傷，補給糧草的這幾天再想出另一招奇計，相信定能讓江東水軍從此絕跡於赤壁。

5

周瑜破曹操火球攻擊的當天晚上，嚴守水軍中軍大營，負責指揮救助的武鋒中郎將黃蓋隻身前來探視。

由於洪大鬍子的屍體在混亂中落入滾滾長江裡，遍尋不著，周瑜心情十分不好，正想獨自靜一靜，看見黃蓋出現，便擺手道：

「夜很深了，有什麼事明天再說吧！」

「都督，您不想盡快爲死去的弟兄報仇嗎？」黃蓋聲音聽起來很平靜。

周瑜抬起頭來，看看眼前這位髮鬚灰白，眼神堅毅，渾身透露著不怒而威英勇氣概的老將軍，豁然起身：

「想，我當然想！」

「都督，孫子云：『兵貴勝，不貴久』，我們無論士卒將領抑或戰船武器都要比曹軍來得少，像今日這樣的惡戰，不能再多一次了。這場仗已打將近一個月，是該做了斷的時候。」

「對曹操來說，他們勞師動衆遠道而來，又逢冬季，糧草補給頗爲艱辛，加上許多兵士水土不服，一樣希望速戰速決。但是，」周瑜說著，臉色逐漸凝重：「若要打最後一戰，就必須要有絕對必勝的把握才行。」

「今日見曹軍以火球攻擊我方戰船，讓我想到一個好辦法。」黃蓋將聲音壓低。

「你該不會想對曹軍施以火攻之計吧！」周瑜微蹙雙眉。

「都督眞是神算！」黃蓋哈哈大笑。

周瑜搖搖頭：「使用火攻這我一開始就想過了，但……」

兩人正說著，帳外突然傳來諸葛亮的聲音：「用火攻，眞不愧爲公瑾！」

周瑜先是愣了愣，繼而舒眉展顏，驚喜不已：

「孔明！快請進來！」

只見諸葛亮仍然一身儒服，手持羽扇，神情從容不迫：

「今夜造訪，正爲此而來，想與公瑾商議。」

周瑜先介紹黃蓋與諸葛亮認識，諸葛亮微笑道：

「我們先前在柴桑孫將軍處已見過面了。」

黃蓋禮貌性地一揖：

「諸葛先生當日舌戰群儒，堅定我主公聯劉抗曹的決心，至今猶令公覆印象深刻。」

周瑜請兩人坐下，對諸葛亮說：

「方才提出火攻之計者乃公覆，但我認爲實際上有困難。」

「願聞其詳。」諸葛亮微頷首。

「早年我離家四處雲遊，曾見一個弱女子放火燒了一座村莊，造成死傷無數，深知這火的厲害，若能巧妙運用在作戰上，無疑百萬雄師。但兵法云：『行火必有因，煙火必素具。發火有時，起火有日』，要天時地利人和，才有可能將火攻的效用發揮到極致。所謂天時，必須氣候乾燥，風力強大，以助長火勢；所謂的地利，即指敵軍位置必須在順風處，讓火在上風頭放起，一發不可收拾；所謂人和，需要有能夠在敵軍內部或近敵軍處引火的人，讓我軍得以潛伏伺機，形成裡應外合之勢，當火起兵慌之際，趁亂襲擊，如此方能一舉而擊潰曹軍，大獲全勝。可惜……」周瑜說到這，忍不住搖頭嘆息：「雖然如今是冬季，氣候乾燥，風力強大，但曹軍在江北，我們在江南，依這風向看，我們恰位於下風處，倘若引火，勢必延燒過來，屆時逃命都來不及，如何趁機發動攻擊？再則，據密探回報，曹營防備極爲森嚴，尤其曹操身經百戰，對於火攻認識頗深，面對這樣天乾物燥的時節，特別在意防火工作，想要派員潛入他們那裡放火，簡直不可能。面對這樣僅有天時而地不利人不和的狀況，如何採取火攻之計？」

諸葛亮淡淡一笑：「公瑾所言甚是，然而，如果可以解決地不利人不和的問題，你是否有絕對把握一舉而擊潰曹軍？我們的機會不多了，以目前情勢看，下一場與曹操的爭戰，很可能是最後一役。」

「如果可以順利使用火攻，我有絕對必勝的把握！」周瑜倒是很有自信。

「那好！」諸葛亮也露出自信的笑容：「我有辦法解決地不利人不和的問題，讓公瑾可以順利使用火攻之計。」

周瑜瞪大了眼，有些不可置信：

「其實如何引火的問題，集思廣益倒也可能想出辦法，但上風處下風處的問題，除非風向改變，否則根本解決不了。」

「正因爲風向會改變，所以我才來找你商量火攻一事，」諸葛亮壓抑不住內心的興奮：「眞是天助我孫劉聯軍也！看來曹操潰敗，乃命中註定了。」

在一旁專心聽聞的黃蓋見周瑜仍半信半疑，立即沉聲道：

「事關成敗生死，你可不能隨便亂說。」

「我這不是戲言，否則依軍令處以極刑。」諸葛亮不疾不徐道。

周瑜一擺手，示意黃蓋稍安勿躁，問：

「你所謂風向會改變，是怎麼回事？」

「我還在南陽耕讀時，對於《日月曆》、《五星占》、《周髀算經》等天文書籍稍有涉獵，這幾日夜觀星象，發現月有薄暈，且將行至箕、壁、翼、軫四星宿間，推測六天之後，必起東南風。」

諸葛亮微笑道。

「你說的可是眞的？」周瑜聞言大喜，抓著諸葛亮的手。

「如果公瑾信得過我，就開始部署火攻吧！」

周瑜突然想到什麼，臉色又黯淡下來：

「即使有老天爺的幫忙，要如何點燃曹軍戰船，並且讓它們延燒得一發不可收拾，仍是個棘手的問題……」

黃蓋聽了，立即說：

「如果是要讓曹軍戰船延燒得一發不可收拾，我倒有個方法。」

「什麼方法？」周瑜忙問。

「我們可以設法讓曹軍戰船首尾相接，如此一來，只要一艘著火，火勢很快就會蔓延擴散，燒得一發不可收拾。」黃蓋顯得有些得意。

「此法很値得一試。」周瑜稱讚道。

「這是我在想出火攻之計後，連帶想出來的法子。」黃蓋笑道。

「然則要如何讓曹軍戰船首尾相接呢？」諸葛亮沉吟著。

「孔明莫煩惱，這個問題我可以解決。」周瑜淡淡一笑。

「既然如此，那我也獻上一計，」諸葛亮點點頭：「我們可以派人在六日後詐降曹軍，如此便能帶領幾艘上頭裝滿柴薪，淋滿膏油的蒙衝，大搖大擺往他們戰船而去，屆時點燃蒙衝做爲引信，保證萬無一失。」

「我曾經在兵書上看到過一種火攻法，即用網捕捉從城內飛出的雀鳥，然後在牠們腳上綁幾顆中空的杏子，杏子裡頭塡塞火引，待黃昏時將雀鳥釋放，雀鳥返回城內窩巢，火引便會點燃窩巢及其所在的樹木或屋簷等物，由此以星星之火而成燎原之勢。你的詐降燒船法，頗有幾分這種『雀杏法』的味道呢！」

「但曹操生性多疑，找誰詐降好呢？」黃蓋瞪眼問。

周瑜沉默一會，突然轉臉望向黃蓋：

「這就有勞公覆了。」

「詐降一事，知道的人越少越好，既然火攻之計是黃老將軍提出來的，必定可以勝任此重責。」

諸葛亮也表示贊同。

「我是一路跟隨兩位先主公而來的老臣，告訴曹操說要歸降，他會相信嗎？」黃蓋有些猶豫。

「凡事必有原委，只要能將你歸降的前因後果合理化，曹操自然就不疑有他。」

「都督有何妙計？」黃蓋好奇地問。

周瑜聞言，突然避席行禮：

「只是必須得罪公覆，還望見諒。」

「您這不折煞我了？快別這麼說！」黃蓋慌忙扶起周瑜。

「如果我猜得不錯，公瑾可是要用『苦肉計』？」諸葛亮在一旁淡淡笑道。

「知我者，孔明也！」周瑜撫掌大笑。

6

兩天後，小喬偕同父親喬玄來營區探望周瑜。

周瑜顯得有些疲憊，臉色也不太好看，小喬特地熬煮的鮮魚湯，他一口都沒品嚐，反倒皺眉埋怨起來：

「如今戰事吃緊，這裡豈是你們出入的地方？我節制孫劉聯軍，要被人知道妻子岳父跑到營中探望，成何體統？」

小喬見自己特地趕來相陪，卻遭周瑜潑了一盆冷水，頓時覺得又委屈又氣憤：

「眞是狗咬呂洞賓，不識好人心！早知你這般無情，不來也罷！」她說著開始拭淚。

「我們是聽說前幾日孫劉聯軍打了一場慘勝的仗，江東水軍損失頗大，小喬擔心你，堅持過來看看，我拗不過她，又怕她不懂事，惹出什麼亂子，才跟著一道過來。我們曉得你近日爲著軍務心情不太好，等你喝完鮮魚湯，我們馬上就離開，不會給你添麻煩的。」喬玄連忙打圓場。

周瑜嘆口氣，也覺得自己方才失言：

「近日忙著修復補給的工作，還要應付有貳心的將領，常常控制不了自己的情緒。唉！」

「有貳心的將領？」喬玄頗爲訝異。

周瑜點點頭，壓低聲音：

「前幾日那一戰，我命公覆留守中軍大營，負責指揮救助傷患及受損戰船，可沒想到，事後他居然十分不滿，仗著自己三朝元老的身分地位，四處放話，說如果當初我能很睿智地以他爲先鋒攻打曹軍，就不會是慘勝的局面了，末了還怪我力勸主公聯劉抗曹，簡直螳臂擋車，陷江東於危難，陷主公於不義……他這樣詆毀我，教我如何領兵戰鬥？」

「難怪我和小喬從營口一路走來，不時聽到有人談論公覆。」喬玄若有所思。

周瑜長嘆一聲，搖頭苦惱道：

「赤壁開戰前，主公曾召開幾次會議討論該聯劉抗曹或者歸降曹操，當時公覆未曾發表意見，我以爲他心裡支持聯劉抗曹，只是礙於主降派氣盛，故而謹言慎行，未料原來卻是牆頭草，專門見風轉舵。」

喬玄見周瑜面容憔悴，不復當初領軍進駐赤壁時那種雄姿煥發，指揮若定的氣勢，突然十分感慨，想勸說什麼，卻又不知如何開口。

小喬覺得氣氛太過沉悶，忙把帶來的鮮魚湯放於案上，敦促周瑜趁熱吃了：

「你可是孫劉聯軍的統帥呢！要在這時候病倒，怎麼與曹操抗衡？」

周瑜默默喝完鮮魚湯，外頭一個兵士進來提醒他，巡營時間到了。

喬玄見狀連忙拉著小喬，就要告辭。周瑜頓一頓，道：

「唔，既然你們千里迢迢來這裡，不如隨我走一趟營區，回頭也好給主公帶個訊息，讓他瞭解目前江東水軍大營的狀況。」遂領著喬玄父女步出主營帳，四處巡視。

三人一路默默走著，不久經過一處港澳，喬玄發現那裡的戰船排列整齊，頭尾皆以粗鐵鍊相繫，上頭兵士正在操練，於是多看了幾眼。

一旁的周瑜見狀，解釋道：

「由於上回那一戰失去不少水兵弟兄，這幾日又從各地徵調新兵進來，為能讓這些山野樵夫盡早熟悉水戰，所以將部分戰船首尾以粗鐵鍊相繫，這樣一來即使在波濤洶湧的江面上行走，也如履平地，不用擔心無法適應船行時的顛簸。」說著特地帶喬玄父女登上那些戰船，體驗一下。

喬玄發現果如周瑜所言，覺得十分有趣，忍不住嘖嘖稱奇。

●

送走喬玄父女的當晚，司馬功前來密見：

「都督，一切如您所料，寄居喬公處的華戰，果然在他們回去後，立即向喬公仔細詢問了關於您以及整個江東水軍大營的狀況，並且馬上修書一封派員送去曹操那裡。」

「那麼，接下來就看公覆的表現了。」周瑜點點頭。

第二天，周瑜方才要用早膳，便聽見黃蓋在帳外大聲叫罵：

「周公瑾！你究竟還要坑害多少百姓才甘心？再這樣下去，主公與整個江東都要葬送在你手裡了！」

周瑜臉色沉下來，皺眉吩咐撤去早膳，並傳令將帳外咆哮的黃蓋帶進來問話。

黃蓋不等周瑜開口，又是一陣辱罵，說他少年得志，因為與孫策結拜，又是孫堅義子，就目中無人，一意孤行，如今江東水軍損失慘重，卻不悔悟，仍招兵買馬，積極備戰，簡直草菅人命，不識時務，愚蠢至極。

周瑜等他數落過後，才冷冷道：

「我尊敬你是從義父起兵當初一路跟隨，東征西討的老臣，一直忍耐遷就，沒想到你竟得寸進尺，壞我軍令！難道不怕我以動搖軍心論斬嗎？」

黃蓋絲毫不退讓，言語仍然咄咄逼人：

「我這是爲主公與江東百姓安危著想，就算會被你斬首，還是要說到底！」

「你是有恃無恐，以爲我不敢殺囉？」周瑜冷冷一笑。

「我所言句句屬實，何罪之有？」黃蓋也冷冷一笑。

周瑜聞言再也按捺不住，抓起案上一支令牌，往地上狠狠一扔，怒對左右侍衛道：

「把這叛徒給我拉出去斬了！」

左右侍衛驚愣當場，不知是否該上前抓住黃蓋。

周瑜見他們沒有動作，又大喝一聲：

「杵在那幹什麼！還不快去！」

兩個侍衛如夢初醒，趕緊口稱得罪，上前將黃蓋綁住，就要往帳外推。

此時聞訊而來的魯肅、韓當、周泰等人趕緊擠進營帳，並擋在出口處。

「公覆，快給都督賠罪吧！」魯肅忐忑不安地對黃蓋說。

黃蓋悶哼一聲，倨傲地將頭偏向一邊不言語。

周瑜見狀簡直要氣瘋了，顫抖著右手，按在腰際劍柄上，恨不得當場拔劍刺向黃蓋。

韓當與周泰慌忙奔至周瑜面前攔阻，韓當說：

「都督，請念在公覆跟隨兩位先主公與主公多年，沒功勞也有苦勞，從輕發落吧！」

「都督，公覆好歹也統領江東兵士多年，素來愛戴下屬，愛護百姓，倘若將他斬首，恐造成軍心浮動，民心離散，請您千萬三思啊！」周泰也極力求情。

周瑜臉色難看至極，沉默半晌，突然仰天長嘯，彷彿要將內心的抑鬱全吐出來，末了深深吸口氣，又長長吁了出來，冷冷道：

「今天看在諸位將領的面上，姑且不與你計較！然而死罪可免，活罪難逃！」說罷轉對侍衛道：「傳令下去！將黃蓋重打五十軍棍，解送回後方讓主公發落。」

魯韓周三人聞言，忍不住想要再勸阻：「都督……」

周瑜卻語氣強硬得毫無轉寰餘地：

「這幾日軍心有些浮動，絕對是受到他胡言亂語的影響！再不鐵腕處理，不等曹軍來打我們就先潰散了！」

於是，黃蓋被拉出帳外重責五十軍棍。雖然行刑士兵暗中手下留情，但年邁的他依舊被打得皮開肉綻，鮮血淋漓。

與黃蓋交情頗深的程普不好當場出面，悄悄派員送些金創藥過去，並找來一輛馬車，連夜護衛他出水軍大營，直往後方孫權所在而去。

•

黃蓋在孫權安排下暫住一處僻靜宅院養傷。

從喬玄處得知此消息的華戰，特地帶著補品前往探視。

黃蓋不認識華戰，人趴躺在榻上，勉強撐起身體，問：

「我與先生並無交情，不知先生此來爲著什麼事情？」

「在下華戰，乃喬玄先生故舊，素聞黃老將軍爲江東孫家的三朝元老，既愛護兵士，也愛護百姓，故仰慕已久。昨日聽說您爲孫將軍與江東百姓安危，向周都督請願，不料卻遭責罰，所以特來探望，並爲您打打氣。」華戰陪笑道。

「我都被打成這樣，還強押回後方，對於主公與江東百姓，恐怕已無能爲力了。」黃蓋苦笑道。

華戰湊上前，壓低聲音：

「在下來自北方，曾聽聞當今丞相的事功，黃老將軍您既然有歸降之意，何不趁此機會前往曹營，相信定可獲得重用。」

「我黃某雖認爲此刻該降，但主公抗曹心意堅定，我又豈能做出背叛江東的事情來！」黃蓋聞言卻有些動怒。

華戰笑一笑，從懷裡掏出一方巾帕，上頭密密麻麻寫著許多字，道：

「這是丞相送給您的一首詩，他說您看了以後，自然就會明白了。」

黃蓋接過巾帕，發現上頭題作〈短歌行〉：

「對酒當歌，人生幾何？譬如朝露，去日苦多。
慨當以慷，憂思難忘；何以解憂，唯有杜康。
青青子衿，悠悠我心；但為君故，沉吟至今。
呦呦鹿鳴，食野之苹；我有嘉賓，鼓瑟吹笙。

明明如月，何時可掇；憂從中來，不可繼絕。
越陌度阡，枉用相存；契闊談讌，心念舊恩。
月明星稀，烏鵲南飛；繞樹三匝，何枝可依。
山不厭高，海不厭深；周公吐哺，天下歸心。」

黃蓋默默念完，沉吟良久，嘆了口氣：

「我現在就像夜晚盲目亂飛的烏鵲，繞著漢皇朝這棵大樹，不知該投靠哪位英雄豪傑……」

華戰見他口氣有些鬆動，趁機進言：

「黃老將軍，人生苦短啊！即使心念舊恩，還是要多為自己著想，棄暗投明乃明智之舉，丞相已表明『山不厭高，海不厭深』，只要有才能者，無論哪個陣營，他都竭誠歡迎，您也看得出來，丞相如此用心良苦，是為了天下歸一，如果此時做出正確的抉擇，豈不比日後懊悔未投明主來得好？」

他見黃蓋仍有些猶豫，繼續道：

「只要您歸降丞相，那些擁戴您的士兵與百姓定會共襄盛舉，如此周都督便無兵無民可與曹軍作戰，屆時勢必跟著歸降，於是孫將軍與江東百姓免遭兵燹，生命財產也保住了。這樣一來，您既對得起自己，又對得起他們，兩全其美，何樂而不為？」

「說得好！」黃蓋終於下定決心：「有道是識時務者為俊傑，華先生，麻煩你代我轉告丞相，兩天後清晨，我會率一小隊人馬，乘坐蒙衝，在周瑜面前正大光明地歸降曹軍，藉此挫挫他的氣焰！」

7

黃蓋準備歸降的消息，不久傳回曹軍陣營。

荀攸與賈詡爲此半信半疑，雙雙前來面見曹操，說出心中的隱憂：

「黃蓋乃孫家三朝元老，一向忠心耿耿，今日傳言歸降，其中恐有詭詐。」

曹操拍拍荀攸，微笑道：

「你只知其一不知其二，黃蓋對周瑜不滿甚久；試想一個身經百戰，幫助孫家東征西討的大功臣，卻在這場戰役裡必須屈居一個毛頭小子麾下，而且還負責留守中軍，是有志難伸，抑鬱難耐啊！況且他原本就不堅持聯劉抗我，也不主張歸降，想的全是他的主公與江東百姓，面對這樣的戰況，難怪會有意投誠。我可是花費一番功夫，才說服他下這個決心的，要說有詐，犧牲也未免太大了吧！」

賈詡明白曹操末兩句，指的是黃蓋險些爲周瑜斬首，最後卻改打五十軍棍一事，微蹙雙眉道：

「周瑜用兵如神，奇謀甚多，或許那又是他的欺敵之計，就像連環船一樣……」

曹操覺得賈詡太過謹慎，有些不以爲然：

「正所謂兵不厭詐。想我剿討黃巾賊時，他還是掛著兩行鼻涕的娃兒呢！要耍詐，能騙得過身經百戰的我？不單黃蓋歸降一事是這樣，連環船一事也是這樣：你想想，他岳父喬玄都上那些戰船親身體驗了，我不認爲這會是假的。況且我們拿來試用，發現眞有奇效，原本無法適應船行顛簸的中原士卒，現在全都如履平地，實在看不出有什麼値得擔心的？」

荀攸見賈詡欲言又止，遂把話接過來：

「把每艘戰船的首尾以鐵鍊相銜接，的確能夠讓船行時的顛簸降到最低，但萬一敵方施以火攻之計，恐怕將迅速延燒，搶救不及。」

「公達（荀攸字公達）身爲中軍師，怎麼連這最簡單的天候節氣都不曉得？如今冬季，吹的是北風，而我軍又駐紮長江北岸，周瑜小賊應該很清楚使用火攻的下場，非但無法燒著我們，反倒會自己遭殃，這種玩火自焚之事，以他聰明才智，是絕不可能貿然而行的。」曹操哈哈大笑。

正說著，蔡瑁一臉得意地走進營帳：

「稟丞相，方才已試過連環戰船的威力，果眞妙絕啊！」

「快說，快說。」曹操聞言十分感興趣。

蔡瑁看一眼荀攸與賈詡，洋洋道：

「我依丞相之意，率領百餘艘首尾相接的蒙衝鬥艦，越過江心起釁，周瑜十分謹慎，也派出百餘艘戰船迎擊，兩軍交鋒後，由於我軍士卒在船上如履平地，發揮了應有的實力，將對方打得節節敗退，逼得他們不得不拉開距離猛射箭弩，以防短兵相接吃虧受損，最後箭弩都射光了，輪到我軍還以猛烈攻擊，導致那些江東戰船朝我們的一面都插滿箭弩，還因此重心不穩向前傾斜。後來是江東有將領急中生智，下令將戰船掉頭，換另一面以繼續接收我們射去箭弩，總算落得兩邊平衡，沒有翻覆。末了他們十分不甘心，齊聲大喊『謝丞相賜箭』，以掩飾慘敗的窘狀。」

曹操聽得開懷大笑，轉對荀攸與賈詡道：

「你們看到沒有？只要我軍出動連環船，那些江東水兵根本不足爲懼！此刻周瑜小賊必定頭皮發麻，腳底發涼，嚇得不知如何是好，等明天清晨黃蓋再在他面前率一隊船艦，正大光明地前來投誠，看他怎麼收拾這殘局！」

•

孫權在黃蓋的堅持下，終於答應讓他負傷返回水軍大營，戴罪立功。

決定孫劉聯軍是成是敗的這一天終於到來了。

周瑜幾乎一夜未眠，不時走出營帳外，以舌舔指試探風向。

雖然他信得過諸葛亮，但這畢竟是最爲關鍵的一環，倘若萬事具備而只欠東風，前幾日所做的一切將全部白費。

「公瑾，這麼早就起來了？」諸葛亮的聲音自身後響起。

周瑜甩甩頭振作一下精神，淡淡笑道：

「爲打這最後一仗，我可是摩拳擦掌，興奮地睡不著覺呢！」

「你我既爲知己，有什麼好不能說的？其實我也和你一樣，爲著等吹東南風而無法安眠。」諸葛亮微笑著提起他的右手。

周瑜心事被看穿，有些尷尬地輕輕抽回右手，對他笑一笑，沒說什麼。

諸葛亮拉著他來到江邊，要他靜下心來閉眼站著，伸展雙臂感受晨風的吹拂。

此時江面濃霧瀰漫，四周除了滔滔水聲，什麼也聽不到。這情景，和曹軍第一次出擊時頗爲類似，不同的是，周瑜感覺到有一股微暖的涼風，輕輕緩緩地從他右後方拂面而過，如果不是靜下心去體會，根本無法察覺到。

「是東南風！」周瑜在心中不住狂喜高喊。

諸葛亮察覺他情緒的變化，微笑道：

「再過一個時辰，風力便會增強，先將江面霧氣吹散，繼而送蒙衝鬥艦過去，最後助長火勢，一發不可收拾。公瑾，你這一仗必當名留青史！」

●

為了迎接黃蓋來降，曹軍連環船整齊排列，曹操特地起了個大早，站在指揮樓船斥候裡盯視著江面。

風勢漸強，霧氣漸退。十餘艘蒙衝鬥艦以歸雁隊形自江東營區緩緩划出，隱隱約約看得見上頭掛的幡旗繡著斗大的「黃」字。

江東水軍大營開始傳出騷動之聲，幾艘戰船擂鼓追過去，箭弩齊發。

黃蓋所率領的船隊上頭兵士不並多，且每艘都覆蓋帷幕，猜想裡頭裝的可能是武器或糧草：帶著東西來降將更受到重用，這是戰場上約定成俗的遊戲規則。

眼看黃蓋船艦就要抵達江心，而後頭追兵也快趕上了，突然那十餘艘蒙衝鬥艦散開呈長蛇陣形，並唰地揚起白帆，在東南風的猛力吹送下，頓時全如離弦之箭，瞬間甩開追擊，往曹軍戰船疾行而來。曹兵幾時看過這種投誠陣仗，紛紛放下手邊工作，站在那裡看得出神。

可誰也料想不到，當這些蒙衝鬥艦行至距曹軍戰船約半里之際，竟轟然一聲，全都著了火，曹操整個人看得呆愣當場，臉上笑容頓時凝固，急忙尋找原本在船上的黃蓋等人，卻哪還見得到他們的身影。原來在蒙衝鬥艦著火的同時，他們便迅速跳入預先繫於船尾的走舸，往之前追擊他們的江東戰船方向划去。

直到此刻，曹操方才如夢初醒，背脊一陣寒意直貫後腦杓，整個心都涼了：原來所謂的連環船、黃蓋投降，全都是周瑜爲實行火攻之計所精心設下的圈套！眼看那些燃燒猛烈的蒙衝鬥艦三兩下就撞上曹軍戰船，並在東南風的助長下延燒迅速，相繫戰船首尾的鐵鎖根本不及解開，就這樣四周很快陷入一片火海，連岸上的水陸營區亦不能倖免。

面對如此突然又猛烈的大火，曹兵們幾乎嚇呆了，誰還顧得著整隊殺敵，無不四處奔走逃竄，有的丟盔棄甲，有的跳入水中，有的哭喊救命，有的搶馬搶車，放眼望去一片狼藉，潰不成軍，估計被踩死的，被燒死的，被嗆死的，還有不諳水性而溺斃江中者不計其數。

周瑜見時機成熟，一聲令下，伺機多時江東水軍全員出動，頓時鼓聲殺聲震天，讓原即驚慌失措的曹兵更加惶恐，幾乎要分不清敵我，抓起武器見人就砍，自相殘殺的情形隨處可見。

「丞相！留得青山在，不怕沒柴燒！還是暫時退離赤壁吧！」隨侍曹操身側的許褚焦急說道。

曹操神情悲憤，看著眼前景況，什麼話也沒說。

這時曹仁與曹洪匆匆奔上前來，曹仁搶先開口：

「丞相，我已派一隊精銳騎兵往華容道打前鋒去了，請您即刻隨我們轉移陣地，再做打算。」

曹洪見曹操仍無動靜，又準備與許褚上前強行扶持。

就在這時，曹操突然仰天長嘯，接著失魂落魄地跌坐下去，頹然又絕望地喃喃道：

「這個時節，居然會吹東南風？莫非我曹孟德氣數已盡，連老天都想要亡我？」他話說到最後，幾乎快哽咽了。

許褚等人從未見曹操如此喪氣過，頓時感慨萬千。然而外頭戰況危急，容不得他們停留感傷，曹洪於是大喝一聲：

「丞相，切莫讓周瑜小賊得意了！」

這句話猶如當頭棒喝，曹操立即清醒過來，整個人跳起咆哮：

「要這樣狼狽而走，簡直是恥辱！我非斬殺周瑜不可！」

許褚與曹洪互望一眼，極有默契地迅速挾起曹操，離開指揮樓船，岸上早有馬匹侍衛等候，不待他開口，就一把扶持上鞍，往華容道疾奔而去。

●

周瑜聽說曹操在一隊勁旅的護衛下，往華容道方向逃竄，不禁雙眉微蹙：

「沒想到曹操竟下險棋，選擇那條有數十個大小湖泊，湖間水道縱橫，難以行軍的華容道作為逃亡路線，莫非先前他派少數兵士佔守，是為預防萬一？」

從清晨開始即跟在周瑜身旁的諸葛亮聞言，淡淡一笑：

「公瑾放心，昨夜我已吩咐我方守將移駐華容道了。」

周瑜心突了一下，暗想：孔明竟能比我更洞燭機先。嘴裡卻問：

「哪位守將？」

「關雲長。」諸葛亮緩緩道。

「據說雲長與曹操有私人恩情存在，要他前往攔阻，未免太過冒險。」周瑜有些訝異。

「正因如此，我才讓他擔此大任，希望他能藉此機會表明立場，解除衆人的疑慮。」

正在此時，一個傳令兵進斥候報告最新戰況：

「曹操竄逃的華容道上泥濘不堪，加上東南風大且急，曹仁等將領遂命令那些因水土不服而生病的虛弱士兵扛著一捆捆的馬匹草料，塡在濕地上，讓騎軍順利通過，但因此被馬蹄踐踏陷入泥中者不計其數，死傷甚衆。」

「沒想到曹操居然如此對待自己的兵士，可見他注定敗亡了。」周瑜聞言十分感慨。

「曹操還眞是『物盡其用』，深知帶著羸兵傷患逃亡會拖垮全軍的速度，卻又不想這麼遺棄，便叫他們貢獻最後一點心力，鋪出一條血道來。由此可見，他眞的已是窮途末路，只顧保命了。」諸葛亮也搖頭嘆息。

「倘若雲長能生擒曹操，將是這場戰役最大的勝利。不過……」周瑜說著看一眼諸葛亮，淡淡道：「領兵打仗，越是最後關頭，越不可大意鬆懈，否則功虧一簣，整個局勢將逆轉過來。」

「公瑾千萬別介意，若想率軍溯江而上追擊，儘管行動吧！畢竟我們最終的目的，是拏獲曹操。」

周瑜寬慰地拍拍諸葛亮，攤開隨身攜帶的地圖：

「曹操佔領荊州後，奪取江陵作爲南進江東的重要據點，我推測他走華容道，應該是打算返回江陵重整軍隊，東山再起。爲預防雲長失守，我孫劉聯軍應盡快趕至江陵，先一步搶佔那裡，讓曹操無所依恃。」

於是，他即刻傳令下去，水陸兩軍齊往江陵出發。

此時，原本駐守樊口的劉備，由於前夜聽從諸葛亮建議，親率大軍參與這場赤壁的最後一仗，聞訊後急忙跟著整軍，朝江陵而去。

情勢果如周瑜所料，關羽在華容道與曹操相遇，最後卻冒著可能以違抗軍令論斬的危險，放走了曹操一行人。

曹操得到關羽的協助，終究先孫劉聯軍一步，九死一生地抵達江陵。然而由於敵我實力懸殊，曹仁等一致反對他留在江陵重整軍隊，曹操心下也覺得已失去進取江東的契機，終於決定引軍北還，但又不甘如此挫敗，便留曹仁與橫野將軍徐晃守江陵，折衝將軍樂進守襄陽。回到北方，還上奏皇帝，表示這次完全是因爲自己生病無法領軍，才不得不收兵罷戰，而曹軍戰船營區的大火，則是因爲自己不願讓孫劉聯軍從中擄獲物資，而下令兵士焚燬的。

孫劉聯軍大破曹操的消息，很快就傳遍江南江北，而這場驚心動魄的戰爭主導者，孫權麾下左都督周瑜的名聲更是不脛而走，一時間，「江東有公瑾，從此不要緊」，「孫家有周瑜，從此定無虞」的順口溜隨處可聞。

【第十三章】瑜亮結

1

赤壁之戰後，荊州只剩江陵、襄陽一帶為曹軍佔領，孫權與劉備因此決定分治荊州。與劉備相善的劉琦乃故荊州刺史劉表長子，因此劉備建議孫權，讓劉琦繼任荊州刺史。周瑜聽聞此事後，認為劉琦才能平庸，野心不大，安排他做荊州刺史，不過還個人情，感謝他在赤壁開戰前的幫忙，事實上整個荊州實權仍屬於孫權所有，便不甚反對，將此事交由孫權身邊的魯肅處理，自己依舊領著程普、甘寧、呂蒙等將領，與曹仁、徐晃對峙江陵一帶。

怎知劉備在確定劉琦繼任荊州刺史後，便以替劉琦掃除劉琮惡勢力為由，先後引兵南走武陵、長沙、桂陽、零陵四郡，武陵太守金旋、長沙太守韓玄、桂陽太守趙範、零陵太守劉度素聞劉備在荊州的聲譽，又知道他與孫權聯合打敗勁敵曹操，皆不戰而降，周瑜故鄉所在的廬江營帥雷緒更率部曲數萬人千里迢迢前去歸附，於是劉備聲威大振，不但擁有根據地，還增添數倍兵力，遂以軍師諸葛亮負責零陵、桂陽、長沙三郡，將所得賦稅用來充實軍備物資，另外派遣趙雲為桂陽太守，儼然已把劉琦當作傀儡。

周瑜得知消息，雖早預料會有此結果，卻還是震驚不已，暗忖：

沒想到孔明的計策竟執行得如此順利，讓劉備從一個喪家之犬，迅速蛻變為山中猛虎。想當初赤壁一戰，我江東軍何等奮勇，氣勢如日中天，照理說，這荊州數郡應該是我們攏出威名，便唾手可得，曾幾何時，主公圍攻合肥而不能下，我與程公、子明（呂蒙字子明）數戰於江陵而不能破，卻讓劉備坐享戰果，這麼輕易便獲得四郡作為根據地。看來，赤壁之戰的最大贏家，是劉備與孔明了。

想到江陵這場打了一年多的仗，他就有些焦慮。

赤壁戰後，曹操雖然敗走北還，但仍派員堅守江陵與襄陽。爲了解除曹操對荊州的威脅，周瑜與孫權商量過，必須剷除江陵的曹軍勢力，於是在孫權授意下，周瑜帶著數萬兵衆，與程普、甘寧、呂蒙等將對該處展開進攻。

江陵守將以曹仁爲主，徐晃爲副。

曹仁，字子孝，是曹操堂弟，年少時喜愛騎馬射箭，鑽研兵書。在投靠曹操之前，他就招集兩千多人，稱霸一方。歸附曹操後，跟隨他攻打袁術、陶謙、張繡和劉備等，屢立戰功，征討荊州時，已被封爲都亭侯。

曹操敗走赤壁，從華容道折返江陵後，本想就地重整軍隊，東山再起，但曹仁等見事已不可爲，力勸曹操北還，回到熟悉的中原，從長計議：反正江東又不會消失，有了萬全的準備再進擊，總比倉皇成軍再戰要來得有意義。

結果，曹操決定領軍北返。曹仁見狀，又自告奮勇，希望留守江陵，爲曹操擋住來勢洶洶的孫劉聯軍。他誓言要在陸地上活捉周瑜，以報赤壁之仇。

曹操當然不甘赤壁慘敗，同時也希望有人能留守江陵，確保剩餘軍隊可以安全而順利地北還，於是答應了曹仁的請命，另派徐晃與樂進，一個協防，一個駐守江陵上方的襄陽，隨時準備奧援。

誰也沒料到，這場江陵之戰竟打了一年多，從獻帝建安十三年（西元二〇八年）十一月底孫劉聯軍趕至江陵欲追擊曹操開始，到隔年十二月初，仍無結果。

兩軍對峙之初，周瑜曾派甘寧搶佔了江陵的近鄰夷陵（今湖北宜昌），引誘曹兵來攻。並在夷陵城下大破曹仁，獲戰馬三百多匹，降兵數千人，周瑜趁勢渡長江，在北岸築壘與曹仁繼續對峙。

曹軍水戰不如江東軍，但回到陸地上，簡直如虎添翼，強悍無比，與在赤壁之時不可同日而語。周瑜雖取得先機渡江，然幾場惡戰下來，即使施以巧妙戰術，仍難分勝負，打得十分艱辛。

不過，令人振奮的是，由於戰爭時間拖太長，曹軍奧援有限，佔城孤守，傷亡兵士逐漸增多，尤其在獻帝建安十四年十月那場大地震，造成江陵城內房屋倒塌損毀嚴重，大大打擊了素來勇猛善戰的曹仁，最後逼使他不得不趁夜棄城撤走。

對周瑜而言，攻下江陵是天大的喜事。不過他也在最近的一次對戰中，被敵方矢頭淬毒的流箭射中，受傷不輕。

孫權得知周瑜戰勝的消息後，立即任命他為南郡太守，就地屯據江陵，以防北方曹軍蠢動，同時派員將小喬及其子女護送過去，以便照料尚在養傷的周瑜。

周瑜謝恩後，卻也不忘與他一同出生入死的將領，派人仔細回報孫權，於是孫權又任命程普為江夏太守，呂範為彭澤太守，呂蒙為尋陽令。

2

這日傍晚，當司馬功剛剛離去，門僕便進來稟告，說是有位從長沙來的青年儒生求見。

周瑜一怔，隨即想到對方是誰，高興得披衣而出，迎面便嚷著：

「孔明，怎麼這麼久才來看我？」

來者正是負責治理零陵、桂陽、長沙三郡的諸葛亮，他笑著對周瑜一揖：「我可是剛剛才到江陵，還沒找住宿的客店，就先來拜見了！」

周瑜熱絡地領他入座，一邊吩咐小喬親自下廚準備酒菜，一邊爽朗道：「來我這裡還找什麼客店？要不給我歇住此處，可是瞧不起我周公瑾了！」說著轉移話題，誠摯地緊握他的手，長嘆一聲：「我們一年多沒見面了吧！你可知道，這一年多來，每當我作戰陷入困境時，就想：如果孔明能在身邊，共商破敵之計，那該多好；每當我閒暇時，也想：如果孔明能在身邊，我們青梅煮酒，縱論天下，定是人生一大快事；每當我讀書掩卷時，更想：不知你讀了這些篇章，會領悟到什麼，是否有與我不同的見解？人生在世，朋友再多，知己卻難求，孔明，你是繼伯符之後，我唯一的知己啊！我常常在想，倘若你也來江東輔佐，我們同殿爲臣，朝理政事，夜論私情，那該多好。」

諸葛亮淡淡一笑，並未回應，只是關心地問：「你的箭傷怎麼樣了？」說著從懷裡掏出一個土陶瓶，遞了過去：「這是上等的金創藥，極具解毒消炎奇效，乃雲長家傳之物。」

周瑜打開瓶蓋一聞，果然不錯，不覺心頭一熱，心想：看來，孔明確是希望我能早日康復。唉！只可惜他忠心輔佐劉備，總有一天會成爲江東大患，到時不免兵戎相見……。

諸葛亮見他愣愣望著土陶瓶，便繼續道：「公瑾，今日來此，除了與你敘敘舊外……」

周瑜回神過來，率性地一擺手：

「你我久別重逢，當然只有叙舊而已，至於其他，以後再說吧！」

諸葛亮微怔，笑一笑：「是，孔明太失禮了。今夜只論私情，不談其他事。」

於是這一晚，二人談兵法、詩文、史學和治國之道，神思飛揚，靈感如潮，直到遠處鷄鳴聲起，他們還無倦意，大有與君一席話，勝讀十年書之感。

•

第二日晌午，諸葛亮逕入周瑜書房，開門見山地說：

「公瑾，我來這裡之前，曾繞道經過樊口面見我家主公，因此他便託我帶些話給你。」

「不知劉皇叔想和公瑾說什麼？」周瑜眉一揚，微笑問。

「首先，我家主公想慰問你的箭傷，他說你是江東的支柱，孫將軍最得力的部屬，希望你好好養傷，早日康復。」諸葛亮淡淡笑道。

「感謝劉皇叔的關心，我的傷已無大礙。」周瑜點點頭。

諸葛亮也一頷首，繼續道：「其次，他想向你請教對於荊州的看法。」

周瑜暗忖：孔明終於說出來意了。嘴裡卻問：「什麼意思？」

諸葛亮不疾不徐道：「荊州刺史劉琦不幸於日前病逝，如今北有強曹虎視眈眈，荊州內部又尚未整合統一，亟需早日選立繼任者，以便統領荊州。我家主公與大公子劉琦相善，也幫他收服過荊南四郡，因此對這件事特別關心，希望不負當初故荊州刺史劉表所託。」

周瑜心想：說得倒好聽。一邊反問：

「那麼，依你與劉皇叔所見，找誰來繼承這個荊州刺史一職好呢？」

諸葛亮沉吟道：「自劉表亡後，曹操趁荊州內虛，舉兵南下。二公子劉琮懦弱怕事，不戰而降，荊州遂爲曹操所有。曹操佔領荊州的目的，是希望南取江東，西得巴蜀，因此才有你我主公的結盟，以孫劉聯軍大破曹軍於赤壁。赤壁戰後，落敗的曹操引軍北還，只留幾位將領守著江陵與襄陽，等於放棄了荊州。由此可見，荊州與孫將軍關係密切，所以主導赤壁之戰並大獲全勝的公瑾或孫將軍，應是荊州刺史的最佳人選。」

「不久之前，我才被任命爲南郡太守，我家主公也才以行車騎將軍領有徐州，成爲徐州刺史，若繼任爲荊州刺史，於情於理都不合，恐怕不服者衆，難以治理此地。」

「倘若你與孫將軍皆無法繼任荊州刺史，而劉琦也無親屬有這個資格，那麼該怎麼辦呢？」諸葛亮露出傷腦筋的神色。

周瑜心裡暗暗冷笑，嘴裡卻淡淡道：

「孔明，你們似乎忘了一個人。」

「是誰？」諸葛亮忙問。

「是劉皇叔本人啊！他自投劉表麾下後，對荊州風土人情與政治局勢了然於胸，據說劉表臨終前，曾託孤於他，並且還秘密囑咐，倘若劉琮無能，可以取而代之，不要讓荊州百姓吃苦。我在領兵攻打江陵時，曾從一些荊州百姓口中聽聞不少關於劉皇叔在荊州的事蹟，包括荊南四郡太守發現他來，全都不戰而降，所到之處百姓夾道歡迎，爭相送水送食，極得民心。就連荊州首富，那位與官府關係密切，合作採礦冶煉，擁有良田千頃的謝覺，都主動上門示好，奉送長矛弓弩千餘件。這樣的人，不正是繼任荊州刺史的最佳人選？」

諸葛亮聞言，心想：公瑾的情報網果然厲害，對於主公在荊州活動的情況瞭若指掌，連一點小事都無法逃過他的耳目。周瑜見諸葛亮沉吟不語，又繼續道：

「如今劉皇叔雖替劉琦收服了荊南四郡，也極得百姓愛戴，但始終無名無份，眞要有什麼作爲，恐怕也很困難。不如趁這個機會，繼任爲荊州刺史，一來正名份，二來也是衆望所歸，如此豈不兩全其美？」

諸葛亮確定周瑜支持劉備繼任爲荊州刺史後，不覺鬆了口氣，心想這麼一來，孫權那邊應該沒問題了。於是揷開話題，繼續與周瑜談論昨夜未完的詩文。

3

晚膳過後，即將動身出發前往任職尋陽令的呂蒙，前來拜別。

呂蒙乃汝南郡富陂人，姊夫鄧當是孫策的部將。在一次征討山越族時，年僅十五歲的呂蒙就隨軍出征。鄧當一個下屬欺呂蒙年幼，經常污辱他，他一怒之下，就把對方殺了，然後逃到一個同鄉家裡，不久又出來自首。孫策覺得他不平凡，就下令赦免，並帶在身邊。孫權主事初，因爲諸小將領兵少且軍費不足，就想加以合併。呂蒙得知此消息後，設法借到一筆錢，爲所屬的士兵置辦嶄新的軍服和裹腿布，到檢閱那天，他所帶領的士兵行列整齊，軍容顯耀。孫權看了很高興，不但沒將他與其他將領合併，還給他增補兵員。

攻打江夏郡時，呂蒙衝鋒在前，斬殺黃祖大將陳就，令黃祖不戰自逃，後被追獲，從此聲名大噪，被任命爲橫野中郎將。赤壁戰後與曹仁對峙江陵，呂蒙在夷陵一役積極獻策，頗得周瑜賞識。

寒暄過後，呂蒙劈頭就問：

「聽說諸葛亮來找您敘舊，不知他現今在何處？」

「剛剛隻身出去了，說是想看看江陵城的夜景。」周瑜微笑道。

「我看他是想與密探聯絡，把這裡的所見所聞和劉備稟告吧！」呂蒙冷冷一笑。

「子明何出此言？」周瑜微蹙雙眉。

呂蒙且不回答，岔開話題：

「都督，我要和你商量一件事，關係到江東的生死存亡。」

周瑜「哦」了一聲，淡淡問：「什麼事？」

「請都督捨棄私情，趁這大好機會殺了諸葛亮，讓劉備孤掌難鳴，以絕後患。」呂蒙低聲道。

周瑜並未顯出訝異神色，又問：「此話怎說？」

「赤壁之戰孫劉聯軍，不過一時權宜之計，如今事過境遷，這荊州爲曹操戰敗倉皇遺棄，理當由我江東接管，可那劉備卻仗著他與荊州深厚的淵源與百姓的擁護愛戴，得寸進尺，公然據有荊南四郡，視劉琦爲傀儡，以致雖無實名，已有實權，再這樣下去，整個荊州遲早會落入他手裡。都督也清楚，荊州物產富饒，地理形勢特殊，向爲兵家必爭之地，倘若讓劉備獲得整個荊州，無疑如虎添翼，屆時將對我江東形成極大的威脅。諸葛亮乃劉備第一謀臣，據說他在劉備屯駐新野，前往三顧茅廬時，曾分析天下局勢，其中即說『若跨有荊、益，保其巖阻，撫和戎、越，結好孫權，內修政治，外觀時變，則霸業可成，漢室可興矣』。都督，狼子虎子雖年幼，終有長大成爲猛獸的一天，我們必須未雨綢繆，趁他們還不能有所作爲的時候，加以消滅，以免日後懊悔莫及。」

周瑜嘆了口氣：「這正是當日與劉備結盟，引狼入室的結果。我早預料孔明定會幫劉備謀劃獲取荊州，只沒想到他們進展得如此迅速順利。甚至今天下午，孔明還希望我支持劉備繼任荊州刺史呢！」

「都督，您沒答應吧！」呂蒙有些焦急。

周瑜淡淡一笑：「你錯了，我向他表明支持劉備繼任荊州刺史之意。」

「這簡直是養虎爲患啊！您怎可以……」呂蒙連連跺腳，語氣滿是埋怨。

「那也沒辦法啊！放眼望去，只有劉備是荊州刺史的適合人選。」

「看來，都督是不願殺了諸葛亮？」呂蒙咬咬牙。

周瑜神情有些凝重，不發一語。

呂蒙不死心，又道：「都督，我看出您和諸葛亮是英雄惜英雄，故不忍出手。您儘管放心，只要您點個頭，一切由我來安排，保證不讓您牽扯進去。」

周瑜仍不作聲。

呂蒙豁然而起，沉聲道：

「都督，您是深受主公恩惠的江東重臣啊！孰輕孰重，如何取捨，您應該再清楚不過了。」

「子明，就算要大義滅親我也會確保江東安全與主公基業，更何況是一個朋友？只是，殺了劉備的第一謀士，牽扯的問題太多，也太複雜，還是讓我考慮幾天吧！」周瑜揮手示意他稍安勿躁。

「諸葛亮向在荊南治理，如今特地北上江陵，可見並非單純只爲叙舊。照剛剛都督所言他探詢您對於劉備繼任荊州刺史一事來看，很可能這才是他的主要目的。既然目的已達成，我想他也不會再在這裡多做停留，搞不好明天就向您辭行了。所以這件事，還是請您現在就做決定吧！」

周瑜聞言，又開始沉默起來。

呂蒙見他仍不鬆口，乾脆將自己的計畫說出來：

「我推測諸葛亮離開江陵後，必先前往樊口面見劉備，共商大事。從江陵到樊口，途中有一座小山叫牛頭嶺。一旦他從江陵出發的時間確定後，我便以動身前往尋陽任職爲由，率領數十名功夫不錯的親兵先行抵達牛頭嶺，再換裝扮，面蒙黑布，冒充劫匪等候他。諸葛亮此番前來，只帶了幾個書僮僕役，縱使那些傢伙是劉備親兵裝扮，也敵不過我們。反正這種兵荒馬亂的時節，盜匪橫行，遭搶劫殺害的事件時有所聞，劉備他們不會起疑心的。」

周瑜還是沒有回應。

「縱虎歸山，後患無窮。都督，這並不僅我一人的主意，而是多數還在江陵的將領們的看法，我只是代表他們過來和都督商量的。」

周瑜長嘆一口氣，有些無奈道：

「看來我是箭在弦上，不得不發了……等孔明離開江陵城的時間確定後，我會派人通知你的。切記，」他說著忽然將聲音壓低：「千萬謹慎小心，不能留下任何蛛絲馬跡。」

•

呂蒙告辭後不久，諸葛亮回到周瑜住處，立刻向他表示將南返之意。

周瑜心突了一下，總覺得諸葛亮似乎已知曉呂蒙的計畫。於是有些心虛道：

「才來沒幾天，就又要走了？莫非是嫌我周公瑾招待不周？」

諸葛亮似乎未察覺周瑜神色有異，微笑著搖搖頭：

「其實，我只是想盡快將你對荊州刺史繼任人選的看法，早些說與我家主公聽而已。此次未能多做停留，眞的很過意不去，不過，以後有的是機會，不是嗎？」

周瑜很想告訴他：今日一別，就是陰陽兩隔，怕再也沒這個機會了……

諸葛亮見周瑜若有所思，鬱鬱寡歡，關心地問：

「你怎麼了？是不是箭傷又復發？還是早點歇息吧！明日也不用出城送我了。」

周瑜突然覺得自己很小人：孔明如此關心我，還將匆忙離去的緣由照實說出來，而我卻要那樣對待自己唯一的知己，莫非我眞的不如孔明，非得以這種方式打擊劉備不可？他心裡這麼想，嘴裡卻還是問：

「你明天打算什麼時候出發呢？」

諸葛亮不疑有他，沉吟道：

「大約辰時初（相當於早上七點）吧！我已請人雇了輛馬車。唔，不過在回荊南前，我會先去趟樊口見我家主公。」他原本想再和周瑜聊些事情，見周瑜興致並不高，便起身回房整理行囊了。

周瑜縱有萬般不願意，終究派人將諸葛亮明日出城的時間轉告給呂蒙。

之後，他獨自步出居所，在江邊徘徊。

夜風掠過江水，蕭蕭吹來，四周除了浪花滔滔之聲外，什麼也聽不到。周瑜突然想起一年多以前的赤壁之戰，想起當時與諸葛亮共商退敵之計的情景，不禁感慨萬千：

孔明前來探望我的箭傷，雖說這不是他此行的主要目的，但畢竟誠心致贈極品金創藥，希望我能夠早日康復。然而，我卻默許部將喬裝盜匪狙擊他，這麼做，和親手殺他又有何異？即使他是江東的心腹大患，我也應該在戰場上打敗他，怎能乘其不備，用陰謀坑害他呢？

他繼而又想：劉備又不是傻子，孔明若死在這附近，他一定能猜到眞相的，屆時要讓他害怕得逃往益州……唉呀！萬一眞的逃到益州去，懦弱的劉璋和驕橫的張魯絕非其對手。劉備若在益州生根，那江東的大業豈不危矣！

越往下想，周瑜心中希望諸葛亮不死的念頭就越強烈，到最後竟只想到殺死諸葛亮的可怕後果，而不去想劉備沒有諸葛亮對江東的好處：

劉備若猜到孔明之死的眞相，恐怕會公諸於世，那天下人豈不以爲我周公瑾是因爲非諸葛孔明的對手，害怕人家超越自己，才會派人去暗殺他，那些凡夫俗子一定會說：無論周瑜多麼了不起，都是因爲諸葛亮比他早死的關係，倘若諸葛亮不死，周瑜就無法縱橫天下……若眞如此流傳，那我一世英名豈不付諸東流了？

想到這，他用力地甩甩頭，終於下定決心：

不行，我不能就這樣讓孔明被殺死，我要和他光明正大地比個高低，要在戰場上打敗他，要面對面地用謀略勝過他，讓天下人都知道。孔明，你等著瞧吧！縱使你是我的知己，面對江東安危與主公基業，我也不會讓步的，等劉備當上荊州刺史，才是眞正好戲的開始。

4

次日清晨，周瑜來到諸葛亮的房間，發現他已整裝準備出發。尚未開口詢問，諸葛亮就先說：

「公瑾好像已經解決煩惱之事了。」

周瑜笑一笑，道：「我來是想給你講個故事：從前，有一個顯赫的家族，其族長和另一個家族的族長是好朋友，心心相印。然而有一天，這兩個家族不幸發生械鬥了，彼此族長也在戰場上相遇。對他們而言，殺死對方，於心不忍，但不殺對方，身後又都是亟需保護的族人。如果你是那兩個族長之一，請問會怎麼處理？」

諸葛亮聞言，沉默一會，緩緩道：

「我會在之前設法讓兩個家族避免兵戎相見。」

「如果這場械鬥無論如何都無法避免呢？」

「那麼倘若公瑾是其中一位族長，殺或不殺對方？」諸葛亮反問。

「我想，我會先顧全大局與家族利益。」周瑜緩緩道。

「公瑾，你終究決定要殺我。」諸葛亮神情十分鎮定。

周瑜心中暗自佩服諸葛亮的冷靜，表面上仍淡淡道：

「我是箭在弦上，不得不發啊！縱然心裡有千百個不願意，也沒個強而有力的理由去說服部屬們。」

諸葛亮對於即將到來的危機絲毫不以爲意，仍神態自若：

「我曉得，你統帥江東兵士將領，若犯眾怒，以後可就難帶兵了。事實上，當我家主公聽說我要來江陵找你時，曾力勸我打消此念頭，可我並沒答應，一是因爲我們久未見面，聽說你江陵戰事終了，又受了箭傷，很想前來探望敘舊，二是因爲我始終信任你，認爲你行事向來光明磊落，絕不可能趁機謀害我。」

周瑜暗忖：好個孔明，這樣說，分明是諷刺我若殺了他，就非英雄好漢而是小人了。他是想用這激將法，來讓我打消殺他的念頭，卻未料我早已想出一條兩全之計，既不犯眾怒，又能保全他性命。既然如此，且看素來足智多謀的他，有什麼破解之道。遂冷冷一笑，道：

「你以爲對我使用激將法，就可以避開殺身之禍嗎？」

「你別誤會，我說的乃是肺腑之言，句句不假。況且，既然深入險境，又豈無萬全準備？昨夜歸來，見你臉色不善，談興不高，我就猜想可能是有人勸你該對我下手了，只不清楚你的決定爲何，方才看你氣定神閒，想必心中已有答案。但無論你答案爲何，恐怕都無法改變部屬要狙擊我的事實。」諸葛亮說著，突然兩手強而有力地搭在周瑜肩上，眼神堅毅，卻又滿臉誠摯：「你放心，我不會讓你爲難的，其實剛剛的言談，已讓我深深感受到你超越敵我的那份情誼，否則，你也不會將殺我一事透露出來。」

剎那間，周瑜心裡百味雜陳，長嘆一口氣，從懷裡取出一支令箭，遞給諸葛亮：

「我不曉得你怎麼打算，不過我總得對得起自己。我可以告訴你，想狙擊你的是呂蒙，他足智多謀，手下親兵個個驍勇善戰，你不一定能安然無恙。現在城門尚未開啓，我給你的建議是，最好趁此機會，和僕役書僮從後邊馬廄旁的小門出去，就當作是你神機妙算，盜走我的令箭，先一步出城。如此便可錯過呂蒙的埋伏，順利抵達樊口。」

諸葛亮並不推辭，收下令箭，道：

「我原本即打算提早離開，昨夜請人僱馬車時，早已安排妥當，這支令箭，應該是用不上了。但我還是要收下，就當是收下公瑾的一片眞摯情誼。」

周瑜聞言，有些感嘆：

「以後不知是否還有此機會，以朋友身分相聚，縱論私情。」

5

諸葛亮離開江陵後，周瑜立即吩咐小喬幫他收拾行囊，準備出遠門。

「你箭傷未癒，想上哪去？」小喬不解地問。

周瑜一邊敦促她動作快些，一邊道：

「我打算去京城（今江蘇鎮江）見主公。」

京城乃揚州長江出海口附近一座城鎮，因山爲壘，緣江爲境，向爲長江下游的軍事重鎮，因此在獻帝建安十四年（西元二〇九年）時，孫權便將江東首府由吳（今江蘇蘇州）遷至此處。

周瑜急著見孫權的原因，即在掌握時間與諸葛亮鬥智，避免讓劉備擁有掌控荆州的實權，甚至獲得整塊荆州之地。

然而，當他抵達京城時，劉備與諸葛亮也跟著來到了。

周瑜從密探那裡得知此消息，即刻縱馬前往孫權府邸。迎接他的除了孫權，還有魯肅。

周瑜看一眼魯肅，內心的隱憂立即浮現。而孫權許久未見周瑜，十分高興又關心地問：

「你不是還在江陵養傷嗎？怎麼跑到這來了？」

周瑜行過君臣之禮後，微笑說：

「我的箭傷早已好得差不多，請主公放心。」

「公瑾這麼急著趕過來，想必為著劉皇叔繼任荊州刺史一事吧！」魯肅在一旁道。

周瑜點點頭，開門見山地說：

「主公，我不反對讓劉備繼任荊州刺史，事實上，放眼望去也只有他能擔此大任。」

魯肅聞言，顯得有些訝異：他原本以為周瑜前來，是想說服孫權不要讓劉備繼任荊州刺史的，為此他還絞盡腦汁想對策，卻沒料到，周瑜竟會表明支持。

「劉皇叔在荊州聲譽頗高，讓他來統領，相信很快便能使這個地方安定下來，對我們不無好處。」孫權倒不覺意外。

周瑜偷望一眼掩不住愕然神情的魯肅，內心覺得好笑，嘴裡卻緩緩說：

「但是，劉備這個荊州刺史，暗地必須由我們來節制。畢竟，荊州是赤壁之戰的一個戰利品，倘若任由出力較少，勢力較小的劉備掌控，江東兵士將領恐會不服，如此一來，以後誰還願意跟隨我們四處征戰。」

孫權仔細思索，覺得周瑜的話很有道理，不禁連連點頭。周瑜進一步分析：

「當初劉備雖兵單勢寡，畢竟與我們結盟共同抗曹，如今戰爭結束，他身爲戰勝一方，倘若連塊土地或官職都沒分到，世人必說我江東器小量窄，欺侮弱者，所以讓劉備繼任荆州刺史，主要在杜絕他人口實。不過，一旦劉備得到荆州，對我們的威脅就相對提昇，非但參與赤壁之戰的江東兵士心裡不服，荆州的豐饒物產與優勢地理，更會讓劉備日漸強大，與我們分庭抗禮，爲防微杜漸，必須設法削弱他的實權，並派員就近監視，讓他這個荆州刺史暗地爲我們所節制……子敬，你以爲如何？」他說到最後，突然轉向一旁不作聲響的魯肅。

魯肅認爲周瑜思慮周全，況且也同意讓劉備繼任荆州刺史，沒什麼理由反對，便道：

「我的意思與公瑾相同。」

孫權向來尊重周瑜的建議，在聽了魯肅的話之後，遂點點頭：

「既然如此，就照你意思去做吧！」

周瑜一揖謝過後，又道：「關於派員就近監視一事，公瑾想與主公商量。」

「江東的情報網不是都歸你全權管理嗎？怎麼還需要與我商量？」孫權覺得有些奇怪。

「因爲我想委任的這位監視者，並非情報網內成員，需要主公助我一臂之力。」周瑜微笑道。

●

當劉備與諸葛亮前去面見孫權時，發現周瑜已隨侍在側。

諸葛亮早推測周瑜會在他離開江陵後，隨即趕赴京城，與孫權商議如何應付劉備，故見此情景，並不訝異。倒是劉備看到周瑜，顯得惶惶不安。

孫權不等劉備開口，便說：

「劉皇叔來得正好，現任荊州刺史劉琦於日前病逝，我想由你繼任。」

「劉某何德何能，擔此大任，還請孫將軍另覓適當人選吧！」劉備立即謙遜起來。

孫權一擺手：「你就別再推辭了，憑你在荊州的人望、聲譽，以及對荊州的熟悉與瞭解，還有誰比你更適合？這個荊州刺史一職，非你莫屬。」

劉備暗自竊喜，正要言謝接受時，周瑜已順著孫權的話說：

「可不是，當初雖然是我們孫劉聯軍合力打敗曹操於赤壁，讓他倉皇丟下荊州北返，但荊州百姓，全都引頸期盼劉皇叔您來治理呢！我家主公無時無刻不替荊州百姓著想，很不希望再有另一個江陵之戰出現於荊州，聽說您替大公子劉琦南徇武陵、長沙、桂陽、零陵四郡時，那些太守全都不戰而降，故希望借重您那份神奇的力量，來安定整個荊州。」

劉備聽周瑜這番話表面上說得恭維，實際卻暗示根據赤壁之戰的結果，荊州應歸江東管理，而他卻反客為主，鋒芒畢露，令人反感，不覺驚出一身冷汗，誠惶誠恐地一揖到地：

「周都督言重了。赤壁之戰時，我孫劉聯軍全歸您節制，也多虧您領導有方，才有今日局面。說到底，我與孔明還是您部屬呢！承蒙厚愛繼任荊州刺史一職，自當不忘您與孫將軍的恩惠。」

「劉皇叔重情重義，天下皆知，這點我與家主公都很清楚。只是……」周瑜說著話鋒一轉：「我們許多在赤壁之戰出生入死的兵士將領，堅持荊州是他們辛辛苦苦從曹操手中解救出來的，所以應該交由江東人士管理。不過我已和他們說，孫劉本一家，由劉皇叔來治理荊州，和由江東人士治理荊州，實際上沒什麼差別……」

諸葛亮聞言，暗忖：我就想公瑾怎那麼爽快便答應支持主公繼任荊州刺史，原來裡頭還大有文章，想逼主公承認附屬於孫權之下，以便暗中節制這荊州刺史的職務。他正想如何回應時，劉備已開口說：

「周都督所言甚是，孫劉本一家，我治理荊州，等於孫將軍治理荊州。」

「既然如此，有件事就好商量了。」周瑜點點頭。

「周都督但說無妨。」劉備顯得戰戰兢兢。

「是這樣的，爲了撫平江東將士的不滿情緒，可否暫且委屈劉皇叔，在擔任荊州刺史之初，與我分有荊州？」周瑜沉吟道。

劉備一怔，不知如何回答。隨侍的諸葛亮立即道：

「荊州分治，我家主公的荊州刺史一職等於有名無實，恐怕荊州百姓議論。」

周瑜搖搖頭：「分有荊州，並不等於分治。剛剛劉皇叔也同意，孫劉本一家，這不過是協調分配官職赴任而已。我的想法是，荊南四郡已由你們治理多時，不好任意更換太守，所以荊北其他郡縣太守，就讓我們派員前往吧！如此一來，便可安撫那些不滿您繼任荊州刺史的將士，他們也不至做出不利您的事情來。」

劉備心想：好個周瑜，答應我繼任，卻只讓我實際管理荊南四郡，那我豈不只算半個荊州刺史嗎？

他正想諸葛亮會如何巧言讓周瑜知難而退，打消此念頭，卻不料諸葛亮不卑不亢地一揖：「周都督所言甚是，既然孫劉結盟，理當互相扶持，我家主公亦不願見孫將軍麾下將士因荊州問題而失和，這個提議，雖然讓我們一時吃了點虧，但爲百年大計想，還是很有意義的。」

周瑜有些意外諸葛亮竟沒反駁他，反而打蛇隨棍上，滿口同意，心想：不知孔明又要如何將計就計了……不打緊，先把眼前之事辦妥，屆時見招拆招，看究竟是我周公瑾厲害，還是你諸葛孔明厲害。

●

荊州刺史繼任一事確定後，劉備與諸葛亮便準備告辭。孫權卻起身挽留他們：

「快到用餐時間了，兩位遠道而來，就讓我這個主人盡盡地主之誼吧！」說著吩咐侍女僕役們擺宴席。

劉備不敢推辭，與諸葛亮對望一眼，稱謝入座。

酒菜上到一半，突然一陣細碎腳步聲伴著珠玉錚錚碰撞聲自遠而近地傳來，接著大廳通往後堂的竹簾被掀開，幾個頗有村姑儀態的侍女簇擁著一位滿臉英氣，落落大方的少女，來到孫權面前。

「二哥，您找我？」少女略一施禮，說話鏗鏘簡潔。

孫權於是將她介紹給在場眾人：「這位是舍妹，小名安。」

孫安小孫權七八歲，如今正是雙十年華。她容貌秀麗，才思敏捷，但由於從小跟著母親與哥哥們輾轉流離，備嚐艱辛，以致受兄長影響頗深，性情剛烈，喜歡耍刀弄槍。平時出入，身邊幾位侍婢皆配有利劍，在江東是出了名的巾幗英雄。

只見孫權指著劉備，微笑著問孫安：

「那位便是我和妳提過的劉皇叔，妳覺得如何？」

劉備與諸葛亮望著孫安，不清楚孫權有何用意。

孫安則目光銳利地上下打量劉備，看得他如坐針氈。

孫權見劉備有些不知所措，笑著對他道：

「我這位妹妹最崇敬已故的伯符大哥，所以只要是英雄豪傑她都希望能見上一面，同時更希望將來能嫁給和大哥一樣的人，也因此眼光甚高，十分挑剔對象，害得先母直到臨終都還掛念不已。」說著突然起身走上前，向劉備深深一揖：「今日舍妹能與劉皇叔相見，也算是有緣，如果不嫌棄，能否與您結為親家？」

劉備聞言怔住了，一時竟不知該如何回答。在一旁的諸葛亮連忙婉言推辭：

「能與雄霸一方的孫將軍結為親家，實乃莫大榮幸，可惜我們大公子年紀尚幼，恐怕耽誤小姐青春。」

「我指的對象不是劉皇叔大公子，而是劉皇叔本人。」孫權微笑道。

劉備聽得更加震驚，期期艾艾道：「這……我……」

諸葛亮趕緊悄悄擰了他大腿一把，劉備頓時回神過來，急忙起身行禮：

「劉某何德何能，蒙幸高攀……小姐才貌雙全，青春活潑，和我這個即將年過半百的老頭在一起，恐對她不住。」

孫權臉上笑容逐漸消失，語氣有些不高興：

「莫非是瞧不起我孫家，嫌舍妹配不上您了？」

劉備心知身處江東陣營，無論如何都不能得罪孫權，趕緊陪笑道：

「孫將軍千萬別誤會，我只是尊重小姐，想問問她的意思……」

孫權於是回頭望向孫安，孫安不卑不亢道：

「小妹向來事兄如父，婚姻大事，自然由二哥作主。況且能嫁給聞名天下的劉皇叔，實乃小妹榮幸，還望二哥與劉皇叔成全。」

孫權聞言哈哈大笑，對劉備道：

「那這門親事就如此說定囉！請劉皇叔在京城盤桓幾日，以便盡快完婚，也好順道帶著新夫人回去。」

【第十四章】遺恨失吞蜀

1

劉備與孫安成親之後的第二個晚上，諸葛亮遣一位書僮前來請周瑜過去聚一聚。

此時天空一片星光燦爛，周瑜正站在居處後院的賞花亭中，覺得很寂寞。

每當工作太忙、壓力太大時，周瑜都渴望能清閒下來，然而，等到眞可以清閒下來時，往往又不知所措了，常站在某地打轉，好半天也無法決定要做什麼。

因此當他聽說諸葛亮想與他私下見面時，打從心底感到高興，二話不說便跟著書僮前往這位亦友亦敵的知己所在地。

京城內臨江一處較偏僻的岸邊，建有一座觀浪亭，諸葛亮吩咐書僮在其四周掛上燈籠，當中放置案席，準備美酒糕點。

對於周瑜肯賞光，他也顯得十分高興，熱忱地迎了上前：

「如此良辰美景，能與公瑾共度，眞乃人生一大快事！」

「我與你同個心思，同個想法。」周瑜笑一笑。

諸葛亮與他入座後，開門見山道：

「我明天便要和主公返回荊州了。」

「請代我問候劉皇叔一聲。」周瑜點點頭。

「說句老實話：你這一招可眞絕啊！讓我家主公雖繼任荊州刺史，實際掌控的郡縣卻只有一半，而且還替他娶了位江東出名的巾幗英雄，以便就近加以監視……不瞞你說，孫夫人陪嫁過來的侍婢多達百餘人，個個配刀帶劍，持槍握棍的，儼然一團娘子軍，害得我家主公每回面見這位新婚妻子，心裡都在發毛，戰戰兢兢怕出什麼差錯，惹對方不高興。」

「好說，好說。」周瑜沒想到諸葛亮講得這麼坦白。

諸葛亮望著萬分開懷的周瑜，冷不防冒出一句：

「對了，我家主公想從樊口移駐油口（今湖北公安），在這裡先和你打聲招呼。」

周瑜聞言，臉上笑容頓時僵住，怔問：「南郡的油口？」

由於周瑜計畫趁劉備剛上任，諸事繁瑣之際，一點一點調派後方兵士集結江陵，準備伐蜀事宜。他很清楚諸葛亮一定會在劉備獲得荊州後，西進益州與漢中，以便擴大根據地，鞏固自己的勢力，與江東、中原相抗衡，成三區鼎立之勢。由於諸葛亮前次並未反對他所提兩家分有荊州的建議，讓他不容易推測諸葛亮下一步的計畫，因此他想爭取時間搶先一步攻取益州與漢中，讓諸葛亮就算有再好的補救辦法，也無用武之地。

然而倘若劉備要移駐油口，那麼他這個暗地進行的伐蜀計畫很可能會被發現，因為油口距江陵不遠，天氣好時，站在城牆上極目眺望，還依稀可見呢！

諸葛亮見周瑜臉色微變，解釋道：

「雖然我家主公實際掌控的地方只有荊南四郡，但他畢竟是荊州刺史，照理說，應當進駐州府所在的江陵城，不過那裡已由公瑾於戰勝曹仁後繼續留守，以防北方兵的偷襲。我們不願與你為了進駐一事發生誤會，但若另覓荊南某地為州治所在，又恐荊州百姓誤會孫將軍是在欺侮我家主公，想來想去，只好選擇距江陵最近的油口，作為暫時的進駐之地了。關於這一點，還請公瑾能見諒，我們實是情非得已。」

周瑜聞言，暗暗冷笑：眞是道高一尺，魔高一丈啊！我讓劉備只能當半個荊州刺史，還請孫夫人就近監視，沒想到孔明竟可以找出如此冠冕堂皇的理由，讓劉備移駐油口。莫非他已察覺我有意西圖巴蜀，想藉此觀察我軍動作？倘若這樣，我就必須重新思考策略了。

他知道此時若反對，將啓對方疑竇，無疑宣告準備攻佔益州與漢中，於是爽朗地笑著說：「孔明這是什麼話，劉皇叔如此大度，禮讓我這個小小的南郡太守去霸佔江陵城，眞是慚愧，慚愧！你們儘管放心移駐油口吧！有什麼需要我幫忙的，千萬別客氣啊！」

諸葛亮謝過後，突然轉移話題：

「光顧著談公事，倒忘了問你，箭傷是否已痊癒？雲長的金創藥用得如何？」

「託雲長金創藥的幫助，我箭傷早已無大礙，只是身體一直不太好，」周瑜聞言竟嘆了口氣，流露出少有的痛苦表情：「不瞞你說，我十六歲那年，得了一場大病，雖僥倖未死，但留下不少後遺症，只要季節交替或繁忙勞累時，就會發病，一旦發病，便噁心嘔吐、腹瀉失眠、頭暈心悸、全身浮腫。」

「我曾從子敬那裡聽說一些關於你舊疾的事情，只沒料到比我想像的還嚴重……」諸葛亮臉色有些凝重，喚來侍立觀浪亭外的書僮，要他把一個青色大布包提到周瑜面前。

周瑜露出疑惑的神情。

諸葛亮走上前打開布包，裡頭是幾十帖調配好的生藥，還有一個形狀有點奇特的枕頭。他解釋道：

「上回在江陵城見面時，我察覺到你臉有病容，氣血不是很暢順，這次來京城仔細問過子敬，便私下請教幾個大夫，再加上我的一點經驗，替你配了這幾帖調身體補血氣的藥，每天晚膳時加雄鷄肉一起燉熬，然後單喝它的湯，只要持續一兩個月，效果應該會很不錯。另外這是塡塞幾種藥草的藥枕，晚上睡覺時只要枕著，就會散發出藥氣，有助於安穩入眠。」

周瑜心頭頓時湧進一股暖流，緊握著諸葛亮的手：「孔明……」

「雖然我們各事其主，立場不同，但私底下仍是難得的知己，你關心我安危，我又何嘗不是？畢竟朋友嘛！這是很自然的想法和舉動。」諸葛亮說著，替周瑜將青布包重新裹好，嘆一口氣：「公瑾，明日一別，不知何時才有機會再相聚，倉促間我只能盡這點心力。所謂冰凍三尺，非一日之寒，你要多替江東與孫將軍著想，千萬好好保重身體，未來要走的路還很漫長，也很艱辛，倘若因此病倒，所有努力都將付諸東流。」

「能有你這樣的知己，我已死而無憾了。」周瑜點點頭，十分感慨。

諸葛亮心突了一下，覺得他這句話很不吉利，連忙幫他倒滿一杯酒：

「如此良辰美景，我們還是談些詩文吧！否則豈不太浪費大好時光了。」

●

第二日，劉備帶著孫夫人與諸葛亮一行，浩浩蕩蕩乘坐幾艘樓船，準備溯江回樊口，再移駐油口。

孫權特地帶著兩位弟弟與張昭、秦松、魯肅等人登上樓船，與妹妹孫安話別。

劉備趁此機會與孫權單獨相處，小心翼翼地說：

「孫將軍，我們本即相互結盟，如今又成爲您妹夫，親上加親，因此有件事，說來您可能不愛聽，但以我立場，卻不得不提醒。」

孫權見劉備一副愼重其事的樣子，連忙問：「什麼事情？」

「周都督允文允武，雄才大略，乃萬人之英，我擔心他掌握著江東軍政與情報網，您又凡事都向他請益……再這樣下去，恐怕有一天他會取您地位而代之。」劉備壓低聲音說。

孫權聞言先是怔了怔，繼而哈哈大笑：

「劉皇叔，你太不瞭解公瑾爲人，也太不瞭解他與我孫家的關係了，倘若他眞有意取代我，早在我大哥去世，我初繼位，江東局勢不穩固之時就可以行動，也用不著等到現在。」

劉備聽他這麼講，只得嘆了口氣，沒再說什麼。

而諸葛亮聽聞此事後，不禁搖搖頭，暗忖：看來主公眞的十分忌憚公瑾，竟想用這樣的話語來離間他與孫權……

2

劉備與諸葛亮等人一走，周瑜便立即找來司馬功和甘寧。

甘寧字興霸，是巴郡（今四川重慶一帶）人，對巴蜀的山川地形、人文風貌十分熟悉，故赤壁之戰結束後，周瑜就把他內定爲伐蜀的先鋒官，待江陵戰事終了，便囑咐他回京城，一面訓練兵馬，一面研擬伐蜀計畫。

「未來的一年，是伐蜀的最佳良機。曹操在潼關和馬超、韓遂等人的聯軍大戰；劉備則羽翼未豐，又有孫安在他身邊監視，我們暫無後顧之憂。」周瑜開門見山說道。

「都督，巴蜀之地所有英雄人物的性格、專長和人際關係，都被我們調查清楚了，只等您看過之後，量體裁衣，對症下藥。」司馬功將一册厚厚的報告書，放在周瑜面前。

「眞難爲弟兄們了。」周瑜攤開扼要地瀏覽一遍，十分滿意。

「這是我們分內應該做的。」司馬功搖搖頭。

周瑜點點頭，轉問甘寧：「軍隊訓練得如何？」

甘寧立即胸有成竹地回答：「都督放心，除了糧草輜重尙未備齊外，士兵們鬥志高昂，戰馬也健壯精良，只是……」他露出擔憂神情：「您的病……」

「興霸，我的病很快就會痊癒了，不要因爲我的病，而耽誤伐蜀計畫。切記兩點：一是不要洩露我得病的消息，二是要絕對保密伐蜀一事，訓練士兵或採辦軍資時，就稱是爲北上伐曹做準備。」周瑜說著又轉向司馬功：「至於劉備，他會移駐油口。在伐蜀日期尙未確定前，我暫且不回江陵，劉備與諸葛亮在油口的一舉一動，你們還是要多費心，光靠孫安是不夠的。」

「都督放心，我們一定會密切注意，隨時回報給您。」

然而周瑜尙未擬定進一步的計畫，劉備竟又到京城面見孫權了。

他這次是以陪同孫夫人歸寧爲藉口，帶著一些部屬親兵前來，諸葛亮則留守油口，並未隨侍在側。

與上回劉備、諸葛亮前來拜見的情況不同的是，這次等周瑜趕赴孫權府邸時，劉備已先一步達成此行目的並離開了。

周瑜不禁暗暗埋怨起小喬：原來居住江陵周府的小喬，從司馬功那裡聽說周瑜將在京城停留一段時間，加上先行返回的僕役透露他身體狀況不是很好，便日思夜想，擔心得食不下嚥，最後毅然決然整裝備車，來到京城找周瑜，希望留在他身邊好照顧他。而她來到京城的日子，恰是劉備偕同孫夫人歸寧的這一天，周瑜忙著招呼小喬，竟錯過面見孫權的先機。

當下周瑜開門見山問孫權：「劉備說了些什麼？」

「他想向我們借地養兵。」孫權見他神情有點緊張，不禁跟著緊張起來。

「借地養兵？」周瑜一怔。

站在一旁的魯肅於是說：「是這樣的，劉皇叔移駐油口後，將那裡改名為公安。許多劉表從前的部屬聽聞現任荊州刺史是他，紛紛前往投靠，結果他麾下人數迅速膨脹增加。他無法將那些人安排在荊南四郡，公安土地又有限，捨棄那些投靠者更做不出來，只好趁著帶孫夫人歸寧的這個機會，麻煩主公借他一點土地好安頓這些劉表舊部。」

周瑜眉一揚，冷冷問：「他想借哪裡的土地？」

孫權望了魯肅一眼：「我問過了，他說江東土地本我們所有，不好借用……」

「那他是想借荊北之地囉！」周瑜臉沉下來：「眞是高招啊！」

魯肅急忙道：「劉皇叔說，當初他繼任荊州刺史時，我們曾協定荊南四郡由他指派太守，荊北郡縣則由我們指派官員，名義上他統領整個荊州，實際他能掌控的只有荊南地區。但這些是我們私底下的協議，荊州百姓並不曉得。這次借荊北之地，同樣由我們私底下協議，讓他麾下兵士將領可以分散進駐那些地方，而該處官員仍繼續留任，從表面上看，與以前並無二異，既不見『借地』的情形，荊州百姓同樣也不會知曉。」

「他可眞是顧全大局啊！以爲自己是荊州刺史，借我們荊北之地就堂而皇之嗎？」周瑜冷笑道。

「自古以來，從未聽過有向他人借地養兵的。」孫權點點頭。

「況且這一借，到哪時還啊？」周瑜悶哼一聲。

「劉皇叔說，等他找到新的根據地足以養兵後，就會立刻歸還。」魯肅忙道。

「子敬，你眞相信劉備會還地？荊州物阜民豐，又爲軍事要地，他這一借，等於完全擁有荊州，實現了孔明爲他規劃成就霸業的第一個步驟，他還要用這個根據地來西進巴蜀，緩圖中原呢！怎可能會還我們？屆時開口向他們要，無異與虎謀皮，只能懊悔莫及。」

「那該怎麼辦？」孫權皺眉問道。

「主公怎麼和他說的？」周瑜反問。

「我沒有立刻答應他或不答應他，只說茲事體大，要再考慮幾天。」孫權無奈道。

周瑜沉吟著，突然望向魯肅：「你覺得呢？」

魯肅愣一愣，欲言又止。

周瑜見狀，心想：子敬必定傾向借荊北之地給劉備，只不知他是否已在我來之前和主公說一番道理了。看主公那個樣子，並不很堅決反對借地一事，這倒令我訝異，主公向來贊同我的建議，怎麼這個攸關江東的問題會如此猶豫不決？莫非是我近日忙著爲伐蜀做準備，讓子敬有機會常侍主公身邊，對他說了許多孫劉結盟的好處，使主公對劉備好感倍增？從前我一直將注意力集中在劉備陣營與孔明身上，忽略了子敬這個與子瑜（諸葛亮兄長諸葛瑾，字子瑜）深交，又與孔明情誼深厚的人物，對孫劉同盟所造成的影響力。唉！孔明啊孔明，我想出讓劉備做半個荊州刺史，又有孫夫人就近監視的計策，不料你居然可以回敬我一個「借荊州」，讓我傷透腦筋……。

孫權見周瑜和魯肅都不言語，一時氣氛極爲凝重，只得清清喉嚨：

「你們別心急，劉皇叔還要在此盤桓數日，咱可以慢慢想對策。」

●

周瑜絞盡腦汁思索了兩天，原本就有病的身體更加糟糕，小喬忙進忙出替他燉補品，找大夫，逼著他按時就寢，多做休息，他腦子卻怎麼也無法停止想東想西，夜晚躺在床上，翻來覆去就是睡不著。

熬到第三天，孫權派人請他過去議事。

魯肅見到他，不禁嚇一跳：

「公瑾，你怎麼臉色這麼難看？該不會舊疾復發了吧？」

「你是江東支柱，我的左右手啊！千萬要好好保重身體。待會我叫京城幾個名醫過去給你看看。」孫權也很關心。

「我沒事，還是先解決劉備借地的問題吧！」

孫權素知他脾氣，聞言輕嘆口氣，緩緩道：

「劉皇叔方才過來說，他明日便要回公安了，在回去之前，想問問荊北之地是否願意相借。」

「主公，劉備是亂世梟雄，加上關羽、張飛、趙雲等猛將，以及諸葛亮等謀臣，定不甘久居於我江東之下。今日他偕孫夫人來此歸寧，正是大好機會，我們可以一方面與他拖延借地之事，一方面以孫夫人思鄉情切，不太適應荊州生活爲理由，在京城爲劉備找一個富麗堂皇的宅院，請他暫且在那居住幾個月，其間爲他準備美女服侍，帶他四處遊玩，並日日舉辦豪華宴席，讓他沉溺於聲色犬馬當中，消磨他的雄心壯志，另外，假劉備之令，分遣關羽等將駐守荊南與江東的交界地，一來可分散劉備兵力，二來我們也可就近加以監視。」

魯肅聞言微蹙眉：「倘若一直留劉皇叔在此，孔明等人必定起疑，說不定還會兵戎相見，兩家同盟極可能從此瓦解。」

「我這麼說吧！如果明日依劉備意思，讓他回公安，勢必要對借不借地做出回應。假設答應借荊北之地與劉備，無異蛟龍得雲雨，終非池中之物，他日必定雄起稱霸一方，形成我江東的另一個大威脅。但如果不答應，又會逼使根據地不足的劉備，振振有詞地提前向西攻打益州與漢中，藉以擴張領土，這麼一來，很可能壞我們伐蜀大計。所以無論如何都必須將劉備留在京城。至於子敬所擔心的結盟破裂與兵戎相見問題，我想依目前我江東實力，不難解決。」

「公瑾，我曉得你亟欲領兵伐蜀，可是孫劉結盟，對江東同樣重要，甚至比伐蜀還要緊啊！」魯肅嘆口氣。

「這麼說，你爲了想維持孫劉同盟的局面，寧願不計後果也要將荊北之地借與劉備了？」周瑜悶哼一聲。

魯肅低頭不語，算是默認了。

「我問你，你究竟是江東謀臣，還是劉備部屬？」周瑜一臉肅然地說。

魯肅聽周瑜這麼說，感到十分委屈，急急辯道：

「公瑾，我與你一樣時時刻刻都在為主公基業與江東未來著想啊！只是你想的是西進，增加勢力以抗曹，我想的是聯合劉備，讓北方強曹不敢輕舉妄動，我們是殊途而同歸啊！你可知道，當曹操聽說我們讓劉備繼任荊州刺史時，他還以為劉備已擁有全部荊州，整個人都驚呆了，本來握著筆準備寫字，也拿不穩而掉落地上，可見他是如何忌憚孫劉同盟與劉備獲得荊州一事。我曉得將荊北之地借給劉備會有的風險，只是，比起孫劉同盟破裂，引曹操趁機揮軍夾擊的這個風險，要來得輕多了。」

周瑜聽魯肅這麼分析，一時倒也找不出話來反駁，畢竟他說的，都是實在話。只是如今周瑜急著想完成西進巴蜀的大業，除了因為要與孔明爭取時間鬥智競賽外，還有一個緣故，就是他很擔心自己的健康狀況。這幾日他總覺得自己身體越來越糟糕，老是胡思亂想萬一就此一病不起，江東大業與他的夢想該怎麼辦？他實在不想在離開這人世間時，還抱著許多遺憾與牽掛。

孫權見他沉吟不語，本來就猶豫的心裡更加猶豫。其實自從赤壁之戰後，魯肅在孫權心目中的地位便逐漸升高，幾乎要與周瑜相等了。孫權每當有什麼事情想詢問意見時，周瑜不是正在江陵與曹仁等作戰，就是忙著伐蜀大計，隨侍在側的魯肅便成為首要諮詢對象。由於魯肅能言善道，看法與見識也不亞於周瑜，使得孫權越來越倚重他，自然他所說的話，影響孫權的地方也越來越多。

「我看，還是將荊北之地借給劉皇叔吧！」終於，孫權做出最後的決定，不過，為了尊重周瑜所提出的計策，他繼續說道：「我會在答應他的同時，提出希望他能繼續在此多待幾天的建議。然後就照公瑾所言，以聲色犬馬來消磨他的雄心壯志。少了諸葛亮在身邊，他是不能有所作爲的。」

「如此一來，既可維護孫劉同盟，又可解除公瑾的疑慮。我想劉皇叔在得到主公同意借地後，應該不至於拒絕這個多停留幾天的邀請。」魯肅首先贊同。

周瑜見魯肅與孫權連成一氣，明白他心裡最擔心的事情還是發生了，自己該說的都已說盡，不好再與他們爭結果，只得無奈地點點頭，同意孫權的作法。

●

周瑜回到京城住所，立即找來司馬功。

「都督，您不要緊吧！」司馬功見他臉色很難看，十分擔心。

「先別管這個！今天主公已答應將荊北之地借給劉備了。」周瑜皺眉地揮揮手。

「這怎麼可以！」司馬功脫口而出。

「子敬所言較能打動主公的心，這也是沒辦的事……畢竟現在的曹操比劉備更可怕，對我們江東的威脅也更嚴重。」

「我們下一步該怎麼辦？」司馬功苦著一張臉。

「孔明這一招，逼得我必須在近期之內，率軍西進巴蜀了。我們一定要趁他們還在荊州佈署之際，搶先一步底定益州與漢中，」周瑜攤開地圖：「你看，荊州左邊是巴蜀，右邊是我們江東地區，上頭又與曹操領地接壤，倘若我們可以先一步佔有巴蜀，屆時便可左右夾擊劉備，讓他無處可逃。到最後，這荊州終究還是歸於我們。所以，目前暫且不與他們計較，把眼光放遠一點，讓孔明曉得，無論怎麼和我鬥法，終究逃不過被我江東兼併的命運。」

司馬功由衷佩服周瑜的應變能力，連忙問：

「那我可以幫上什麼忙？」

周瑜自書案取來一份名單，遞給司馬功：

「這上頭所列的，都是上回你幫我整理出來的巴蜀重要人物，我希望你和手下密探們能在最短的時間內，或重金收買，或加以刺殺。」

司馬功接過來看，只見上頭寫著：

法正：字孝直，本是扶風郿縣（今陝西眉縣）人。建安初年，天下饑荒，他和同郡人孟達來到蜀中，依附劉璋。他多謀善斷，著見成敗。但劉璋闇弱，不能知人善任，所以很不得志，鬱鬱寡歡，思得明主。

秦宓：字子勑，廣漢綿竹（今四川德陽縣北）人，少有才學，長於文辭，素有人望。但他深知劉璋無能，成不了大業，唯恐敗亡之日會殃及自己。所以，劉璋數次聘他做官，他都稱病不出。

張松：任劉璋的長史，此人身短不滿五尺，卻聲若洪鐘，而且過目不忘，雄辯滔滔。他對劉璋的懦弱十分不滿，堅信蜀地遲早會是他人之物。

費詩：字公舉，犍為安南（今四川樂山）人，少年時就顯露出與衆不同的才華，十六歲時出任郡中小吏，曾被舉為孝廉，但未應薦，現任劉璋的綿竹令，初時極有幹勁，政績卓著，但漸漸發現劉璋前途黯然，變得十分疏懶。

……

以上共十五人，應該重金收買，多方籠絡。

王累：廣漢人，出身世家大族，勤政愛民，明於事理，通曉軍事，剛正不阿。此人對劉璋勇於直諫，忠心耿耿，曾不顧生死，痛擊山野中的土匪。他屬於誓死保衛劉璋的人。

張任：能征善戰，在劉璋麾下出類拔萃，死也不肯投降別人。

嚴顏：任職巴郡太守的老將，善開硬弓，能使大刀，有萬夫不當之勇，性格剛烈。倘若江東軍兵臨城下，他必然會死戰到底。

……

以上共三十二人，應該暗殺，替江東大軍掃除障礙。

3

劉備在京城停留十餘日，便開始向孫權請求回公安。

周瑜得知此消息，有點訝異：沒想到劉備居然不會沉湎於聲色犬馬當中，看來孫權再強留，也留不了多久。

於是他決定向孫權辭行，返回江陵率軍西進。

孫權聽了周瑜的一番伐蜀大計，深知無法勸阻，但又十分擔心他的健康狀況，便派遣自己堂兄，現任丹陽太守的奮威將軍孫瑜共同前往，另外還僱請一位京城名醫做隨軍郎中，時刻照料。

周瑜得到孫權的同意後，立即吩咐司馬功先行趕至江陵，要甘寧整軍準備出發，而小喬則另外派員護送回江陵周府治裝，他自己率領孫權撥給的軍隊走在最後面。

大軍從京城出發這一日，萬里晴空。

周瑜雖重病在身，不過總算踏上了伐蜀之路。他一方面希望孫權能設法繼續留住劉備，至少也要等他抵達江陵後才放回公安，一方面也希望諸葛亮不要太快採取應變行動，讓他可以順利進入益州。只要能攻下巴蜀，挫敗諸葛亮，此生即死而無憾了。大丈夫轟轟烈烈，威震天下，若可留名於後世，何等快哉，又何必在乎能活幾年？

●

一路行軍，周瑜都在和病魔搏鬥，進食量也一天比一天少，好在那位隨軍郎中時刻不離左右地照顧，勉強穩住病況。

孫瑜十分關心周瑜的病情，只要隨軍郎中例行診療一結束，他便立即上前詢問：

「大夫，都督的病到底如何了？」

隨軍郎中的頭一次比一次搖得厲害：

「這病根是十多年前種下的，無法根除，只能靠小心調養來維持。可是，都督一直都操勞過度，生活經常沒有規律……」

「你是說……會有生命危險？」孫瑜心一緊。

隨軍郎中不敢回應，期期艾艾說：

「都督血熱氣盛，意志堅強，非常人可比，以致能支撐到現在仍屹立不搖……將軍放心，下官會盡力穩住都督病情的。」

孫瑜見隨軍郎中並未給他肯定的答覆，更加憂心忡忡：

「我們估計若要打敗劉璋和張魯，至少還需三四個月的時間……都督他……」

這點隨軍郎中倒敢保證：「將軍放心，只要都督不再過度操勞，注意休息和調養，下官保證讓他攻下巴蜀，完成大業。」

•

大軍沿長江一路行至赤壁烏林時，宿營。

這晚夜色很濃，就像一團化不開的墨，只有一點星光閃耀，那是北極星。

周瑜獨自站在江畔，回想起赤壁之戰的情景，不禁感慨萬千。這裡原本是曹操駐紮的所在，如今卻一片靜謐，當時火燒曹船曹營的情景，恍如隔世。

憶及赤壁一役，他便想起孫劉聯軍，想起孫劉聯軍，便想起諸葛亮這位亦友亦敵的知己：

不知孔明現在在做什麼？想必他正爲如何讓劉備從京城脫困返回公安而傷腦筋吧！可惜他再怎麼努力，都已無法破我伐蜀大計了。劉璋懦弱無能，巴蜀有識之士皆思得明主。而江東這幾年迅速崛起，各地豪強無不側目，尤其赤壁一戰結束，更是威震天下。我軍所到之處摧枯拉朽，勢如破竹。相信只要打好頭兩仗，巴蜀兵士就會望風披靡，徹底失去抵抗的信心。再加上衆多江東密探潛伏在巴蜀各地，他們所策動的有心人士，亦摩拳擦掌，準備接應我軍。種種跡象顯示，伐蜀之戰將會十分順利，我期盼已久的大業也即將實現了！

正想得熱血沸騰之際，一個親兵找到這裡來：

「都督，在公安的諸葛亮遣使者送來兩封信。」

周瑜不發一語地接過信件，待親兵離開後，就著自己帶來的燈籠，先打開最上頭那一封，發現裡面談的是公事，開頭便勸周瑜打消攻蜀的念頭，然後告訴他原因有三：

第一是他成功地去函說服孫安，幫助劉備離開京城返回公安。

孫安雖然十分珍惜父兄們創下的基業，也在江東需要她獻身的時候，毫不猶豫地嫁給比她大二十多歲的劉備。但在成為劉備妻子後，短短幾日間，竟開始對他產生情愫，不忍見他鎮日愁眉不展，苦思脫困的模樣。諸葛亮正是利用了她這一點，來函勸說，並附上當初周瑜在江陵給諸葛亮的那枝令箭，讓他們能夠順利返回荊州。

周瑜看到這，心想：我已先他們離開京城，溯長江而上，很快便能回江陵和甘寧會師西進，劉備即使抵達公安，也於事無補。只是諸葛亮把象徵我們情誼的令箭用掉，是否意味已準備與我兵戎相見了？

再往下看，則是第二個原因：諸葛亮告訴周瑜已給劉璋和張魯各寫一封信，說明江東大軍即日便到，益州、漢中唇齒相依，唯有互相結合，才能抵擋對方的洶洶來勢。劉璋與張魯一聽說江東軍統帥正是周瑜，內心十分惶恐，哪還記得彼此的前嫌舊怨，趕緊會面結盟，共商退敵之計。

周瑜看到這也不甚緊張，畢竟他對自己率領的江東軍十分有信心，認為雖然屆時作戰會吃力些，但不致無法攻克。

於是繼續往下看，沒想到第三個原因，竟是諸葛亮告訴他，在遣人送信的同時，自己已動身向蜀地出發，準備協助劉璋指揮巴蜀聯軍，與江東軍決戰。

周瑜大驚失色，咳嗽不止。他心跳得很厲害，竭力鎮定自己：

倘若劉璋身邊眞多了一個孔明，那麼伐蜀計畫的很多環節都將重新考慮了。

想到這，他開始覺得又無奈又憤恨：

要平時我身體強健，能日夜思考，破孔明此計絕沒問題，可如今體弱少食，一半性命已被老天掌握了，是否經得起曠日持久的大戰和竭心殫慮的思索，還是個未知數。萬一我在大戰中病倒，或在激戰中發生意外，豈不誤了江東大業？但是要我即刻退兵，更不可能，不戰而退，必讓天下人笑話……。

周瑜心中十分苦悶，忍不住仰天長歎，聲音有點哽咽：

「老天啊！難道江東大業，會因爲我的舊疾，和孔明的攪局，而成爲鏡花水月？這眞是太捉弄人了！」

他不願半途而廢，最後終究決定繼續揮軍前行，離開烏林，溯江南下，不久到達洞庭湖畔的巴丘（今湖南岳陽）。

●

由於諸葛亮的介入，讓周瑜這幾日幾乎合不上眼休息，不停地苦思良策，因爲無論如何，他都不想輸掉這盤與諸葛亮對弈的棋局。

總算，新的伐蜀計畫在他腦海裡初具雛形了，爲此周瑜顯得很興奮，更感覺精神好到極點，便信步走出營帳，想站在湖畔笑臉迎接璀璨的朝陽。

正當他面向湖水時，迎面吹來一陣強而有力的冷風，讓他渾身起了個寒顫，接著晨曦光輝映射在粼粼水波上，讓他突覺眼冒金星，提手想擋住光線，卻猛然眼前一黑，頓時失去了知覺。

等到他意識清醒過來，人已躺在營帳裡，孫瑜和隨軍郎中正在身邊，滿臉焦急不安。

「都督，你突然暈倒在湖畔，把我們都嚇壞了。」孫瑜忐忑說著。

「我病重的消息，沒有傳遍整座軍營吧！」周瑜掙扎著起身。

「都督放心，我已經處理妥當了。」孫瑜連忙點頭。

他怕周瑜又要吩咐拔營前行，先一步說：

「大夫剛剛給您開一副藥方，我已派人去煎湯了。我看兵士們連續幾日急行軍，到現在已有些疲累，這地方形勢好，物產也豐富，不如趁此機會多停留一天，讓士兵稍微休息一下，我們也好補給軍需。」

周瑜心知他是想讓自己好好靜養，再則兵士的確也顯露倦態，便點點頭答應了。

孫瑜一行人服侍他重新躺好後，方才離開營帳。

此時此刻，周瑜突然有一種天妒英才的無力感，怔怔望著帳頂發呆。就在這當口，他忽然想起諸葛亮的另一封信來：由於連續幾日苦思破敵之策，竟忘記把它打開來看了。於是又掙扎著起身，從懷裡掏出那封信。

諸葛亮的第二封信，是以朋友名義寫的，開頭即口稱賢兄，並絮絮叨叨說伐蜀事宜千頭萬緒，他能瞞天過海，必然是費盡心機，日夜操勞，如此一來，本即舊疾復發的他，病情必更加惡化，令人十分擔憂。希望他能少思多食，清心靜養，好好保重身體，日後必有大用。

周瑜看完，既感動又感慨，暗忖：孔明字字情眞意摯，確是發自肺腑。他連寫這兩封信，既無愧於劉備，也無愧於我，難啊！

●

當晚，周瑜的病情突然惡化，大口吐血，呼吸困難。隨軍郎中急忙趕來，經過一番搶救，仍無起色。

周瑜覺得渾身乏力，就連那股精氣神都慢慢地消散了，他自知死期將至。閉上眼睛，種種往事如潮水般地湧上心頭：

非戰之罪，天亡我也！蒼天要亡我，我又能怎麼樣？唉！想我一生勤奮努力，並未虛度光陰：周遊天下，迎娶小喬，擊敗強曹，奠定江東基業……這每一樣，我都做得轟轟烈烈。雖然最後未能回到江陵與興霸會師，共同西進攻佔巴蜀，成為一大憾事，總的來說，也還算滿意了。更重要的是，孔明這個號稱「臥龍」的天下奇才，亦三番兩次被我耍得團團轉，不得不苦思良策來破我計謀。倘若此刻身強體健，縱使孔明入蜀協助劉璋，也改變不了戰爭的結果。等我攻下巴蜀，和孫權東西夾擊，孔明縱有通天本領，也救不了劉備。

這麼一想，他心情逐漸平靜下來，開始坦然面對死亡：

曹操統一北方，挾天子以令諸侯，自以為天下無敵，在赤壁一戰中，被我打得抱頭鼠竄，統一夢想也跟著灰飛湮滅。不管今後孔明如何厲害如何偉大，也都是我身後事了。屆時天下有識之士一定會說：如果周瑜不死，諸葛亮便不會這麼大放異彩。一世英名就此保住，死又有何懼？唉！只是苦了小喬，日後歡愉難再，只好和她姊姊大喬一樣，在無邊寂寞、無窮追憶中孤寂度過餘生。想到伯符死時，大喬正值妙齡，身邊僅有襁褓裡的兒子，眞是何等淒涼。漫漫長夜悠悠歲月，她只有朝朝啼痕，夜夜孤燈，含辛茹苦地撫育遺孤。一代佳人，竟就在這種情況下年華老去，小喬和她相比，應該算是幸運許多吧！……不過仔細想想，難道紅顏和英雄一樣，都很容易遭遇天忌，都是薄命的嗎？

想到最後，他吩咐孫瑜扶他到案前，提筆寫信給孫權：

「人命之長短，皆由天定，半分不由人。吾之早逝，誠不足惜，只恨巴蜀在望，竟不能得；微志未展，不復奉教命耳，甚為遺憾。如今北有強曹，疆埸未靜，劉備寄寓，有似養虎。天下之事，未知始終，此朝臣勤勉之秋，主公垂慮之日也；子敬為人忠烈，臨事不苟，可以代我，儻所言能採，公瑾死不朽矣！」

寫到這裡，他的筆滑落在地，伏於案上，就此長眠不醒。

【尾聲】

周瑜在巴丘病逝的消息一傳到京城，孫權立即放聲大哭：「沒有公瑾，哪有江東，今後我依靠誰呢？」於是，當周瑜靈柩送回吳郡時，他親自到蕪湖迎接，並披麻帶孝，淚流滿面，要求孫氏宗族一律掛孝。文武大臣見此情景，無不動容。

孫權又下令，周瑜喪事所有費用，皆由公家撥款供給，周瑜所有奉邑（赤壁戰後，孫權將下雋、漢昌、瀏陽、州陵四縣賜給周瑜，作爲其奉邑），都免徵派賦稅徭役。

周瑜遺留下來的一女二子，也在孫權照料下與孫家結親：長女周珊嫁給孫權長子孫登，孫登於孫權稱帝建國後被冊立爲太子，可惜他英年早逝，否則皇后之位非周珊莫屬。長子周循娶孫權的女兒，二子周胤則娶了孫權的姪女。就連周瑜姪子周峻，也因周瑜而做了偏將軍。

•

小喬在江陵接獲周瑜病逝的消息，猛地想起十幾年前名醫柳仝交給她的那幾包金黃色藥散，頓時捶胸頓足，悔恨不已，竟哭昏過去。醒來時的第一句話，便是：

「是我害了周郎！」

•

諸葛亮聽到周瑜的死訊，不顧危險和劉備的百般勸阻，連夜備辦祭品，趕來江東弔祭。他一進靈堂，就伏在棺木上放聲大哭，情甚哀切。旁邊人見狀，無不動容。

「公瑾此去，天下再無知我之人了！」諸葛亮哀痛欲絕地說。

有人勸孫權趁機殺了諸葛亮。孫權執意不肯：

「這叫我怎麼對得起公瑾在天之靈呢？」

●

周瑜之死，引起江東震動，蒼梧郡太守吳巨在五嶺以南地區趁機叛變，逼使孫權不得不派兵前往鎮壓，雖最後順利將吳巨斬殺，也平息了亂事，但伐蜀大計只能一再拖延。

劉備立刻把握此機會，派兵入蜀擊敗劉璋，奪得益州，天下由此三分。

【全書終】

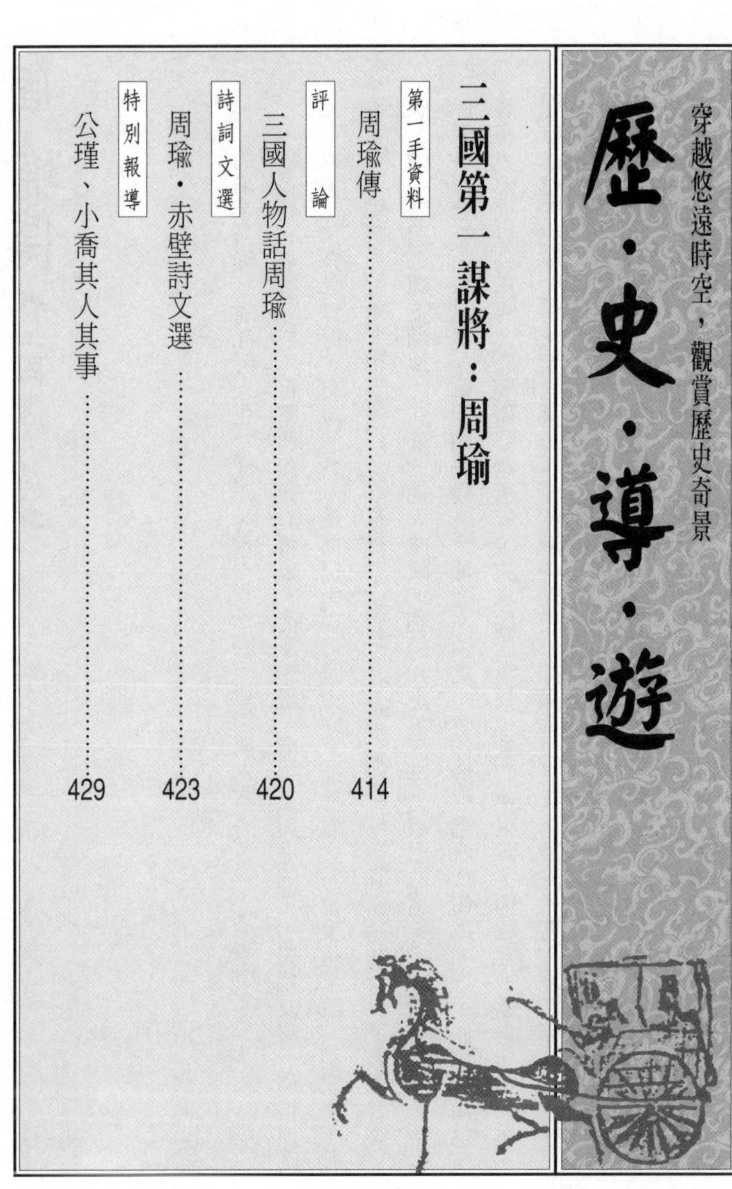

歷・史・導・遊

穿越悠遠時空，觀賞歷史奇景

三國第一謀將：周瑜

【第一手資料】

周瑜傳《三國志・吳書》

周瑜字公瑾，廬江舒人也。從祖父景，景子忠，皆為漢太尉。父異，洛陽令。

瑜長壯有姿貌。初，孫堅興義兵討董卓，徙家於舒。堅子策與瑜同年，獨相友善，瑜推道南大宅以舍策，升堂拜母，有無通共。瑜從父尚為丹陽太守，瑜往省之。會策將東渡，到歷陽，馳書報瑜，瑜將兵迎策。策大喜曰：「吾得卿，諧也。」遂從攻橫江、當利，皆拔之。乃渡擊秣陵，破笮融、薛禮，轉下湖孰、江乘，進入曲阿，劉繇奔走，而策之衆已數萬矣。因謂瑜曰：「吾以此衆取吳會平山越已足。卿還鎮丹楊。」瑜還。頃之，袁術遣從弟胤代尚為太守，而瑜與尚俱還壽春。術欲以瑜為將，瑜觀術終無所成，故求為居巢長，欲假塗東歸，術聽之。遂自居巢還吳。是歲，建安三年也。策親自迎瑜，授建威中郎將，即與兵二千人，騎五十匹。瑜時年二十四，吳中皆呼為周郎。以瑜恩信著於廬江，出備牛渚，後領春穀長。頃之，策欲取荊州，以瑜為中護軍，領江夏太守，從攻皖，拔之。時得橋公兩女，皆國色也。策自納大橋，瑜納小橋。復進尋陽，破劉勳，討江夏，還定豫章、廬陵，留鎮巴丘。

五年，策薨，權統事。瑜將兵赴喪，遂留吳，以中護軍與長史張昭共掌衆事。十一年，督孫

瑜等討麻、保二屯，梟其渠帥，囚俘萬餘口，還備宮亭。江夏太守黃祖遣將鄧龍將兵數千人入柴桑，瑜追討擊，生虜龍送吳。十三年春，權討江夏，瑜爲前部大督。

其年九月，曹公入荊州，劉琮舉衆降，曹公得其水軍，船步兵數十萬，將士聞之皆恐。權延見群下，問以計策。議者咸曰：「曹公豺虎也，然託名漢相，挾天子以征四方，動以朝廷爲辭，今日拒之，事更不順。且將軍大勢，可以拒操者，長江也。今操得荊州，奄有其地，劉表治水軍，蒙衝鬥艦，乃以千數，操悉浮以沿江，兼有步兵，水陸俱下，此爲長江之險，已與我共之矣。而勢力衆寡，又不可論。愚謂大計不如迎之。」瑜曰：「不然。操雖託名漢相，其實漢賊也。將軍以神武雄才，兼仗父兄之烈，割據江東，地方數千里，兵精足用，英雄樂業，尚當橫行天下，爲漢家除殘去穢。況操自送死，而可迎之邪？請爲將軍籌之：今使北土已安，操無內憂，能曠日持久，來爭疆場，又能與我校勝負於船楫閒乎？今北土既未平安，加馬超、韓遂尚在關西，爲操後患。且舍鞍馬，仗舟楫，與吳越爭衡，本非中國所長。又今盛寒，馬無槁草，驅中國士衆遠涉江湖之閒，不習水土，必生疾病。此數四者，用兵之患也，而操皆冒行之。將軍禽操，宜在今日。瑜請得精兵三萬人，進住夏口，保爲將軍破之。」權曰：「老賊欲廢漢自立久矣，徒忌二袁、呂布、劉表與孤耳。今數雄已滅，惟孤尚存，孤與老賊，勢不兩立。君言當擊，甚與孤合，此天以君授孤也。」

時劉備爲曹公所破，欲引南渡江，與魯肅遇於當陽，遂共圖計，因進住夏口，遣諸葛亮詣權，權遂遣瑜及程普等與備幷力逆曹公，遇於赤壁。時曹公軍衆已有疾病，初一交戰，公軍敗退，引次江北。瑜等在南岸。瑜部將黃蓋曰：「今寇衆我寡，難與持久。然觀操軍船艦首尾相接，可燒而走也。」乃取蒙衝鬥艦數十艘，實以薪草，膏油灌其中，裹以帷幕，上建牙旗，先書報曹公，欺以欲降。又豫備走舸，各繫大船後，因引次俱前。曹公軍吏士皆延頸觀望，指言蓋降。蓋放諸船，同時發火。時風盛猛，悉延燒岸上營落。頃之，煙炎張天，人馬燒溺死者甚衆，軍遂敗退，還保南郡。備與瑜等復共追。曹公留曹仁等守江陵城，徑自北歸。

瑜與程普又進南郡，與仁相對，各隔大江。兵未交鋒，瑜即遣甘寧前據夷陵。仁分兵騎別攻圍寧。寧告急於瑜。瑜用呂蒙計，留淩統以守其後，身與蒙上救寧。寧圍既解，乃渡屯北岸，克期大戰。瑜親跨馬擽陳，會流矢中右脅，瘡甚，便還。後仁聞瑜臥未起，勒兵就陳。瑜乃自興，案行軍營，激揚吏士，仁由是遂退。

權拜瑜偏將軍，領南郡太守。以下雋、漢昌、瀏陽、州陵爲奉邑，屯據江陵。劉備以左將軍領荊州牧，治公安。備詣京見權，瑜上疏曰：「劉備以梟雄之姿，而有關羽、張飛熊虎之將，必非久屈爲人用者。愚謂大計宜徙備置吳，盛爲築宮室，多其美女玩好，以娛其耳目，分此二人，各置一方，使如瑜者得挾與攻戰，大事可定也。今猥割土地以資業之，聚此三人，俱在疆埸，恐蛟龍得雲雨，終非池中物也。」權以曹公在北方，當廣攬英雄，又恐備難卒制，故不納。

是時劉璋爲益州牧，外有張魯寇侵，瑜乃詣京見權曰：「今曹操新折衄，方憂在腹心，未能與將軍連兵相事也。乞與奮威俱進取蜀，得蜀而并張魯，因留奮威固守其地，好與馬超結援。瑜還與將軍據襄陽以蹙操，北方可圖也。」權許之。瑜還江陵，爲行裝，而道於巴丘病卒，時年三十六。權素服舉哀，感動左右。喪當還吳，又迎之蕪湖，衆事費度，一爲供給。後著令曰：「故將軍周瑜、程普，其有人客，皆不得問。」初瑜見友於策，太妃又使權以兄奉之。是時權位爲將軍，諸將賓客爲禮尚簡，而瑜獨先盡敬，便執臣節。性度恢廓，大率爲得人，惟與程普不睦。

瑜少精意於音樂，雖三爵之後，其有闕誤，瑜必知之，知之必顧，故時人謠曰：「曲有誤，周郎顧。」

瑜兩男一女。女配太子登。男循尚公主，拜騎都尉，有瑜風，早卒。循弟胤，初拜興業都尉，妻以宗女，授兵千人，屯公安。黃龍元年，封都鄉侯，後以罪徙廬陵郡。赤烏二年，諸葛瑾、步騭連名上疏曰：「故將軍周瑜子胤，昔蒙粉飾，受封爲將，不能養之以福，思立功效，至縱情欲，招速罪辟。臣竊以瑜昔見寵任，入作心膂，出爲爪牙，銜命出征，身當矢石，盡節用命，視死如歸，故能摧曹操於烏林，走曹仁於郢都，揚國威德，華夏是震，蠢爾蠻荊，莫不賓服，雖周之方叔，漢之信、布，誠無以尚也。夫折衝扞難之臣，自古帝王莫不貴重，故漢高帝封爵之誓曰『使黃河如帶，太山如礪，國以永存，爰及苗裔』；申以丹書，重以盟詛，藏于宗廟，傳於無窮，欲使功臣之後，世世相踵，非徒子孫，乃關苗裔，報德明功，勤勤懇懇，如此之至，欲以勸戒後人，用命之臣，死而無悔也。況於瑜身沒未久，而其子胤降爲匹夫，益可悼傷。竊惟陛下欽明稽古，隆於興繼，爲胤歸訴，乞匄餘罪，還兵復爵，使失旦之鷄，復得一鳴，抱罪之臣，展其後效。」權答曰：「腹心舊勳，與孤協事，公瑾有之，誠所不忘。昔胤年少，初無功勞，橫受精兵，爵以侯將，蓋念公瑾以及於胤也。而胤恃此，酗淫自恣，前後告喻，曾無悛改。孤於公瑾，義猶二君，樂胤成就，豈有已哉？迫胤罪惡，未宜便還，且欲苦之，使自知耳。今二君勤勤援引漢高河山之誓，孤用恧然。雖德非其疇，猶欲庶幾，事亦如爾，故未順旨。以公瑾之子，而二君在中間，苟使能改，亦何患乎！」瑾、騭表比上，朱然及全琮亦俱陳乞，權乃許之。會胤病死。

瑜兄子峻，亦以瑜元功爲偏將軍，領吏士千人。峻卒，全琮表峻子護爲將。權曰：「昔走曹操，拓有荊州，皆是公瑾，常不忘之。初聞峻亡，仍欲用護，聞護性行危險，用之適爲作禍，故便止之。孤念公瑾，豈有已乎？」

附：**周瑜阻孫權遣質議**〔按：漢獻帝建安五年（公元二〇〇年）曹操擊破袁紹後，兵威日盛，建安七年（公元二〇二年），下書要求孫權遣送一子到許昌當人質。孫權召群臣會議，張昭、秦松等猶豫不能決，孫權意不欲遣質，便私下和周瑜到吳國太面前商議，周瑜遂發此議。後吳國太對孫權說：「公瑾議是也。公瑾與伯符同年，小一月耳，我視之如子也，汝其兄事之。」，遂不送質。〕

「昔楚國初封於荊山之側，不滿百里之地，繼嗣賢能，廣土開境，立基於郢，遂據荊楊，至於南海，傳業延祚，九百餘年。今將軍承父兄餘資，兼六郡之衆，兵精糧多，將士用命，鑄山為銅，煮海為鹽，境內富饒，人不思亂，汎舟舉帆，朝發夕到，士風勁勇，所向無敵，有何偪迫，而欲送質？質一入，不得不與曹氏相首尾，與相首尾，則命召不得不往，便見制於人也。極不過一侯印，僕從十餘人，車數乘，馬數匹，豈與南面稱孤同哉？不如勿遣，徐觀其變。若曹氏能率義以正天下，將軍事之未晚。若圖為暴亂，兵猶火也，不戢將自焚。將軍韜勇抗威，以待天命，何送質之有！」

附：**周瑜絕命疏**〔按：漢獻帝建安十五年（公元二一〇年）十二月，周瑜西征巴蜀，行至巴丘，病發身亡。病重之際，寫了此疏給孫權，交代遺言。〕

「瑜以凡才，昔受討逆殊特之遇，委以腹心，遂荷榮任，統御兵馬，志執鞭弭，自效戎行。規定巴蜀，次取襄陽，憑賴威靈，謂若在握。至以不謹，道遇暴疾，昨自醫療，日加無損。人生有死，修短命矣，誠不足惜，但恨微志未展，不復奉教命耳。方今曹公在北，疆埸未靜，劉備寄寓，有似養虎，天下之事，未知終始，此朝士旰食之秋，至尊垂慮之日也。魯肅忠烈，臨事不苟，可以代瑜。人之將死，其言也善，儻或可採，瑜死不朽矣。」

【評論】

三國人物話周瑜

陳壽論周瑜

評曰：曹公乘漢相之資，挾天子而掃群桀，新盪荊城，仗威東夏，于時議者莫不疑貳。周瑜、魯肅建獨斷之明，出衆人之表，實奇才也。呂蒙勇而有謀斷，識軍計，譎郝普，禽關羽，最其妙者。初雖輕果妄殺，終於克己，有國士之量，豈徒武將而已乎！

——《三國志吳書周瑜傳》

孫權論周瑜

孫權與陸遜論周瑜、魯肅及（呂）蒙曰：「公瑾雄烈，膽略兼人，遂破孟德，開拓荊州，邈焉難繼，君今繼之。公瑾昔要子敬來東，致達於孤，孤與宴語，便及大略帝王之業，此一快也。後孟德因獲劉琮之勢，張言方率數十萬衆水步俱下。孤普請諸將，咨問所宜，無適先對，至子布、文表，俱言宜遣使脩檄迎之，子敬即駮言不可，勸孤急呼公瑾，付任以衆，逆而擊之，此二快也。且其決計策，意出張蘇遠矣；後雖勸吾借玄德地，是其一短，不足以損其二長也。周公不求備於一人，故孤忘其短而貴其長，常以比方鄧禹也。又子明少時，孤謂不辭劇易，果敢有膽而已；及身長大，學問開益，籌略奇至，可以次於公瑾，但言議英發不及之耳。圖取關羽，勝於子敬。子敬答孤書云：『帝王之起，皆有驅除，羽不足忌。』此子敬內不能辦，外為大言耳，孤亦恕之，不苟責也。然其作軍，屯營不失，令行禁止，部界無廢負，路無拾遺，其法亦美也。」

——《三國志吳書周瑜傳》

劉備論周瑜

劉備之自京還也，權乘飛雲大船，與張昭、秦松、魯肅等十餘人共追送之，大宴會敘別。昭、肅等先出，權獨與備留語，因言次，歎瑜曰：「公瑾文武籌略，萬人之英，顧其器量廣大，恐不久為人臣耳。」瑜之破魏軍也，曹公曰：「孤不羞走。」後書與權曰：「赤壁之役，值有疾病，孤燒船自退，橫使周瑜虛獲此名。」瑜威聲遠著，故曹公、劉備咸欲疑譖之。及卒，權流涕曰：「公瑾有王佐之資，今忽短命，孤何賴哉！」後權稱尊號，謂公卿曰：「孤非周公瑾，不帝矣。」

——《三國志吳書周瑜傳·裴松之注引江表傳》

程普、蔣幹論周瑜

（程）普頗以年長，數陵侮瑜。瑜折節容下，終不與較。普後自敬服而親重之，乃告人曰：「與周公瑾交，若飲醇醪，不覺自醉。」時人以其謙讓服人如此。初曹公聞瑜年少有美才，謂可游說動也，乃密下揚州，遣九江蔣幹往見瑜。幹有儀容，以才辯見稱，獨步江、淮之間，莫與爲對。乃布衣葛巾，自託私行詣瑜。瑜出迎之，立謂幹曰：「子翼良苦，遠涉江湖爲曹氏作說客邪？」幹曰：「吾與足下州里，中間別隔，遙聞芳烈，故來叙闊，并觀雅規，而云說客，無乃逆詐乎？」瑜曰：「吾雖不及夔、曠，聞弦賞音，足知雅曲也。」因延幹入，爲設酒食。畢，遣之曰：「適吾有密事，且出就館，事了，別自相請。」後三日，瑜請幹與周觀營中，行視倉庫軍資器仗訖，還宴飲，示之侍者服飾珍玩之物，因謂幹曰：「丈夫處世，遇知己之主，外託君臣之義，內結骨肉之恩，言行計從，禍福共之，假使蘇張更生，酈叟復出，猶撫其背而折其辭，豈足下幼生所能移乎？」幹但笑，終無所言。幹還，稱瑜雅量高致，非言辭所閒。中州之士，亦以此多之。

——《三國志吳書周瑜傳．裴松之注引江表傳》

【詩詞文選】

周瑜·赤壁詩文選

赤壁歌送別

唐·李白

二龍爭戰決雌雄，赤壁樓船掃地空。
烈火張天照雲海，周瑜於此破曹公。
君去滄江望澄碧，鯨鯢唐突留餘跡。
一一書來報故人，我欲因之壯心魄。

赤壁

唐·杜牧

折戟沉沙鐵未銷，自將磨洗認前朝。
東風不與周郎便，銅雀春深鎖二喬。

赤壁

唐・胡曾

烈火西焚魏帝旗，周郎開國虎爭時。
交兵不假揮長劍，已挫英雄百萬師。

赤壁

宋・戴復古

千載周公瑾，如其在目前。
英風揮羽扇，烈火破樓船。
白鳥滄波上，黃州赤壁邊。
長江酹明月，更憶老坡仙。

詠史小樂府

清・王士禎

赤壁戰堂堂，綸巾繡裲襠。
元戎在何許？顧曲有周郎。

赤壁

清・趙翼

依然形勝扼荆襄，赤壁山前故壘長。
烏鵲南飛無魏地，大江東去有周郎。
千秋人物三分國，一片山河百戰場。
今日經過已陳跡，月明漁父唱滄浪。

赤壁圖

金・元好問

馬蹄一蹴荆門空，鼓聲怒與江流東。
曹瞞老去不解事，誤認孫郎作阿琮。
孫郎矯矯人中龍，顧盼叱咤饒英風。
疾雷破山出大火，旗幟北捲天為紅。
至今畫圖見赤壁，髣髴燒虜留遺踪。
令人長憶眉山公，載酒夜俯馮夷宮。
事殊興極憂思集，天澹雲閒今古同。
得意江山在眼中，凡今誰是出群雄。

可憐當日周公瑾，憔悴黃州一禿翁。

滿江紅・赤壁懷古

宋・戴復古

赤壁磯頭，一番過，一番懷古。想當時，周郎年少，氣吞區宇，萬騎臨江貔虎噪，千艘烈炬魚龍怒。捲長波，一股困曹瞞，今如許？

江上渡，江邊路；形勝地，興亡處。覽遺蹤勝讀，詩書言語。幾度東風吹世換，千年往事隨潮去。門道傍，楊柳為誰春？搖金縷。

前赤壁賦

宋・蘇軾

壬戌之秋，七月既望，蘇子與客泛舟遊於赤壁之下。清風徐來，水波不興。舉酒屬客，誦〈明月〉之詩，歌〈窈窕〉之章。少焉，月出於東山之上，徘徊於斗牛之間；白露橫江，水光接天。縱一葦之所如，凌萬頃之茫然；浩浩乎如馮虛御風而不知其所止；飄飄乎如遺世獨立，羽化而登仙。

於是飲酒樂甚，扣舷而歌之。歌曰：「桂棹兮蘭槳，擊空明兮泝流光。渺渺兮予懷，望美人兮天一方。」客有吹洞簫者，倚歌而和之。其聲嗚嗚然，如怨、如慕、如泣、如訴；餘

音嫋嫋，不絕如縷，舞幽壑之潛蛟，泣孤舟之嫠婦。

蘇子愀然，正襟危坐而問客曰：「何為其然也？」

客曰：「『月明星稀，烏鵲南飛』，此非曹孟德之詩乎？西望夏口，東望武昌，山川相繆，鬱乎蒼蒼，此非孟德之困於周郎者乎？方其破荊州，下江陵，順流而東也，舳艫千里，旌旗蔽空，釃酒臨江，橫槊賦詩，固一世之雄也，而今安在哉？況吾與子，漁樵於江渚之上，侶魚蝦而友麋鹿；駕一葉之扁舟，舉匏樽以相屬；寄蜉蝣於天地，渺浮海之一粟。哀吾生之須臾，羨長江之無窮。挾飛仙以遨遊，抱明月而長終。知不可乎驟得，托遺響於悲風。」

蘇子曰：「客亦知夫水與月乎？逝者如斯，而未嘗往也；盈虛者如彼，而卒莫消長也。蓋將自其變者而觀之，則天地曾不能以一瞬；自其不變者而觀之，則物與我皆無盡也，而又何羨乎？且夫天地之間，物各有主；苟非吾之所有，雖一毫而莫取。惟江上之清風，與山間之明月，耳得之而為聲，目遇之而成色；取之無禁，用之不竭。是造物者之無盡藏也，而吾與子之所共食。」

客喜而笑，洗盞更酌，肴核既盡，杯盤狼籍。相與枕藉乎舟中，不知東方之既白。

後赤壁賦

宋・蘇軾

是歲十月之望，步自雪堂，將歸於臨皋。二客從予，過黃泥之坂。霜露既降，木葉盡脫，人影在地，仰見明月。顧而樂之，行歌相答。已而嘆曰：「有客無酒，有酒無肴；月白風清，如此良夜何？」客曰：「今者薄暮，舉網得魚，巨口細鱗，狀似松江之鱸，顧安所得酒乎？」歸而課諸婦，婦曰：「我有斗酒，藏之久矣，以待子不時之須。」

於是攜酒與魚，復遊於赤壁之下。江流有聲，斷岸千尺，山高月小，水落石出。曾日月之幾何，而江山不可復識矣！予乃攝衣而上，履巉巖，披蒙茸，踞虎豹，登虬龍，攀栖鶻之危巢，俯馮夷之幽宮。蓋二客不能從焉。劃然長嘯，草木震動，山鳴谷應，風起水湧。予亦悄然而悲，肅然而恐，凜乎其不可留也。返而登舟，放乎中流，聽其所止而休焉。

時夜將半，四顧寂寥，適有孤鶴，橫江東來，翅如車輪，玄裳縞衣，戛然長鳴，掠予舟而西也。須臾客去，予亦就睡。夢一道士，羽衣蹁躚。過臨臯之下，揖予而言曰：「赤壁之遊樂乎？」問其姓名，俛而不答。「嗚呼！噫嘻！我知之矣。疇昔之夜，飛鳴而過我者，非子也耶？」道士顧笑，予亦驚寤，開戶視之，不見其處。

【特別報導1】

天香國色冠群芳——歷史上的大小二喬

二喬絕艷煽江東，一札龍韜閱未終。
多是周郎傳報捷，華容燒虜夜來空。

元·王惲　二喬觀史圖

談到三國時代的姝麗，總會讓人立即想起嫁與周瑜的小喬，以及為孫策所納的大喬。早在唐朝，杜牧已有詩句：「東風不與周郎便，銅雀春深鎖二喬」，來暗指倘若赤壁一役，周瑜沒有東風協助火燒曹軍，以寡擊衆大獲全勝的話，恐怕大小二喬將成為曹操的戰利品而被擄往北方，藏嬌於銅雀臺中。而《三國志平話》裡，作者（《三國志平話》的作者不詳）則編出赤壁戰前，諸葛亮赴江東遊說孫權聯劉抗曹，孫權於是派人請時任豫章太守的周瑜來共商大事，但周瑜遲遲未到，諸葛亮便向孫權解釋說：「聞有喬公二女大喬、小喬，大喬嫁公子為妻，小喬嫁周瑜為婦，年幼顏色甚盛。周瑜每日伴小喬作樂，怎肯來為帥？」，暗指小喬擁有絕色之姿，讓周瑜深深迷戀而無法自拔。到了《三國演義》，羅貫中又把它改寫成諸葛亮為讓周瑜支持孫劉聯軍，便告訴他說曹操準備將二喬擄去納為妾，並引曹植〈銅雀臺賦〉中的「攬二喬於其上兮」為證，終於激怒周瑜，

決心聯劉抗曹。由此可見，這兩位佳人的傾城容貌，在當時必定遠近馳名，拜倒在她們石榴裙下者何止孫策、周瑜。

正史上對於大喬小喬的描述，僅有《三國志》卷五十四，〈吳書・周瑜魯肅呂蒙傳第九〉裡頭的一段敘述：

策欲取荊州，以瑜為中護軍，領江夏太守，從攻皖，拔之。時得橋公兩女，皆國色也。策自納大橋，瑜納小橋。

裴松之注《三國志》時，在這段後面引了《江表傳》的內容：

策從容戲瑜曰：「橋公二女雖流離，得吾二人作壻，亦足為歡。」

由此可推測，當時橋（亦寫作「喬」）公兩位國色天香的女兒，因戰亂而輾轉流徙到皖城，後來給攻下皖城的孫策與周瑜看中，迎娶爲妻。據《三國志》記載，孫策「爲人，美姿顏，好笑語」，而周瑜「長壯有姿貌」，且「精意於音樂」，故以他們兩個年方二十五，意氣風發的英俊少俠，配上如此絕艷姝麗，眞稱得上郎才女貌，珠聯璧合，無怪傳爲千古佳話了。

關於大小二喬的父親「喬公」，有人認爲指的是東漢靈帝時任職太尉的喬（橋）玄。不過根據《後漢書》卷五十一，〈橋玄列傳〉裡的記載，喬玄字公祖，梁國睢陽人，少爲縣公曹，後舉孝廉，補洛陽左尉，經過幾次宦海浮沈，歷任河南尹、尚書令、光祿大夫等職，爲官清廉，不懼權貴，行事相當有原則。他在東漢靈帝光和元年（公元一七八年）被任命爲太尉，幾個月後以疾罷，拜太中大夫，就醫里舍，並在光和六年（公元一八三年）卒，享年七十五歲。此時距孫策與周瑜娶妻的東漢獻帝建安四年（公元一九九年），要早了整整十六年，除非喬玄在晚年以高齡生下兩個女兒（但從《後漢書》所載他「以疾罷」，「就醫里舍」看來，晚年必是體弱多病，故這個可能性並不大），否則依「正常情況」判斷，到建安四年時，他的兒女恐怕都已超過五十歲了，即使生得國色天香，畢竟歲月無情，怕也已徐娘半老，更不可能尚未出嫁。就算因爲戰亂而與父親丈夫離散，或者不幸守寡，憑孫、周二人當時的身份地位與成就，不愁找不到足以匹配的美眷。所以說大小二喬的父親即是東漢靈帝時的太尉喬玄，恐怕並不合理，應該另有其人，很可能是名不見經傳者。

姑且不論大小二喬的父親究竟是誰，《三國志》裡頭短短幾句話，引發後人對這段美好姻緣的無限遐想，詩人與小說家運用其想像力加以描繪記敘，著名的元代雜劇中更有《周公瑾得志娶小喬》、《東吳小喬哭周瑜》等腳本，來述說周瑜和小喬之間的情愛故事，爲一向干戈氣重的三國歷史增添幾許春色，同時也顯現孫、周二人英勇神武縱橫疆場之外，瀟灑風流的一面。

（黃怡瑗／文）

【特別報導❷】

渺渺英魂歸何處？——周瑜真墓之謎

東漢獻帝建安十三年，曹操率軍南下，江東僅有周瑜和魯肅堅決主戰，周瑜並親率吳軍大破曹軍於蒲圻的烏林赤壁，創造了中國軍事史上以少勝多、以弱制強的又一範例。此役一舉奠定了三國鼎立的歷史局面，使吳國的政治、經濟和軍事力量得以迅速發展，從此，周瑜的威名遠揚，成爲中國古代著名的軍事家之一，也受到歷代文人墨客的頌揚。譬如唐代大詩人李白〈赤壁歌送別〉云：「二龍爭戰決雌雄，赤壁樓船掃地空。烈火張天照雲海，周瑜於此破曹公。」至於宋代大文豪蘇軾的〈念奴嬌・赤壁懷古〉和前後〈赤壁賦〉，更是名聞通達了。可是，若有人問起周瑜的墓地在何處？恐怕就鮮有人知了。據載，周瑜死後，巴丘、宿松、舒城、廬江等地，都有周瑜的墓，可到底哪一座才是其眞墓，後人很難斷定，因此也就出現了幾種不同的說法。

一、巴丘說：周瑜三十六歲時，死於征蜀途中，「（周）瑜還江陵，爲行裝，而道於巴丘（今湖南岳陽一帶）病卒，時年三十六。（孫）權素服舉哀，感動左右，喪當還吳，又迎之蕪湖」。以死地葬身，是極不可能的，又孫權迎靈柩於蕪湖，就絕不會再回葬巴丘。所以巴丘的周瑜墓當是假的，應只是一個紀念死處的墓地。

二、舒城說：《三國志吳書周瑜傳》載：「周瑜字公瑾，廬江舒人也」；《三國演義》則載周瑜「乃盧江舒城人」，又說孫權「命厚葬於本鄉」，故會有此說。《舒城縣志》云：「周瑜墓在縣城西七十里淨梵寺」，當地人稱為「瑜城」，據傳周瑜曾於此築城駐守。這樣看來，舒城的周瑜墓無疑就是眞墓了。然而，持不同觀點的學者提出兩點反駁的理由：首先，《三國志吳書周瑜傳》只說周瑜的靈柩曾運至蕪湖，並未說厚葬本鄉，《三國演義》的說法未必可信。再者，關於周瑜是舒人，明代有人考證說：「古之舒自皖以下皆是」，近代也有人考證，漢代的舒縣即今之廬江縣，而舒城縣遲至唐玄宗開元二十三年（公元七三五年）才設置。這就證明書中所說的「舒」並非「舒城」，可見舒城的周瑜墓也未必就是眞的。

三、宿松說：《宿松縣志》記載，宿松有周瑜墓，在縣城南三十里處，是周瑜後人周本所立，有學者指出，此周瑜墓爲其後人所建，極可能是眞墓；也有學者表示，周瑜爲後世景仰，故立墓者頗多，且周瑜與宿松淵源並不深，說宿松墓便是眞的，未必可信，應該也是個紀念性的墓地。

四、廬江說：廬江的周瑜墓位於廬江縣城東門外橫街朝墓巷，墓碑題有「三國名將周瑜之墓」，現爲省級重點文物保護單位。在廬江周瑜墓附近的村子裡，數戶人家短牆上有不少墓磚，磚上的花紋圖案清晰可辨，經有關專家鑑定，確認是東漢時燒製的，加上廬江縣便是《三國志吳書周瑜傳》所說的周瑜的故鄉——舒縣，此處的周瑜墓比較可能是眞墓。

不過，由於年代久遠，史料記載不詳，也頗多歧異，不少墓地又遭到嚴重破壞，使人難知眞相，究竟這幾處的周瑜墓關係如何，又哪一個是眞墓？還須對墓地與史料進行深入考究，方能揭開這個歷史之謎。

——本文轉載自「藏古齋」網站 http://cgz.myrice.com

赤壁之戰示意圖

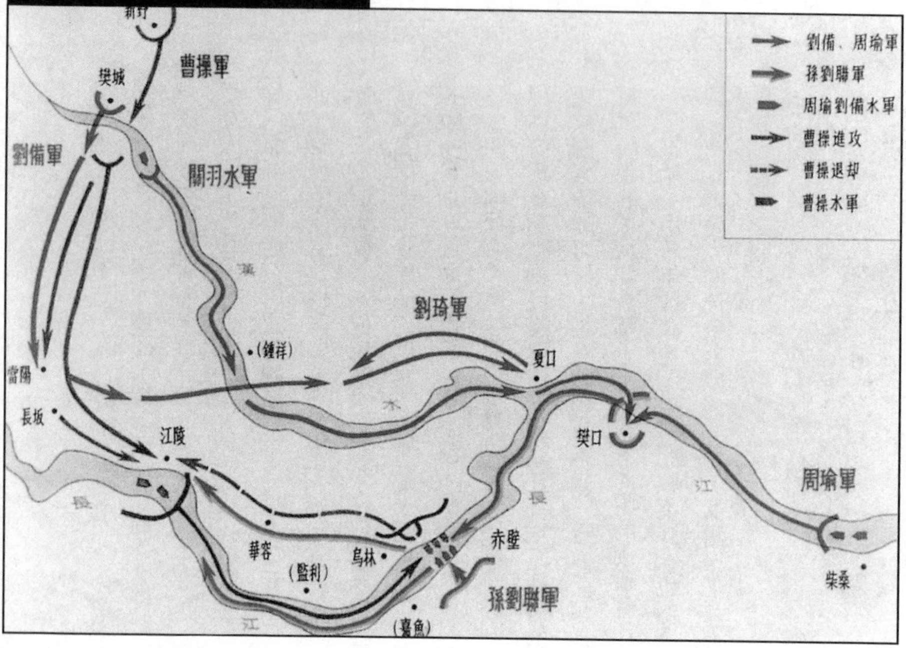

赤壁之戰雙方主要人物年齡（虛歲）：

人物	年齡
孫　權	27 歲
諸葛亮	28 歲
周　瑜	34 歲
魯　肅	37 歲
劉　備	48 歲
曹　操	54 歲

赤壁之戰三軍戰鬥序列

【曹軍戰鬥序列】

統帥：曹　操〈丞相〉

幕僚：荀　攸〈中軍師〉

　　　賈　詡〈大中大夫〉

　　　程　昱〈奮武將軍〉

將領：夏侯惇〈伏皮將軍〉

　　　曹　仁〈行征南將軍〉

　　　曹　洪〈厲鋒將軍〉

　　　張　遼〈蕩寇將軍〉

　　　張　郃〈平狄將軍〉

　　　于　禁〈虎威將軍〉

　　　樂　進〈折沖將軍〉

　　　徐　晃〈橫野將軍〉

　　　李　典〈捕虜將軍〉

　　　許　褚〈校尉〉

兵力：23 － 24 萬

曹軍由中原下兵力約爲15 萬－ 16 萬，荆州降兵 7 萬－ 8 萬，號稱「步大軍八十萬」

【孫軍戰鬥序列】

統　帥：周　瑜〈左都督〉

副統帥：程　普〈右都督〉

參　謀：魯　肅〈贊軍校尉〉

將　領：黃　蓋〈武鋒中郎將〉

　　　　韓　當〈中郎將〉

　　　　周　泰〈別部司馬〉

　　　　淩　統〈承烈都尉〉

　　　　呂　蒙〈橫野中郎將〉

　　　　甘　寧〈都尉〉

兵　力：3 萬

【劉軍戰鬥序列】

統帥：劉備〈左將軍領豫州牧〉

幕僚：諸葛亮〈軍師中郎將〉

將領：關羽〈作將軍〉

　　　張飛〈中郎將〉

　　　趙雲〈牙門將軍〉

兵力：2 萬

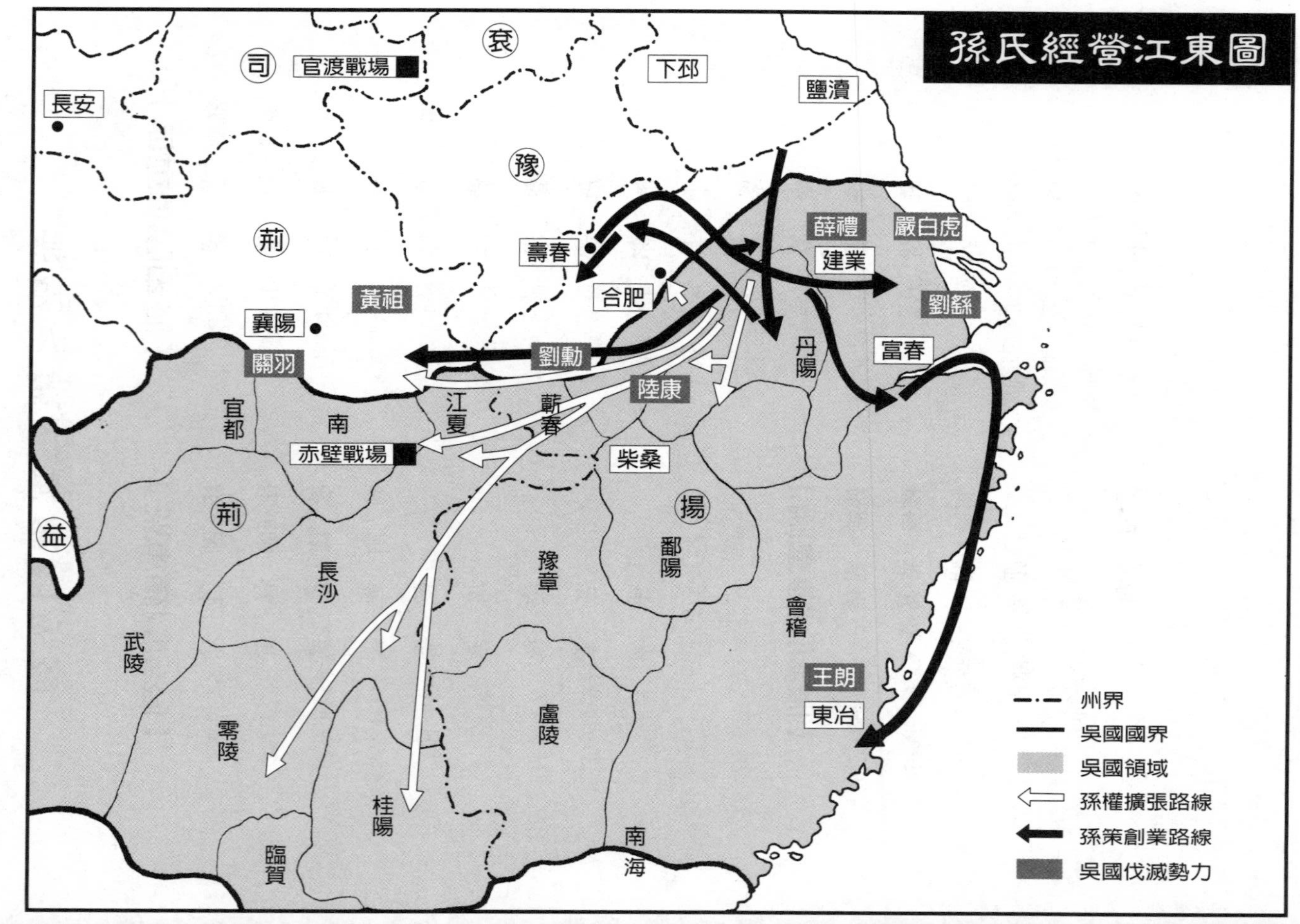
孫氏經營江東圖
司
官渡戰場
兗
下邳
鹽瀆
長安
豫
荊
壽春
合肥
黃祖
襄陽
關羽
劉勳
薛禮
嚴白虎
建業
劉繇
丹陽
富春
陸康
江夏
蘄春
宜都
南
赤壁戰場
柴桑
荊
揚
益
長沙
豫章
鄱陽
會稽
武陵
零陵
桂陽
臨賀
廬陵
南海
王朗
東冶
州界
吳國國界
吳國領域
孫權擴張路線
孫策創業路線
吳國伐滅勢力

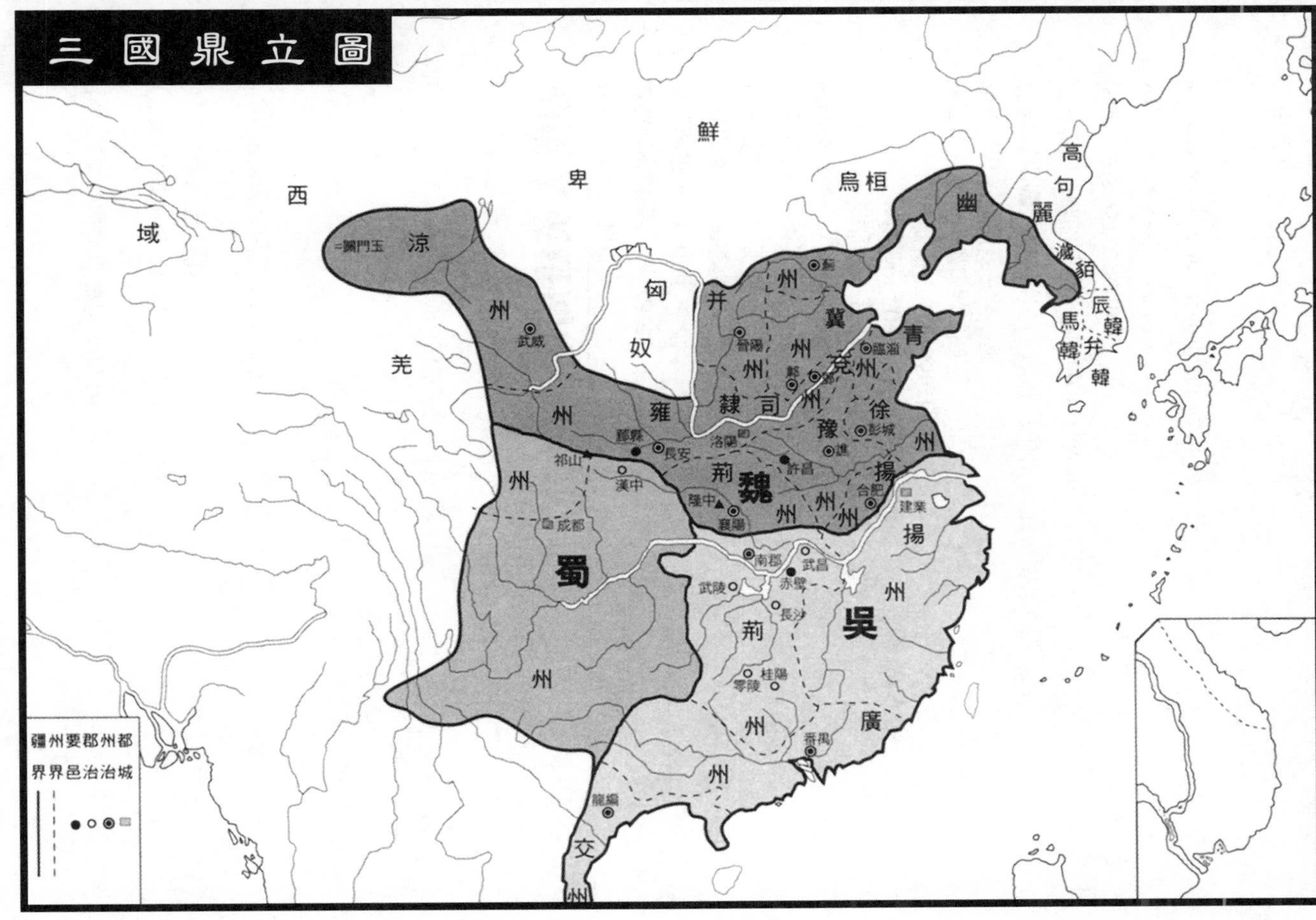
三國鼎立圖
魏
蜀
吳
西域
羌
鮮卑
匈奴
烏桓
高句麗
濊貊
辰韓
馬韓
弁韓
涼州
雍州
并州
冀州
司隸
兗州
青州
豫州
徐州
幽州
荊州
揚州
廣州
交州
玉門關
武威
郿縣
長安
洛陽
祁山
漢中
成都
隆中
襄陽
許昌
譙
彭城
鄴
臨淄
晉陽
薊
合肥
建業
南郡
武昌
赤壁
武陵
長沙
零陵
桂陽
番禺
龍編
疆界
州界
要邑
郡治
州治
都城

國家圖書館出版品預行編目 (CIP) 資料

赤壁大英雄周瑜 / 譚景泉著 . -- 三版 . -- 臺北
市 : 遠流 , 2018.03
面； 公分
ISBN 978-957-32-8210-5(平裝)

857.7 106025499

赤壁大英雄周瑜

作　　者——譚景泉
總監暨總編輯——林馨琴
責任編輯——楊伊琳
行銷企畫——張愛華
封面設計——小比
發行人——王榮文
出版發行——遠流出版事業股份有限公司
地址：臺北市 10084 南昌路二段 81 號 6 樓
電話：（02）36926899　傳真：（02）23926658
郵撥：0189456-1
著作權顧問——蕭雄淋律師
2018 年 3 月 1 日　三版一刷
新台幣定價 360 元　（缺頁或破損的書，請寄回更換）

ISBN　978-957-32-8210-5
YLib 遠流博識網
http://www.ylib.com　E-mail:ylib@ylib.com